Du monde entier

RACHEL ELIZA GRIFFITHS

PROMESSE

roman

Traduit de l'anglais (États-Unis)
par Emmanuelle Ertel

GALLIMARD

Titre original :

PROMISE

D'après photo © Kichigin19 / Adobe Stock.

À mes parents
Michelle Antoinette Pray-Griffiths
Norman Dwight Griffiths

Comment alors pouvais-je ne pas répondre à sa vie
de la mienne, elle qui m'avait sauvée de la sienne

Et comment pouvais-je ne pas, baignée de la lumière
de sa blessure, trouver là mon destin ?

Natasha Trethewey

Les vrais dieux exigent du sang.

Zora Neale Hurston

UN

1

La veille de la rentrée scolaire signalait toujours la fin du temps de l'année qu'Ezra et moi préférions. Non pas le temps mesuré par le tic-tac d'une montre ou la sonnerie d'un réveil ; nous savions parfaitement que ce temps-là n'avait ni début ni fin véritables. Mais le temps qui se confondait, pour nous, avec le bonheur – une joie désinvolte qui, de ses bras chauds et hâlés, enveloppait nos jours et nos rêves tout au long de huit semaines splendides, jusqu'au moment où les professeurs réapparaissaient dans notre vie et que nos parents se rappelaient leurs règles concernant le port de chaussures, les baignades, les tests de vocabulaire et les tâches domestiques.

Par-dessus tout, nous priions pour que l'air reste doux le plus longtemps possible, peut-être jusqu'à la mi-octobre, de sorte à conserver un peu de notre indépendance estivale, libres de parcourir cette contrée que nous connaissions et aimions tant. Nous n'avions pas encore fini de grandir, pourtant les adultes pouvaient prédire avec précision le moment où nous basculerions hors de l'enfance.

Nous déplorions la fin de l'été et nous perdions en conjectures sur l'automne et notre existence à venir. Surtout, nous énumérions à l'envi toutes les façons dont l'été nous paraissait plus honnête que le reste de l'année. C'était la seule période où nous pouvions porter des shorts et de petits hauts coupés court sans nous attirer trop de commentaires de la part de notre mère. Ezra et moi avions l'autorisation d'aller presque partout où nous le désirions – les autres saisons, nous devions demander la permission ne fût-ce que pour nous rendre jusqu'aux docks du village. Et la nourriture ! Ce que nous pouvions manger ! Maman assouplissait ses restrictions sur le sel et le sucre. Tous les jours semblaient nous apporter le menu de nos rêves – maïs frais, crème glacée, tranches de tomate au poivre et au gros sel, homard froid, soda agrémenté d'une boule de glace à la vanille, pastèque, huîtres, salades de crabe et de crevettes, poulet frit, sorbet maison au citron ou à la framboise, pêches grillées, salade de pommes de terre et glaces à l'eau.

L'été, les fleurs des champs réapparaissaient, y compris sur la place du village. Un agent municipal, mort depuis, pensait que cette place, avec en son centre un petit bassin entouré de quelques bancs, était une idée de bon ton. De fait, cela aurait été charmant s'il n'y avait pas eu la mer. À quelques pas de la place, au bout de l'étroite voie qui traversait le village, la rue principale s'ouvrait sur une mince jetée scintillante où tout se passait.

Dieu surplombait l'eau.

Une église isolée, Sainte-Marie-Étoile-de-la-Mer, se dressait suffisamment haut pour attirer les éclairs qui éclataient au cours de merveilleux orages de chaleur. Son portail de bois brut était ornementé de poissons, de dauphins, d'anges, de pèlerins et de saints malheureux. L'océan se moquait de ses cloches qui, tachées par le sel, sonnaient toutes les heures, tandis que les prières des villageois s'élevaient par-dessus le clapotis des vagues.

L'Église se chargeait d'entretenir un jardin public, pourvu de bancs mouchetés et d'une statue en pierre de la Vierge, repeinte chaque année à la fin de la saison hivernale. Les hivers s'attaquaient en effet à la couche de peinture qui recouvrait la silhouette de la Madone, ne laissant qu'une masse de pierre décrépie et écaillée qui ressemblait à une sculpture primitive. Les villageois ne pensaient jamais à abriter la statue quand il commençait à geler et à neiger. Au lieu de quoi, ils semblaient éprouver une étrange fierté devant ce que les éléments avaient infligé à la mère de Dieu.

Notre père et notre mère étaient de peu de foi. Nous n'avions jamais prié ou célébré les fêtes religieuses à Sainte-Marie-Étoile-de-la-Mer. Pendant des années, Maman et Papa avaient déclaré qu'ils s'étaient installés à Salt Point, dans le Maine, pour la seule raison que mon père y avait trouvé un bon travail. Il était enseignant. Nos parents avaient été en mesure d'acquérir quelques hectares que personne d'autre ne voulait, situés plus à l'intérieur des terres, à distance de la mer.

Mais je savais qu'il existait aussi d'autres raisons. Après la naissance de ma grande sœur, Ezra, mes parents avaient souhaité partir de Damascus pour un lieu où l'on ne savait rien de la tragédie des Kindred.

À Salt Point, personne ne rappellerait à mon père les ambitions de ses grands-parents. On ne l'embêterait pas à lui poser des questions sur la perte de son bras gauche, parce qu'il y avait des pêcheurs au village à qui il manquait également des membres, des yeux ou la foi. La jeunesse tumultueuse de mon père dans le Sud n'intéresserait aucun habitant de la Nouvelle-Angleterre, de même que personne n'associerait cette jeunesse insouciante à l'absence, en lui, de toute inclination à la colère, de toute propension à chercher les ennuis.

Pour mon père, c'était la manière dont un homme menait son existence qui lui valait la grâce et la dignité. Il honnissait l'idée d'un père inconnu dont il n'avait jamais aperçu le visage, sinon au milieu des flammes de l'apocalypse. Peut-être ne savait-il pas comment chercher un tel père, dans la mesure où il n'avait jamais connu le sien. Papa avait besoin de se reconnaître dans le visage d'un autre. Malgré tout, il restait tiraillé quant à l'existence du paradis ou à la réalité de la résurrection. Nous vivions dans un endroit où les villageois n'auraient pas bien accueilli notre présence à la messe le dimanche matin.

Pendant des années, mon père refusa de s'agenouiller devant un dieu qui lui avait pris son bras et la vie de son jeune frère, dont il ne parlait jamais. Nous n'avions entendu prononcer le nom de notre oncle que lorsque mon père s'éveillait en hurlant de ses cauchemars. Notre mère expliquait que Papa se considérait comme responsable, alors que tout un chacun aurait mis la tragédie sur le compte de l'accident. Le seul lieu où mon père ne craignait rien c'était parmi les pages des livres qu'il aimait et enseignait.

Au-delà de l'église, le village consistait en des rangées incomplètes et asymétriques de maisons, dont la plupart partageaient de petits jardins remplis de poules, de coqs au plumage irisé, de chèvres attachées à des poteaux, de cordes à linge distendues et de chétifs potagers.

À l'extrémité de la rue principale, en s'éloignant de Sainte-Marie-Étoile-de-la-Mer, se trouvait un autre ensemble de bâtiments essentiels – le bar, le salon de beauté et un petit centre d'affaires. Ces devantures blanches faisaient face à un terrain qui se transformait en marché de plein air le samedi. Pendant l'été, le terrain servait parfois à des kermesses, des brocantes et à un cirque ambulant qui proposait un merveilleux spectacle de monstres. Lorsqu'il n'était pas loué, le terrain devenait un lieu où les adolescents organisaient des courses de voitures et se morfondaient, sachant qu'ils finiraient tous probablement mariés les uns aux autres.

Au-delà du terrain vague, le relief se courbait comme un doigt osseux en direction de la mer. Ce terroir sauvage se composait de cendres et de gravier. Loin de la rue principale et de l'église, c'était là que les villageois s'abandonnaient à l'air vif. C'était le lieu idéal pour les pique-niques, les amants, les jeux d'enfants, les disputes et les heures solitaires consacrées à pêcher et à boire. Tout au bout de la pointe se trouvait un petit phare de béton qui ne fonctionnait plus. Des arbres rhumatisants, poussés en arrière par les vents marins, bordaient les falaises. L'âpreté physique du paysage ne laissait en rien présager d'abruptes falaises, ce qui rendait toujours mes parents inquiets.

Là où nous habitions, le terrain devenait légèrement moins accidenté, mais aussi plus désert. Nichée au milieu des bois qui menaient vers les falaises les plus élevées, notre maison sur Clove Road faisait presque figure d'anomalie, avec son étang et ses courbes arrondies. Derrière chez nous, encore plus en hauteur, se trouvait le pauvre site de notre lycée, où mon père enseignait et où Ezra et moi étions scolarisées, et qu'un homme du nom de Benedict Hobart avait fondé.

Autrefois, la propriété avait inclus une opulente résidence privée, un monastère, un couvent, un asile, un orphelinat et un hôpital militaire. Tous les enfants du village auxquels le travail domestique était épargné y avaient toujours suivi les cours gratuitement.

*

Quand mon père s'était retrouvé embauché à Hobart, de nombreux villageois avaient protesté. Ils désapprouvaient l'idée qu'un Noir vive parmi eux et instruise leurs enfants. Lorsqu'ils finirent par comprendre que mon père resterait dans son coin et ne pousserait pas l'intégration au-delà d'un léger signe de tête derrière le volant de sa voiture, ils nous laissèrent tranquilles.

En 1957, notre famille était l'une des deux seules familles noires vivant aux abords du village. L'autre famille noire, les Junkett, était nos uniques voisins et amis véritables.

Caesar et Irene Junkett et leurs quatre enfants – Ernest, Lindy et les jumeaux, Rosemary et Empire – s'étaient installés à Salt Point quand j'avais neuf ans. Nos familles se lièrent d'amitié avec une familiarité chaleureuse typique du Sud. Mes parents étaient nés à Damascus, communauté très peu mixte, enfouie dans le comté de Sussex, dans le Delaware. Les Junkett, eux, venaient d'un endroit dénommé Royal, niché au fin fond de la Virginie rurale. Ces deux petites villes s'enorgueillissaient d'une convivialité que nous, enfants, ne pouvions comprendre qu'à partir de ce qui se disait ou ne se disait pas sur ce choix de quitter ces berceaux luxuriants bâtis à la force du poignet. Mr Junkett, que nous appelions Mr Caesar, occupait à Hobart le poste de gardien en chef de l'établissement. Mr Caesar évoquait souvent sa décision de s'installer dans le nord du pays, expliquant qu'il aurait été très improbable de gagner aussi bien sa vie s'il était resté, comme son père avant lui, dans le Sud. L'autre raison, expliquait Mr Caesar, était que les hommes blancs du Nord qu'il avait rencontrés se montraient pour la plupart beaucoup plus disposés que les Blancs du Sud à les laisser en paix, lui et sa famille.

Certains villageois supposaient que le recrutement de mon père et de Mr Junkett était lié à la malhonnêteté notoire de Mr Benedict Hobart ainsi qu'à sa fâcheuse tendance à fuir les syndicats. Parce que nous vivions dans la partie la plus au nord du pays, il n'y avait aucune organisation représentant les Noirs pour s'attaquer aux questions salariales ou aux conditions de travail. Même si de telles entités avaient existé, mon père n'y aurait sans doute pas adhéré. Il avait tendance à esquiver tout ce qui mettait en danger son besoin de silence, de logique et d'ordre. Qu'il pense que Salt Point était un lieu qui pouvait nous apporter toutes ces choses me paraissait ironique.

En l'état, mon père et Mr Caesar s'employaient à ne rien faire qui pût attirer l'attention. Quand il était en colère, Mr Caesar disait que Salt Point était une ville championne de la ségrégation et, même si je n'avais jamais demandé aux adultes ce que cela signifiait, je me doutais que cela n'avait rien de positif. La tendance des gens à appliquer leur propre idée de la justice, couplée au libre port d'armes qui faisait partie du quotidien, laissait craindre les malentendus les plus anodins. Mr Caesar riait de la manière dont les pêcheurs du village portaient une canne à pêche d'une main et un fusil de l'autre. Et Miss Irene, l'épouse de Mr Caesar, s'exaspérait de voir les femmes du village se rendre à la boulangerie armées des pistolets de leurs grands-mères, et puis elle nous parlait, à nous enfants, du besoin qu'avaient les Blancs de se sentir constamment menacés pour donner de l'importance à leur vie. *Il n'y a rien que des oiseaux, des ours et des cailloux ici qui puissent leur nuire,* avait-elle lancé une fois en claquant la langue. *Ils n'ont jamais eu à se demander ce que nous évoquent les arbres quand nos corps pendent de leurs branches.*

Les habitants de Salt Point pouvaient en effet se montrer apeurés par le monde qui n'était pas le leur ; la plupart d'entre eux naîtraient et mourraient sans jamais s'être éloignés de plus de trente ou quarante kilomètres de maisons où s'entassaient plusieurs générations familiales.

C'est ainsi que la vie se passait à Salt Point depuis très longtemps. Mais quelque chose était en train de changer en cette fin d'été 1957. Tandis que les nouvelles en provenance d'autres régions du pays rapportaient des conflits autour des questions de liberté, d'égalité et de justice pour les Noirs, notre présence inquiétait de plus en plus les villageois. Cela coïncida avec le moment où certains hommes adultes se mirent à interrompre leurs activités pour nous jeter des regards insistants, sur Ezra, à peine quinze ans, et moi, treize, dans nos shorts en jean courts. À la tombée de la nuit, Mr Caesar comme mon père s'assuraient que nos familles étaient bien à la maison, enfermées à double tour.

*

La rentrée était le lendemain, et ma sœur et moi savourions notre dernier déjeuner de liberté. Entre deux bouchées, je remarquai qu'Ezra jetait des coups d'œil à l'horloge de la cuisine. Je savais que, comme d'habitude, ses œillades furtives étaient liées à notre voisine, Ruby, sa meilleure et seule amie. Ruby était blanche, mais comme elle était pauvre, on la considérait à peine mieux que nous.

Je suivis Ezra dans sa chambre à l'étage, la suppliant de me laisser venir, n'ayant moi-même pas d'aventure prévue en cette veille de rentrée. Infortune que partageaient les benjamines du monde entier.

En soupirant, Ezra me prit la main et me conduisit à travers la salle de bains que nous partagions jusqu'à ma chambre.

« On a prévu quelque chose, déclara Ezra.

— Quoi comme chose ?

— Bon, viens, Cinthy. Enfile une robe et dépêche-toi. N'y passe pas toute la journée non plus. »

Elle prononça mon nom en le faisant siffler sur sa langue, au lieu de le dire comme elle en avait l'habitude, doucement, de la même manière que Maman le prononçait toujours parce qu'elle m'avait donné le nom de sa fleur préférée – Hyacinth.

« Il fait chaud. Je veux porter un short.

— Robe », répliqua Ezra d'une voix catégorique tandis qu'elle me fixait, tout en passant ses doigts dans ses nœuds pour discipliner ses cheveux et les tresser en une natte qui lui tomberait entre les omoplates.

Soupirant de nouveau, Ezra se laissa tomber sur un coussin délavé posé sur le rebord de la grande fenêtre de ma chambre.

« Passe cette robe ou reste ici en compagnie d'un de tes énormes livres chéris. Je m'en fiche complètement.

— "Moque, dis-je. Je m'en moque." »

Par la vitre, j'aperçus les feuilles vertes et brillantes de mon chêne adoré, qui faisaient scintiller ma chambre comme si nous nous trouvions dans une pièce sous-marine tapissée de papier à fleurs.

En face de nous, il y avait une maison calcinée à l'écart de la route, sa face noire lovée comme un crâne pourrissant au milieu des mauvaises herbes. Enfants, nous n'avions jamais eu de cabane dans les arbres, mais je considérais que nous étions plus chanceuses, parce que nous possédions cette maison hantée.

De ma fenêtre, je voyais des ailes vert pâle planant au-dessus du buddleia qui obstruait l'entrée d'origine de la maison en ruine. La terrasse et la porte d'entrée étaient réduites à des tas de bois et de plâtre couverts de suie où nous découvrions parfois des chatons ou des serpents, ou bien nous retrouvions confrontées à ce qui nous effrayait réellement – le spectre de la femme qui avait mis intentionnellement le feu à sa maison, mère fantôme qui refusait de quitter la terre tant qu'elle ne serait pas réunie avec ses trois filles. Celles-ci, piégées par la fumée, s'étaient laissées glisser en chemises de nuit le long d'un côté de la maison. Il ne restait aucun membre vivant de la famille pour décrire la tragédie, qui avait eu lieu longtemps avant notre arrivée. Bien que nous n'ayons jamais rien eu à voir avec cette histoire, le village nous octroya le même statut que des fantômes. On nous qualifiait, ma sœur et moi, de jeunes négresses possédées, capables de résister aux flammes, à la fumée et à la mort. C'était une façon pour le village d'expliquer notre comportement. Nous pouvions être accusées de tout. Nous avions hérité du malaise du village vis-à-vis de l'inexplicable. Certains anciens, qui méprisaient les on-dit et les embellissements, racontaient que les filles n'avaient jamais réussi à sortir de la maison et avaient brûlé vives. D'autres rumeurs insistantes disaient que les filles étaient tombées dans la mer depuis les falaises, ou bien, perdues et submergées par la folie de leur mère, elles s'étaient traînées, en feu, traversant l'étroite voie de Clove Road, pour finir noyées dans notre étang.

*

Au risque qu'Ezra change d'avis vu mon comportement encore infantile, je glissai le long de la rampe jusqu'en bas de l'escalier. Ma sœur aimait me rappeler constamment qu'à mon âge – treize ans – elle n'était pas aussi immature. Bien sûr, je devais lui rappeler à mon tour que si je savais glisser le long de la rampe, c'était uniquement parce qu'elle m'avait appris à le faire. Même si je n'avais que treize ans, je l'égalais déjà en taille.

Ezra, pieds nus et serrant ses sandales en cuir contre sa poitrine, descendit d'un pas léger l'escalier de devant, veillant à éviter les endroits où le bois nous aurait trahies. L'escalier du fond donnait directement sur la cuisine, si bien que nous ne pouvions pas emprunter ce chemin.

Quand Maman nous présentait à des gens – à des étrangers en réalité parce que nous n'avions pas d'amis dans le village ou ailleurs à l'exception de la famille Junkett – ils commentaient aussitôt notre taille. « Que vos filles sont grandes », pouvait déclarer une personne, de la même façon qu'elle aurait lu le journal à voix haute et aurait fait remarquer que la journée serait partiellement ensoleillée, avec des risques d'averses.

Ma sœur et moi n'avions jamais su de qui nous avions hérité notre taille. À la différence d'autres foyers, chez nous, aucune photographie de famille n'ornait les murs ni ne trônait dans son cadre sur la cheminée. À la place, mon père conservait des cailloux dépolis et des crânes d'oiseaux, disposés sur son bureau en guise de compagnie spirituelle. Chaque fois que notre grand-mère suppliait ma mère de lui envoyer des photos de nous pour qu'elle puisse les mettre dans son album de famille, Maman refusait. J'avais beau aimer l'idée d'une grand-mère se délectant de portraits de ma sœur et moi, je comprenais que, pour ma mère, le fait que ma grand-mère nous possède, ne fût-ce qu'en photographies, était intolérable et douloureux.

Ginny, qui défendait qu'on l'appelle « Maman » ou « Grand-Maman », continuait de passer des coups de téléphone à notre mère, persistant à essayer de la joindre malgré les innombrables fois où nous avions entendu Maman lui dire de sa voix douce de nous laisser tranquilles. Quand Maman se plaignait de notre attitude incontrôlable à Papa, je pensais parfois que le vrai problème était ce qui n'allait pas entre elle et Ginny, et non notre désobéissance.

*

Tandis que nous nous faufilions dans le salon, Maman fredonnait une ballade qui passait à la radio, qu'elle avait posée sur le rebord de la fenêtre au-dessus de l'évier. Je marquai une pause parce que j'adorais Sam Cooke. Quand il chantait « You Send Me », on avait l'impression d'être ensorcelé. Talonnant l'ombre de ma sœur, j'imaginais Maman dans notre cuisine ensoleillée, ses bras marron suspendus dans l'air, le tablier remonté au-dessus de sa taille. Un petit couteau ou une cuillère en bois dans une main. Dans l'autre, un verre dégoulinant de glace. Le bout de ses doigts gelés sur la paroi du verre, où les glaçons se noyaient dans le whisky. Quand Maman était tendue, elle aimait se servir un « remède », comme elle le nommait, et elle semblait tendue tous les jours. Je savais que sa querelle avec notre grand-mère contribuait à sa tristesse.

La voix de Sam Cooke enrobait nos murs de miel. Elle aidait aussi Maman à trouver un recoin en elle qu'elle ne pouvait atteindre que lorsqu'elle se mettait à boire.

Mais Maman ne s'y réfugierait pas aujourd'hui. Elle allait siroter son whisky dilué puis passer à de la citronnade une fois la cuisine terminée. Elle concoctait le dîner spécial de la veille de la rentrée qu'elle préparait pour nous depuis que nous étions enfants. C'était une tradition qui nous rendait fières et qui nous procurait le sentiment d'être aimées.

Ce soir-là, nous mangerions un rôti braisé accompagné de purée de pommes de terre et de carottes sauvages, le tout assaisonné d'herbes fraîches – thym, romarin, sauge et lavande – que Maman cultivait et séchait. Nous dégusterions avec du beurre ses petits pains maison cuits au four, dorés sur le dessus mais moelleux à l'intérieur. Pour célébrer le premier jour d'une nouvelle année d'enseignement de Papa, il y aurait un gâteau au citron, recouvert d'un glaçage également au citron.

Ezra se retourna brusquement devant la porte d'entrée et se renfrogna. « Je pense que je ferais mieux de te laisser ici, avec ton derrière d'escargot. »

Je posai un doigt sur mes lèvres qui se fendaient d'un sourire, avant de tirer la langue et de pousser légèrement Ezra jusque sur le perron. La porte grinça fortement lorsque je tirai dessus pour la fermer.

Nous démarrâmes au pas de course, passant à toute vitesse devant la maison hantée qui ne nous effrayait pas. Récemment, Maman nous avait demandé de ne pas nous presser autant. *Les dames prennent leur temps*, disait-elle. Ez et moi nous regardions en haussant les épaules. Nous ne voyions jamais de dames, à l'exception de Maman et de Miss Irene. Nous ne pouvions annoncer à notre mère notre décision de ne jamais devenir des dames. En outre, courir nous plaisait. À l'approche des longues ombres à l'orée du bois menant aux falaises, nous nous écroulâmes de rire. Reprenant finalement mon souffle, je me redressai et étudiai l'arrière de la maison hantée, qui changeait en permanence à cause de son écroulement perpétuel. C'était cette détérioration constante qui nous incitait à y retourner tout le temps. Le toit avait un trou béant à travers lequel un arbre poussait. Comme nous, la maison hantée imposait sa présence sans se préoccuper du qu'en-dira-t-on.

« Et quoi qu'on fasse sur les falaises aujourd'hui, ce n'est pas la peine de courir le raconter, hein, me dit soudain Ezra.

— À qui est-ce que j'en parlerais ?

— Garder tes propres secrets ne semble pas te poser de problème, Cinthy, répliqua ma sœur. Mais quand il s'agit des miens, on dirait que tu ne peux pas t'empêcher de les répéter.

— Mais là, ce sera notre secret à toutes les deux. »

Ez hocha la tête et leva les yeux au ciel. « Au printemps dernier, quand on a eu nos règles, Ruby et moi avons décidé de faire ce truc la veille de la rentrée. On ne va pas changer nos projets maintenant à cause de toi.

— Ruby vient au lycée demain ?

— Qu'est-ce que tu veux dire ?

— Elle a trouvé du savon et de l'eau ?

— Cinthy ! J'aimerais que tu ne parles pas d'elle comme ça, arrête de la traiter comme tout le monde ici. »

Parfois, ma sœur prenait à son compte les problèmes de Ruby. Je devais lui rappeler que les problèmes des filles blanches n'étaient pas les mêmes que les nôtres. C'est ce que Maman et Miss Irene disaient toujours.

Ruby, bêtement, pensait que cela fonctionnait dans les deux sens. Que les problèmes de l'une étaient les problèmes de l'autre. Cela sonnait bien et c'était peut-être le cas, mais ma sœur et moi savions que le reste était vrai aussi.

Lorsque quelqu'un nous traitait comme des moins que rien, Ruby se sentait nimbée de l'injure qui nous visait. Quand elle nous voyait dans le village, marchant la tête haute comme Maman nous l'avait appris, Ruby nous imitait, sans vraiment comprendre les forces à l'œuvre, pourtant nombreuses, qui nous voulaient dépourvues de cerveaux, de vies, de rêves.

Les fois où Ruby essayait de prendre notre parti, je l'exécrais. L'existence de Ruby Scaggs n'était gouvernée que par très peu de règles, et bien qu'elle n'ait pas de raison de l'être, je la trouvais sournoise.

« Tes sous-vêtements sont propres, Cinthy ? »

Surprise, je ne répondis rien tandis que je détachais mon regard de la maison hantée.

« Ez, tu sais que Maman aime pas ce qui est sale.

— "Maman aime pas"... Mon Dieu ! J'espère que tu ne te casses pas trop la tête à imaginer la réaction de Maman, alors que je t'ai expliqué tout à l'heure que c'est un secret. Je passe mon temps à essayer de te le faire comprendre, Cinthy. C'est le monde qui est sale. Miss Irene dit que connaître la saleté, la vraie saleté, est en réalité une forme de sagesse. »

La manière dont Ezra soupira me rendit honteuse. Il n'y avait rien de pire que d'avoir l'impression que je l'avais déçue. Sauf de penser que ma sœur me trouvait ennuyeuse.

« Ruby doit déjà m'attendre dans le bois, déclara-t-elle.

— Qu'est-ce qu'on en a à fiche, de cette Blanche ? Laisse-la attendre là-bas jusqu'au Jugement dernier », lançai-je, plaçant ma main sur ma hanche à la manière de Lindy Junkett, l'aînée des filles Junkett. J'avais ainsi l'impression d'imposer une vraie forme d'autorité.

Chaque fois que Maman ou Miss Irene étaient contrariées, elles invoquaient le Jugement dernier, puis retournaient à leurs affaires. Si j'avais appris quelque chose, c'était que le Jugement dernier appartenait aux femmes noires qui en appelaient à lui lorsque le monde d'ici-bas leur portait sur les nerfs et épuisait leur réserve de tolérance. Ma grand-mère devait aussi avoir revendiqué ses droits sur le Jugement dernier, parce que j'avais souvent entendu ma mère se déchaîner dans le combiné de notre téléphone à ce sujet précis : *Maman, tu n'as aucun droit de nous juger ! Tu ne seras jamais mon juge et tu sais pourquoi.*

J'inclinai la tête et emplis mes poumons d'une bouffée d'air chaud avant de reprendre la parole.

« Hé, face de tortue. On fait la course ?

— D'accord », répondit ma sœur.

Son visage se fendit d'un sourire telle une fleur qui éclôt tandis qu'elle s'élançait, criant par-dessus son épaule :

« Rattrape-moi si tu peux ! »

Nous nous ruâmes à travers le bois bordant notre propriété, vers un vieux sentier en direction de la maison de Ruby, puis un autre tapissé de mauvaises herbes.

Nous courûmes au milieu des broussailles jusqu'à une clairière où le vent souleva nos chevelures et nous obligea à plisser les yeux contre la lumière éblouissante. Il était midi et demi, et le ciel scintillait de toutes parts.

Ruby nous attendait déjà. Au lieu de lutter contre le vent, elle avait les bras grands ouverts, levés en offrande au soleil. Ses cheveux noir de jais comme ceux de sa mère étaient noués en une queue-de-cheval, m'évoquant une pouliche turbulente. Ruby semblait avoir décidé de se couper la frange toute seule en prévision de la rentrée. Une mauvaise idée.

Ses parents s'intéressaient peu à ses allées et venues, à moins qu'ils n'aient besoin d'elle pour quelque tâche ménagère ou considèrent qu'ils devaient lui donner une leçon qu'eux-mêmes avaient ignorée dans leur jeunesse. La réputation de la famille Scaggs dans le village était entachée bien avant notre arrivée. Nous avions fait la connaissance de Ruby à peu près à la même époque que nous avions rencontré les Junkett, quatre ans plus tôt. Parce que j'étais la benjamine et désirais toute l'attention de ma grande sœur, Ruby m'agaçait.

Dans la lumière blanche du soleil brûlant, leurs silhouettes semblaient presque identiques. Toutes les deux avaient un long cou, et la forme souple de leurs corps apparaissait sous le tissu de leurs robes légères que le vent plaquait contre leur peau comme si elles venaient d'émerger de la mer. Mais alors que la queue-de-cheval de Ruby se balançait, bien en place, les cheveux emmêlés d'Ezra s'échappaient de sa longue tresse dense et s'agitaient comme des torsades rougeoyantes de serpents prêts à la hisser, physiquement, jusqu'à l'éther bleu du ciel.

Ezra courut en direction de Ruby. Elles riaient sans raison. Je voulais garder mes distances avant de savoir de quoi il retournait.

Mon ombre me précédait. J'ouvris les bras comme elles, inquiète à l'idée que la force du vent puisse me soulever de terre. De la poussière s'infiltra sous ma robe, puis monta jusqu'à mon visage. Je me léchai les lèvres et passai ma langue sur le sel granuleux déposé sur mes gencives. Des mèches s'échappaient de mes tresses. Le soleil cognait sur la raie au milieu de mon crâne séparant mes épais cheveux marron foncé que Maman enduisait soigneusement d'huile chaque week-end. Mais ici, l'extrémité de mes nattes me cinglait les oreilles.

Tout se dénouait.

*

Nous formâmes un triangle. Ruby et Ezra me faisaient face.

Après avoir vu Ezra retirer la sienne, je tendis ma culotte à Ruby sans regarder cette dernière. Que quelqu'un d'autre que Maman touche mes sous-vêtements me procurait le sentiment que l'on touchait quelque chose qu'on n'aurait pas dû. J'avais froid et j'étais en nage. Je secouai un peu les hanches, pivotant sur moi-même pour que le vent puisse souffler sur mon corps.

Ruby roula nos culottes en boule et fourra le tas humide dans la poche de sa robe. Elle tourna la tête. Sa frange ressemblait au crin noir d'un casque de gladiateur porté de travers. Ses yeux, d'un bleu profond, étaient plus foncés que le bleu du ciel qui, pour une raison ou une autre, me paraissait plus vaste maintenant que j'avais enlevé ma culotte de coton blanc.

Ruby s'assit sur les rochers chauffés par le soleil. Ezra s'assit. Je m'assis.

Ruby étendit les jambes en forme de V, et Ezra l'imita, se tortillant et glissant dans la poussière jusqu'à ce que l'un de ses pieds touche celui de Ruby. Elle secoua son pied droit d'avant en arrière avec irritation pour m'indiquer de leur emboîter le pas.

Je me reculai à l'aide de mes mains, m'égratignant les paumes sur la roche dentelée. Mes jambes s'ouvrirent également en V. Je tournai mon pied gauche pour qu'il s'appuie sur celui de ma sœur. Je me rendis compte que mon pied droit devrait aussi s'appuyer sur celui de Ruby. Je n'avais pas envie de toucher les pieds de Ruby. Elle ne portait même pas de chaussures.

Je baissai la tête pour regarder Ez qui me dévisageait. J'entendais la voix de Maman pestant dans ma tête. Elle avait les yeux levés au ciel si haut qu'elle semblait voir à travers le sommet de son crâne. *Hyacinth Kindred, Seigneur Dieu, qu'est-ce que tu crois être en train de faire ? Et si tu penses à ce que je dirais, alors peut-être que tu sais déjà que tu ne devrais pas le faire ; où est la fille obéissante que j'ai élevée ?*

Maman ne parlait jamais de la sorte à Ezra, ne demandait jamais à Ez ce qu'elle pensait, parce que Ez agissait sans réfléchir.

« Allez, vas-y, dit Ezra. Il fait chaud ici. »

Avec force, je poussai la semelle de ma sandale contre le pied nu de Ruby, en espérant lui faire mal.

« Pas question de toucher une fille blanche.

— Raclure, répliqua Ruby.

— Ne parle pas à ma sœur comme ça, lança Ezra.

— C'est elle qui fiche tout en l'air. »

La chaleur formait des flaques sous nos fesses. Je me demandai avec inquiétude si les fourmis étaient capables de grimper le long de mes jambes et d'entrer à l'intérieur de moi. Je me représentai une fine traînée noire de ces insectes défilant avec empressement entre mes organes, avançant pas à pas jusqu'au sommet visqueux de mon estomac, puis traversant le temple de mon cœur, pour finir par remonter dans le tunnel de ma gorge jusque dans mon cerveau, que j'imaginais incrusté de pierres précieuses, telle une cathédrale. Combien de fourmis pourraient réellement tenir là, à l'intérieur de mon crâne ? Et puis je me vis assise sur les toilettes à la maison, en train d'uriner des fourmis, et je me mis presque à rire.

Les visages de Ruby et d'Ezra avaient bruni sous le soleil de l'après-midi. Elles essayaient de comprendre quelque chose. Je ne savais pas de quoi il s'agissait, je savais seulement que ce que nous faisions entraînerait certainement une punition si nos parents étaient au courant. Maman et Papa ne croyaient pas à ce que Miss Irene appelait « l'amour au martinet ». Mais le papa de Ruby, Mr Scaggs, était adepte des coups. C'est sûr. Il frappait Ruby et sa mère chaque fois qu'il pensait qu'elles étaient heureuses et pourraient vivre sans lui.

« Rapproche-toi un peu », dit Ezra en se mordant la lèvre.

Ruby grogna et s'exécuta.

Je calai mes jambes et poussai vers l'avant. Une de mes jambes effleura la peau de Ruby, qui était chaude. Je n'avais jamais songé à sa peau avant, sauf pour me plaindre de sa blancheur.

Je pensai à Maman, comme souvent, et à tout ce qu'elle faisait pour nous. Pour nous protéger. En début de soirée, avant le dîner, Maman nous laverait les cheveux et les coifferait pour la rentrée du lendemain. Déjà, je l'entendais me poser des questions à propos de la poussière, et pourquoi est-ce qu'il y avait de la saleté sur mon cuir chevelu, est-ce que j'avais perdu la tête et joué dans la terre juste pour lui donner plus de travail. Maman me passerait le peigne en tirant sur mes racines par frustration. Mes cheveux gardaient la sueur, surtout quand je m'étais beaucoup dépensée. Elle disait « entortillés » au lieu de « crépus », comme si je ne savais pas que mes cheveux, surtout au niveau de ma nuque, étaient impénétrables quand ils étaient mouillés. Maman aimait que nous soyons bien coiffées parce qu'elle savait que les gens, surtout les Blancs, étaient obnubilés par nos cheveux. Enfant, Maman n'avait personne pour l'aider avec sa chevelure parce qu'elle avait été élevée dans un couvent. Papa disait de ne pas embêter Maman en lui posant trop de questions sur son enfance. Maman avait enfoui l'essentiel de cette époque très profondément en elle, et nous n'en avions qu'un aperçu quand elle raccrochait au nez de notre grand-mère ou se réfugiait dans le recoin de son cœur avec un verre de whisky et Sam Cooke.

Peut-être était-ce la raison pour laquelle Ezra et moi nous tournions si souvent vers Miss Irene et sa sagesse, qu'elle avait héritée, expliquait-elle, de sa mère, de sa grand-mère et de son arrière-grand-mère, toujours en vie. Grâce à elles, Miss Irene conservait un côté juvénile, alors que nous voyions Maman rejeter notre grand-mère à chaque occasion. Il était difficile de ne pas interroger notre propre mère sur qui elle était autrefois, conscientes que de telles questions pourraient la dissuader de partager avec nous ce qu'elle avait construit, pour elle et pour nous, ses filles.

*

Ruby se pencha en arrière comme si elle avait l'habitude d'être allongée les jambes ouvertes, sans rien sous sa robe pour la protéger. Ses jambes, aussi bronzées que les nôtres, dessinaient une ombre. Là où sa culotte aurait recouvert ses parties intimes, sa peau était si pâle que celles-ci semblaient appartenir à une autre fille, à l'épiderme clair et aux manières honnêtes, plus délicates, et de nature à se couvrir facilement de bleus. Je pensai à l'habitude que j'avais de voir Ruby contusionnée et au temps qu'il fallait à ses plaies pour guérir, parce qu'elle ne pouvait pas s'empêcher de triturer ses croûtes.

Nous imitâmes Ruby qui s'était roulée sur le flanc, attrapant brusquement l'ourlet de sa robe pour la remonter jusqu'au nombril.

« À vous maintenant », nous ordonna-t-elle.

Sa voix s'éleva comme une flèche en direction des nuages qui s'étaient accumulés et, immobiles, regardaient d'en haut nos corps dénudés.

Nos trois V formaient une étrange étoile.

*

Ezra annonça qu'elle regarderait la première. Puis Ruby. Puis moi.

Le vent s'était calmé, mais l'air frissonnant continuait d'agiter ma robe au niveau de mon nombril. Je me demandai si Ruby et Ezra avaient fermé les yeux comme moi ou si elles regardaient vers le haut, inséparables du ciel bleu qui avait l'air de s'étaler également sous nos corps. Je n'entendais plus la voix de Maman.

*

Ezra me donna un coup de pied. Le bord de sa sandale était dur. C'était mon tour. Sans bouger la tête, je tournai le regard vers la gauche, où Ezra était étendue. Son avant-bras recouvrait ses yeux comme une visière. La lumière crue de l'après-midi teintait sa tresse molle d'un rouge sombre. À la manière dont les muscles de ses mollets se tendaient sous sa peau, je m'aperçus qu'elle prenait appui sur le sol, se soulevant pour s'offrir en spectacle. Je ne me rappelais pas la dernière fois où j'avais vu ma sœur nue. Sauf que ce que nous faisions ici paraissait largement dépasser le cadre où quelqu'un pourrait dire, en nous désignant du doigt, « dégoûtant », ou même simplement « elles étaient nues ». Notre nudité relevait de ce qui est décrit dans la Genèse. Le type de nudité qui attristait Dieu.

Je frissonnai, me tournant pour observer Ruby qui, d'une main, dissimulait son visage et, de l'autre, tirait sur la peau de cette partie honteuse, sous le nombril.

Sa main ressemblait à une porte de chair – jointures entaillées, ongles rongés jusqu'à leurs contours rosés, peau éraflée. Dans l'espace entre les doigts de Ruby, j'aperçus l'un de ses yeux qui regardait à l'extérieur. Pas vers moi mais directement en l'air, comme si elle était enterrée sous un tas de débris.

Ezra et Ruby avaient toutes les deux utilisé leurs doigts pour délibérément écarter la peau. Expérience, dispute, jeu ou prière – je ne comprenais pas ce que nous essayions de gagner, ce que nous implorions, ou ce que nous devions nous prouver à nous-mêmes.

Je savais que Ruby et Ezra trouvaient la honte ennuyeuse. Nous avions vu les enseignants en faire usage à l'école. À la maison, Maman et Papa s'en servaient contre Ezra et moi, sans même le vouloir. J'avais beau avoir conscience que nos parents cherchaient à nous élever en jeunes filles respectables, c'était étrange de penser qu'ils se trompaient, pourtant j'en étais convaincue. Cela me semblait mystérieux la façon dont Maman faisait de quelque chose de naturel une chose indécente, au point de m'interdire de regarder ou de toucher mes parties intimes, à part munie d'un pain de savon dans le bain.

Tandis que j'examinai les parties intimes de Ruby, je me sentis embarrassée. J'avais honte de ce qui avait pu pousser Ruby et ma sœur à s'adonner à cette activité en premier lieu. Je me rappelai combien leur démarche avait changé après leurs premières règles au printemps dernier. J'avais observé leurs yeux pétillants tandis qu'elles se plaignaient de douleurs, de crampes et de courbatures. Ou qu'elles appliquaient leurs mains en coupe à l'endroit qu'elles appelaient, avec des inflexions ridiculement dramatiques, leur Utérus. Elles me chassaient lorsque je suggérais l'un de ces jeux brusques que nous aimions avant. Elles prétendaient que leur soudaine féminité leur permettait de réfléchir plus profondément à leur vie future, raison pour laquelle elles ne trouvaient plus naturel que je les suive partout. Je ne pouvais pas comprendre tant que je n'aurais pas changé aussi.

J'aurais aimé qu'Ezra dise quelque chose. J'avais besoin qu'elle confirme que ce que nous faisions ne méritait pas de punition, mais que nous avions le droit de le faire, que c'était attendu de nous. La prise de conscience de nos corps me donnait l'impression que je pourrais me mettre à pleurer – l'observation n'engendrait aucune explication, mais je sentais que cela signifiait bien plus que ce qu'aucune d'entre nous pouvait concevoir. Notre peau à côté de celle de Ruby provoquait en moi peur et irritation. Je voulais qu'Ezra me dise qu'elle partageait mes sentiments. Je voulais qu'elle dise que nos jambes étaient plus belles, plus fortes, mais je savais qu'elle n'en ferait rien.

Elle m'avait autorisée à me joindre à elle et Ruby ce jour-là, même si je ne saignais pas encore. Cela expliquait peut-être que je ne comprenne pas ce que je regardais, ni pourquoi je regardais, ou ce qui était si important dans cette démarche. Je me demandais si toute l'affaire, dans le cas où nous aurions été de la même couleur, m'aurait paru comme un si grand mal. Mais Ezra et moi n'aurions jamais mis Lindy Junkett au défi de jouer à ce jeu.

Alors, soudain, Ruby se releva, plongea la main dans sa poche et me lança ma culotte froissée sans avertissement, avant de tendre à Ezra la sienne, vert pomme. Ruby fut la dernière à remettre sa culotte, déchirée.

« Les garçons font pire », déclara-t-elle en me fixant des yeux.

2

Nous descendîmes des hautes falaises et traversâmes le bois qui séparait notre maison de la clairière. Ruby et Ezra conversaient à voix basse tandis que les insectes chuintaient. Maman s'attendait à ce que nous soyons rentrées pour nous laver les cheveux et nous coiffer avant le dîner. Je me demandais comment j'allais pouvoir la regarder en face sans qu'elle sache immédiatement que j'avais participé à une activité si honteuse qu'il n'y avait pas moyen de l'expliquer. Je m'écorchai les pieds sur des branches. Dans quelques semaines, des feuilles dorées se disperseraient dans l'air, tombant en spirales. Cette senteur délicate dans la forêt s'épanouirait bientôt, puis le parfum de chaude décomposition se transformerait en une odeur semblable à celle de la fumée.

« Elles se ressemblent toutes en réalité », déclara Ruby, comme si nous l'avions interrompue au milieu d'une phrase. Sa voix exprimait un mélange de contentement et d'énervement.

« Nous sommes en retard », dis-je à ma sœur. Je ne voulais plus écouter les idées de Ruby et espérais juste qu'elle se taise.

« Comment c'est possible ? demanda Ez, comme si Ruby avait partagé avec elle la phrase non prononcée. C'est toi et moi qui sommes maudites.

— Les siennes avaient l'air maudites aussi, répliqua Ruby en me désignant d'un geste du menton. Elle saigne même pas comme nous. Pas encore. Peut-être que le saignement a rien à voir.

— Ça a à voir quand on parle de bébés, dit Ezra. Ça a à voir quand on est au village et que les hommes qui nous ont jamais regardées avant nous reluquent.

— Mm, acquiesça mollement Ruby. Une fois que j'aurai ma licence de pilote, j'aurai peut-être un bébé à moi aussi. Au moins un, pour pas devoir être l'esclave d'un homme comme M'man me prédit. Les femmes au village disent que la maternité les rend libres. Je comprends pas complètement, mais elles disent ça depuis des années. M'man dit qu'elle est pas mon esclave, et elle m'oblige toujours à tout faire.

— De quel genre d'esclave tu parles, Ruby ? demanda Ezra avec une moue de désapprobation.

— M'man dit que Papa la traite comme une esclave, répondit-elle. Et c'est vrai.

— Tu n'as aucune idée de ce qu'est un esclave, répliquai-je.

— La ferme, Cinthy, lança Ruby. Je parle pas des gens de couleur. Je parlais des hommes et des femmes. Tu te crois tellement intelligente, mais tu sais que dalle la plupart du temps.

— Qui est-ce qui va laisser une plouc comme toi piloter un avion ? » plaisanta Ezra.

Elles discutaient toutes les deux comme si je n'étais pas là, comme si Ruby ne venait pas de m'insulter. D'habitude, Ezra donnait un avertissement à Ruby quand elle s'adressait à moi de cette façon, mais elles étaient trop occupées par ce que nous venions de faire.

Ruby s'esclaffa. « Je vais clairement pas attendre que quelqu'un comme mon papa me donne sa bénédiction. Pour voler, il faut prendre les choses en main soi-même.

— Dis donc, tu vises haut, déclara Ezra. Ils ne laissent pas les filles piloter des avions. Ce serait plus facile pour toi d'avoir un bébé que des ailes.

— Je compte bien piloter un jour », répondit Ruby, forçant sur sa voix rauque au point de presque la casser.

Je savais qu'elles étaient sur le point de se lancer dans l'une de leurs fréquentes disputes. « Si t'es pas trop tête de mule, une fois que j'aurai décroché ma licence, je te demanderai d'être ma première passagère.

— Ah ! s'exclama Ezra. Parce que tu crois qu'ils autoriseraient une fille noire à monter dans un avion quand ils ne nous laissent même pas nous asseoir à l'avant du bus ?

— Je vois pas pourquoi pas.

— Évidemment, dis-je à voix basse.

— Mais c'est pas vrai ! lança Ruby. On t'a pas sonnée. »

Je rougis.

« Il doit y avoir une autre explication au comportement des adultes. Tout ça peut pas être juste à cause de ce petit trou par où on fait pipi, dit Ruby, pensive.

— Ben, c'est quoi alors ? » demandai-je.

Je n'avais pas l'intention qu'elles m'excluent de nouveau de quoi que ce soit après ce que nous venions de faire. Pour ma part, je considérais avoir acquis des droits permanents, que je saigne déjà ou non.

« Ils ne savent même pas », répondit Ezra.

Son agacement à l'égard des adultes était évident. Elle claqua la langue, comme sous l'effet d'un citron acide.

« Et si on se comportait comme les garçons le font tout le temps ? suggéra Ruby. Mince, les garçons jouent avec leur machin comme une lance d'incendie, ils arrosent de pisse tout ce qu'ils trouvent ! Et ils ont jamais de problème, parce que c'est juste des trucs de garçons. Et si la vérité c'était qu'on a toujours le choix, pareil que les garçons ?

— Qui veut ressembler à un garçon ? Ils ne font pas tous ce qu'ils veulent, comme tu le dis. Les Blancs, bien sûr, mais les garçons de couleur alors ? Papa dit que si un garçon noir se bat, c'est uniquement pour ne pas être tué pour la moindre broutille, déclarai-je. De toute manière, c'est nul de penser que tout ce qu'on voudrait, c'est avoir le droit de faire comme les garçons. »

Nous étions presque arrivées au sentier qui nous conduirait jusqu'à l'arrière de la maison hantée. Soulagée, je nous imaginais dire au revoir à Ruby, traverser Clove Road et monter les marches peintes et rutilantes de notre maison. J'essayais de décider si je pouvais pincer Ruby un bon coup et m'en sortir en toute impunité. Je savais que Maman ne serait pas contente de notre retard. Ce devait être le milieu de l'après-midi, et il lui fallait toujours plus de temps que nécessaire pour nous coiffer et préparer la table.

« Tu crois vraiment qu'on a la même liberté de choix que les garçons ? interrogea Ez, tout en essayant de déceler la réponse dans le regard de Ruby.

— Pas encore, c'est sûr, répondit Ruby. Un jour. Quand on sera des femmes.

— Tu veux dire jamais, répliquai-je. Personne ne le permettrait. Surtout pas nos mères. En particulier la tienne, Ruby.

— Dis à ta sœur de pas parler de ma manman. » Elle s'adressa à Ezra, m'ignorant. « Tout ce que je dis, c'est que j'ai le droit d'être libre comme n'importe quel garçon. J'ai bien l'intention de m'offrir des libertés, plus grandes même que celles qu'on accorde aux adultes. Je pensais que la liberté était importante pour vous autres. Comme c'est le cas pour le reste de votre peuple. »

Lorsque Ruby nous parle de « notre peuple », quand elle proclame que notre peuple est juste et généralement beau, que notre peuple était autrefois constitué de reines et de rois, de suprêmes athlètes et de sublimes entraîneurs, que nous sommes probablement les premiers hommes à avoir marché sur terre après l'extinction des dinosaures, nous nous contentons de murmurer en guise de réponse. Bien évidemment, nous avons lu des choses sur l'esclavage et l'histoire de la peur de l'homme blanc. Pour qui se prend Ruby de nous l'expliquer ? Quand elle commence son bavardage à propos de lutte et de droits de l'homme, quand elle nous explique le salut et le soulèvement de notre peuple, nous nous murons dans le silence en pinçant les lèvres jusqu'à ce que ce genre de discours cesse et que Ruby se rappelle, finalement, qu'elle est blanche.

« Qu'est-ce que c'est, cette liberté que tu sembles connaître si bien ? Ton propre papa te roue de coups, mais tu as l'audace de nous parler, à ma sœur et moi, de liberté. Nos droits civiques se portent très bien », rétorqua Ezra.

Sans un mot, elle lança sur Ruby la branche pleine d'échardes qu'elle tenait. Celle-ci émit un sifflement avant de heurter un arbre près de la tête de Ruby, puis d'atterrir dans un buisson qui semblait composé d'orties.

Ruby poussa un cri d'animal blessé. Elle se rua sur Ezra, s'agrippant avec ses ongles à la chair du bras dénudé de ma sœur. Je m'immobilisai, tandis qu'Ezra se libérait sans peine de son étreinte. Son regard était celui qu'elle avait déjà adressé à des Blancs, mais jamais à Ruby.

« Tu sais ce qui m'arriverait si je m'en prenais à une fille blanche comme tu viens de le faire ?

— Je suis une Blanche, tout à coup ? À cause de quoi ?

— Tu ne m'as pas répondu, insista ma sœur. Parce que tu le sais comme moi. Ce n'est pas parce qu'on vit au milieu de nulle part que tu ne vois pas de quoi je parle.

— Je pensais que tu m'avais toujours dit la vérité », répondit Ruby.

Les larmes lui montèrent aux yeux, de même qu'à ma sœur. Les yeux me piquaient aussi, devant ce moment affreux et pourtant inévitable. Maman, Miss Irene – elles, elles l'avaient vu venir.

« Ton papa, ta maman, mon papa, ma maman, dit Ezra. Tu crois vraiment qu'ils ont tous tort ?

— On est différentes, plaida Ruby. On l'a toujours dit. »

Ezra se frotta le bras à l'endroit où Ruby avait laissé des marques et secoua la tête avec amertume. « On ne l'est pas.

— Mais on vient de voir, justement…

— Ruby, qu'est-ce que tu as vu exactement ?

— Ez, je t'en prie, s'il te plaît.

— On doit y aller », dis-je.

Ezra me fit taire d'un signe. Mais je sentais que ce qui allait se passer s'était logé dans le cœur d'Ezra au printemps dernier. Elle l'avait gardé en elle aussi longtemps que possible.

« On ne vieillira pas ensemble. C'est absolument impossible. Tu veux croire, je le vois bien, qu'on est à la poursuite de la même liberté et de la même existence. Mais ce n'est pas le cas, reprit Ezra prudemment. Nous ne sommes pas de vraies sœurs. J'ai une sœur. »

Ruby s'avança comme si elle s'apprêtait à attaquer Ezra, mais une force invisible la retint. Nous voir, Ezra et moi côte à côte, incita peut-être Ruby à comprendre, finalement.

« Je t'ai jamais insultée, répliqua Ruby. Je vous ai toujours protégées. Y compris ta crâneuse de sœur. Et tout ça c'est fini parce que je suis blanche ? C'est ça que tu veux ?

— Protégées de quoi ? Tu as besoin de te protéger de ton propre père, Ruby, répondit Ezra. Et tu le sais.

— Papa m'aime », dit Ruby d'une petite voix.

Ses épaules se soulevèrent. Je savais qu'elle aimait Ez, peut-être plus encore que sa propre maman. Mais Ruby Scaggs n'avait jamais eu à subir d'injures, même au nom de l'amour.

« Tu dis encore un mot, Ez, et je te fais manger tes dents. »

Mais je savais que Ruby ne ferait rien. Comme ma sœur, son cœur s'était brisé si net qu'elles en avaient toutes les deux le souffle coupé.

« On y va », dis-je à Ezra en lui touchant le bras. Nous nous trouvions à l'orée du bois, dans l'ombre de la maison hantée. « Maman va être fâchée. »

3

Ruby regarda les deux filles Kindred s'éloigner au pas de course. Leurs silhouettes devinrent des taches tandis que la lumière de la fin de l'après-midi absorbait leurs formes. Tournant le dos à la trouée où Ez et Cinthy l'avaient laissée, elle se décida pour un sentier non balisé qui traversait le bois et la ramènerait aux falaises.

Ruby résista à l'envie de pleurer. Se sentait-elle ainsi à cause de ce qu'elle avait entraperçu de sa meilleure amie et d'elle-même ? Ruby avait du mal à admettre qu'elle s'était attendue à voir une disparité entre elle et les filles Kindred. Le monde entier se chargeait bien depuis toujours de leur signaler cette différence. L'intérieur paraissait semblable, mais l'extérieur était effectivement différent. Maintenant qu'elle connaissait la vérité, celle-ci lui pesait. Ruby se sentait rarement seule, bien qu'elle le soit souvent. Elle songea à se laisser aller à pleurer, mais alors elle visualisa son papa, qui sanglotait tout le temps et était la personne la plus seule que Ruby ait jamais connue.

Jonah Reuben Scaggs, dont Ruby portait le deuxième prénom, avait gardé la minceur des garçons sans le sou qui plongent de ponts ferroviaires pour pêcher quand ils ont faim. Son père savait retenir sa respiration, même hors de l'eau. Pendant des années, Ruby avait regardé son père plonger du parapet de sa mémoire dans les décombres de son passé.

Ses cheveux blonds, presque blancs, ressortaient. Il avait les yeux bleus, portes ouvertes sur un morceau de blues, que son âme, pourtant, était incapable d'interpréter avec justesse. Mais ces temps-ci, son papa les gardait souvent fermés. Quand elle arrivait sur la terrasse de guingois de leur masure, elle le trouvait soucieux, occupé à examiner son passé, à la manière d'un homme déchiffrant une carte enchantée pouvant conduire à des trésors enfouis. Son père méprisait autant le présent que l'avenir. C'était le passé qui le poussait à continuer de vivre. Il essayait de trouver un nom pour désigner le moment où son existence s'était effondrée. Ruby avait inventé sa propre carte, de sorte à se prémunir des attaques surprises de son père.

Tandis que Ruby sortait du bois et s'avançait dans leur clairière au sommet des falaises, elle sentit l'odeur du braséro. Son père n'était pas à la maison, mais il faisait fumer du porc derrière chez eux.

Le papa de Ruby méprisait les voleurs, et n'imaginait pas une seconde que sa fille était passée maître en la matière. Quand elle comprit qu'elle risquait de mourir de faim parce qu'elle ne pouvait pas compter sur sa mère ou son père pour lui fournir de quoi manger, elle apprit à voler. Ce qui devint un autre sujet de commérages. Les villageois parlaient de l'alcoolisme de son père et des fantasmes de sa mère. Et maintenant ils se laissaient aussi aller à propos de Ruby, puisqu'elle n'était plus vraiment une petite fille dépourvue de jugeote. Pour eux, Ruby ne méritait pas mieux que d'être l'infortuné produit de la désastreuse fierté des Scaggs.

Ruby repensait aux nuits d'été et à la façon dont les dernières soirées d'août lui paraissaient toujours tristes, comme si celles-ci avaient conscience que les jours longs et lumineux devaient bientôt prendre fin.

Elle aurait voulu des journées interminables, de ciel bleu parfait et estival. Cela l'aidait à s'imaginer en pilote, à l'intérieur de son avion en train de sillonner les cieux.

Ruby traversa la cour au sol de boue durcie tout en injuriant les chiens de son père qui, affamés, lui couraient autour. Elle songea soudain que ce serait sa dernière année de lycée. Depuis le printemps passé, elle s'inquiétait de se retrouver coincée à Salt Point, forcée d'épouser un des six John de sa classe. C'était une chose dont Ez et Cinthy n'avaient pas à se soucier. Ruby avait un jour lu une rubrique dans un des magazines de beauté de sa mère au sujet de femmes qui, malgré tous leurs efforts et en dépit de leur désir, avaient fini par épouser des hommes qui ressemblaient à leur père. Quand elle avait essayé d'en parler à Ezra, cette dernière s'était contentée de grimacer et de déclarer que son père à elle était un homme bien qui avait transmis à ses filles sa connaissance des étoiles, de l'anatomie humaine, des pyramides égyptiennes, et leur avait appris comment bien cerner les êtres humains.

Les seules étoiles que le papa de Ruby ait jamais aperçues étaient celles qu'il voyait quand quelqu'un le passait à tabac dans un bar. Jonah Reuben Scaggs décernait également des étoiles à Ruby, celles qui lui coloraient la peau de taches vert et violet. Ce ne serait pas de lui que Ruby apprendrait de quelle étoffe les hommes étaient faits.

La mère de Ruby, pour sa part, se contentait d'éviter d'être elle-même passée à tabac par son mari. Comme lui, Mrs Scaggs se réfugiait dans le passé. Couronnée un jour reine de beauté à la foire locale, la mère de Ruby continuait de marcher dans Salt Point comme si elle portait toujours sa couronne et que le village était fou de ne pas le voir.

Quand Mrs Scaggs croyait encore qu'il était de son devoir d'être une bonne mère, elle avait commencé à s'inquiéter sérieusement du bien-être de Ruby. Une autre façon, pour elle, de contrarier son mari. Ainsi, lorsque des villageois avaient déclaré à propos de sa fille : *Cette petite devrait déjà savoir lire*, Mrs Scaggs avait pris conscience qu'on pouvait très bien la tenir pour responsable de la mauvaise éducation de Ruby.

Un après-midi où Mrs Scaggs se trouvait au village avec Ruby et se donnait en spectacle en train d'acheter des fleurs, elles aperçurent Mr Hobart. Vêtu d'un costume taillé sur mesure, Mr Hobart avait soulevé son chapeau puis caressé les cheveux ébouriffés de Ruby. Il l'avait interrogée sur son âge, sur quoi elle s'était tournée timidement vers sa mère, qui avait répondu avec fierté : « Elle a huit ou neuf ans. »

Il avait regardé Mrs Scaggs attentivement, comme s'il pouvait distinguer sa couronne. Ou, du moins, c'était ce qu'elle espérait. Mais il lui avait juste demandé si Ruby savait déjà lire et, en ce cas, si elle lisait bien. Battant des paupières comme si elle s'était frotté les yeux avec du poivre, Mrs Scaggs avait essayé de voir s'il achèterait un bouquet de marguerites à la petite Ruby. Elle n'avait pas remarqué la gêne de Mr Hobart. Il avait incliné son couvre-chef, souhaité à Ruby et à sa mère un agréable après-midi et ajouté que, dans la mesure où la famille Scaggs était une famille dans le besoin, leur fille pouvait être scolarisée dans son établissement.

Cet après-midi-là, Ruby avait éprouvé la douleur qui avait étreint le corps de sa mère.

Ruby se souvenait que sa mère l'avait alors entraînée loin de la place du village, empruntant un itinéraire malaisé pour retourner chez elles. Les fleurs gisaient au fond du vieux filet à provisions de sa mère, abîmées et cassées. Ruby n'avait pu s'empêcher de remarquer toutes les fleurs sauvages colorées qu'elles aperçurent en chemin, tandis que sa mère rageait après l'insulte que lui avait infligée cet homme.

« C'est lui qui est un pauvre homme. L'homme le plus pauvre au monde est celui qui se croit si riche qu'il peut couvrir une femme d'insultes mesquines au lieu de compliments appropriés.

— Comment ça "couvrir" ? » avait demandé Ruby à sa mère, qui lui avait répondu par une gifle.

Ruby s'était assise sur le perron, tenant sa joue dans la main et écoutant sa mère pleurer de rage. Lorsque Ruby était finalement rentrée, elle avait trouvé sa mère en train de se badigeonner le visage de crème et d'évoquer les dangers associés aux larmes, qui pouvaient ruiner le teint d'une femme.

« Au moins tu seras dans une bonne école », avait-elle répété à sa fille tout en essayant de disposer les fleurs flétries entre les pages d'un livre en lambeaux.

La vérité était que Ruby savait lire. Mais les textes à sa

disposition l'avaient découragée. Elle ne pouvait pas trouver d'aventures, de fantômes, de guerres ou de contes de fées dans les magazines de sa mère. Les seuls monstres et scélérats que Ruby avait jamais vus dans ces pages étaient des tas de linge sale menaçants, des maris malheureux, du vernis à ongles rouge écaillé, des bas de soie filés. Trop de fichues règles sur la manière de passer pour quelqu'un que vous n'étiez pas, comme de rester adolescente dans la cinquantaine. Ce qui dérangeait vraiment Ruby étaient les illustrations de mères souriant à des bébés aux joues roses dont on semblait prendre grand soin, ce que Ruby, elle en avait bien conscience, n'avait jamais connu.

À huit ou neuf ans, Ruby se rebella contre les croyances de sa mère.

Elle voulait vivre des aventures qui n'impliquaient pas de servir aux hommes des steaks délicieux tout en devant se priver. Elle commença à s'éloigner de sa mère, qu'elle aimait mais qui ne la voyait pas. Bien que cela fût douloureux au début, Ruby comprit que c'était le seul moyen de vivre comme elle l'entendait. Ruby se convainquit que la négligence de ses parents l'avait dotée d'une armure spéciale. Elle se défit de ce qu'elle n'avait jamais possédé et, à la place, se mit à prendre plaisir à passer du temps en tête à tête avec elle-même, ainsi qu'à inventer ses propres aventures.

Ruby était déjà fascinée par ce qui volait bien avant d'avoir assisté au spectacle aérien annuel de Briggley avec Ezra et Cinthy. Elle se souvenait de son attirance pour les mouettes qui planaient à l'horizon de Salt Point, et des nids d'oiseaux qu'elle explorait au cours de ses promenades dans les bois ; parfois, à la vue d'un cardinal ou d'un geai bleu elle pouvait s'interrompre au milieu de ses tâches domestiques. Ruby savait que cette passion de voler était en elle, attendant qu'elle la découvre et cesse de craindre qu'un tel amour puisse même exister.

Ce désir d'aviation, pour Ruby, était sa façon de se mettre à écouter son âme.

Elle se disait que l'histoire de son rêve avait commencé avec le spectacle aérien à Briggley, une ville légèrement plus grande que Salt Point, juste à quelques kilomètres de distance. Ezra et Cinthy avaient rejoint Ruby, même si bien sûr elles avaient passé leur temps à s'inquiéter de la réaction de leur mère, si cette dernière découvrait qu'elles étaient sorties en douce. Ruby avait ri et leur avait assuré que ce qu'elles verraient valait tous les châtiments.

Ce jour-là, elles avaient observé les ombres des avions planer et se détacher sur le fond d'air bleu, à l'instar de bancs de poissons. Telle une flotte de requins peints de couleurs vives, aux museaux lustrés et aux fuselages lisses et brillants. Même les avions les plus patauds emplissaient les yeux de Ruby de larmes d'espoir. Elle se rappelait que cet éveil du désir avait provoqué en elle un émoi semblable à celui que les femmes du village décrivaient au moment d'éprouver leur premier orgasme. Cette conscience semblait à la fois psychique et physique, comme la sensation d'une présence nouvelle dans un chez-soi familier. Et c'était là que Ruby se sentait le plus profondément chez elle, tandis que les filles Kindred et elle fixaient le ciel des yeux.

Au spectacle aérien, on vendait des tickets pour de brefs tours en avion. Ruby était déjà montée dans des montgolfières, quand les cirques itinérants se trouvaient sur le vieux terrain vague de Salt Point. Elle avait dérivé au-dessus de l'eau et avait observé les falaises en contrebas. Parfois, elle avait aperçu le toit de leur masure, mais rien de tout cela ne lui donnait l'impression d'être chez elle. Le ballon se déplaçait trop lentement. Son pilote s'ennuyait, à moins de discerner un joli visage dans sa ligne de mire. Peu importait le nombre de questions que Ruby lui posa, elle savait qu'il la considérait comme une bonne à rien, encore plus que lui-même.

Au spectacle aérien de Briggley, Ruby avait ignoré les coups d'œil curieux dirigés vers elle et les deux jeunes filles noires qui se tenaient trop près d'elle. Les yeux pleins de mépris des hommes et des femmes n'avaient que peu d'effet sur Ruby. Elle était trop occupée à regarder en l'air.

Elle avait beau savoir que les filles Kindred avaient de l'argent caché dans leurs chaussures, Ruby choisit d'en dérober à une mère occupée à essuyer du lait sur le visage d'un enfant hurlant dans un landau bleu pastel. Les filles Kindred ne furent pas étonnées. Elles ne l'étaient plus. Elles craignaient seulement que Ruby se fasse prendre et qu'on les accuse, elles.

Lorsque Ruby expliqua ses plans, Ezra la traita de folle et sourit. « On ne vient pas avec toi, déclara Cinthy. On n'a pas le droit. » C'était la rengaine habituelle de la sœur d'Ezra. Elles s'éloignèrent pour voir si elles pouvaient acheter du pop-corn et des bonbons, malgré la mise en garde de Cinthy qui se mit à parler du coût exorbitant des dentistes si jamais leur mère découvrait qu'elles avaient des caries. « On va s'asseoir à un endroit d'où on peut voir, cria Ezra par-dessus son épaule, un sourire aux lèvres. Juste au cas où l'avion descendrait au lieu de monter. »

Ruby resta seule dans la queue. Toute à son effervescence, elle ne voyait pas les enfants devant elle ni leurs parents qui, l'un ou les deux, serraient tendrement de petites mains.

Quand Ruby se retrouva au tout début de la queue, un homme qui ressemblait à son père la toisa de ses yeux injectés de sang protégés derrière de fausses lunettes d'aviateur. Son corps rond rappelait à Ruby les boules de pétanque avec lesquelles les hommes âgés de Salt Point jouaient parfois sur la place du village.

« T'as ta mère ou ton père avec toi ? demanda-t-il d'une voix assez forte pour que tout le monde entende bien qu'il faisait son travail. Si c'est pas le cas, alors tu vas nulle part. » Il ne rit pas, même si certains des enfants qui attendaient impatiemment derrière Ruby trouvèrent la chose amusante. D'un air renfrogné, Ruby avança sa main tenant les pièces dérobées. D'après ce que lui avait appris sa maman, elle se figura qu'il prendrait son argent et regarderait ailleurs. Mais il ne lui jeta même pas un coup d'œil. Il se tenait debout, estimant la longueur de la queue.

« Barre-toi », dit-il, tout en arrachant l'argent de la main de Ruby, comme si celui-ci aurait pu la brûler.

*

Même si on avait refusé à Ruby le droit d'accéder à son rêve, elle ne laissa pas cette rebuffade ruiner son besoin de croire qu'elle pouvait piloter un avion.

Peu de temps après avoir vu le spectacle aérien à Briggley, Ruby subtilisa un magazine à la bibliothèque scolaire. Les garçons avaient beau habituellement se battre pour les revues avec des avions et des voitures, ce numéro-là n'avait pas été touché. Il montrait une femme pilote en couverture.

Harriet Quimby avait gagné ses galons bien avant qu'Amelia Earhart n'arrive dans le paysage. Chaque fois que Ruby essayait de faire l'éloge de Harriet ou d'Amelia, Ezra lui rappelait aussitôt l'existence de Bessie Coleman, qui avait elle aussi traversé des cieux bleus. Ruby était habituée à cette réaction d'Ezra quand il s'agissait de musique ou de sports, mais ces derniers temps, elle était énervée par la manie qu'avait son amie de placer le nom d'une femme de couleur dans un espace que Ruby considérait comme lui appartenant à elle seule.

Peu de temps après, leur professeure, Miss Burden, mentionna pendant un cours d'histoire qu'il y avait également des femmes pilotes. On ne trouverait pas leurs histoires dans des livres, ajouta Miss Burden, mais elle insista pour que ses élèves aient conscience que les femmes étaient aussi capables de devenir pilotes. Ruby y vit un signe. C'était l'une des seules fois où elle avait jamais éprouvé de la reconnaissance pour une leçon dispensée au lycée. Autrement, l'école déconcertait Ruby. Même quand elle donnait les bonnes réponses, il semblait toujours y avoir quelque chose qui clochait.

*

Tout cela rappelait à Ruby, plus qu'elle n'aurait voulu l'admettre, l'homme qui au spectacle aérien avait pris son argent et lui avait refusé l'accès à ce qu'elle désirait le plus, au simple prétexte qu'elle n'était pas accompagnée d'un de ses parents. Le jeu des convenances lui demeurait étranger et elle se demanda comment cet homme aurait réagi – peut-être l'aurait-il prise en pitié – s'il avait plongé les yeux dans le regard sombre et aviné de son père.

Elle se méfiait des leçons que les adultes lui donnaient, surtout celles des hommes. Elle était constamment malmenée. Que ce soit au spectacle aérien, par l'homme dont le regard l'avait quasiment menacée de violence si elle envisageait de lui répondre parce qu'il lui avait volé son argent, ou bien qu'il s'agisse de la violence réelle que son père lui infligeait au nom de son amour pour elle, Ruby aspirait à de nouveaux récits où elle serait l'héroïne. Elle ne voulait pas être une princesse ni une reine, ni encore une pauvre Cendrillon transportée à une fête dans une citrouille. Elle désirait de vraies histoires, avec des images qui lui empliraient la tête. Au lycée, elle ne comprenait pas l'enthousiasme de sa professeure au sujet d'Hélène de Troie ou d'autres femmes punies et courtisées par des dieux déguisés en animaux. Ces choses n'étaient pas réelles.

Ruby s'intéressait plus à Harriet Quimby qu'aux leçons stupides de Miss Burden à propos de mythologie. Harriet Quimby était la première en tout. Première femme à avoir traversé la Manche. Première femme, historiquement, à tomber du ciel et à en mourir.

À dire vrai, Ruby ne s'était pas focalisée sur l'épisode de sa mort. C'était la victoire, le triomphe de cette femme qui s'accordait avec les récits de Ruby. Elle pensait à Harriet Quimby se raccrochant au ciel qui tournait autour d'elle alors qu'elle était éjectée de son siège, avant de finir par s'écraser telle une torpille dans une tombe de boue épaisse.

Peut-être que ses vols valaient sa chute. Peut-être que ces femmes pilotes, qui liaient leur destin au ciel, avaient moins peur de mourir dans les airs que sur terre, prisonnières d'existences horribles dont elles n'avaient jamais rêvé, mais qui les avaient rattrapées quand même.

Ruby avait treize ans quand elle déchira en menus morceaux la couverture de ce magazine montrant Harriet Quimby, puis mastiqua le journal crayeux, ingurgitant cette femme et ses ailes métalliques. C'était la seule manière de s'assurer que leurs vies resteraient connectées. À ce moment-là, toutes les peurs de Ruby quittèrent sa poitrine, à l'instar de milliers de chauves-souris sortant d'une grotte de roche rouge. Chaque bouchée, chaque déglutition, chaque respiration l'élevait plus haut et la rapprochait un peu plus du soleil. Un jour, Ruby posséderait ses propres ailes.

*

Le soir avant la rentrée, Ruby avait frit deux œufs frais et découpé de la viande que son papa avait laissée dans le brasero derrière leur masure. Elle en mangea très peu, parce qu'il se plaindrait qu'elle ait gardé les meilleurs morceaux pour elle, ce qui était légèrement faux. Après tout, il s'agissait souvent d'écureuils, d'opossums, de canards, de ratons laveurs ou de chevreuils. Quels étaient exactement les meilleurs morceaux ? Ils n'avaient jamais eu le genre de nourriture que Ruby aurait préféré, un cheeseburger avec du ketchup et des frites.

Accroupie dans l'un de leurs vieux baquets en zinc, elle s'était frotté l'épiderme à l'aide d'une vieille brosse en crin de cheval et lavé les cheveux. Sa peau couverte de taches de rousseur était à vif mais propre. Elle n'avait aucun moyen de remédier à sa frange, mais ses cheveux poussaient vite comme ceux de sa maman ; d'ici aux vacances, rien de cette coupe horrible ne subsisterait. Elle s'était même permis de plonger un doigt dans la crème adorée de sa mère. Elle devenait une femme, et il ne serait peut-être pas si mal de songer aux ravages du soleil. Depuis que Ruby avait commencé à saigner, elle s'était dit qu'elle devait davantage prendre soin d'elle, dans tous les domaines, y compris son apparence. Elle se moquait d'être « pauvre », parce que la plupart des enfants à Hobart avaient des problèmes d'argent. Mais que ses camarades de classe la traitent de « sale » (rarement en sa présence, bien sûr) revêtait maintenant une autre signification. Ruby ne voulait plus se bagarrer avec ses pairs ou ses professeurs si ce n'était pas nécessaire. Elle avait de nouveaux projets à prendre en considération : voler en avion, avoir une meilleure vie. Le ventre plein et ses vêtements préparés, Ruby n'arrivait pas à décider si elle était impatiente ou inquiète à la perspective de la rentrée. Ses parents, imaginait-elle, avaient sans doute même oublié qu'elle devait reprendre les cours le lendemain. Elle se sentait soulagée d'être seule. Ruby continuerait à les laisser croire qu'elle n'envisageait aucune stratégie impliquant de les quitter.

Ruby y était pourtant prête. Il n'y avait qu'Ezra pour l'inciter à revoir ses projets.

Ruby avait regardé Ezra et Cinthy s'éloigner le long du sentier puis rentrer chez elles. Son cœur s'était serré alors qu'elle se demandait ce que cela faisait d'avoir une sœur à soi.

En même temps, elle se sentait aussi proche d'Ez, voire plus, que d'une sœur. Depuis le jour de leur rencontre, à l'âge de dix ans, Ruby était grisée. Personne ne lui avait jamais parlé des fous rires entre filles. Le rire d'Ezra Kindred lui évoquait du parfum. Elle s'en était enveloppée au point qu'elle ne se rendait compte de sa puissance que lorsqu'elles se trouvaient éloignées l'une de l'autre. Ruby aimait croire que son rire apportait aussi quelque chose de tangible à Ezra. Avoir sa première amie conférait à Ruby un sentiment de pouvoir.

Ces derniers temps, leur proximité demandait plus d'efforts. Elles trouvaient de moins en moins de raisons de rire. Quand elles se disputaient, Ruby et Ezra n'oubliaient plus leurs différends comme par le passé. L'important c'était de gagner. De nouveaux silences s'installaient entre elles. Ruby se demandait si le fait que ce soit leur dernière année était la cause de cette distance. Toutes les filles devraient savoir, très bientôt, où et comment se tenir dans le monde. Et le monde et ses barrières paraissaient insister pour que Ruby et Ezra aillent chacune de leur côté. Mais Ruby refusait de croire que ce mur ne puisse pas être démoli. Après la fin de l'année scolaire, ne pourraient-elles pas toujours rire ensemble ?

Ruby respira profondément, essayant de ne penser à rien sauf à profiter du ciel avant que le soleil ne disparaisse complètement derrière l'horizon. Admirer la voûte céleste lui apportait la paix. Elle se demanda ce qu'elle éprouverait à observer le soleil se coucher à bord d'un avion. Elle laissa son esprit divaguer tandis que l'air autour d'elle se rafraîchissait. Les images dans sa tête l'aidaient à se défendre contre les manques de son existence.

Quand le soleil eut disparu, Ruby décida de traverser le bois et d'aller jusque chez les Kindred, sur Clove Road. Elle y allait chaque année avant la rentrée depuis qu'elle avait dix ou onze ans, à l'époque où elle venait de faire la connaissance d'Ezra et de Cinthy Kindred et avait pris conscience que, bien que noires, celles-ci vivaient dans un monde très différent du sien.

Chez son amie, Ruby savait que Mrs Kindred s'occupait de leur repassage, de leur toilette, de leurs tracas et de leurs repas. Mr Kindred, pour sa part, s'occupait de penser et parfois, s'il s'en souvenait, de faire régner la discipline, sauf qu'il n'aimait pas vraiment leur crier dessus ni les punir, à la différence du papa de Ruby.

Les Kindred restaient si bien dans leur coin que parfois on en oubliait jusqu'à leur existence. Leur religion relevait du domaine privé. S'ils avaient été blancs, Ruby imaginait qu'ils auraient été exactement comme elle.

La moindre question sur leur famille rendait les sœurs nerveuses, alors Ruby apprit à ne pas évoquer le sujet, d'autant plus que sa propre situation familiale était loin d'être « respectable ».

La maman de Ruby disait souvent que les Kindred étaient les nègres les plus curieux qu'elle ait jamais vus, même si Ruby savait que sa mère n'en avait pas vu beaucoup au cours de sa vie. Ce qui expliquait que, comme d'autres villageois, sa maman craignait un peu les Kindred.

Ruby se leva, frissonnante. Elle voulait atteindre la maison des Kindred avant qu'ils aient fini leur dîner spécial. Elle aimait les regarder de l'extérieur, à travers la grande fenêtre de leur cuisine. Durant toutes ces années, ils ne l'avaient jamais remarquée. Ce n'était pas exactement de l'espionnage. Sa convoitise était attisée par les délicieux repas de Mrs Kindred, mais en réalité Ruby savait qu'il s'agissait d'autre chose, une chose qu'elle ne voulait expliquer à personne, même pas à sa meilleure amie. Qu'aurait pensé Ezra si elle avait eu conscience du nombre de fois où Ruby s'était retrouvée à fouiller dans la poubelle des Kindred pour se procurer son propre festin du dernier jour de l'été ? Ruby inventait des histoires d'envoûtements qui un jour se dissiperaient pour révéler qu'elle était depuis tout ce temps secrètement la troisième sœur. Ces contes la réjouissaient et lui laissaient croire que, malgré son existence de sauvageonne, elle était, en réalité, une enfant de la famille, méritant une chambre à elle dans cette maison, ainsi que de l'amour. Par le passé, quand Mrs Kindred prévoyait une place pour Ruby à la table de la cuisine et l'invitait à partager leur repas, Ruby s'évertuait à ne pas laisser voir à Ezra ce que cela signifiait pour elle, combien elle désirait être des leurs.

Le moment de la soirée que Ruby préférait, c'était lorsque Ez et Cinthy et leurs parents se dirigeaient vers cet étang qu'ils affectionnaient, où ils échangeaient des anecdotes et formulaient des vœux adressés aux étoiles au-dessus d'eux. Ezra avait mentionné une fois cette tradition et puis, se sentant embarrassée, avait dit à Ruby que cela ne revêtait aucune importance. Mais Ruby savait que rien n'avait plus de prix aux yeux de sa meilleure amie. Se tenant alors à l'orée du bois, Ruby observait toute la famille enlacée rire tandis qu'ils regardaient en l'air, leurs voix graves articulant des mots qui ressemblaient à des prières.

Ruby avait elle aussi un ou deux souhaits à elle en cette veille d'ultime rentrée. L'un portait sur son désir de piloter un avion, pour de vrai, et de se montrer assez courageuse pour faire tout le nécessaire, si effrayant que ce soit, afin de commencer à devenir celle qu'elle voulait être. Son second souhait, qui lui paraissait tout aussi irréalisable, était de conserver l'amour d'Ezra Kindred.

4

« Voilà, vous ressemblez de nouveau à mes filles », dit Maman en se levant de sa chaise dans la cuisine.

Elle rassembla les peignes, les brosses, les rubans et l'huile pour cheveux qu'elle gardait dans une vieille boîte à biscuits en fer-blanc. Sa colère due à notre retour tardif avait fini par retomber. Pour une fois, je remerciai en silence ce verre glacé rempli d'alcool marron d'avoir rasséréné Maman. Nous l'aidâmes à tout ranger, nous déplaçant sans bruit lorsqu'elle nous somma de mettre la table pour notre repas spécial. Elle paraissait un peu chancelante, mais alors que je passais devant elle, elle m'attira et déposa un baiser sur mes tresses toutes neuves. Je sentais leur propreté à la manière dont l'air effleurait mon cou et mes oreilles, et c'était aussi réconfortant que la voix de Maman.

J'aimais toujours les rubans, même si Ezra avait dit à Maman que nous étions trop grandes pour en porter. Elle avait déclaré qu'elle préférerait mourir plutôt qu'on la voie avec des rubans dans les cheveux, et il semblait désormais qu'elle ne voulait pas non plus qu'on la voie en ma compagnie si j'en portais, alors même que j'avais seulement treize ans.

« Remplace le ruban par un joli serre-tête, conseilla ma sœur.

— Les serre-tête me font mal, Ez. Ils appuient sur la peau derrière mes oreilles et ils tombent quand je fais la roue, répondis-je.

— T'es trop grande pour faire la roue. Pas vrai, Maman ? répliqua Ezra, fronçant les sourcils pour me lancer un regard noir tandis qu'elle essuyait à l'aide d'un torchon les belles assiettes que Maman avait sorties et rincées pour le dîner.

— Dans le monde entier des femmes portent des foulards sur la tête. Dans certains pays, les femmes couvrent leurs cheveux dès qu'elles sortent de chez elles. Elles ont été élevées de cette façon. Et je parie qu'il y a des milliers de femmes sur la planète, dont l'âge est plus élevé que toutes nos années réunies, qui utilisent des rubans. Vous voyez bien Irene avec ses cheveux drapés dans un de ces jolis turbans qu'elle aime porter quand elle sort. Je ne vous ai pas élevées toutes les deux pour que vous passiez tant de temps à penser à vos cheveux. Ta petite sœur peut faire comme elle veut », répondit Maman.

Tout en tendant à ma sœur une autre assiette, je gloussai et m'appliquai à lui faire les gros yeux. Elle était de mauvaise humeur. Parce qu'elle avait conscience qu'elle n'aurait pas dû dire toutes ces choses à Ruby au sujet de son papa avant que nous nous séparions dans les bois. Ruby et elle avaient beau se disputer tout le temps, Ezra pouvait blesser Ruby d'une manière dont même son père n'était pas capable.

Comme tous les autres enfants, Ezra et moi avions peur de Mr Scaggs.

Au fil des ans, Ruby nous avait montré de nombreux endroits où ses coups avaient laissé des bleus. Il y en avait sans doute d'autres. Je songeai à la façon dont Ruby dérobait tout ce qu'elle pouvait quand personne ne regardait. Elle ne pouvait pas s'en empêcher, même si elle savait que c'était mal. Je me demandais si ce n'était pas pareil pour Mr Scaggs. Il ne pouvait pas s'empêcher de frapper Ruby, même s'il devait savoir que c'était mal. J'étais effrayée à l'idée que les adultes puissent se comporter de cette manière, alors même qu'ils savaient distinguer le bien du mal.

Sans jamais nous fournir de véritable explication, Maman et Papa nous avaient défendu de nous retrouver seules en présence d'hommes blancs. Si cela arrivait, y compris avec nos professeurs à Hobart, nous devions nous éloigner aussitôt.

*

Maman demanda à Ezra de l'aider avec la nappe amidonnée. Nous préparâmes la table si magnifiquement que nous aurions pu nous croire dans un restaurant chic. Notre famille se comportait comme si la veille de la rentrée était aussi importante, sinon plus, que Noël.

« Est-ce qu'on peut pique-niquer près de l'étang ? demanda Ezra. Ce serait plus simple. »

Maman marqua une pause, croisant les bras. Sa robe jaune était maculée d'eau. Elle avait retiré son tablier de cuisine pour nous laver les cheveux et avait oublié de le remettre. Maman en avait terminé avec sa tristesse et avait remisé dans son antre intérieur ces sentiments que le whisky et Sam Cooke provoquaient en elle. Notre mère avait refait surface. Elle avait beau ne pas être vraiment en colère, l'atmosphère dans notre cuisine était tendue. Maman manifestait son indignation par un tressaillement le long de sa mâchoire que j'aurais pu reconnaître entre mille.

« On dirait bien que vous avez déjà participé à une sorte de pique-nique toutes les deux.

— Maman ?

— Ça fait longtemps que je n'ai pas eu à nettoyer autant de crasse dans vos cheveux. Où êtes-vous allées aujourd'hui ? » Elle me jeta un regard, consciente que, à la différence de ma sœur, je ne pouvais pas lui mentir.

« On est allées jouer, Maman, répondit Ezra, avant de se diriger vers le tiroir et se mettre à en sortir bruyamment les couverts.

— Je vous ai appelées pour que vous veniez toutes les deux m'aider. Préparer tout ce repas, s'occuper de vos cheveux jusqu'à la dernière minute avant le dîner, nettoyer et frotter hier toute la journée à m'en casser le dos. Vous avez eu l'audace de disparaître tout à coup, comme si vous pensiez avoir une servante à la maison. Cette maison, elle nous appartient, à votre papa et moi. Vous ne possédez rien, pas même la saleté dans vos cheveux. Je veux savoir où vous étiez et ce que vous fabriquiez toutes les deux. Et j'attends une réponse qui n'insulte pas mon intelligence. »

Les mots de Maman avaient beau viser principalement Ezra parce qu'elle était plus grande que moi, et plus sournoise, je baissai les yeux en direction de mes pieds nus et regrettai de ne pas être en train de marcher dehors, dans l'herbe autour de notre étang, qui serait fraîche et humide à cette heure de la journée.

Quand Maman parlait de cette manière, cela me rendait triste.

Sa voix devenait saumâtre, comme si quelqu'un d'autre s'exprimait par sa bouche. Papa n'aimait pas cela non plus. Parfois il interrompait ses récriminations pour lui rappeler pourquoi ils avaient quitté Damascus. Papa disait qu'il ne voulait pas vivre dans une maison où sa femme menaçait de corriger ses filles parce que c'était le seul moyen pour elle de nous montrer qu'elle nous aimait. Pour ses réprimandes, Maman utilisait des mots, pas de ceinturon. Ce qui était affreux, c'était de voir son immense fatigue après nous avoir passé un savon. Être en rage la rendait malade. Ni Maman ni Papa n'envisageaient de nous battre. À la différence de Ruby ou de Lindy Junkett, nous n'avions jamais reçu de gifles ni souffert de nous faire pincer la peau des bras. On ne nous avait jamais envoyées dans le jardin cueillir du jonc. Lindy clamait que c'était un de nos problèmes.

« Mais Maman, tu sais qu'il y a de la poussière absolument partout, rétorqua Ezra. C'est comme ça, quand on est obligés de vivre au milieu de nulle part.

— Cette poussière a-t-elle un lien avec Ruby Scaggs ? »

Je ne dis rien, sentant les yeux de Maman posés sur moi. Elle savait.

« Vous arrivez à un âge où il vous faut de bonnes amies. Des amies avec qui vous pouvez grandir. Ezra, tu es une jeune femme maintenant. Je sais que tu comprends de quoi je parle. Il est temps pour toi de forger des amitiés qui peuvent te rendre plus forte, t'aider à t'en tirer dans ce monde.

— Qu'est-ce que ça veut dire ? » demanda Ezra. Elle cessa de triturer les couverts. Ses nouvelles tresses tombèrent en avant, tandis qu'elle fixait un point par-delà la voix de Maman.

« Des filles comme Lindy Junkett, voilà de quoi je parle. On peut compter sur elle. Je ne dis pas que je n'aime pas Ruby. Mais tu es à un âge où Ruby et toi n'êtes plus les mêmes, quoi que tu en penses. Je préférerais que Cinthy et toi passiez plus de temps avec Lindy, qui est une jolie fille avec un bon avenir. Cette enfant ne se laisse pas distraire et cherche constamment à s'améliorer. Irene et Caesar Junkett font tout pour s'en assurer. Pour que leurs petits suivent le Chemin. »

Je poussai un soupir silencieux pour éviter que Maman ne m'entende. Comme la plupart des adultes noirs, Maman chérissait le Chemin. Elle et Papa avaient parlé du Chemin d'aussi loin que je m'en souvienne. Parfois le Chemin était la cime d'une montagne. D'autres fois, il désignait le lieu où Moïse partagea les eaux de la mer Rouge pour que le peuple élu de Dieu puisse atteindre la Terre promise. Le Chemin représentait une autoroute morale pour les Noirs du monde entier. Le Chemin pouvait aussi devenir personnel, comme quand Papa soupirait et déclarait : *Je ferais attention si j'étais vous. Votre mère est sur le chemin de la guerre ce matin.*

Maman passa la paume de sa main sur son crâne. Ses cheveux sombres, d'un marron foncé presque noir, étaient tirés en arrière, rassemblés en un chignon à la base de sa nuque.

Même quand elle nous disputait, Maman s'adressait souvent à nous comme si nous étions ses amies ou ses sœurs. À dire vrai, malgré sa volonté d'offrir ses conseils à Ezra, Maman n'avait pas réellement d'amis. Enfant unique, elle avait été élevée par des religieuses dans un couvent, après avoir été abandonnée (par Ginny, comme elle l'avait appris plus tard), nourrisson esseulé déposé dans un tas de couvertures sur les marches d'une église, quelque part dans l'État du Delaware.

Nous savions que Maman nous aimait, qu'elle aimait Papa, mais parfois elle traversait des périodes sombres. Elle aimait profondément Papa, pourtant il y avait en elle un lieu hanté dont l'obscure intimité exerçait une attraction encore plus grande. Pour Ezra, la cause en était l'enfance de Maman passée dans la maison de Dieu, avec pour seuls interlocuteurs des nonnes, de la poussière et Jésus. Quand ces moments arrivaient, nous nous taisions, attendant avec anxiété que notre mère en émerge. Elle ne s'y perdait jamais pendant trop longtemps. L'un des antidotes de Maman était l'attention qu'elle portait nous et notre père. Les tâches ménagères la prémunissaient contre ces endroits où vivre l'avait fait souffrir. Aujourd'hui, son irritation nous avait seulement effleurées parce qu'elle était occupée et ne pouvait pas se mettre au lit pour écouter la radio pendant des heures. Aujourd'hui, elle n'avait pas de temps pour feindre de ne pas pleurer en lavant la vaisselle. Maman essayait de nous le cacher, mais les filles perçoivent ces choses-là plus clairement que personne d'autre. Du moins, c'est ainsi que je le ressentais.

Tout en s'essuyant les doigts dans un torchon propre, Maman repositionna son alliance sertie de diamants et poussa un soupir.

« Cinthy, va chercher les bougeoirs dans le cellier. Fais une jolie table. »

Je souris, soulagée à l'idée que Maman n'allait plus nous poser de questions, ni sur le lieu où nous nous trouvions, ni sur notre activité, que je ne comprenais toujours pas, avec Ruby. Maman pouvait voir que nous étions en sécurité et propres, et que nous faisions tout pour l'aider à préparer une belle soirée. J'espérais qu'elle ne serait pas trop fatiguée et pourrait nous accompagner jusqu'à l'étang, que nous appelions le Bord de l'eau depuis que nous étions toutes petites. Nous aimions toujours nous trouver près d'elle quand elle nous souhaitait de bonnes choses pour la rentrée. Se tenir à côté de Maman, dans ses périodes de calme, donnait l'impression d'être à proximité d'un coucher de soleil, seul moment où l'on pouvait regarder l'astre sans risquer de perdre la vue.

Le cellier était l'un de mes endroits préférés. Il y avait une grande fenêtre de guingois qui donnait sur l'étang. Les trois autres murs étaient recouverts d'étagères dissimulées derrière des rideaux à carreaux. Nous l'appelions le Magasin. Une lampe sur pied se trouvait dans le coin derrière la porte dotée d'une poignée en porcelaine blanche qui brillait et dont l'émail était fêlé. Les murs ivoire étaient faits de plâtre jaunâtre qui s'écaillait. Je pouvais placer une chaise à l'intérieur et fermer la porte. Je tirais ensuite la petite chaîne pour allumer l'adorable lampe et lisais, ou bien me contentais d'observer la lumière naturelle glisser le long des rideaux jusqu'à ce que la pièce s'obscurcisse. Alors je pouvais voir jusqu'à notre étang, où les étoiles se projetaient, semblables à de lointaines pièces d'argent.

« Cinthy, tu les fabriques, les bougies ? Qu'est-ce qui te prend si longtemps ?

— Non, Maman, je ne fabrique pas les bougies. Je réfléchissais.

— Alors apporte ces chandelles et leurs bougeoirs ici et pose-les sur la table, dit-elle. Mon Dieu, je suis fatiguée. » Elle marmonnait. Je ne savais pas si c'était dû au whisky ou parce qu'elle était vraiment plus fatiguée que d'habitude. « Peut-être que nous pourrons aller jusqu'au Bord de l'eau si votre père finit de préparer ses leçons. Ce serait agréable. J'ai des vœux à formuler, moi aussi. » Elle semblait de nouveau être elle-même, mais elle ajouta ensuite : « Alors, vous n'allez pas me raconter où vous êtes allées cet après-midi ? Ce que vous avez fait ? »

Nous détournâmes le regard de la douce voix de Maman.

« Vous n'allez vraiment pas me le dire, à moi ?

— Il n'y a rien à dire, répondit Ezra d'une voix très basse.

— Et voilà, dit Maman en secouant la tête comme si elle avait prédit la chose des années plus tôt, quand elle nous berçait dans ses bras. Vous devenez des femmes avec des secrets. Mais je ne suis pas une de vos amies. Vous ne pouvez pas avoir de secret pour moi. »

*

Il n'y avait pas de règle qui nous interdisait de parler à table, mais il fallait avoir quelque chose d'intéressant à dire. Ou, plutôt, quelque chose que les adultes, en particulier notre père, jugeraient intéressant. Nous n'avions aucune idée de ce qui pouvait intéresser les adultes, alors nous gardions le silence et nous concentrions sur notre mastication pour pouvoir passer au dessert.

Nous savourions les fois où notre père restait longtemps à table, au lieu de manger rapidement et de retourner à ses leçons. Nous adorions le son de sa voix, rocailleuse et grave. Papa était un homme sérieux. Quand il souriait, on avait souvent l'impression que d'abandonner le fil de sa pensée et se rappeler que le bonheur se trouvait juste devant ses yeux lui demandait un grand effort.

Notre père réservait sa parole à son enseignement.

Parfois, quand Ezra et moi marchions dans les couloirs de Hobart, nous repérions notre père qui avançait devant nous, une frêle couronne d'autorité flottant au-dessus de sa tête, un livre épais coincé entre son unique bras et son long torse ; nous avions peine à reconnaître l'homme aimant qui vivait à la maison sous les traits de cet autre homme, luttant pour survivre sur le champ de bataille de l'éducation. Au cours des années, il lui devenait de plus en plus difficile de passer de l'un à l'autre.

Malgré son amour pour la littérature, Papa parlait souvent de la vie en termes de coût et de prix. Certaines choses indéterminées lui avaient, ou lui auraient, coûté trop cher. Il honnissait le sentiment que son existence était à vendre. Papa évoquait l'asile des pauvres comme si nous pouvions l'apercevoir de nos fenêtres. Il se méfiait du monde pour de bonnes raisons.

On ne nous avait donné que de rares détails sur nos arrière-grands-parents, Theodore et Calliope Kindred. Leur volonté de bâtir leur propre église avait suscité de l'inquiétude. À peine avaient-ils eu le temps d'investir leur foi et leur espoir dans leur dur labeur que des Blancs du coin grattaient une allumette et déclenchaient un incendie dont les flammes se répandraient sur notre lignée, brûlant encore dans la mémoire de Papa, même s'il ne l'admettait pas.

Il accusait la religion d'avoir déclenché les incendies de son enfance. À la différence de Maman, notre père n'éprouvait aucune culpabilité à ce que nous ne nous rendions pas à l'église tous les dimanches. Papa nous conduisait parfois à l'Étoile-Montante, l'église noire de Gunn Hill, quand il considérait que nous avions besoin de Dieu. Mais à la maison, la règle tacite était que la religion ne devait pas devenir un moyen de contrôle sur notre esprit ou notre conduite.

Au lieu de quoi, on nous encourageait à employer notre intelligence pour comprendre le pourquoi de nos paroles ou de nos actions. Notre père reconnaissait que Dieu avait une utilité, mais il était plus probable qu'il dise : *Si nous devons analyser l'origine de ces larmes…*

Au milieu du repas ce soir-là, notre père parla de ce qu'il prévoyait d'enseigner pour commencer le trimestre. Mes pensées se portèrent vers Miss Burden, ma professeure principale depuis mes onze ans. Je me demandai comment elle-même passait sa dernière soirée de liberté.

Elle habitait seule dans le village, occupant l'un des appartements miteux au-dessus d'une devanture de magasin qui donnait sur la mer. Miss Burden, à mon avis, ne devait même pas avoir quarante ans, en dépit de son visage qui avait l'air d'avoir été frotté avec du vinaigre de cidre à la naissance. Son haleine me donnait l'impression qu'elle avait embrassé avec sa langue des gousses d'ail entières. Les rares fois où notre professeure souriait, j'imaginais que la raison de son amusement était intérieure, parce que je ne croyais pas que Miss Burden nous trouvait ou trouvait sa vie très drôles.

Nous, ses élèves, n'étions que des interruptions entre les moments où elle aurait pu lire. Elle m'apparaissait comme ayant une existence secrète enfouie dans les manches de ses sobres gilets verts. Dans une certaine mesure, Miss Burden se tenait à distance, de nous et du village.

J'étais sensible, et Miss Burden avait perçu cette qualité en moi. Elle me prêtait ses livres et compilait des listes de lectures compliquées pour étancher ma soif d'histoires. Parfois, quand Ezra était malade à la maison, j'avais même le droit de rester à l'intérieur avec elle pendant le déjeuner. Au cours de ces merveilleux après-midi, Miss Burden et moi lisions en silence tout en dégustant nos sandwichs et nos fruits. Parce qu'en l'absence d'Ez mes camarades de classe pouvaient se montrer affreux, et ni Lindy Junkett ni même Ruby ne pouvaient rien pour me sauver des farces humiliantes. Les garçons feignaient de ne pas me voir quand ils lançaient des ballons de foot qui me laissaient des marques sur les jambes. « Elle était dans le passage » était l'excuse la plus persuasive que Miss Burden parvenait à leur arracher. En classe, ils devenaient des artistes. J'ouvrais mon pupitre ou un cahier pour y découvrir des caricatures de moi, de ma sœur et de mon père sous les traits esquissés de primates ou d'organes génitaux. Ces dessins étaient à peine moins humiliants que les vers déclamés en chœur à propos de mon père manchot et de vide-goussets africains.

Tandis que mon père continuait de parler des réparations

que Mr Caesar avait dû entreprendre pendant les vacances pour que le toit de Hobart ne s'effondre pas, je me demandai quelle sorte d'été Miss Burden avait pu passer. Nous ne l'avions pas vue de tout le mois de juillet et de presque tout le mois d'août. Quelques jours plus tôt, quand Ezra et moi avions aidé notre père à recouvrir les vieux manuels scolaires de simple papier marron, les feuilletant pour en effacer les graffitis obscènes, j'avais cru entendre sa voix dans le couloir, adressant au passage un salut gazouillant à quelqu'un. Je m'étais précipitée dans le couloir, incertaine de ce que j'allais dire, mais celui-ci était vide.

Le téléphone sonna, interrompant le monologue de mon père.

Nous avions appris au fil des années à ne pas bouger de nos chaises pour décrocher. J'observai la mâchoire de mon père s'exprimer en langage codé alors que ma mère et lui échangeaient un regard. Notre grand-mère essayait de nouveau, comme toujours, de nous souhaiter une bonne rentrée. Maman d'ordinaire ne répondait pas à cet appel. Elle s'exerçait à attendre que la sonnerie s'arrête, ses doigts agrippant le bord de la nappe jusqu'à ce que ses articulations deviennent visibles. Papa avait renoncé à lui demander de faire la paix, tandis que Maman, de son côté, insistait pour dire que sa paix à elle résidait dans sa réussite à protéger ses filles du type de mère que Ginny Abbott incarnait. *Personne ne m'a protégée*, avait-elle lancé une fois d'une voix si ténue qu'Ezra et moi en étions restées éveillées après notre heure de coucher pendant des semaines. Nous avions entendu Maman marmonner à propos de Ginny qu'elle était une taularde, une grand-mère inapte.

Ginny s'était attiré de gros ennuis et personne n'avait été surpris. Elle était chanteuse, et le diable s'était infiltré dans ses poumons. Le seul souffle dont elle se souciait était le sien, selon ce que les anciens racontaient. Dès qu'elle avait pu partir de Damascus, elle avait abandonné notre maman. Elle n'avait jamais regardé en arrière, n'avait même pas versé de larmes sur sa propre enfant. C'est ce que Papa nous expliqua un jour quand nous lui demandâmes pourquoi on nous ordonnait de répondre à qui nous posait la question que nous n'avions aucune famille en vie. Ce qui était facile, parce que personne à Salt Point ne nous posait jamais de questions sur nos proches.

Certaines années, le téléphone ne sonnait qu'une seule fois et c'était effrayant parce que cela me donnait l'impression que notre grand-mère se lassait d'essayer de joindre Maman, et nous aussi.

« Elle s'est arrêtée », dit Maman en tournant la tête pour jeter un regard de mépris sur le téléphone. Puis elle toussa fortement dans sa serviette de table. Mon père lui offrit son verre d'eau, qu'elle prit avec gratitude. Après avoir dégluti, elle soupira longuement.

« Peut-être qu'elle cesserait si tu lui répondais, suggéra Papa.

— Ne t'y mets pas toi aussi, murmura Maman en s'essuyant les yeux.

— Pense à nos filles », répondit Papa. Il s'exprima d'un ton patient, puis bougea sur sa chaise. Notre père dépassait les un mètre quatre-vingts. Il poursuivit. « Songe à ce que toi et moi n'avons jamais eu. Elles pourraient voir leur grand-mère, Lena. Tu pourrais avoir quelqu'un d'autre à qui parler à part Irene.

— Irene est charmante, répliqua Maman en pinçant les lèvres, avant de se redresser sur sa chaise et de sommer Ezra de nous servir de l'eau citronnée.

— Ne me donnez aucune raison de penser que l'une ou l'autre cherche les ennuis cet automne », nous prévint-il, Ezra et moi, changeant de sujet. Il avala une nouvelle grande gorgée d'eau et se racla la gorge. Ma sœur et moi recevions une version de cette mise en garde chaque trimestre.

« Il faut commencer fort et, euh, il faut terminer fort. Nos pas sur le Chemin s'accélèrent. Vous devenez des jeunes femmes. On ne sait pas toujours quand les ennuis nous rattraperont, les filles, mais nous nous tenons sur nos gardes et jouons notre meilleur jeu, alors nous ne pouvons pas perdre. Nous ne pouvons pas nous laisser vaincre par, euh, par vous-savez-quoi. La défaite ne se passe qu'ici », conclut notre père en tapotant son front qui s'était mis à suer.

Ezra et moi ne recevions aucun traitement de faveur parce que notre père enseignait à Hobart. Comme si ma sœur et moi pouvions compter aux yeux des autres professeurs : nous n'étions que des Noires. Sans mentionner le fait que, plus petite, on m'avait fait sauter deux classes, et que maintenant Ezra et moi nous retrouvions constamment premières ex aequo.

Ezra, les enfants Junkett et moi-même étions les seuls élèves noirs de Hobart. Nos professeurs ne nous interrogeaient que rarement, sauf s'il s'agissait d'humilier un autre élève, invariablement blanc, pour qu'il s'améliore. Miss Burden était la seule à nous appeler par nos prénoms plutôt que de s'adresser à nous en disant : « Oui, toi. »

« Nous ne nous attirerons pas d'ennuis », déclarai-je, parlant pour nous deux, le regard fixé sur la bougie.

Je fermai les yeux et visualisai les portes dorées de Hobart, qui brillaient comme deux imposantes tablettes de feu.

5

Deux pêcheurs du village découvrirent Miss Burden, dérivant sur le dos le long du rivage à marée basse, vêtue d'une chemise de nuit toute neuve. Lorsqu'on les interrogea à propos de cette dernière, les pêcheurs expliquèrent que l'étiquette du prix était toujours attachée, flottant à quelques centimètres à peine du bout des doigts fripés de la défunte. La chemise de nuit donnait la chair de poule, ajoutèrent-ils, à sa façon d'ondoyer autour de la femme, comme si elle était déjà un fantôme depuis longtemps.

Le meurtre fut immédiatement écarté. Il n'y avait pas de plaies visibles, et Miss Burden n'avait jamais fait de mal à personne au village. Elle ne possédait aucune fortune, n'avait aucun ennemi ni de relation secrète. Il n'y avait pas d'héritage, ni d'assurance provenant d'un bienfaiteur quelconque.

Quand on suggéra la solitude, les hommes haussèrent les épaules. Ils dirent qu'ils ne pouvaient imaginer une seconde quels étaient les mobiles de notre professeure. Eux-mêmes étaient des hommes simples, ayant passé des années seuls en compagnie des vagues au clair de lune. La solitude d'un homme contenait des choses qui pouvaient vous tuer. Mais ils ne s'intéressaient pas à ce que signifiait la solitude pour une femme. Le désespoir hantait désormais leurs filets, se plaignirent-ils, parce que le corps de cette femme avait entravé leur route habituelle, leur coûtant une demi-journée de revenus.

Il y avait deux policiers à Salt Point. L'un d'eux, l'officier en chef, était le neveu de Mr Hobart, Charles Hobart. Les villageois qui le connaissaient depuis qu'il était jeune homme l'appelaient Charlie. L'autre, Howard Wash, était connu localement sous le nom de Howie. Il était plus âgé que l'officier Charlie et alternait ironie chaleureuse et points de vue glaçants sur la condition humaine, ceux d'un philosophe. Sa juridiction habituelle se trouvait à Gunn Hill, où l'on comptait plus de meurtres que de cas de solitude. Il était à Salt Point pour seconder Charlie, comme il l'avait toujours fait.

C'était le jour de la rentrée. Nous gardions les yeux fixés sur les deux policiers qui se déplaçaient à pas lents dans la salle de classe à la recherche d'indices, hommes armés faisant soudain volte-face comme si un mobile pouvait surgir à n'importe quel moment. Assis à nos pupitres, nous nous demandions en silence si, d'une manière ou d'une autre, nous avions contribué au malheur de notre enseignante.

Les adultes qui entraient et sortaient précipitamment de notre salle de classe pour faire leur déposition paraissaient énervés et parlaient de Miss Burden avec indifférence comme si chacun d'eux avait vu ce jour venir et était agacé que ce ne soit pas arrivé plus tôt. Miss Burden n'avait jamais tenté de s'attirer les bonnes grâces de ses collègues. Elle ne se plaignait pas des élèves comme les autres. En fait, elle se tenait tellement à l'écart des autres enseignants qu'ils en étaient devenus amers, et avaient supposé que Miss Burden se considérait comme supérieure à eux. J'attendais de voir si mon père allait lui aussi entrer dans notre salle de classe pour faire sa déposition. Mais il m'apparut que la dernière chose que Papa souhaitait était de s'immiscer dans une affaire aussi grave qu'une femme blanche retrouvée morte, flottant au milieu des vagues sans explication apparente sur la manière dont elle avait fini là. Il valait mieux pour eux, comme Maman et lui le disaient toujours, qu'ils ne s'en mêlent pas.

En outre, ce n'était pas la première fois que des pêcheurs de Salt Point repêchaient une femme. Mais c'était la première fois, pour ma part, que je connaissais quelqu'un qui était mort.

Je croisai le regard de ma sœur et y décelai une lueur étrange. À l'évidence, elle essayait de savoir si elle avait peur ou s'il s'agissait de l'un de ces cas où elle laisserait les adultes se débrouiller entre eux, sans se départir pour autant de son propre bon sens.

Une autre de nos professeures, Mrs Clay, qui vivait dans une résidence de Hobart, était en train d'être interrogée au fond de la pièce, près du placard à manteaux, où l'on ne pouvait distinguer son visage. Son nez émettait des bruits de trompette mouillée dans son mouchoir. Parfois, elle répondait au policier Howie quand il lui aboyait ses questions. D'autres fois, non. Lorsque aucun des deux hommes ne s'adressait à elle, elle se parlait doucement à elle-même, répétant sans cesse : *Je ne savais pas je ne savais pas je ne savais pas*. C'était effrayant, cette façon de radoter, y compris pour les garçons de notre classe, qui d'habitude se moquaient de sa voix puérile et émettaient de gros bruits corporels, conscients de son extrême aversion pour tout ce qui relevait du scatologique.

Les policiers congédièrent Mrs Clay et se mirent à échanger des propos par-dessus nos têtes. Nos enseignants ne prirent pas la peine de leur suggérer de faire preuve de tact en notre présence. Ils savaient que Charlie était le neveu de leur employeur.

« Il doit y avoir une lettre.

— Y en avait pas dans son appartement.

— Les femmes laissent des mots.

— Tu te souviens, Maria ? En 51 ? Elle a rien laissé, pas même une virgule.

— Parbleu, je me souviens de Maria. Elle aussi est entrée dans l'eau sans rien sur elle à part sa chemise de nuit. Plein de chemises de nuit au fond de cette crique.

— Je me rappelle qu'elle était nue.

— Ah oui ?

— Je crois. Mais tout le monde par ici sait que ce serait quasi impossible d'entrer là-dedans comme ça. L'eau est trop froide. Ce sel-là est capable de t'arracher la peau des os. Tu reprendrais vite tes esprits.

— Eh ben, celle-là était suffisamment folle.

— On peut classer l'affaire comme accident, du moment qu'elle a rien laissé par écrit.

— Pas même une parenthèse. J'ai vérifié chez elle. Pas beaucoup de signes de vie là-bas.

— C'est quoi le plat du jour chez Linda aujourd'hui ? Cheeseburger ?

— On sait jamais comment les gens vivent vraiment, jusqu'à ce qu'ils meurent.

— Pas même à ce moment-là. Surtout à ce moment-là. Pardieu, ils peuvent pas te raconter. Elle était d'où ? À l'origine ?

— Au sud d'ici, Boston, je crois, ou quelque part pas loin de là. Il y a un acte de naissance.

— Comment est-ce qu'elle est arrivée là ? La plupart des femmes iraient dans le Sud, si elles pouvaient. Y a plus de maris au sud d'ici, à ce qu'il paraît.

— En trouver un semblait pas l'intéresser.

— Ah ouais ?

— Je crois que Linda sert des spaghettis avec boulettes de viande le lundi. Elles sont pas mauvaises. Ma grand-mère faisait les meilleures boulettes. Elle était irlandaise. Elle préparait des boulettes irlandaises à l'italienne.

— Et si elle était somnambule ? Tu te souviens, cette fille, Rosa, en 55 ?

— Avec celle-ci, tout désigne la solitude. Tu as remarqué que nos femmes, elles nous font jamais ce coup-là ? C'est toujours celles qui viennent d'ailleurs.

— C'est sacrément bien dit, ça. »

Alors les officiers se rappelèrent notre présence et adaptèrent leurs propos.

« Écoutez les enfants, souvenez-vous simplement que nous sommes les gentils », déclara le policier Charlie, en triturant le bouquet de crayons à papier émoussés qui se trouvait dans une tasse ébréchée sur le bureau de Miss Burden.

Sa voix était fluette et enjouée. « Nous ferons notre travail, comme toujours. On ne laissera rien de mal vous arriver. »

Avec ses mains, il repoussa la sueur de ses joues vers ses oreilles. Le cuir de ses bottes couina lorsqu'il se retourna dans la coulée de lumière rouge et bleu se répandant à travers le joli vitrail. La pièce était autrefois une sorte de chapelle.

Je me souvenais de la manière dont Mr Caesar avait parlé de la relation entre le policier Charlie et Mr Hobart. « Eh bien, son oncle le tient par les couilles » c'étaient les mots que Mr Caesar avait employés à ce propos et nos parents nous avaient interdit de les répéter, même si c'était vrai.

Miss Irene pensait que c'était une brute. En présence de son oncle, il appelait par leurs noms de famille mon père et Mr Caesar : Kindred et Junkett. Mais quand il s'adressait à Papa et à Mr Caesar partout ailleurs, c'était « garçon », ou pire. Le policier Charlie mettait un point d'honneur à intimider notre famille, ainsi que celle des Junkett, sauf qu'il n'en tirait que peu de joie quand il s'agissait de Papa. C'était Mr Caesar qui excitait le policier. C'était Mr Caesar qui se montrait prêt à en découdre lorsque le policier se garait devant sa maison tandis que lui et sa famille étaient installés dans leur jardin. C'était Mr Caesar qui ne montrait aucune hésitation à avertir le policier que, lui aussi, était armé.

Ezra, Lindy Junkett et moi fixions des yeux le pistolet niché dans l'étui du policier Howie. Les autres enfants étaient occupés à inventer des histoires de monstres marins qui auraient rampé jusqu'à la chambre à coucher de Miss

Burden et l'auraient traînée dehors, jusqu'à l'eau. Ou peut-être avait-elle fini à Salt Point à cause d'un crime qu'elle avait commis, et était en fait en cavale.

Je ne parvenais pas à détacher mon regard des deux hommes en uniforme, tandis que j'imaginais Miss Burden hissée hors de l'eau prise dans un filet, tel un maquereau. Il pouvait s'agir d'un accident, comme les policiers le suggéraient. Mais à la manière dont ils en parlaient, ils n'y croyaient clairement pas.

*

La voix du principal grésilla dans les haut-parleurs. Il convoquait les enseignants à une réunion d'urgence. Des professeurs affolés passèrent devant nous en courant, nous faisant signe de la main de nous ranger. Pour une fois, sortir en avance ne nous apporta que peu de joie.

Ezra, Ruby et moi nous tenions à l'extérieur, dans le rond ensoleillé qui se dessinait devant l'entrée de l'établissement. Avions-nous rendu notre professeure si malheureuse qu'elle s'était jetée à la mer ? Il était triste d'imaginer Miss Burden souffrir, sans personne, pas même ses élèves, pour l'aider.

Lindy Junkett nous rejoignit, jetant un coup d'œil à Ruby. Lindy nous parlait rarement en sa présence. Elle n'appréciait pas qu'Ezra considère Ruby comme une amie. Miss Irene avait appris à ses filles qu'il fallait exclure l'idée que certains Blancs puissent être gentils. Lindy en disait juste assez, sans se montrer impolie, pour nous laisser entendre qu'elle ne pouvait pas baisser sa garde, même avec nous, en présence d'une personne que sa mère ne jugeait pas digne de confiance. Ruby avait beau être habituée à ce que Lindy l'ignore, nous savions toutes qu'elle aurait voulu que Lindy l'apprécie et qu'elles soient amies.

Nous nous taisions souvent quand Lindy parlait. Comme le reste des Junkett, elle s'exprimait avec un charmant accent du Sud qu'Ez et moi aimions et lui enviions. Une douceur, à même de faire monter les larmes aux yeux de Dieu, l'enveloppait. D'abord, elle était raisonnable et jolie. Elle avait toujours les ongles brillants. Les paumes de ses mains étaient pâles et marquées par de fines lignes. De ses grands yeux ourlés de longs cils, foncés comme ceux de Mr Caesar, émanait une lumière. La mère de Lindy, Miss Irene, lui avait appris à se montrer à la fois franche et mystérieuse. De fait, Lindy était bien la fille de sa mère, ce qui signifiait qu'elle avait une raison d'être, et qu'elle en avait conscience. Elle ne cessait jamais de nous rappeler qu'elle était une fille à maman. Ce qui représentait la chose la plus merveilleuse à ses yeux. Lindy était aussi extrêmement fière de son papa, plus que n'importe quelle fille de ma connaissance, même celles des livres que je pouvais lire. Peu importait que Mr Junkett nettoie les toilettes ou décolle des chewing-gums de sous les pupitres et les chaises de classe. Son papa l'adorait. Lindy nous rappelait à tout moment qu'elle et l'ensemble de la famille Junkett étaient beaux et ne se souciaient pas de l'opinion des autres.

Lindy nous fit un signe de la tête, regardant Ruby du coin de l'œil.

« Ma maman m'a demandé de voir si vous voulez venir chez nous samedi.

— Viens, on va chercher Papa », dis-je à ma sœur.

J'avais le sentiment que j'allais me vomir dessus. Je ne voulais pas que Ruby le voie. C'était étrange de la part de Lindy de se montrer si calme, comme si tout ce qui comptait était de savoir si nos deux familles allaient se réunir pour un barbecue au cours du week-end. Elle avait l'air si paisible, dans son chemisier et sa jupe fraîchement amidonnés. Elle aplanit les nattes épaisses que Miss Irene avait nouées en ananas au sommet de son crâne. Miss Burden était bel et bien morte. Je savais que Lindy suivait les préceptes de ses parents consistant à laisser aux Blancs leurs affaires de Blancs. Pourtant, j'aurais pensé que Lindy serait plus émue du sort de notre professeure.

Ezra avait retiré ses nouvelles chaussures et chaussettes, et enroulait l'une d'elles en un beignet de couleur vive. Elle ne regardait aucune d'entre nous.

« On ne va pas parler du tout de ce qui s'est passé ? » demandai-je. Les yeux me picotaient. Je pleurai un peu, consciente de risquer des moqueries de la part de Ruby et, possiblement, de ma sœur.

« Je n'imaginais pas une seconde qu'une personne de notre connaissance puisse faire une chose pareille. Pas un professeur ! Vous pensez qu'il s'agit d'un meurtre ou bien quoi ?

— Oh, on n'a jamais rien su de cette femme, répondit Ruby. Pas la peine de pleurer sur elle, Cinthy, même si on sait toutes que t'étais sa chouchoute.

— Ernest rentre à la maison vendredi, déclara Lindy. Peut-être que vendredi serait mieux. Il ne travaille pas du week-end. Maman prévoit de cuisiner plein de choses.

— Ton frère mange beaucoup », dis-je, distraite pendant une seconde. Miss Irene confectionnait de très bons gâteaux, et la pensée d'un gâteau suffisait à me rendre silencieuse.

« Les garçons mangent beaucoup », reprit Lindy. Son autorité refaisait surface lorsqu'elle parlait de ses frères, Ernest et Empire. Aucune de nous, y compris Ruby, n'avait de frères. Mais nous rêvions d'en avoir.

« Cinthy mange comme un cochon, déclara Ruby.

— C'est pas vrai », répliqua aussitôt Ezra, avant de lancer sa chaussette enroulée sur Ruby. Puis elle récupéra calmement sa chaussette et la fourra dans son sac.

« Comme tu veux, répondit Ruby. J'ai chaud à rester là. Allons au village. Il fera plus frais près de l'eau.

— Je dois rester ici et attendre mon père, dit Lindy.

— Nous aussi », ajoutai-je. Je me penchai en avant et me mis moi aussi à délacer mes chaussures neuves.

Ezra leva les yeux au ciel pendant que je me relevais avec ma propre chaussette roulée en boule. « Non, on ne va pas l'attendre, dit-elle. Papa pourrait rester là toute la journée.

— Rentrons à la maison pour aider Maman, rétorquai-je.

— Je serais ravie de lui dire bonjour », répondit Lindy.

Je hochai la tête, sachant que Maman adorerait, comme le monde entier, voir Lindy le jour de la rentrée scolaire. Son attitude faisait la fierté de notre race. Je remarquai que Lindy n'avait pas retiré ses chaussettes. Elle considérait probablement qu'il était indécent de se montrer pieds nus devant une fille blanche.

Sous la lumière crue, la frange noire de Ruby fendait son front en deux. Elle avait rassemblé ses cheveux en une queue-de-cheval et utilisé un ruban pour les nouer. Je reconnus le ruban parce qu'il avait appartenu à ma sœur. Ruby chassa une mouche du revers de la main.

« On pourrait aller voir s'il y a des policiers partout.

— Je n'arrive pas à croire qu'elle ait fait ça, dit Lindy. C'est un péché.

— C'est probablement la chose la plus courageuse qu'elle ait jamais faite de toute sa vie, répliqua Ruby.

— Pourquoi est-ce que c'est un péché ? demanda Ezra. Elle pouvait faire ce qu'elle voulait puisque c'était sa vie à elle. Et elle a fait ce qu'elle a voulu.

— Même moi, je sais qu'on n'a pas le droit de faire ça. C'est dans la Bible, répondit Ruby en regardant Lindy. Ez et Cinthy, elles connaissent pas les règles de Dieu, parce que leurs parents aiment pas Dieu. C'est des païens.

— Tu sais ce que le mot "païen" veut dire ? » interrogeai-je Ruby. Mon visage s'échauffa. « Tu ferais mieux de vérifier dans le dictionnaire. Parce que la seule "païenne" ici, c'est toi et personne d'autre.

— Cette Blanche connaît rien à la prière, ajouta Lindy d'un ton cinglant, se rapprochant de moi pour bien faire comprendre à Ruby qu'elle ne s'adressait pas à elle.

— Qu'est-ce qu'on va faire sans professeur ? » demanda Ezra. Ses yeux paraissaient absents dans l'air brumeux.

« On en aura juste un nouveau, répondit Lindy.

— On ne sait rien des gens, déclara Ezra, répétant ce que Maman nous disait au moins une fois par jour. On ne sait jamais comment les gens vivent.

— Burden en savait long, dit Ruby. C'était une femme intelligente.

— Intelligente en quoi ? répliqua Lindy, fronçant les sourcils.

— Peut-être qu'on n'aura plus besoin de lire des livres », conjectura Ezra. Elle avait l'air pleine d'espoir.

« Zut, j'aimerais bien lire *Frankenstein*, se plaignit Ruby. J'attendais celui-là avec impatience.

— Pas étonnant », répliqua Ezra. Elles rirent à l'unisson.

Leurs gloussements provoquèrent le départ de Lindy. Elle leva les yeux au ciel, pivota et s'éloigna de nous, criant par-dessus son épaule de penser à lui faire savoir si notre famille allait leur rendre visite vendredi. J'avais envie de la suivre. C'était exactement comme Maman l'affirmait. Lindy Junkett marchait toujours dans la bonne direction.

« Elle allait pas venir au village de toute manière, conclut Ruby.

— Pourquoi pas ? demandai-je.

— Parce qu'elle n'est pas très aventurière.

— De quoi tu parles ?

— Elle ne va pas là où elle n'est pas censée aller, tout le temps en train de faire la morale à tout le monde comme si elle valait mieux que nous. Je connais personne de plus ennuyeux que Lindy Junkett, répondit Ruby en me parlant lentement comme si j'étais un bébé. Cinthy, quand on se lance dans un voyage, on sait pas tout ce qui peut arriver. C'est ça qu'est excitant. C'est comme ça qu'on devient fort et courageux. C'est toute l'idée de pas faire ce qu'on te dit de faire.

— T'es pas triste qu'elle soit morte ? C'est tellement horrible, dis-je. Elle nous a beaucoup appris. On la voyait tous les jours.

— J'ai envie de voir où elle s'est échouée, déclara Ruby. Allez, Ez. Personne remarquera notre absence.

— Voir quoi ? Il n'y a rien à voir, rétorquai-je. Elle est morte, un point c'est tout. »

Mais Ruby se mit en marche. Ezra rajusta la bandoulière de son cartable, si bien qu'il rebondissait sur ses fesses à chaque pas. Elle triturait à présent les nattes sur son crâne, sapant tout le travail de Maman. Leurs longues enjambées semblaient suggérer que tout ce qu'il y avait à savoir dans la vie, j'aurais dû déjà le savoir.

6

Nous empruntâmes l'un des vieux sentiers défoncés qui menaient au village. Le furieux enchevêtrement de branches et de racines nous laissa les jambes égratignées et les joues en feu. Nos uniformes étaient imbibés de notre sueur et de l'air humide de la mer. Tandis que nous quittions le sentier pour nous retrouver dans une petite rue qui menait à la voie principale en bordure du rivage, la lumière éblouissante du ciel et le rugissement de l'eau convergèrent. Nous marchâmes, à moitié hébétées, à travers les voiles humides du soleil qui brillait au-dessus de la place du village.

Nous ne pouvions échanger quelques mots sans nous porter sur les nerfs. J'étais la plus bavarde, parce que je pensais pouvoir encore convaincre ma sœur que nous n'avions aucun droit d'aller fouiner dans les circonstances de la mort de notre enseignante.

« Personne ne t'écoute », dit Ruby en m'interrompant. Elle haussa la voix pour attirer l'attention d'Ezra.

« Allons à son appartement. Ce sera plus intéressant.

— Et personne ne nous verra, poursuivit ma sœur avec un hochement de tête.

— Ezra, m'exclamai-je. C'est une infraction.

— Cinthy, ce n'est pas commettre une infraction que d'entrer chez quelqu'un de mort, répliqua Ruby. Ils ont pas de droit de propriété. On risque rien pour ce genre de chose.

— C'est facile à dire pour toi, rétorquai-je. Tu ne comprends pas le type de méfiance qu'Ez et moi on suscite, juste à traîner dans la rue.

— Tu crois que tout le monde s'intéresse à la moindre chose que tu fais, dit Ruby. Tu te préoccupes trop des gens.

— La ferme, Ruby, intervint Ezra. Les gens ont plein de pouvoir.

— Celui de nous tuer, précisai-je.

— Tu en viens toujours immédiatement à la mort, répliqua Ruby, secouant la tête en même temps qu'elle donnait un coup de pied dans un caillou devant elle et en dégageait d'autres sur son passage. Tu n'as pas de juste milieu.

— Parce que tu crois qu'on peut vivre dans un entre-deux ? Maman dit que les femmes de couleur n'obtiennent pratiquement jamais rien. Qu'il leur faut toujours travailler. Se tuer à la tâche, dès lors qu'on est nées et jusqu'à ce que mort s'ensuive.

— Qu'est-ce que ça peut bien vouloir dire, Cinthy ? demanda Ruby en soupirant. Et Miss Burden vivait pas dans un entre-deux, elle ?

— Ces moustiques me tapent sur les nerfs, déclara Ezra en agitant ses mains autour de son visage avec agacement. Si je me fais piquer plus de trois fois, je jure que je rentre à la maison.

— C'est pas la peine de continuer à en parler, me

dit Ruby. Si t'es trop poule mouillée pour venir avec nous, ça montre que tu te fiches pas mal de cette femme. T'avais l'air d'être celle qui s'intéressait le plus à elle. Si c'est vrai, je vois pas pourquoi tu voudrais pas en savoir plus sur sa vie avant qu'ils la balancent au fond d'un trou demain.

— Ça suffit, intervint Ezra. Cinthy s'intéresse aux gens. Elle est simplement respectueuse. C'est comme ça qu'on a été élevées.

— Et moi, j'ai été élevée comment alors ? »

Avec un haussement d'épaules, Ezra se laissa entraîner dans la rue en pente qui lui faisait accélérer son allure. Je voyais qu'elle restait sur ses gardes avec Ruby. Peut-être qu'elle se sentait encore coupable pour ce qu'elle avait dit hier à propos de son père. Ezra n'avait pas non plus évoqué avec moi ce que nous avions fait là-haut sur les rochers. Je m'attendais sans cesse à ce qu'elle m'explique la chose, la raison pour laquelle c'était important pour elle et Ruby de se défier de cette façon. C'était comme si elle se sentait soulagée de pouvoir se concentrer sur notre professeure au lieu de se disputer. Si elle émettait des doutes concernant la suggestion de Ruby d'aller visiter l'appartement de Miss Burden, elle les garda pour elle. Depuis que nous étions toutes petites, j'avais toujours vu ma sœur foncer avec une sorte de stoïcisme frisant la bêtise. Elle n'aimait pas revenir sur ses décisions.

Sur la place du village, la lumière incandescente du soleil qui me brûlait les yeux enveloppait la statue de la Vierge. Un vent fort et chargé de sel sécha la sueur de mon visage. C'était si beau, de se trouver là, près de Sainte-Marie-Étoile-de-la-Mer, et de laisser mes yeux glisser là où la terre disparaissait dans les remous de l'eau épaisse. L'ombre des mouettes se découpait sur le sol où nous nous tenions. Je sentis mon esprit se dénouer. Quand je regardais l'eau au loin, tout devenait possible.

« C'est parfait, dit Ruby. Il fait tellement chaud, tout le monde se terre à l'intérieur. Personne aura même l'énergie de penser à nous. On n'aura qu'à jeter un coup d'œil et ficher le camp. »

Lorsque je compris qu'Ezra n'allait pas protester contre la logique élémentaire de Ruby, je déclarai :

« Je viens uniquement pour m'assurer que vous n'abîmez rien. Je ne veux pas que ma sœur s'attire des ennuis à cause de toi.

— Tu peux pas abîmer les morts », répliqua Ruby en fronçant les sourcils.

*

La porte de chez Miss Burden avait été laissée ouverte. Je n'avais jamais mis les pieds dans l'un des appartements au-dessus des magasins. La pièce paraissait affreusement quelconque. Mais la vue était merveilleuse. On apercevait une fine crête de roche noire, derrière laquelle des vagues vertes clapotaient et jaillissaient, soulevant des embruns couleur arc-en-ciel, tandis que l'eau s'avançait puis se retirait, frappant contre les vieux pilotis.

« Ils auraient pu mettre un mot pour interdire aux gens d'entrer, dit Ezra. Tout a l'air parfaitement normal.

— Elle s'est pas noyée ici, andouille », rétorqua Ruby,

avant de se retourner. Mais je remarquai qu'elle se déplaçait d'un pas prudent, comme si elle craignait de trébucher dans quelque chose.

« Et puis, c'est pas illégal de se suicider.

— La ferme, Ruby, m'exclamai-je en levant les yeux au ciel, à la fois irritée et légèrement nauséeuse. On ne sait pas ce qui s'est passé.

— Qu'est-ce que ça peut faire si on sait ou pas ? Mort c'est mort. »

Une brise humide se mit à entortiller les rideaux diaphanes qui encadraient les fenêtres.

Me tenant près de la vitre, je baissai les yeux sur le bureau de Miss Burden. Un journal à couverture de cuir, orné d'un monogramme composé des initiales de Miss Burden, y était posé. Ne sachant pas si je portais atteinte à une preuve, je l'ouvris malgré tout. À l'intérieur, ma professeure avait écrit son nom, *Lila Marie Burden*, et ajouté une date de naissance avec un tiret suivi d'une espace blanche.

L'air de la mer augmenta en intensité, soulevant les voiles transparents jusqu'au plafond.

Lila était un doux prénom, un mot qui évoquait l'amour, le réconfort et l'affection. Je ne savais pas que mon enseignante portait elle aussi un nom de fleur. À l'instar de Maman, la mère de Miss Burden devait l'aimer quand elle était née, l'aimer assez pour donner à sa fille le nom d'une chose de naturelle et singulière. Notre professeure portait le nom d'une chose qui possédait son propre parfum dans le monde. Comme la cannelle, le basilic ou les oranges, on ne pouvait le confondre avec rien d'autre.

« Regardez ça », dit Ezra.

Elle était assise sur le lit double soigneusement fait, une photo encadrée dans la main.

« C'est qui ? demanda Ruby, sortant de la salle de bains de Miss Burden et rejoignant Ezra sur le lit.

— Qu'est-ce que tu fabriquais là-dedans ? l'interrogeai-je.

— Je pissais, répondit Ruby d'un ton cassant. T'as quelque chose à y redire ?

— Ça n'attire pas le mauvais œil ? demanda Ezra. De faire pipi dans les toilettes d'une morte ?

— Oh, Ez, la ferme.

— C'est tout à fait possible, insista Ezra.

— Alors, on est toutes maudites !

— La ferme, Ruby. T'es une sauvage, intervins-je. Ne dis pas à ma sœur de la boucler quand elle essaie de t'aider.

— C'est sa mère ? demanda Ruby en m'ignorant tandis qu'elle jetait un regard à la photo dans la main d'Ezra.

— Je ne pense pas, répondit ma sœur. Regarde comme leurs visages sont proches. Ils se touchent presque. »

Je m'approchai pour donner mon opinion.

« Elle est jeune, là.

— Burden était pas si vieille que ça, dit Ruby. À peu près l'âge de ma manman, peut-être plus jeune même.

— Miss Burden a l'air heureuse sur cette photo, fis-je remarquer. Je ne l'ai jamais vue sourire comme ça au lycée.

— Elle sourit comme si l'autre femme était sa petite amie.

— C'est peut-être le cas », suggéra Ruby.

En silence, nous nous penchâmes toutes les trois sur la photo pour examiner la façon dont la femme enlaçait notre enseignante, alors que celle-ci avait la tête rejetée en arrière en plein éclat de rire.

« Il y a une valise », dit Ezra.

Elle la toucha du bout du pied, sous le lit.

Je m'accroupis pour regarder – une valise en carton bleu ciel, avec une fermeture en laiton. Elle était recouverte d'autocollants de voyages. La poignée, de couloir ivoire, était en plastique rigide.

« On n'a qu'à la prendre, proposa Ruby.

— C'est du vol, répliquai-je.

— Qui est-ce qu'on vole ?

— C'est une preuve.

— De quoi ?

— C'est pas à nous, Ruby. Elle ne nous appartient pas. »

Cette dernière poussa un soupir et me lança un regard noir.

« Elle appartient à personne. Tu vois sa famille en train de faire la queue dehors pour reprendre ses affaires ?

— Tu ne l'aimais pas, trancha Ezra.

— Elle me traitait comme de la merde.

— Tais-toi, Ruby !

— C'est la vérité, je le jure, Ez, elle me considérait comme une moins-que-rien.

— Vous allez vous taire toutes les deux ! m'exclamai-je. Il y a quelqu'un dans l'escalier.

— Merde ! » laissa échapper Ezra, bondissant pour m'agripper par le poignet.

Nous nous précipitâmes ensemble dans le placard. Trois robes appartenant à Miss Burden y pendaient sur des cintres en métal. J'aperçus une paire de chaussures. J'avais envie de pleurer.

« Merde merde merde de merde ! siffla Ruby, tandis que des voix résonnaient de l'autre côté de la porte.

— C'est à n'y rien comprendre, dit une voix de femme. Elle a payé son loyer pour ce mois-ci et le mois suivant. Réglé en temps et en heure. Elle n'avait jamais de retard de paiement.

— Faites chercher Judy pour qu'elle nettoie, répondit une voix d'homme. Henry dit qu'il veut bien le repeindre pour quelques dollars. Il partira vite. Avec la vue, et tout.

— C'est une très belle vue, renchérit la femme.

— Pas assez bonne pour elle.

— Charlie a dit qu'ils essaient de trouver de la famille.

— Elle était d'où ? Lila, c'est ça ?

— Oui, Lila, confirma la femme en soupirant. Elle ne m'a jamais parlé de personne. Jamais vu un ami lui rendre visite. Pas d'amant. Rien d'inconvenant la concernant. C'est pour ça que j'ai dit à Charlie qu'elle avait dû se faire ça toute seule. Y a jamais eu de flamme pour embraser son cœur.

— Elle brûlera dans les flammes de l'enfer tout pareil.

— Oh, je ne sais pas si elle mérite ça, dit la femme. Regardez, là, un paquet de cigarettes et une bouteille de scotch. Elle se payait du bon temps, alors.

— Ça a pas l'air de venir d'ici, commenta l'homme d'une voix pensive. C'est du cher. Dites donc, faudrait pas laisser ça se perdre. Vous pouvez le garder si vous voulez, à moins que vous soyez superstitieuse pour ce genre de choses. Y a un bol par terre dans la cuisine. Une femme à chats ?

— Chien, je crois.

— Vous lui faisiez payer en plus ?

— Non. C'était un chien errant qui s'est entiché d'elle.

— Hum.

— C'était un animal discret. Je ne l'ai pas vu souvent, mais ça faisait peut-être quelques années qu'elle s'en occupait.

— Je l'ai jamais vue promener de chien. En fait, je l'ai jamais vue à part à Sainte-Marie de temps en temps. Si elle était croyante, elle aurait dû savoir que si vous vous tuez, vous finissez en enfer.

— J'ai un oncle qui l'a fait.

— Comment ?

— Fusil de chasse.

— Allez chercher Judy pour empaqueter tout ça. Y a pas grand-chose.

— D'accord, acquiesça la femme. Fred a dit qu'il a mis une annonce dans le journal de samedi.

— Howie pense qu'ils auront creusé la tombe d'ici demain matin. »

Par la fente sous la porte du placard, nous pouvions discerner leurs pieds alors qu'ils se déplaçaient dans l'appartement. Je voulais sortir. Je n'aimais pas que l'ourlet des robes de Miss Burden me touche la tête.

« Ne fermez pas les fenêtres pour que je puisse aérer en grand quand je reviendrai de mon déjeuner. Je dirai à Judy d'apporter un ventilateur avec elle pendant qu'elle s'occupe de l'appartement.

— D'accord.

— Vous voyez aucun signe qui indiquerait qu'elle l'a fait volontairement ? J'ai promis à Charlie que je regarderais de nouveau.

— Pas un seul. Vous avez qu'à lui dire. »

J'avais des crampes dans les jambes et les bras. Je serrais

fort mes genoux contre ma poitrine. Nous ne pouvions pas encore quitter le placard parce qu'il y avait toujours une paire de pieds qui marchait de long en large de l'autre côté de la porte. Une toux sèche de femme ponctuait son pas lent.

Ma peau absorbait la chaleur qui émanait d'Ezra et de Ruby. Je songeai à Lindy, qui ne transpirait jamais sous le soleil. Elle avait toujours du talc dans son sac à main, juste au cas où. Je regrettais de ne pas avoir suivi Lindy jusque chez les Junkett, ou de ne pas avoir attendu la fin de la réunion à laquelle Papa participait, ou même d'être rentrée à la maison toute seule en passant par les bois pour retrouver Maman. Mais parce que j'avais choisi d'emboîter le pas à ma sœur, j'étais maintenant piégée dans le placard dépourvu d'air de notre professeure morte, qui ne pourrait plus jamais rien enseigner à quiconque. Je léchai la sueur qui gouttait du bout de mon nez sur mes lèvres.

La personne qui se déplaçait dans l'appartement de Miss Burden ouvrait et fermait les placards bruyamment. Nous entendîmes l'eau couler dans la salle de bains, puis nous aperçûmes des pas indistincts se diriger vers la cuisine. De nouveau l'eau qui coulait fort du robinet et descendait dans une canalisation.

La femme, probablement l'épouse du propriétaire de Miss Burden, ne faisait aucun bruit. Il n'y avait que sa présence – une femme silencieuse, toute à ses pensées, ignorant que trois idiotes étaient coincées à l'intérieur d'un placard. Un placard qu'elle pouvait, à tout instant, ouvrir pour l'inspecter. Pour une fois, Ruby et Ezra ne soufflaient mot.

Je ne cessais de me remémorer ce que nous avions fait la

veille. Je revoyais l'affreuse étoile que formaient nos trois paires de jambes ensemble. Peut-être avions-nous jeté une espèce de sort sur le village en essayant de nous regarder les unes les autres comme nous n'étions pas censées le faire. Peut-être étions-nous responsables de ce que Miss Burden avait fait.

Le visage me brûlait dans l'obscurité. J'enfonçai mes talons dans le plancher du placard. Je sentais ma culotte et la peau de mes cuisses coller et appuyer sur le bois plein d'échardes. Il y avait un clou mal fixé qui me rentrait dans la peau. Mon coccyx me faisait mal. Se cacher se révélait éprouvant.

Alors un léger bruit emplit l'air, devenant de plus en plus intense. La femme de l'autre côté de la porte sanglotait. Ses pleurs, abondants et gutturaux, me rappelaient le gloussement d'une oie. Peut-être avait-elle enfoui son visage dans ses mains. Connaissait-elle Miss Burden personnellement, ou bien était-elle simplement bouleversée par sa troublante histoire, par son destin brisé ?

Nous l'entendîmes tousser et soupirer.

« Ça suffit », dit-elle d'une voix sourde, comme si ses mains couvraient sa bouche. Le parquet crissa sous le poids de ses pieds qui retournaient vers la porte d'entrée de l'appartement. Le bruit de la clé dans la serrure me glaça.

« Elle est partie, siffla Ruby. Bon Dieu, faut décamper d'ici ! »

Ezra ouvrit la porte d'un coup de pied si violent que celle-ci se referma en claquant avant de s'entrebâiller de nouveau. Je sortis du placard à quatre pattes, les genoux tout contractés, tandis qu'Ezra jurait. Le vent était retombé et la température de la chambre avait fortement augmenté. C'était comme d'ouvrir la porte d'un four et de se retrouver enveloppé, aussitôt, par une chaleur d'étuve.

Ruby était déjà au pied du lit vide de Miss Burden, en train de se débattre avec la valise bleu ciel logée en dessous. Elle était soit très lourde, soit coincée entre les ressorts cassés du sommier.

Malgré sa peur des malédictions, Ezra entra dans la salle de bains. Le bruit de son urine résonna contre la cuvette.

J'avais besoin de me soulager moi aussi, mais je refusais d'utiliser les toilettes de Miss Burden. J'écoutai Ezra se savonner et se rincer les mains. Elle émergea, les yeux scintillants.

« Regardez », dit Ez en tendant un tube de rouge à lèvres et un paquet de cigarettes Viceroy.

Le cylindre rainuré du rouge à lèvres était en plaqué or, et le bâton de cire rouge éclatant avait fondu, formant un angle émoussé et arrondi. Je n'avais jamais vu Miss Burden porter du rouge à lèvres. Je ne l'avais jamais vue fumer.

« Ils vont tout jeter », dit Ruby en souriant tandis qu'elle examinait la disposition ordonnée de crèmes et de boucles d'oreilles sur le plateau de la coiffeuse de Miss Burden. Ruby souleva une bouteille de parfum en cristal et s'en aspergea le visage et le cou en pressant le petit ballon pailleté du pulvérisateur.

« Sans doute, répliqua Ezra.

— J'aimerais bien garder son journal », dis-je, surprise par la fermeté de mon ton.

Je songeai aux dissertations que j'avais rédigées, et à la manière dont Miss Burden avait pris si grand soin à partager avec moi ses réflexions et ses questions. J'avais conservé ces devoirs dans une chemise spéciale et aimais les relire de temps en temps, comme si ma professeure et moi poursuivions une conversation que nous n'aurions jamais pu avoir en classe. Je ne pouvais pas supporter l'idée qu'elle ne m'écrirait plus jamais. Puis je pensai à mes propres journaux intimes à la maison. Ils étaient cachés dans différents endroits de ma chambre, de sorte que si quelqu'un essayait de les trouver il devait chercher longuement et déplacer des objets lourds. Peut-être Miss Burden approuverait-elle ma décision de protéger sa prose intime du regard de villageois indiscrets.

« Les moustiques vont te dévorer, ajoutai-je, avec tout ce parfum dont tu t'asperges comme ça. Tu sens comme une dame.

— Elle en est pas une, rétorqua Ez avec un petit rire. Même si elle voulait.

— Pourquoi est-ce que vous rentrez pas à la maison toutes les deux ? suggéra Ruby en se levant, l'air distrait. Cinthy, je peux mettre son journal dans la valise et te l'apporter plus tard chez toi.

— N'apporte pas ce bazar chez nous, répondit Ezra. On aura certainement des ennuis si tu débarques avec les affaires d'une femme blanche morte.

— Personne n'a jamais vu ces objets, Ez.

— Mais on nous interrogerait à leur sujet, dis-je. Maman et Papa nous poseraient des questions.

— Sans blague, répliqua Ruby d'un ton sec. Mais tu le veux ce journal, non ? Tu crois que tu comprendras ce qui s'est passé ? Tu crois qu'elle laisserait à sa petite chouchoute une clé qui expliquerait toute sa vie ? »

Ruby rejeta la tête en arrière dans un éclat de rire. Je me demandais si je serais assez rapide pour la frapper à la gorge. À la différence de Ruby, je n'étais pas une voleuse. Je voulais le journal parce que j'avais l'impression que les adultes souhaitaient tout simplement se débarrasser de l'existence de Miss Burden au lieu d'essayer de découvrir qui elle était.

« Ben, on peut toujours tout planquer dans la maison hantée de l'autre côté de la route », dit Ruby, s'exprimant comme si elle vivait avec nous.

Malgré ses efforts, elle ne faisait pas partie de notre famille. Elle n'habitait pas avec nous, et certainement pas en face de chez nous.

« T'as qu'à cacher tout chez toi, Ruby, proposai-je. Dans cette cabane qui te sert de maison. Tu ne sais même pas ce qu'il y a dans cette vieille valise.

— Dommage que ta tête y soit pas, rétorqua Ruby. Je balancerais ton crâne sans cervelle à la flotte juste là.

— La ferme, ordonna Ez, tendant le rouge à lèvres et le paquet de cigarettes à Ruby. Partons avant que quelqu'un arrive. On ne veut rien.

— Je veux le journal, répétai-je.

— Mets-le dans ton sac alors, imbécile, dit Ruby. T'as vite fait de me faire porter le chapeau pour à peu près tout. Si tu veux quelque chose, tu ferais mieux de le dire. »

Timidement, je me dirigeai vers le bureau et glissai le journal entre mes cahiers neufs. L'emporter me donnait l'impression d'avoir coupé une mèche de cheveux de Miss Burden sans sa permission. À la seconde où je fermai mon cartable et le passai sur mon épaule, une bourrasque de vent s'engouffra dans la pièce, éparpillant enveloppes et tickets de caisse. C'était comme si Miss Burden elle-même avait débarrassé tous les papiers de son bureau.

« Cinthy, on y va tout de suite », déclara Ezra.

Talonnant ma sœur, je jetai un coup d'œil en arrière et vis que Ruby s'était de nouveau assise par terre à côté du lit. Son visage plein de taches de rousseur grimaçait sous sa frange hérissée de pointes. La valise était presque sortie de sous le lit à présent.

Le bagage bleu brillait tellement que je me demandai où Miss Burden avait pu trouver une telle valise. Mon enseignante dépourvue de charme avait dû être un jour une autre femme, une femme qui était entrée un jour dans un grand magasin et avait montré du doigt l'audacieuse couleur bleue comme si elle avait pu s'acheter la mer.

7

Soulagée d'avoir échappé à la ronde de nuit du policier Charlie sur la place centrale, Ruby ralentit en s'approchant du sentier qui la menait vers chez elle, au sommet des falaises. Le policier la traitait avec le même mépris qu'il témoignait à son père. Elle avait beau être une jeune fille, Charlie s'adressait à Ruby comme s'il s'attendait à ce qu'elle devienne pareille à son père – un alcoolique triste et néanmoins violent. Ces derniers temps, il avait commencé à la suivre dans le village, la « prenant en filature ». Il n'y avait personne pour la protéger de ses remarques et de ses gestes lubriques. Personne ne la considérait comme innocente. Ruby savait que si elle essayait de sauver sa réputation, ce serait pire pour elle, ainsi que pour son père et sa mère. Le policier Charlie lui rappelait l'homme du spectacle aérien qui avait pris son argent et du regard l'avait mise au défi de se défendre. Il était semblable à ces hommes qui essayaient de la toucher quand elle devait aller chercher son père à la fermeture du bar. Elle avait peur de ce que Charlie pourrait faire, comme il le lui faisait craindre depuis toujours, s'il détenait son père dans la petite cellule pathétique de la prison de Salt Point. Plus d'une fois, l'homme l'avait menacée de l'y enfermer aussi.

Ruby atteignit le vieux chemin où personne ne pourrait la voir, ou voir ce qu'elle avait emporté de l'appartement de la morte. Elle déployait toutes ses forces, à chaque pas, pour empêcher la valise et le sac, remplis de tout ce qu'elle avait pu prendre de la vie de Miss Burden, de la faire basculer. Le bord de la valise lui avait déjà écorché le genou.

Elle était restée sur place après le départ d'Ezra et de Cinthy, dérobant tout ce qu'elle était en mesure de transporter – des bijoux, un peignoir en satin, deux robes hideuses, des couverts en argent, une bouteille à peine entamée d'Air du Temps de Nina Ricci qu'elle avait enveloppée dans les vêtements de la défunte, et même une paire de sandales à talons hauts. Ces dernières l'avaient étonnée.

Sans le vouloir, Miss Burden avait offert à Ruby quelque chose de spécial. Parfois c'était par-delà la mort qu'une personne pouvait accomplir des choses pour vous.

*

Ruby s'apprêtait à cacher le sac dans les buissons – elle reviendrait le chercher plus tard – lorsqu'une voix l'appela.

« Ruby ? C'est toi, ma fille ? T'as pas cours demain matin ?

— Papa, c'est toi ?

— On est quel jour ?

— Lundi, p'pa, répondit Ruby. J'ai cours tous les jours cette semaine.

— Aide-moi, ma fille. »

Ruby suivit sa voix et découvrit son père, couché à plat ventre sous un amas de broussailles, les bras étendus de chaque côté de son corps flasque. Il avait la voix rocailleuse. Il était enroulé sur lui-même comme un serpent de nuit, sauf qu'elle n'avait jamais rencontré de reptile exhalant une telle puanteur. Son ivresse s'était estompée et il avait l'esprit clair. Ruby n'osait plus maintenant se débarrasser du sac, même s'il faisait noir. Elle ne pouvait discerner les branches qui risquaient de craquer sous le poids de son fardeau. Ce qui attirerait l'attention de son père.

Tandis qu'elle l'aidait à s'asseoir, Ruby sentit les ongles déchiquetés de sa main sur son épaule. Il faillit la faire tomber sur lui.

« C'est bon, dit son père, utilisant le corps de Ruby comme appui pour se lever et tenir sur ses deux jambes. T'étais au village ?

— Oui, p'pa, répondit Ruby, percevant la menace mordante derrière sa question.

— Tu parles que t'y étais, rétorqua-t-il. Tu viens de me dire que t'étais en cours. C'est l'un ou l'autre.

— J'étais au lycée ce matin, mais ils nous ont laissés partir en avance.

— Hum, fit-il. Qu'est-ce que tu transportes ?

— Des fournitures scolaires, répondit-elle. On a vraiment beaucoup de travail en dernière année. La rentrée, c'était une plaisanterie avant, mais plus maintenant.

— Ta mère est chez les tantes ? »

Les sœurs de sa mère vivaient aussi sur la propriété des Scaggs, qui formait un ensemble anarchique.

« Oui, p'pa », acquiesça Ruby. Elle avait l'impression

que ses muscles allaient se détacher de ses os. Depuis la place centrale de Salt Point, elle avait dû emprunter un itinéraire difficile, portant le sac et la valise surchargés à flanc de colline à travers un entrelacs de broussailles durant tout le temps nécessaire pour atteindre les falaises. Ruby ne s'était pas attendue à découvrir son papa là, au milieu des racines saillantes, mais, d'une manière ou d'une autre, et malgré son état de stupeur, il semblait avoir deviné le chemin suivi par sa fille. Elle appréciait que l'ivresse de son père ait ralenti son allure habituelle. Il n'avait pas remarqué la valise bleue, parce qu'elle la maintenait sur le côté.

Ruby et son père traversèrent le bois jusqu'à la clairière, où la lune éclairait leur masure ; les bardeaux dépareillés brillaient sous le voile de lumière qui drapait leurs ondulations rouillées et soudées. Aucune lampe n'était allumée à l'intérieur. Quand son papa restait boire à l'extérieur, et surtout quand il rentrait, acerbe et belliqueux, la maman de Ruby ne jouait pas à être sa femme. Au-dessus de leur toit, Ruby pouvait voir tant d'étoiles, rayonnantes et éparses, telles des graines de poussière argentée sur le fond étale de la nuit.

Ruby fixa le visage de son papa tandis qu'il passait ses doigts dans ses cheveux poivre et sel pour les dégager de ses yeux et les ramener vers l'arrière. Elle pouvait voir ses méninges s'activer et savait que toutes ses pensées avaient trait à son passé ou au moment où il pourrait mourir. À tout instant, il pouvait se mettre à pleurer au sujet de quelque chose qui lui était arrivé quand il n'était encore qu'un petit garçon.

Il fouilla dans sa poche le temps d'en sortir une cigarette

et un briquet. Un peu de sang maculait le coin droit de ses lèvres. Sa chemise était déchirée. Elle l'avait vu dans cet état toute sa vie. Il se faisait toujours jeter du bar Thirsty Lad, où il buvait trop et cherchait à déclencher des bagarres dans lesquelles il ne pouvait pas avoir le dessus. Elle se figurait exactement la manière dont Charlie l'imbécile – elle ne l'appellerait jamais le policier – avait dû empoigner son père par le col, le traînant et le frappant dans la rue, au vu et au su de tout le village. Charlie l'imbécile se comportait comme si lui et son papa étaient dans un film muet, leurs corps se contorsionnant de façon grotesque dans un sketch burlesque sur fond de décor maritime silencieux.

Dans le noir, elle sentit la rage de son père, sa joie aigre. Les joues creuses de ce dernier se gonflèrent une fois, deux fois, et puis il inclina la tête en arrière, observant le ciel de ses yeux plissés comme s'il y avait séjourné autrefois et avait trouvé l'endroit ennuyeux.

« Tout ça, ça sert à quoi, Ruby ? L'école ? Je sais que ce fils de pute de Hobart est pire que moi. C'est un escroc et sa femme a aussi peu de cervelle qu'un pet de ver de terre. C'est ce genre de femme que t'as l'intention de devenir ? »

Ni l'un ni l'autre ne parlèrent pendant plusieurs minutes. Alors Ruby comprit ce qu'il demandait. Son père voulait savoir si elle projetait de le quitter.

« Je sais pas », répondit Ruby. Au moins, elle lui livrait une partie de la vérité. Elle avait assez de jugeote pour ne pas mentionner ses rêves.

Il opina du chef et parut satisfait de cette réponse.

« T'as pas boulotté toute cette barbaque, si ? Ça aidera mon mal de tête.

— Non, Papa, il en reste plein », dit-elle. Sa gorge se nouait à l'idée des coups qu'il pourrait lui donner.

Avant de préparer la viande et des œufs pour son père, Ruby s'en alla discrètement cacher ce qu'elle avait emporté de l'appartement de sa professeure. Burden n'avait sûrement pas imaginé que cela se terminerait de la sorte. Ou pire, et si elle l'avait su ? Figurez-vous une jeune fille souriante, au visage rond, scrutant son existence pour finir simplement par se rendre compte que toutes les fenêtres de sa maison de rêve ont été condamnées avant même qu'elle y emménage.

*

Après que son père eut terminé de manger, Ruby remplit le baquet qu'elle avait utilisé la veille pour qu'il puisse prendre un bain. Elle l'aida à s'extirper de son jean trempé tandis qu'il jurait et menaçait de tomber malade si elle ne se montrait pas moins stupide. Une jambe nue tremblait dans la lumière chaude du feu, l'autre était toujours enveloppée de tissu sombre. Cela lui évoqua l'unique bras de Mr Kindred, et elle se demanda si Ezra avait jamais regardé son père de cette manière, étonnée par l'asymétrie de sa chair.

« Va me chercher une serviette et mouille-la pour que je puisse me laver le torse d'abord, dit-il d'un ton brusque. Tu sais toujours pas comment y faire sans m'obliger à t'insulter après tout ce temps », poursuivit-il, la voix chargée de larmes.

Ruby savait que c'était le moment où son père commençait à se haïr.

Tandis qu'elle regardait alentour pour voir où l'un des chiens de son père avait traîné la serviette de toilette rayée, elle prit conscience qu'ils hurlaient de faim. Ils n'avaient pas été nourris depuis la veille.

« Ruby, ramène tes fesses ici », ordonna-t-il. Debout, immobile, torse nu, il leva de nouveau la tête et inspira profondément.

« C'est quoi ce putain de bordel ? Ruby ?

— Papa ?

— Mais-t'étais-où-bon-Dieu ? »

Ils se tenaient devant le braséro alors que la lumière du feu embrasait le rebord métallique du baquet. Ruby craignait que ce dernier ne devienne trop chaud. Si son père le touchait, il se brûlerait la paume des mains. Il lui infligerait sa douleur. Les chiens s'emparèrent de la rage de son papa jusqu'à écumer. Leurs aboiements étaient gutturaux, virils.

« Je suis désolée, répondit-elle. Je vais les nourrir tout de suite.

— Je t'ai pas parlé de ces putains de chiens, rétorqua-t-il. J'ai demandé OÙ T'ÉTAIS ? » Il pencha la tête et fourra son visage dans les cheveux de sa fille.

« Ce parfum ? T'as été avec quelqu'un ? Je le vois bien. Tu sais que je le vois bien. »

Sa peau se resserra si fort sur ses os qu'elle suffoqua. Il interpréterait son souffle court comme un aveu de culpabilité. Ruby ne lui répondit pas. Si elle reculait, elle pourrait le prendre de vitesse avant que ses doigts n'atteignent la boucle de son ceinturon.

Ruby percevait également sa propre odeur maintenant. Doux Jésus. Les roses du parfum juvénile de sa professeure morte avaient transformé le corps de Ruby, lui conférant le charme du gardénia, de la bergamote, de la pêche, de la tubéreuse, de l'orchidée, du cèdre. Du jasmin en fleur. Le parfum volé drapait le corps de Ruby dans une toge de fleurs, du sommet de son crâne jusqu'au bout de ses pieds nus qui commençaient déjà à s'ankyloser à cause de la remontée abrupte jusque chez elle.

« Tu manigances quelque chose, j'en mettrais ma main au feu, dit-il. C'est qui ? »

Ruby secoua la tête.

« Papa, je te jure. »

Elle eut le souffle coupé. Le coup de son père liquéfia Ruby avant qu'elle ne s'effondre à terre. Le poids de ce sac l'avait tellement fatiguée qu'elle était incapable de courir. Ruby grogna, soufflant pour écarter les cheveux de son visage pendant que son père se penchait au-dessus d'elle. Dans un soupir, les yeux emplis de larmes, il leva son poing et lui asséna un coup dans le ventre, puis un autre, et un autre.

Lorsqu'il eut terminé, il se lissa les cheveux et alluma une cigarette. Depuis qu'il avait l'âge de sa fille, Jonah Reuben Scaggs fumait des Marlboro. Ruby perçut le bruit de sa boucle de ceinturon alors qu'il essayait d'extirper son autre jambe de son pantalon. Il jura, luttant avec le cuir. L'instant d'après, son ceinturon cinglait l'air.

8

Vendredi soir, Ezra, Papa et moi nous rendîmes chez les Junkett pour savourer l'un des fameux repas de Miss Irene. Au fil des ans, nous en étions tous arrivés à considérer ceux-ci avec le même égard que le mot « dimanche ». Parfois c'était un pique-nique à la bougie. D'autres fois, c'était un audacieux barbecue, qu'on aurait presque pu qualifier de païen. À chaque occasion où Miss Irene et Mr Caesar nous accueillaient à leur table, nous passions un bon moment, et une chose aussi ordinaire qu'un repas réunissant nos deux familles pouvait nous paraître sacrée. Il n'y avait pas d'autres tables à Salt Point où nos familles étaient invitées à partager un dîner. Miss Irene prenait ces vendredis soir très au sérieux. Elle réclamait de la joie et gavait nos corps de viande épicée, de légumes frais, de gâteaux faits maison, et nous entraînait dans des danses effrénées.

Entre les parties de whist et les festivités pour les anniversaires, les adultes avaient des sujets graves dont ils devaient discuter et nous, les enfants, nous retrouvions souvent livrés à nous-mêmes, à jouer au base-ball ou à sauter à la corde à l'extérieur, sur le chemin de terre devant leur modeste maison, à seulement quelques kilomètres de chez nous. Le sentiment de bonheur et de sécurité était aussi tangible qu'une saveur. La compagnie des Junkett me procurait le même plaisir que le lycée ou la mer. L'imagination et l'amour de Miss Irene étaient innés, biologiques. Elle les offrait à ses enfants, à nous, à elle-même.

Ce vendredi soir-là, j'avais l'impression qu'elle essayait de nous donner encore plus que d'habitude.

Lorsque nous arrivâmes, les enfants Junkett étaient déjà dehors, dans le jardin, vêtus à la perfection dans l'une des splendides créations cousues main de leur mère. Les jumeaux, Rosemary et Empire, portaient des tenues en tissu gaufré vert et rose pâle. Leur peau luisait d'innocence et d'huile de coco. Lindy posait des assiettes et des bougies. Sur sa robe d'été vert clair se détachaient des fleurs blanches et dorées qui me rappelaient les tableaux où de jeunes filles souriantes tenaient des plateaux de fruits en équilibre. Ernest s'occupait du barbecue. Il portait pour sa part une chemise bleu ciel et un pantalon à motifs que, j'en étais certaine, Miss Irene avait fabriqué elle-même, comme souvent quand il s'agissait de la garde-robe de sa famille. Elle n'aimait pas acheter des vêtements dans les grands magasins. Elle avait l'œil pour ajuster les habits et elle choisissait des couleurs inhabituelles ; on ne pouvait empêcher son regard de revenir constamment à ses créations.

Tandis que nous nous garions, je remarquai qu'Ezra lissait le bas de sa robe d'été jaune doré. Elle aplatit ses tresses à l'aide de ses doigts et appliqua du brillant sur ses lèvres, tapotant rapidement sa bouche avec le baume d'un air satisfait avant de refermer d'un coup son poudrier de fard à paupières bleu en forme de coquillage, récent cadeau d'anniversaire de la part de Maman. Ravie du résultat, elle fourra le poudrier dans son petit sac à main orné de perles que lui avait offert Miss Irene. Je portais quant à moi un short violet et un chemisier blanc léger, noué aux épaules à l'aide de rubans. Mes cheveux étaient rassemblés en une boule sur le haut de ma tête. J'avais savouré le trajet au milieu des arbres pour venir ici. Il avait été plaisant de garder mes doigts à l'extérieur de la vitre et d'avoir la sensation que le vent me tenait par la main. Mon père était si beau de profil alors qu'il guidait la voiture sur la route. Sa chemise blanche et son pantalon vert bouteille étaient amidonnés. Il avait placé quelques fleurs sauvages dans la poche au-dessus de son cœur. Il avait l'air d'une star de cinéma ou d'un poète. Nous avions fredonné en chœur la musique qui passait à la radio. Je voyais sa mâchoire se détendre et les muscles autour de ses yeux se décontracter.

Maman était restée à la maison parce qu'elle ne se sentait pas bien. Toute la semaine elle s'était plainte d'être fatiguée, bien qu'elle ne pût identifier aucune raison spécifique à ses douleurs. *Parfois les femmes ont mal*, m'avait-elle dit quand je lui avais demandé de quoi elle souffrait. Elle était suffisamment épuisée pour ne pas toucher à son whisky. À la fin de la semaine, Papa lui avait interdit toute activité hormis le repos. Il lui avait dit que nous ne resterions pas chez les Junkett aussi longtemps que d'habitude, ce qui avait exaspéré Ezra parce qu'elle avait espéré écouter de nouveaux disques en compagnie d'Ernest et de Lindy.

En descendant de voiture, je humai l'odeur de la cuisine de Miss Irene, et le nœud qui me serrait l'estomac se dénoua.

« Hé les Kindred », s'exclama Mr Caesar alors qu'il sortait de la maison et descendait les marches du perron, un plateau à la main. Il le passa à Ernest avec un sourire, en lui donnant l'ordre de prendre soin des côtelettes enrobées d'épices de Miss Irene.

Il accueillit mon père au milieu de l'allée où ils s'étreignirent en riant. Lindy mit les plats de côté, quittant le jardin pour nous rejoindre d'un pas léger. Son sourire resplendissait alors qu'elle embrassait mon père sur la joue, puis nous enlaçait. Les jumeaux, adorables comme des moineaux, sautillaient dans ma direction en poussant de petits cris, parlant tous les deux en même temps :

« Cinthy, il y a du gâteau. Maman nous a préparé un gros, gros gâteau ! On peut manger nos légumes en premier pour s'en débarrasser, d'accord ? Et puis, après le reste, on aura du gâteau. »

Je frottai la tête d'Empire, puis feignis de lécher le sucre sur mes doigts.

Me retournant, je vis qu'Ernest avait quitté son poste au gril pour saluer mon père et Ezra. Il avait beau parler à mon père, il ne pouvait détacher les yeux de ma sœur et de sa peau luisante, dans sa robe d'un profond jaune doré. Cette nouvelle façon qu'il avait de la regarder, fixement en silence, avait commencé au printemps. Nous l'avions tous remarqué, mais ni l'un ni l'autre ne semblait s'en rendre compte, ou bien ils se montraient timides ou sur la défensive chaque fois que nos parents sortaient la moindre plaisanterie au sujet des amours naissantes. Ernest avait dix-sept ans et ressemblait à s'y méprendre à Mr Caesar, sauf qu'il avait les yeux et les cils recourbés de sa mère. Sa voix avait tellement changé au cours de l'année passée que parfois, si je n'y prêtais pas attention, je croyais que c'était Mr Caesar qui parlait. Je discernai les muscles sous le tissu léger de la chemise d'Ernest, et le style ajusté de son pantalon me fit monter le rouge aux joues.

J'entrai dans la maison, avide de la voix de Miss Irene et de ses étreintes sismiques. Les murs du salon étaient peints en bleu et jaune vif. Des photographies de famille me souriaient dans leurs cadres en bois fabriqués par Mr Caesar. Il y avait aussi des tableaux de Miss Irene : des vases remplis de fleurs, des paysages marins, des dessins au crayon de chacun des enfants Junkett quand ils étaient nourrissons. Des reliques de Royal – cuillères en argent, assiettes peintes à la main, les chaussures de bébé et la robe de communion de Miss Irene – donnaient au salon l'air d'un joyeux musée consacré à leur vie. Il y avait même une machette, lustrée et impressionnante, qui, au dire de Mr Caesar, avait appartenu à son arrière-grand-père.

Dans la cuisine, Miss Irene dansait tout en surveillant des yeux ses casseroles bouillonnantes. C'était en général là qu'on pouvait la trouver, les mains affairées et la bouche encore plus occupée à raconter des histoires de son enfance à Royal. Quand elle se sentait trop nostalgique pour évoquer ces histoires, elle s'enthousiasmait pour cette nouvelle Amérique naissante qui prenait, croyait-elle, le contrepied du caractère fastidieux des Blancs. Ce jour-là, sans lever la tête, elle me salua de sa voix mélodieuse.

« Miss Irene », soufflai-je, courant pratiquement dans

ses bras. Son odeur était luxuriante et dense, tel un paradis d'un autre monde. Huile de coco, poivre, menthe, citron, arbres fruitiers, talc, sueur. Elle me serra contre son corps et se balança, avant de me relâcher pour me regarder dans les yeux.

« Comment ça va, ma chérie ?

— Ça n'a pas été la première semaine de cours que j'aurais voulu », répondis-je, sachant que je pouvais lui dire cela sans avoir le sentiment qu'elle m'adresserait des reproches comme mes parents auraient pu le faire.

Hochant la tête, elle me proposa de goûter une nouvelle sauce pour le barbecue, qui était divine. Elle jeta la cuillère dans l'évier, indiqua du doigt un bol rempli de citrons de forme parfaite et me tendit un pichet. Je savais que lorsque je voulais parler à Miss Irene, elle s'attendait à ce que j'aide d'une manière ou d'une autre à la préparation du repas. Cela paraissait assez juste.

« Je suis sûre que tu dois te poser beaucoup de questions, commença-t-elle en baissant le volume de la radio. J'aimerais avoir des réponses à te donner, chérie. Mais personne n'en a quand de pareils événements ont lieu. Des morts étranges peuvent bouleverser l'existence même, qui est encore plus étrange et importante. On peut oublier ce qu'on éprouve pour la vie quand on apprend qu'une personne est morte trop tôt. Ça donne l'impression d'une tempête qui pourrait nous emporter, pas vrai ? Jusqu'au moment où le soleil réapparaît et nous rappelle qu'il était toujours là, au-dessus du tonnerre et de la pluie. C'est comme ça que la vie et la mort fonctionnent – elles sont intrinsèquement liées alors même que nous croyons qu'elles sont aux antipodes l'une de l'autre. Ce que je veux que tu fasses, c'est de trouver un moyen d'être heureuse avec tout ce que cette femme t'a offert. Quand tu te sens triste parce qu'elle t'a quittée, essaie de te souvenir des choses qui te donnaient l'impression que tu avais de l'importance pour elle.

» Il y a de l'amour qu'on ne peut même pas voir, ajouta Miss Irene, presque pour elle-même. On n'est pas censé le voir, mais on le ressent. »

Ernest et Ezra entrèrent par la porte du fond à ce moment-là, apportant d'immenses quantités de légumes. Ils souriaient tous les deux par-dessus les saladiers en étain qui débordaient. *On ne sourit pas comme ça pour des légumes*, pensai-je.

Ezra salua Miss Irene en l'embrassant. Tout le monde savait qu'Ezra était la favorite de Miss Irene. Peut-être parce qu'elles étaient toutes les deux les sœurs aînées de leur famille. Ou peut-être parce qu'elles partageaient une même vision du monde, un même refus de baisser les bras, qu'il s'agisse de leur personne ou de leur famille. Ernest se tenait là, beau et niais.

« Ouste », dit Miss Irene, et il recula d'un air gêné avant de s'enfuir de la cuisine.

Ezra augmenta le volume de la radio au niveau précis où il se trouvait lorsque j'étais moi-même entrée dans la cuisine.

« On va laisser mijoter, les filles, déclara Miss Irene. Et pendant que mon frichti continue de cuire, on va faire autre chose.

— Quoi ? » demandai-je en pressant un demi-citron.

Je me retournai au son des bracelets de Miss Irene qui

s'entrechoquaient frénétiquement. Elle avait levé les bras dans l'air délicieux et tenait la main d'Ezra tout en la faisant tourner. La joie de ma sœur me contamina et je m'approchai d'elles en dansant, remuant les hanches et bougeant la tête au rythme de la musique que je ressentais jusqu'au fond de mon cœur.

*

Le dîner avec la famille Junkett m'aida à sentir que les événements de notre première semaine de cours étaient déjà du passé, et que j'avais le choix de m'en souvenir ou de les laisser derrière moi.

Cette semaine n'avait ressemblé à aucune de mes précédentes rentrées. J'étais toujours sidérée en songeant à tout ce qui avait eu lieu. Je voulais que ma professeure soit vivante. Je voulais retrouver ce sentiment agréable que j'éprouvais lorsque Miss Burden me regardait dans les yeux en m'engageant à donner la bonne réponse. Je voulais sa reconnaissance de mon intelligence, nos déjeuners silencieux où la lecture était un festin que nous partagions. Qu'allais-je faire si je déplaisais à notre prochain enseignant, comme cela semblait être le cas avec les autres professeurs ? Je voulais voir en moi le type de jeune fille capable de dire non quand on lui demandait de s'engager dans une activité qui lui paraissait inappropriée, par exemple laisser une fille blanche comme Ruby Scaggs observer mes parties intimes.

Alors que nous nous préparions à rentrer à la maison et à retrouver Maman, je vis que Miss Irene prenait Ezra à part, s'éloignant de la longue table où nous avions festoyé.

Elle tenait le visage d'Ezra entre ses mains et lui parlait d'un ton délibéré. Sur un petit banc en bois, Rosemary et Empire étaient entrelacés, lovés dans le sommeil particulier et divin de jumeaux, aussi exquis, semblait-il, que la glace au chocolat faite maison dont ils s'étaient gavés.

Mr Caesar alla ouvrir le portail, mon père marchant à ses côtés. Le baume de la cuisine de Miss Irene rendait leurs voix de baryton encore plus chaudes. J'adorais écouter Papa et Mr Caesar. C'était comme si j'avais deux pères. J'avais l'impression d'être deux fois plus aimée et en sécurité. Bien que mon père soit plus sérieux et Mr Caesar plus espiègle, je trouvais qu'ils se complétaient à la manière de frères.

Des deux mains, je tenais une assiette pleine de nourriture pour Maman.

« On doit se méfier de tout et de tout le monde ces temps-ci, même de nos ombres, disait Mr Caesar. C'est comme ça. Eisenhower a signé le document. Et c'est ce que c'est. Tu as déjà lu ce que la presse en rapporte ? Jim Crow le corbeau, Jim Cat le chat, Jim Monkey le singe, Jim Mule l'âne. Les Blancs ne veulent pas croire que le président va les forcer à nous traiter mieux que des chiens.

» Mais c'est un début. On est sur la bonne voie. La plupart du temps, on nous traite correctement ici. Imagine si on était sur la ligne de front, à prêcher ce bazar à propos de la non-violence et à résister à ces flics dans l'Alabama. Je me ferais probablement tuer si j'en étais. Je n'ai appris la patience que depuis que j'ai des enfants à élever. Dieu bénisse notre race. C'est grâce à ces garçons et à ces filles noirs que mes enfants pourront grandir sans avoir à s'asseoir au fond du bus. Boire de l'eau à n'importe quelle fontaine quand ils ont soif. Tu te rends compte à quel point il faut être dingue pour en arriver à concevoir une loi où quelqu'un peut pas boire la même eau que toi ? Parce que t'es blanc, et de quelle putain de couleur est l'eau ? Sans déconner.

» Dans mes rêves, l'homme blanc a toujours été au courant. C'est comme ça depuis que je suis gosse. Trop de fois j'ai vu des p'tits blancs dézinguer des nègres pour rien. J'ai entendu parler de Blancs qui entraient dans des églises et y foutaient le feu juste parce qu'on veut pas prier comme ils disent qu'ils nous ont appris à faire. J'étais riquiqui quand j'ai vu un Blanc tirer sur un prêtre en pleine tête parce que l'homme avait oublié de s'adresser à ce monstre en lui donnant du "monsieur".

» Heron, mon ami, on doit se tenir prêts. Le front va être partout. C'est déjà le cas. »

Papa hocha la tête et parla doucement :

« Lena est tellement inquiète pour les filles ces derniers temps. Elles deviennent des jeunes femmes. Elle s'inquiète parce qu'il n'y a pas de loi ici, Caesar. Pas vraiment. Ou quand il y en a, elle participe au problème. On a l'impression que le village est furieux contre nous, de ce policier jusqu'aux pêcheurs. Tous leurs regards noirs. Lena et moi, on hésite à quitter le village une fois qu'elles auront fini le lycée au printemps.

— Vraiment ? demanda Mr Caesar. Et vous iriez où ? Tu aurais besoin d'un bon travail dans un endroit où toi et ta famille vous seriez bien traités. Peut-être que vous pourriez trouver une de ces nouvelles écoles pour les Noirs. Elles poussent partout dans le pays. Des facs et des universités, où on apprend tout pour vivre en indépendants. Ça serait mieux. Aider notre peuple.

— C'est sûr », répondit mon père.

J'observai le cure-dents que Papa faisait glisser d'un coin à l'autre de ses lèvres.

« La vérité, c'est que nous allons peut-être même envoyer les filles ailleurs. Tu sais, dans un pensionnat, ou quelque chose comme ça. Nous ne voulons plus qu'elles restent au village. Même si la maison est payée. Je crois que je t'ai raconté une fois que je l'ai achetée comptant. Je me suis toujours méfié des achats à crédit, ce n'est pas pour les Noirs. Je n'aime certainement pas l'idée de faire confiance à une banque qui se trouve à des kilomètres et des kilomètres de moi pour maintenir un toit au-dessus de nos têtes. Les emprunts immobiliers aux États-Unis, c'est du racket. Lena et moi avons évité ce bazar et utilisé nos économies pour acheter la maison. Maintenant, on peut faire ce qu'on veut. Vendre cette fichue baraque ou bien la réduire en cendres. »

Je n'avais jamais entendu mon père parler de cette façon. J'avais à l'évidence raté les signes indiquant que nos vies s'éloignaient de ce que j'avais toujours cru, à savoir que nous étions plus ou moins installés pour toujours à Salt Point.

Mais le village avait apparemment senti l'amertume de nos pères parce que, alors que Papa et Mr Caesar se tenaient sur la route, ne regardant rien en particulier, un véhicule de patrouille apparut.

Le policier Charlie était seul dans la voiture, et en uniforme. Tout en continuant de rouler, il se pencha sur le côté et nous lança un regard furibond par la fenêtre ouverte du côté passager. Le policier replia les doigts de son immense main en forme de pistolet. Arborant un large sourire, il appuya avec son gros pouce sur une détente invisible à plusieurs reprises, comme s'il tirait sur des clowns à la fête foraine.

« Espèce d'enculé », dit Mr Caesar, d'une voix étouffée derrière sa mâchoire crispée.

Mr Caesar recourait rarement aux injures, mais à ce moment-là cela nous parut justifié. Il éleva la voix de sorte que son avertissement parvienne jusqu'aux oreilles du policier :

« Salopard de flic. »

La voiture de patrouille s'immobilisa.

Désemparée, je tournai la tête comme si rien ne pouvait se passer si je détournais le regard. Ernest avait tiré Lindy contre lui pour la protéger. Je laissai tomber par terre l'assiette de nourriture de Maman. J'étais si terrorisée que j'avais l'impression de suer de tous mes pores. Des taches apparurent, semblables à des étincelles rouges, devant mes yeux. J'avais le sentiment que les doigts du policier pouvaient réellement tirer de vraies balles. Nous restâmes tous muets jusqu'à ce qu'il finisse par s'éloigner. Les pneus du véhicule de patrouille roulèrent sur le gravier et émirent un son de dents se brisant sous la pression.

« Bon sang, dit mon père en exhalant. Qu'est-ce qu'il fichait, nom de Dieu ?

— Vieux, il fait ça tout le temps. On fait partie de son itinéraire habituel. Vous, vous vivez à l'écart de la route, alors il vous embête pas. Pas encore, en tout cas, ajouta Mr Caesar à voix basse. Ça faisait un bail qu'il avait pas fait son foutu numéro avec mes enfants dehors. La prochaine fois qu'il pointe son doigt sur moi, je risque de le flinguer, cet enfoiré.

— Il n'y aura pas de prochaine fois, Caesar. Il n'a pas le droit de faire ça, répliqua Papa. Il n'a pas le droit de vous terroriser. Vous habitez ici. Il n'a pas le droit. »

Mr Caesar s'esclaffa.

« Merde, t'es drôle, Heron, dit-il. Tu crois pas sérieusement que ces policiers hésiteraient à nous mettre en rang sur la place et à nous dégommer tous de sang-froid ? À nous balancer à la mer avec le reste des Africains ? Ils supportent pas qu'on respire. Tout ce qu'on fait c'est respirer, et ils ont leurs balles prêtes à l'emploi.

— Caesar ? »

C'était la voix de Miss Irene. Elle venait de la cuisine et se tenait maintenant dans le jardin, avec une expression que je n'avais jamais vue. Elle avait un pistolet dans une main. De l'autre, elle serrait la main d'Ezra. Dans l'obscurité, leurs yeux brûlaient de manière identique. Je m'attendais presque à ce qu'Ezra ait son propre pistolet, mais elle pressait un petit sachet en cuir contre sa poitrine, sans doute un cadeau de Miss Irene.

« Ernest, Lindy, emmenez les jumeaux à l'intérieur immédiatement.

— Oui, Maman.

— Je suis désolée, Miss Irene », dis-je. Les mots me collaient à la langue comme du pain sec. « J'ai fait tomber la nourriture de Maman. Et cassé votre belle assiette. Je n'ai pas fait exprès.

— Cinthy, ne t'inquiète pas pour ça, ma chérie, répondit Mr Caesar, posant sa main sur mon épaule. Irene rendra visite à ta maman demain. Elle lui apportera quelque chose à ce moment-là. Elle passera voir si elle se sent mieux. » Il fit un signe de la tête à mon père.

« Ezra, on rentre à la maison », déclara Papa. Il s'avança sur la route, marquant une pause pour fixer des yeux la direction qu'avait prise la voiture de patrouille.

« Il est toujours là ?

— Oui, Caesar, il est juste un peu plus loin. Je vois ses feux arrière.

— Merde », répliqua Caesar.

En quatre longues enjambées, il traversa le jardin et retourna à l'intérieur de la maison. Miss Irene suivit en silence.

Se précipitant vers la table, Ezra et Lindy commencèrent à empiler les assiettes et les verres. Ernest s'approcha de Lindy. Il lui murmura quelque chose à l'oreille avant de se baisser et de prendre dans ses bras les jumeaux. Avec précaution, il les porta jusqu'en haut des marches et à l'intérieur de la maison.

« Ezra, Cinthy, rassemblez vos affaires et montez dans la voiture. Tout de suite.

— Oui, Papa », répondis-je.

Il me fallut un moment pour faire le tour de l'assiette brisée et de la nourriture perdue et m'installer sur la banquette arrière. J'essayai de ne pas penser à l'humidité entre mes jambes et me sentis soulagée de constater que personne d'autre ne semblait l'avoir remarqué.

Le crépuscule avait fini de déployer sa langue dorée, cédant la place à la nuit. Ezra étreignit Lindy avant de se diriger vers notre voiture. Des bougies allumées dans des bocaux de conserve étaient disposées autour du jardin. Leur lueur sur l'herbe, qui juste quelques instants plus tôt m'avait paru si romantique, avait pris un air spectral. Ezra ouvrit la portière du côté passager.

« Hé, dit-elle. Viens t'asseoir devant avec moi.

— D'accord, Ez. »

Je descendis de la voiture pour m'installer à côté de ma sœur. La chaleur émanant de son corps me surprit. Une forte odeur provenait du sachet posé sur ses genoux.

« Miss Irene dit que c'est pour se protéger.

— De quoi ? »

Ezra détourna la tête, mais ses yeux effectuaient des allers-retours entre Papa et le jardin, où Lindy s'agitait autour de la table pour débarrasser les restes de notre merveilleux repas. Nous pouvions voir ses lèvres remuer dans la lumière vacillante des bougies. Lindy priait.

Alors Mr Caesar ressortit. Ernest marchait sur ses talons. Il dit quelques mots à Lindy, qui rentra à l'intérieur. Une lampe de leur véranda s'alluma, éclairant l'un des côtés de la maison.

Mr Caesar et Ernest étaient seuls. Ils s'avancèrent sur la route, leurs chemises assombries de sueur et de colère. La main d'Ezra pendait lâchement de la fenêtre de la voiture dont la vitre était descendue. Ernest se pencha pour nous souhaiter une bonne nuit. Il pensait peut-être être discret, mais je vis sa main caresser délicatement celle de ma sœur.

Sur fond de cris perçants de grenouilles et d'insectes, d'oiseaux de nuit et d'invisibles animaux en train de rôder, la voix de Mr Caesar résonna, grave et claire.

« Les Blancs ont le droit d'être des imbéciles et de devenir président, déclara Mr Caesar. Mais pas nous. Mon vieux, prends ça avec toi. Si cet enfoiré vous arrête, Heron, tire en premier. Je compte pas t'enterrer de sitôt, et ce foutu monde va certainement pas m'enterrer non plus avant que je sois fin prêt. »

9

Assise entre mon père et ma sœur, je me sentais en sécurité, pourtant le sang dans mon cœur affluait, éclaboussant mes os de l'intérieur. Le parfum de magie émanant du sachet d'Ezra emplissait l'avant de notre voiture tandis que la brise nocturne convoyait d'autres épices invisibles. La main de Papa empoignait le volant, mais sa voix était douce. Je ne voyais pas le pistolet posé sur ses genoux, mais je savais qu'il était là. L'incident avec le policier avait délié quelque chose chez mon père. Sa voix se déploya dans l'habitacle obscur de notre voiture. Le passé était enfermé à l'abri de la lumière depuis si longtemps, mais à ce moment-là, Papa se mit à nous raconter ce qu'il voulait que nous sachions à propos de l'incendie dans l'église à Damascus.

« Je n'étais pas né », commença-t-il.

Comme nous, il paraissait surpris d'entendre sa voix emplir la voiture, repoussant les cris d'insectes hors de portée de nos oreilles.

« Je n'étais pas né quand tout ça s'est passé, mais je sais, poursuivit-il, presque pour lui-même. Je vous le raconte, mes chéries, pour que vous sachiez aussi. Peut-être que ça vous donnera une force que je n'ai jamais su moi-même tirer des événements. J'ai eu l'audace de croire que si je m'efforçais d'oublier, alors tout s'effacerait. Mais notre sang ne fonctionne pas de la sorte. Votre mère et moi, nous ne voulons pas que vous vous sentiez seules. Nos histoires parlent en vous. Peut-être que vous pouvez m'aider à ne pas oublier que l'amour m'a sauvé de mes souffrances.

— Comment est-ce que nous pouvons t'aider, Papa ? » demanda Ezra.

Sa voix semblait parvenir d'un temps ancien, comme si elle avait vécu longtemps auparavant, avant la naissance de notre père. Bien que nous n'ayons jamais entendu les voix de nos arrière-grands-parents, elles paraissaient résonner dans l'habitacle feutré de notre voiture.

« Écouter pourrait aider, répondit-il. Se souvenir, aussi. »

La voiture voguait par-dessus des poches d'obscurité. Les ombres des branches voletaient indistinctement sur notre pare-brise. La lune projetait des éclats de lumière sur nos bras et visages. Je m'avançai sur mon siège, écoutant la voix de mon père, enchantée comme toujours quand il me lisait des histoires. Je songeai à tous les récits, des centaines, qu'il avait partagés avec moi. À sa manière de raconter qui nous donnait l'impression de vivre l'instant même. Ma sœur me tenait la main, me transmettant la pulsation régulière de son cœur.

Je fermai les yeux, la voix de mon père se mêlant à la mienne, celle que j'entendais dans ma tête et qui m'aidait à imaginer ce qu'autrement je n'avais aucun moyen de savoir.

L'histoire de mon père nous appartenait, à ma sœur et moi. Ce serait la seule manière, pour nous, de pouvoir nous souvenir, dans notre sang, de ce que mon père s'était forcé à oublier.

Theodore et Calliope Kindred

C'est une soirée chaude de 1902, et mon arrière-grand-père Theodore Kindred est libre.

Il emprunte un chemin boueux qui longe le Delaware pour se rendre à l'église qu'il construit de ses propres mains. À côté de l'église, il a commencé à poser les fondations pour une école. L'éducation et la préservation de l'esprit et de la chair n'ont toujours fait qu'un à ses yeux. Mon arrière-grand-père est un jeune homme, même s'il n'a jamais vu son acte de naissance et n'a à sa disposition que les chants dans son cœur pour retracer le nombre d'années qu'il a vécues dans ce monde. Il descend d'hommes libres, aussi son Dieu a-t-il toujours été libre.

La structure, sans nom bien que presque terminée, s'élève au sommet d'une petite colline, sur un quadrilatère qui fait partie du patchwork jaune et vert olive des terres qu'il a achetées avec l'argent gagné et économisé au cours d'années de labeur. Les terres se trouvent dans un lieu que sa femme, mon arrière-grand-mère Calliope, baptisera Damascus, et celui-ci est si petit qu'il ne sera jamais reconnu officiellement.

Je vois les yeux rougis de mon arrière-grand-père rendant gloire à la terre. Ma sœur et mon père possèdent ce regard terreux. Mon père, qui ne naîtra pas avant des années, héritera ce besoin de son grand-père, celui de devenir propriétaire de la terre sur laquelle il vivra. C'est la raison pour laquelle il a acquis cette propriété à Salt Point au comptant et rejeté le joug émotionnel des emprunts ou des achats à crédit. Il existe un besoin d'indépendance dont on peut trouver l'origine au fond de l'Atlantique, où les voix de nos ancêtres perdurent dans des ossements devenus d'inestimables coquillages. Mon père et son père, et les pères dont les voix les guident, forment une invisible boussole dans notre sang. Il sera toujours important pour les hommes Kindred d'avoir une idée immédiate du lieu où ils seront inhumés, parce qu'ils vénéreront cette terre plus que toute autre chose.

Theodore caresse son cheval, Canaan, tandis qu'ils s'approchent de l'église inachevée. Il vient d'arrêter de pleuvoir, et les sabots du puissant cheval produisent un bruit de succion à chaque pas qui claque dans l'amas de boue saturée d'eau. Mon arrière-grand-père s'inquiète d'endroits sur le toit qui n'ont pas été couverts correctement. Le sanctuaire a besoin d'être aéré avant que Calliope et ses douze élèves chéris n'arrivent pour la répétition de la chorale et le catéchisme. Mon arrière-grand-mère a déjà fourni les bases d'une éducation aux enfants qu'elle a choisis pour former sa première classe d'élèves. Leurs salles de classe, ce sont la nature, la cuisine, le jardin et une pièce chez elle dont les murs sont recouverts de livres et qui possède un piano droit à l'aide duquel elle leur a appris à élever leurs voix dans la joie. Bien qu'elle n'ait aucun lien du sang avec ces enfants, elle a gagné la confiance et l'amour de leurs familles. Leurs parents sont venus de partout, avec l'espoir et la détermination de façonner l'avenir de leurs enfants dans un monde plein des potentialités et des défis qui accompagnent l'indépendance. Ces douze enfants ont été confiés aux soins de mon arrière-grand-mère, comme les précieuses graines d'un village en péril qui pourraient voyager secrètement à travers les océans pour être semées, arrosées et récoltées sur des territoires inconnus.

Calliope est son nom, mais pour tout le monde dans leur nouvelle petite ville, baptisée Damascus, elle est pour toujours Callie. Maman disait que mes arrière-grands-parents étaient tombés amoureux quand ils avaient cinq ou six ans. Ils ont tous les deux grandi quelque part en Géorgie – Maman n'était pas sûre du nom et Papa l'oubliait intentionnellement. Maman racontait que mon arrière-grand-père, alors qu'il savait à peine parler, avait annoncé à Callie :

« Je vais t'épouser. »

Les adultes avaient ri quand celle-ci avait répondu, de sa voix résolue de petite fille :

« D'accord ! »

Donc, mon arrière-grand-père pense à Callie et à sa bonne fortune, et à la manière dont ce retentissant « D'accord ! » a embelli et comblé sa vie. Bientôt sa femme et les enfants empliront le sanctuaire de leur chant mélodieux. Après la chorale et le catéchisme, ils partageront tous un repas froid. Sous les premières étoiles du soir, mes arrière-grands-parents raccompagneront les enfants chez eux, leur apprenant à choisir un chemin sûr à travers les bois. Puis, une fois qu'ils seront seuls, mon arrière-grand-mère prendra la main de son mari et la posera sur son ventre où de nouvelles étoiles ont mêlé leur poussière en elle pour concevoir leur deuxième enfant.

Le premier, une fille, qui deviendra ma grand-mère, Alma Elizabeth Kindred, a été confiée à la tendre garde d'une voisine proche. Mon arrière-grand-père construit l'école pour Alma, œuvrant avec le bonheur de sa fille comme boussole. Ensuite, il compte bâtir une bibliothèque pour la ville.

À l'instar d'Alma, Damascus a presque trois ans et est en pleine croissance. Mes arrière-grands-parents étaient tous les deux las de se chercher un chez-soi, si bien qu'avec Damascus ils avaient essayé de se créer un paradis, quelque part entre la plantation et la Terre promise. Des familles noires arrivèrent à Damascus immédiatement, désireuses d'investir dans un rêve qui ne les tuerait pas, et ils continuaient d'arriver en 1902. On se chuchotait de bouche à oreille comment trouver le fleuve au cours inversé et le petit campement noir qui se développait juste à côté des berges orientales du Maryland, non loin de Bucktown. Ces familles cherchaient à inventer des modes d'existence par-delà la brutalité qui les avait forcés, eux et leurs ancêtres africains, à voguer à travers l'Atlantique.

Je vois la main de Theodore reposant paisiblement sur l'encolure musclée de son cheval. D'après la rumeur, mon arrière-grand-père faisait près de deux mètres, ce pour quoi il avait besoin d'un animal aussi prodigieux.

Ce soir-là, Theodore comptait peut-être sur la compagnie de son cheval et la vue de sa gracieuse église pour lui apporter la tranquillité d'esprit. Tandis que ses terres se développaient, il avait attiré l'indésirable attention d'un groupe de Blancs qui avaient initialement ri, exprimant leur dédain quand ils posaient les yeux sur la petite implantation noire naissante. Lorsque ces hommes revinrent pour examiner ce qu'ils pensaient ne pas devoir survivre, encore moins prospérer, ils lancèrent une incessante campagne de sabotage. L'incrédulité et la dérision furent vite remplacées par la rage, qui poussait ces chrétiens à faire valoir leurs droits divins et leur suprématie économique.

Theodore avait assisté à cet art affreux de la fureur pendant sa vie entière. Tout homme de couleur en Amérique avait reçu, contre sa volonté et son âme, cette leçon terrible. Récemment, il avait découvert Callie en train de pleurer devant ses parterres de fleurs saccagés et les légumes de son potager piétinés. Seul un Blanc, et non un animal, pouvait posséder de tels crocs et une telle avidité pour perpétrer ce saccage.

Un autre soir, femme et mari s'étaient retrouvés claquemurés derrière la porte de leur maison, fixant des yeux des hommes sans visage, sinistrement encapuchonnés, qui rôdaient, armes au poing, dans leur jardin. Un petit groupe mouvant de voix étouffées menaça mes arrière-grands-parents de pendaison, de mort par balle, de flammes incendiaires, voire pire. Passant en revue son catalogue mental des formes de violence blanche, mon arrière-grand-père avait conscience qu'à un moment donné leurs paroles veules se transformeraient en actes.

Ceux qui se retrouvaient adhérer à la foi de mon arrière-grand-père épousaient le dieu vivant dans la dignité de leurs propres visages. Nombre d'entre eux avaient oublié à quoi ressemblait cette fierté jusqu'à ce qu'ils se tiennent dans le sanctuaire à demi façonné des Kindred. Leur redécouverte de cette fierté aujourd'hui signifiait qu'aucun d'eux ne souhaitait se détourner de ce qu'ils bâtissaient à Damascus.

Pourtant, ce soir, il se demande s'il aurait dû autoriser Callie et les enfants à marcher seuls dans les dernières lueurs d'une fin d'orage. Mais les Blancs rendaient grâces le dimanche exactement comme tous les autres, répliqua Callie. Avec un peu de chance, ils seraient aussi en train de se reposer.

Alma était agitée quand il l'avait embrassée et avait frotté le nez contre son front soyeux avant de la confier à Mrs Whitaker, dont les douces paroles illuminèrent le visage de sa fille d'un immense sourire creusant ses fossettes.

Seuls, Canaan et lui avaient longé le fleuve avant de couper à travers bois, en direction des collines depuis lesquelles la vue de sa modeste église emplissait toujours son cœur de joie. Il était presque temps de prendre une décision quant à son nom, et Theodore avait confiance en Callie pour bien le choisir. Il avait de fougueuses visions où il élevait ses deux enfants dans cette nouvelle église, dans leur nouvelle ville, baptisée par leur mère.

Après la mort de Calliope Kindred, les habitants de la ville trouveront un bout de papier dans le journal intime de mon arrière-grand-mère exprimant son souhait de voir l'église s'appeler Délivre-Moi-de-Mes-Entraves.

*

Tandis qu'il attache son cheval, Theodore entend Callie et les enfants s'approcher.

Il appelle sa femme, puis s'avance jusqu'au porche de l'église afin de l'accueillir pendant que les enfants s'engouffrent à l'intérieur pour se sécher après la soudaine averse.

Les cheveux tressés de Callie sont attachés et forment un chignon sur sa tête. Elle porte un châle vert autour de ses épaules sveltes. Les yeux noirs qui parent son visage ovale recouvert de taches de rousseur lancent des regards pleins d'intelligence, de sensualité et de chaleur.

Theodore baise son poignet. Leurs quatre mains reposent sur son ventre rond et proéminent. Elle lui demande des nouvelles d'Alma, et il lui dit que leur petite fille va bien. Mrs Whitaker attendra qu'ils passent la prendre sur leur chemin de retour. Lorsqu'il soulève le visage de mon arrière-grand-mère pour l'embrasser, il voit Callie à chaque âge où ils ont échangé un baiser. L'un de ses plus vifs et premiers souvenirs est celui où, essayant de l'embrasser, il avait reçu un coup de poing en plein nez, avant qu'elle ne lui rende son baiser.

Ce soir-là de 1902, Theodore goûte la candeur pleine et humide des lèvres de Callie, leur jeunesse ; il se rappelle le goût du glaçage au beurre qu'avait laissé sur ses lèvres la tranche de gâteau partagée le soir de leur mariage – un soir de printemps où les pétales de magnolia s'engouffraient par les fenêtres de la chambre d'hôtel, réglée grâce à ses économies, pour venir se déposer sur les draps blancs et frais où ils avaient fait l'amour pour la première fois. Il se souvient, aussi, du sel sur ses lèvres au moment de son accouchement, qui avait duré seize heures ; elle l'avait embrassé lorsqu'elle tenait enfin leur fille, Alma, au creux de ses bras douloureux. Il se rappelle le baiser simple et franc qu'il lui avait donné quand elle était tombée d'accord avec lui pour considérer comme parfaitement sensée l'idée de construire une ville à partir de rien, une ville où ils pourraient vieillir ensemble en liberté.

Plus que le bâtiment qui s'élève devant eux, Calliope est son église.

Il écoute ses écoliers chéris glousser en les regardant, Callie et lui. Il leur rend un sourire, adressant un salut de la main à douze visages timides. Il annonce qu'il va allumer les lampes pour empêcher les moustiques de s'abreuver à leur sang sucré. « Mieux vaut des moustiques que le diable », ajoute-t-il tandis que Callie enfonce son doigt au niveau de l'une de ses côtes, à l'endroit où son cœur a brûlé pour elle toute sa vie.

*

Au son, Theodore comprend que Canaan s'est soudain dressé sur ses pattes arrière, se cabrant et ruant, imprimant un avertissement à même la terre. Les coups de sabots sont retentissants, empreints d'épouvante, à tel point que Theodore parvient à entendre sa prodigieuse monture par-dessus le piano droit sur lequel Callie joue assise de biais à cause de son ventre bombé.

Mon arrière-grand-père marque sa page dans sa bible. Son regard s'arrête sur le visage aux sourcils froncés de mon arrière-grand-mère. En se levant, il dit aux enfants, qui se sont arrêtés, les yeux écarquillés, au milieu de leur prière, de continuer à suivre la musique.

Seul, il descend les marches en bois brut, non peintes, à l'entrée du bâtiment qui sera plus tard baptisé Délivre-Moi-de-Mes-Entraves. Il fait le tour du coin boueux, puis longe rapidement le côté de l'église. Un animal sauvage a dû provoquer son cheval. Il regrette de ne pas avoir son fusil pour tirer un coup de semonce, parce qu'il n'aime pas être armé en présence de Callie et des enfants sans raison.

Mon arrière-grand-père n'a pas vu l'homme qui se tient dans l'ombre. La crosse du fusil de ce dernier qui le frappe à la nuque le jette à terre. Un rond d'étoiles rouges lui brûle les yeux tandis qu'on le redresse d'un coup, non sans peine, sur ses grands pieds.

« Debout, le pasteur », dit la voix, qui appartient à un autre homme enfonçant à son tour son fusil dans le flanc de mon arrière-grand-père. Theodore avance en traînant les pieds. Les larmes lui montent aux yeux quand il entend Canaan renâcler et hennir de détresse.

« T'avais le choix, hein ? ajoute la voix près de sa tempe. Y a plus de choix maintenant après tous ces avertissements qu'on t'a donnés. Je parie que tu regrettes de pas avoir écouté la première fois, espèce de fils de pute de pasteur buté. »

Theodore se demande combien ils sont à se tenir dans l'ombre. La sueur lui coule dans les yeux. « Allez-y donc, dit mon arrière-grand-père, sentant le kérosène. Brûlez-moi. Pendez-moi. Abattez-moi d'un coup de fusil. Mangez mes couilles si c'est ce que vous prévoyez. Mais s'il vous plaît, épargnez-les. Ils sont innocents. »

Dans l'ombre, il distingue des hommes qui aspergent son tendre ami de kérosène. La voix de Theodore s'enroue à force de leur crier de laisser l'animal vivre :

« Prenez-le vivant, je vous en prie ! Il sera plus rentable en vie, même si vous le vendez tout de suite. Allez, laissez-le vivre ! Il vous a fait aucun mal. Gardez-le en vie et il vaudra plus que ça ! S'il vous plaît, laissez-le, laissez-le vivre !

— Amenez-le ici, les gars, dit la voix. Je vais lui faire bouffer son foutu cheval. »

Lorsqu'il entend l'allumette, mon arrière-grand-père ne baisse pas la tête, mais regarde droit dans les yeux battus et injectés de sang de son ami pour lui demander pardon.

Le prodigieux animal hurle, agité de soubresauts humains, tandis que le feu parcourt son dos. Ses oreilles douces s'aplatissent contre son crâne. La chaleur enveloppe le cheval des naseaux au ventre, jusqu'à ce que, vaincu, Canaan s'agenouille, tombant d'un seul coup sur son flanc. Des flammes noires dévorent le superbe destrier. Theodore voit leur amitié s'écrouler dans les yeux de la créature agonisante.

Quand Theodore se détourne, horrifié, du corps calciné de Canaan, il repère le visage de Callie derrière la fenêtre. Il articule silencieusement le mot « fuyez », mais l'un des hommes surveille.

« Du petit bois », déclare celui-ci en riant.

*

Ils traînent Theodore sur la plus grande partie de la distance qui les sépare de l'église. Ils doivent s'y mettre à quatre ou cinq pour lui faire passer le seuil tant il résiste. Lorsqu'ils l'ont poussé à l'intérieur, ils s'esclaffent et bloquent la porte de l'extérieur.

Callie, les paumes posées à plat sur son ventre, s'affale à genoux et enjoint à ses élèves de la rejoindre, les regroupant au centre du sanctuaire.

Theodore se met à briser les fenêtres du côté opposé aux hommes. Il parvient à faire sortir les enfants, un ou deux à la fois, pour qu'ils puissent s'enfuir en courant et se cacher dans les bois.

« Ne revenez pas nous chercher », leur ordonne-t-il tandis qu'ils pleurent.

Il tente de faire voler en éclats l'une des fenêtres à l'aide d'un manche à balai au bout rond quand une balle lui traverse le haut du crâne.

Alors des torches se mettent à voler en sifflant à travers les vitres brisées. S'écrasant dans une fureur vert et rouge, les flammes commencent aussitôt à dévaster l'église.

En larmes, mon arrière-grand-mère s'éloigne en rampant des enfants et s'efforce de ramener le cadavre de son mari jusqu'au cercle qu'ils forment. Les manches de sa robe se déchirent au niveau des épaules. Elle n'a jamais eu à porter Theodore auparavant. Callie ferme les yeux et le tire de toutes ses forces. Son crâne déchiqueté laisse derrière lui une comète gluante de sang. Certains des plus grands garçons, pleurant et toussant, se lèvent et l'aident à le déplacer tandis que les poutres du plafond, à l'agonie, gémissent.

Elle tousse, sentant le bébé donner des coups de pied frénétiques à l'intérieur d'elle. Callie s'étend sur le sol à côté de son mari. Dans le regard vitreux de ses yeux morts, elle distingue la fournaise de leurs rêves et de leur foi. Callie l'embrasse avec intensité, comme elle l'a toujours fait, goûtant de nouveau aux merveilleuses années qu'ils ont partagées. Puis de ses doigts, elle referme ses yeux silencieux.

*

Entre sa mort et son passage dans l'au-delà, Callie revoit sa mère et son père agenouillés dans des champs de cannes à sucre du Sud, au fin fond de la Géorgie. Elle se rappelle comment un homme blanc a arraché une fois sa mère de la table du souper, et que son père a été forcé de laisser partir sa femme.

Callie aperçoit alors sa mère, sortant des rayons obscurs de la lune pour appeler sa fille. Ses yeux sont rouges comme des rubis. Elle tient à la main quelque chose qui ressemble à un panier.

C'est la tête de son maître.

Le feu se propage aux cheveux de Callie. Il lui lèche les oreilles, séparant sa peau de son crâne telle la mer carmin dont un prophète sépara un jour les eaux pour libérer son peuple asservi. Plus tard, ces fugitifs allaient devenir des tribus. Les mains de douze enfants s'accrochent aux flancs de Callie. Les mains en feu de douze enfants deviennent des millions.

Puis elle songe à une enfant : sa fille, Alma.

Le dernier souffle de mon arrière-grand-mère se confond avec le nom de sa fille.

Tout le toit de Délivre-Moi-de-Mes-Entraves s'écroule. L'innocente nuit, soudain révélée. Callie exhale un seul mot jusqu'à ce que celui-ci lui revienne en écho – Alma ?

Alma !

Alma ?

Alma ! Alma !

Al…

Ce mot, tel un cri, la projette dans l'au-delà.

*

Les bras chargés de douze enfants calcinés, mon arrière-grand-mère Callie rejoint son époux, Theodore, au fleuve de l'éternité.

Il lui explique où ils sont et ce qu'ils doivent faire, comme il s'y est toujours appliqué. « Nous devons traverser maintenant, chérie, dit-il. Les enfants sont trop jeunes. Ils n'ont pas autant de temps que nous pour traverser avant d'être perdus.

— *Alma* ? » demande Callie. Elle refuse toujours de mourir même si son âme est avec Theodore et les élèves.

« Nous n'avons plus le temps pour les adieux », répond mon arrière-grand-père, se refusant de penser à cet autre enfant, leur enfant qui n'est pas encore né et ne peut pas traverser, perdu dans les cendres d'un ici-bas en proie aux ténèbres.

Mes arrière-grands-parents se trouvent à l'embouchure d'un fleuve rugissant. Theodore est monté sur la selle de son cheval adoré, Canaan, dont les orbites lancent des flammes vertes. Mon arrière-grand-père prend les enfants dans ses bras, en place d'autres sur ses larges épaules. Certains sont trop jeunes pour traverser. Eux aussi sont perdus. Il doit aider le reste des enfants, pour que des ancêtres puissent les serrer dans leurs bras et transformer leurs chants écourtés en symphonies stellaires

Avant de franchir le fleuve, Theodore et Callie se retournent, regardant par-dessus leur épaule pour apercevoir leur ancien monde et, lové en lui, un petit point lumineux nommé Damascus, où ils avaient l'intention de façonner leur liberté.

10

C'était un samedi matin, et, outre Ruby, seule une poignée de passagers se trouvaient dans le bus local. Le soleil dardait ses rayons sur son visage et elle ferma les yeux, savourant les points sombres qui constellaient l'intérieur rougeoyant de ses paupières. Elle n'avait pas sommeil, bien au contraire. Elle serrait le petit paquet enveloppé dans un sac de toile qu'elle avait posé sur ses genoux. Sa peau était brillante, et elle s'était lavé les cheveux, même si cela n'avait aucune importance parce que personne ne pouvait les voir. Ruby les avait enfoncés dans le filet taché de sueur que sa mère utilisait pour aplatir ses propres cheveux noirs, avant de s'affubler de sa perruque blonde et ondulante que Ruby appelait la Bombe. *Jayne Mansfield peut aller se recoucher*, clamait sans cesse la mère de Ruby. Elle l'avait achetée après qu'elle et Ruby étaient allées au cinéma de Gunn Hill voir *La Blonde et moi*.

Son cuir chevelu la démangeait, mais Ruby craignait de se gratter la tête comme elle en avait envie, de peur que ses ongles ne dérangent la coiffe bien conservée de sa maman. Elle avait vu sa mère frotter son visage contre la chevelure comme si c'était un chaton.

Ruby songeait à l'argent qu'elle espérait obtenir en vendant quelques-uns des biens de sa professeure à Briggley. Il y avait plusieurs paires de boucles d'oreilles et des colliers qui semblaient avoir de la valeur. Il y avait aussi une montre ancienne, que son père ou un parent lui avait peut-être offerte. Et puis il y avait un carnet de chèques, mais Ruby savait qu'elle n'avait aucun moyen sûr, pour le moment, d'envisager ce qui arriverait si elle s'adressait un chèque à elle-même. Elle devrait apprendre à remplir un chèque, pour commencer. Et peut-être que la banque savait déjà que Miss Burden était morte. Tenter sa chance avec les objets de valeur de cette dernière avait plus de sens. Personne à Briggley n'aurait la moindre idée sur la façon dont Ruby avait dégoté ces choses et, encore plus important, personne dans une boutique de prêteur sur gages ne s'en préoccuperait.

Si Ruby avait de l'argent, elle pourrait commencer à économiser pour l'école d'aviation. Mais il y avait des choses dont elle aurait besoin avant – de meilleurs habits, trois repas chauds par jour, une chambre dans une pension où on la considérerait comme une jeune femme respectable et travailleuse. Elle chassa le souvenir d'elle allongée nue sur les rochers.

Tandis que le paysage flou défilait de l'autre côté de la vitre, les pensées de Ruby se transformèrent en intenses rêveries. Elle essayait de s'imaginer montant sur le toit du bus et observant en bas dans l'allée centrale la jeune fille blonde quelconque en train de regarder par la fenêtre d'un air songeur. La robe de la jeune fille était usée mais propre. Parce qu'elle était assise les bras serrés fort contre ses flancs, on n'apercevait pas les trous sous ses aisselles. Ses cheveux ébouriffés donnaient l'impression qu'elle venait de se réveiller (non pas d'avoir sorti une perruque d'une boîte). Elle voulait que les gens qui posaient leur regard sur elle pensent qu'elle était l'héroïne d'une histoire d'amour. Elle recherchait des signes indiquant que l'objet de son affection l'aimait en retour. La manière qu'elle avait de tenir sa tête haute, bien au-dessus de ses épaules émaciées, rendait indétectable l'endroit où les cheveux étaient emmêlés et plus sombres au niveau de sa nuque. Sa détermination était palpable, aussi grisante que l'odeur entêtante des œillets. Toute sa personne dégageait quelque chose de charmant et d'affreux.

Ruby se leva, clignant des yeux et flageolante, lorsqu'elle se rendit compte que le bus était arrivé au dépôt de Briggley, déjà bondé de mères vociférant et de leur progéniture braillarde. Ruby se rappela que le samedi la plupart des familles ordinaires se rendaient au marché, ou pique-niquaient avec leurs proches, ou encore savouraient ensemble une double séance de cinéma en matinée.

Alors qu'elle descendait du bus, elle goûta la manière dont les femmes lui souriaient. Elle se sentait comme Cendrillon, mais au lieu de porter des pantoufles de verre féeriques, elle avait dérobé la perruque magique de sa mère. Et pourquoi ne pourrait-elle pas être à la fois princesse et pilote ?

*

Elle était assise seule dans un box de plastique rouge au café-restaurant Le Cedar Street. La lumière du soleil se déversait à travers la grande vitre carrée. Aucun coup d'éponge n'aurait pu rendre la table neuve. De ternes couverts en fer-blanc luisaient sur une mince serviette. Des serveuses vêtues de tenues couleur jonquille virevoltaient entre la cuisine et la salle, tandis qu'une sonnette retentissait fréquemment et qu'une voix grasse masculine criait les commandes.

« Chérie ? T'es jolie comme un cœur ! Tes parents vont te rejoindre ?

— Ils font des courses, répondit Ruby rapidement. Mais ils m'ont donné de l'argent pour que je déjeune. »

La serveuse opina du chef avec un sourire. Un bloc-notes froissé était calé au creux de sa paume. Sans perdre un instant, elle plaça un menu collant devant Ruby et lui adressa un clin d'œil tout en tournant sur elle-même puis s'éloignant. « Je te conseillerais un milk-shake, chérie. On a le meilleur lait malté. Demande à n'importe qui. »

Ruby regarda le menu, mais son esprit était focalisé sur le compliment de la femme. Elle était incontestablement jolie comme un cœur, non ? avec les cheveux de sa mère et la nouvelle robe qu'elle avait achetée dans le petit magasin d'à côté qui lui rappelait une maison de poupées ? Tout s'était passé aussi facilement qu'elle l'avait espéré. L'homme dans la boutique de prêteur sur gages, Seconde Chance, avait attentivement évalué les boucles d'oreilles, les bracelets et les colliers que Ruby lui avait donnés. Le seul bijou non fantaisie était une bague sertie d'un élégant saphir qu'elle avait été tentée de garder pour elle parce que l'homme de la boutique lui avait dit qu'elle allait bien avec ses yeux. À la place, elle était repartie avec soixante-quinze dollars. Une fortune.

Lorsqu'elle avait tourné au coin de la rue Cedar, songeant aux gargouillements de son estomac, elle avait été surprise par le reflet de sa tête aux boucles jaunes dans une vitrine où étaient exposés de somptueuses robes aux couleurs étincelantes et des tailleurs en tweed pour femmes. Ruby possédait, coincée dans l'élastique de sa culotte, une somme d'argent digne d'une dame respectable. Si elle pouvait porter une perruque qui attirait les sourires, que ne ferait pas une robe convenable ? Une jolie robe nécessitait de nouvelles chaussures, un nouveau ruban pour ses cheveux, peut-être un foulard avec de ravissants imprimés. La robe pourrait être assortie à ses yeux, elle avait toujours pensé en secret qu'ils constituaient son meilleur atout. *C'est pas toi*, grogna une voix dans sa tête. *Te fais pas d'illusions, Ruby. Ces choses pour dames ne sont pas pour toi.*

Une autre voix riposta : *Et si ça avait à voir avec moi maintenant ?? J'irai nulle part dans la vie si j'ai pas l'air de bien vivre.*

« Vous ne voulez pas entrer, mademoiselle ? » flotta une voix de femme jusqu'à elle.

Ruby se détacha de l'émerveillement que lui causait son reflet et se vit accueillie par une femme mince aux cheveux châtains qui portait une robe d'été plus verte que les billets de banque. La fine et élégante ceinture dorée sanglant sa taille de femme dans la quarantaine suscita en Ruby un tourbillon d'envie, tandis que la vendeuse tendait son bras nu couvert de taches de rousseur et ses ongles roses manucurés pour prendre la main de Ruby dans la sienne.

« Je vais vous aider, mademoiselle », dit-elle, alors que Ruby soupirait doucement en pénétrant dans l'étreinte de l'air conditionné et de sachets à l'odeur de roses. Mais c'était la manière dont elle l'avait appelée « mademoiselle » qui lui donnait l'impression de s'élever en direction des cieux, le sentiment de chaleur et d'espoir contenu dans un simple souffle de politesse. *Je suis une demoiselle*, avait-elle songé. *Je suis quelqu'un de suffisamment digne pour qu'on me considère de cette façon.*

À présent, Ruby retirait sa main du sac d'achats qui se trouvait le plus près de la fenêtre, de sorte à pouvoir utiliser son doigt pour repérer les prix sur le menu. C'était un jour spécial. Elle n'avait pas les mots pour expliquer pourquoi. Plutôt que d'attendre des signes indiquant que sa vie était en train de changer, elle s'en était elle-même chargée.

Elle avait envie du milk-shake, oh oui. Mais elle devait encore choisir entre un cheeseburger accompagné de frites et un sandwich grillé au fromage, garni de tranches de tomates et de cornichons. La serveuse penserait-elle qu'elle était une gloutonne si elle commandait et un milk-shake et une bouteille de Coca-Cola ? Ruby tapota le menu des doigts. Déjà, elle avait passé plus de temps dans ce magasin de vêtements pour femmes qu'elle n'en avait eu l'intention.

« Je prendrai un cheeseburger, des frites, un milk-shake à la fraise et une bouteille de Coca-Cola, dit-elle à la serveuse, appréciant la rapidité avec laquelle cette dernière nota sa commande.

— Où est-ce que tu vas mettre tout ça ? » lui demanda la femme, se fendant d'un grand sourire avant de disparaître.

Souriante elle aussi, Ruby posa ses coudes sur la table pour placer son visage entre ses mains et sentir ses joues, rendues toutes douces grâce à la crème à la rose que la vendeuse l'avait encouragée à appliquer sur sa peau brûlée par le soleil. *Mademoiselle, mademoiselle, mademoiselle.* Elle lui avait donné un échantillon, que Ruby avait pris, mais elle songea à la manière dont son père avait réagi lorsqu'il avait humé l'odeur du parfum de sa professeure. Il l'avait accusée de le porter pour séduire un garçon, et rien de ce qu'elle avait pu lui dire ne l'avait convaincu de son innocence. Son papa l'avait menacée de l'accompagner pour aller au lycée et de venir la chercher, de sorte à l'empêcher de s'éclipser et de retrouver ce garçon, quel qu'il soit. Ruby chassa ses souvenirs d'un battement de cils, se rappelant comment elle avait défendu à la gentille vendeuse de l'aider dans la cabine d'essayage. La vue de ses bleus aurait tout gâché.

Au lieu de penser à son papa, Ruby imagina ce que ce serait d'être assise dans un box tel que celui-ci avec Ezra. Deux filles bien habillées, jouant à se faire passer pour des jeunes femmes, excitées à la perspective de leur avenir. Ruby ferma les yeux quelques instants et se perdit dans leurs rires. Elles passeraient des chansons sur le jukebox et partageraient une part de tarte à la cerise, juste pour pouvoir s'attarder à leur table, inventant des histoires sur chaque personne qui entrait. Elles inventaient autrefois des histoires sur les villageois de Salt Point, mais Ezra avait fini par s'en plaindre alors que Ruby disait que c'était juste pour s'amuser. Ezra en avait eu assez de feindre ce que pouvait être l'existence de personnes blanches. Ces histoires poussaient Ezra vers un lieu où Ruby n'avait pas besoin d'aller parce qu'elle ressemblait à ces gens aux visages dépourvus d'expression qui lui servaient de pages vierges pour y projeter ses propres humeurs. Ruby trouvait étrange d'inventer des histoires sur sa propre vie, sa propre réalité, ou quoi que ce fût, en l'absence de son amie.

Ruby ouvrit les yeux et remarqua qu'un homme installé au bar l'observait. Elle retira ses coudes de la table et détourna vivement la tête. Quand elle fut certaine qu'il était lui-même retourné à son assiette, elle inclina la tête pour jeter un coup d'œil. Même de dos, elle pouvait deviner qu'il était jeune, probablement pas un adolescent mais pas non plus de l'âge de son papa. Il portait un blouson aviateur en cuir malgré la chaleur. Ses cheveux châtains avaient l'air ébouriffés par le vent. En baissant les yeux, elle vit qu'il était vêtu d'un jean propre et de bottes de chantier.

La serveuse déposa la commande de Ruby, lui souhaitant, à elle et son appétit, du bon temps. Avant de s'éloigner, elle glissa d'un mouvement rapide une mince feuille de papier sous la salière et dit à Ruby qu'elle pourrait régler l'addition à la caisse.

« Laisse le pourboire en liquide sur la table, chérie. »

Opinant du chef, Ruby prit sa serviette et l'étala sur ses genoux. *Chérie, mademoiselle, chérie, mademoiselle.* Soudain, elle s'inquiéta pour sa robe et la graisse – des frites, du hamburger. Même le pain était huileux. Et le ketchup – elle ne pouvait pas faire l'impasse sur le divin ketchup. Ruby se repositionna, penchée en avant, de sorte à siroter son milk-shake à la fraise.

« Doux Jésus », murmura-t-elle, tandis que le sucre froid lui montait immédiatement à la tête. Aucune expérience religieuse ne pourrait surpasser de tels mets.

Tandis que Ruby terminait ses dernières frites, elle sortit les horaires de bus de son vieux sac. La vendeuse avait poussé Ruby à s'acheter un nouveau sac à main et lui avait même proposé un arrangement pour qu'elle le paie à crédit. Elle avait presque accepté, enchantée à l'idée de porter un tel accessoire, à la vue de tous. *Un sac à main convenable c'est à la fois tout dire et ne rien dire au reste du monde*, avait expliqué la dame quand Ruby avait demandé si posséder un sac décent incitait les voleurs à tenter de dépouiller les femmes.

L'homme qui l'avait observée plus tôt tourna légèrement la tête pour lui sourire alors qu'il se dirigeait vers la caisse. Voir son visage était comme une vision. Le rouge monta aux joues de Ruby. Elle reposa sa frite comme si on lui avait ordonné de ne plus bouger. Arrachant sa serviette de ses genoux, elle essaya d'essuyer le gras qui s'étalait sur ses lèvres et son menton.

L'homme rit de quelque chose que la serveuse dit tout en lui rendant la monnaie. Il était plus grand que Ruby ne l'avait pensé. L'air s'écartait sur son passage, donnant le sentiment qu'il n'existait rien de plus rafraîchissant. Il tendit à la serveuse ce qui ressemblait à un tas de brochures.

Après avoir dit au revoir à ses amis au bar, il lui sourit de nouveau. Ruby repoussa les restes de son repas, regrettant de ne pas avoir commandé le sandwich grillé au fromage. Elle avait envie de roter.

Tandis qu'il passait près de sa table, il ralentit et posa les yeux sur elle.

« Je m'appelle Cullen, dit-il. T'es du coin ? »

Ruby parvint à hausser faiblement les épaules tout en s'éclaircissant la gorge.

« Peut-être.

— Tu sais pas d'où t'es, beauté ? répliqua-t-il en riant. C'est du jamais-vu. »

Elle leva son regard sur ses yeux verts scintillants. Sa chemise était déboutonnée au niveau du cou et elle vit qu'il portait une chaîne en or agrémentée d'une petite breloque en forme de montgolfière qui se battait avec une touffe de poils clairs au bord de sa clavicule. Elle craignait qu'il l'ait vue glisser dans son sac la bouteille de ketchup et le cylindre en verre rempli de sucre, avec son couvercle rond argenté. Il s'inclina un peu plus vers elle, si bien que son souffle effleurait le côté de son visage.

« On a une nouvelle attraction en ville, si tu veux lire pour t'informer. T'as l'air du genre de fille qui n'a pas le vertige. »

Ruby acquiesça tout en approchant le dépliant de sa bouteille de coca suintante. Elle en crut à peine ses yeux quand elle découvrit une illustration en couleur d'un avion survolant l'horizon et la mer. Elle savait qu'il s'agissait d'un signe. Il ne pouvait en être autrement ; et peu importait qu'elle n'en soit pas à l'origine. *Beauté, chérie, mademoiselle.* Soulevant le menton avec fierté, Ruby posa sa main rugueuse parfumée à la rose à plat sur le papier.

« Tu sais où est le terrain d'aviation, non ? » demanda Cullen.

Elle hocha la tête, gardant sa main sur le dépliant, de peur qu'il ne le lui arrache.

« À Walton, ils font des promotions sur le ketchup ET le sucre, lui susurra-t-il à l'oreille avant qu'elle ait la possibilité de lui demander combien pouvait coûter un tour dans l'un des avions à l'aérodrome. Tu peux aussi te procurer de la moutarde, et de meilleures manières, pour presque rien. »

*

Après que le bus eut débarqué des passagers à Gunn Hill, Ruby se retrouva de nouveau presque seule. Assise à la toute dernière rangée, elle s'était baissée et avait retiré la Bombe. Elle l'avait fourrée au fond de l'un de ses sacs de courses, s'inquiétant maintenant de l'endroit où elle pourrait dissimuler ses achats à ses parents. Le prospectus de l'aérodrome de Briggley était plié autour des billets humides qu'elle avait replacés dans son soutien-gorge. Elle s'inquiétait aussi pour la robe. Elle n'avait nulle part pour ses pièces de monnaie et rien pour se changer, étant donné qu'elle avait laissé la vendeuse enfoncer ses charmants doigts manucurés dans les trous de sa robe aux aisselles et désapprouver d'un « tst tst » la fermeture éclair cassée qui révélait en partie le dos de Ruby. *Il n'y a pas de place ici pour des guenilles*, avait déclaré la femme, emportant la robe dans le fond de la boutique. Ruby n'avait pas réfléchi à ce moment-là, trop subjuguée par la nouvelle Ruby que lui renvoyait le trio de miroirs en pied, faisant s'éloigner son reflet blond à l'infini.

Alors elle passa les doigts dans ses cheveux couverts de sueur ; de petites gouttes dégoulinaient des racines. La perruque était trempée et sentait mauvais, mais elle ne pouvait rien y faire. Le rouge lui monta une nouvelle fois aux joues tandis qu'elle pensait à Cullen et à la façon dont il l'avait à la fois complimentée et insultée, comme s'il savait exactement qui elle était. « Beauté », l'avait-il appelée. C'était un sentiment étrange, ce désir de le revoir. Cela dépassait le simple fait qu'il soit capable de piloter un avion. Il lui donnait l'impression d'être vue. Elle n'aurait pas su dire si c'était bien ou mal, ou autre chose. Ruby songea aux yeux d'Ezra et à la manière dont elle et son amie pouvaient lire dans les pensées de l'autre. Elles s'étaient toujours comprises clairement. Sans avoir recours à ces mots, « bien » ou « mal », elles avaient passé leur temps ensemble à se dire leurs quatre vérités, aussi crûment et naturellement que le vent soufflait contre leur peau. Elle se demandait comment Ezra réagirait si Ruby pouvait décrire tous les sentiments qui l'agitaient. Ce serait comme d'entrer d'un air désinvolte chez les Kindred et d'appeler sa sœur pour partager un secret. Il ne s'agirait pas de se procurer à manger dans leur poubelle. À la place, elle aurait quelque chose à raconter qui rendrait Ezra fière. Leurs rires lui manquaient. Et elle avait envie qu'on admire sa nouvelle robe.

Elle traverserait le bois pour rejoindre Clove Road. La colère qu'elle avait ressentie après le commentaire d'Ezra sur son papa avait fini par se dissiper. Peut-être Ezra lui demanderait-elle pardon, permettant à Ruby d'accepter ses excuses, et tout pourrait alors repartir comme avant. Elles auraient dû discuter de ce que signifiait pour chacune d'elles le fait de voir l'autre nue de cette manière-là, qui n'avait rien à voir avec la façon dont elles s'étaient vues entre filles nues auparavant. Peut-être Ezra avait-elle besoin d'en parler, ou bien d'expliquer à Ruby ce qu'elle éprouvait. Ruby souhaitait juste la prendre dans ses bras, lui dire qu'elle entamait une existence différente, telle qu'elles l'avaient toujours imaginée.

Pour autant, Ruby n'était pas sûre qu'Ezra aurait approuvé le recours à la Bombe, ni la boutique de prêteur sur gages.

Elle devait simplement compter sur Ezra pour s'assurer qu'elle essayait de s'améliorer, qu'elle cherchait l'aide qu'Ezra et sa sœur recevaient déjà parce que leurs parents prenaient soin d'elles comme les siens ne l'avaient jamais fait. Peut-être pourraient-elles passer la journée ensemble, et peut-être pourrait-elle incarner la nouvelle Ruby, sans abandonner tout à fait l'ancienne.

*

Lorsque Ruby émergea du bois en face de Clove Road, elle fut surprise de voir que la large porte d'entrée des Kindred, habituellement grande ouverte sur la porte à moustiquaire dont le loquet n'était jamais fermé, se trouvait aujourd'hui close. Au moins les fenêtres avaient-elles été laissées ouvertes, si bien que les jolis rideaux cousus main s'agitaient, gonflant au gré de la brise. Même avec toutes ces fenêtres ouvertes, Ruby savait qu'il n'y avait jamais de mouches chez les Kindred.

Dans la véranda, Mrs Kindred se balançait sur un fauteuil à bascule en bois. Miss Irene occupait l'autre. Leur manière d'osciller les faisait toutes les deux ressembler à des taches de couleurs floues dans une peinture. Leurs voix portaient à travers l'air languissant et doré.

« Elle ne peut pas sortir », déclara Miss Irene avant même

que Ruby ou Mrs Kindred puisse prononcer un mot. Miss Irene tenait un pistolet dans l'une de ses mains. Elle ne s'était pas donné la peine de se lever ni de dire quoi que ce soit d'aimable. Cela rappelait à Ruby les femmes au village qui portaient une arme tout en faisant leurs courses. Mais Miss Irene, comme Ezra l'avait souvent répété à Ruby, était une femme d'un autre genre. Que s'était-il passé depuis qu'Ezra et Cinthy l'avaient laissée seule chez Miss Burden ? La tension palpable inonda un peu plus le visage de Ruby de sueur, ce qui l'agaça parce que le maquillage que la vendeuse lui avait appliqué était sûrement gâché.

Poliment, Ruby s'avança vers le bas des marches, adressant un demi-sourire à Mrs Kindred dont le visage se trouvait partiellement dissimulé par l'ombre du chêne. Ruby aperçut deux assiettes en verre décorées de roses peintes sur la table basse placée entre les deux femmes. Doux Jésus, elle pouvait sentir l'odeur du pain de maïs. Mrs Kindred l'observa de près avant de parler.

« Comment va ta mère, Ruby ?

— Bien, j'imagine.

— Et où est ton père ? » demanda Miss Irene. Comme d'habitude, son ton était hostile pour une raison qui échappait à Ruby. Puis elle leva les yeux au ciel, exactement de la même manière que sa fille, Lindy, chaque fois que Ruby essayait de s'exprimer. Elle se demanda si Miss Irene était responsable des changements, légers mais néanmoins notables, qu'elle avait remarqués récemment dans l'attitude d'Ezra au sein de leur amitié. À divers égards, les croyances de cette femme avaient subverti les opinions d'Ezra au point que cette dernière paraissait n'avoir plus aucun avis à elle.

Ne sois jamais seule en compagnie d'hommes blancs. Ne fais pas confiance aux femmes blanches, surtout quand elles prétendent qu'elles veulent t'aider. Les seules choses auxquelles tu peux te fier sont Dieu et une arme à feu. Si tu ouvres trop la bouche, les mouches feront éclore des larves sur ta langue. Prie toujours le soir pour avoir la chance de prier le matin. Et puis encore toutes les histoires d'ancêtres dont cette femme avait bourré le crâne d'Ezra, alors que les Kindred ne semblaient pas être le genre de personnes à se soumettre à des apparitions.

Ruby avait toujours vu les cheveux de Miss Irene tressés, mais ce jour-là ils étaient lâches et formaient autour de son visage une couronne bouffante dont les torsades descendaient jusqu'à sa poitrine. La lumière du soleil captait l'huile pour cheveux que Miss Irene utilisait, si bien que sa chevelure scintillait.

Ruby haussa les épaules en réponse à la question de Miss Irene.

« Je crois qu'il dort encore, m'dame. Je pense qu'aujourd'hui il a une sacrée gueule de bois bien méritée.

— Cette gamine court aux quatre coins du village, dit Miss Irene à Mrs Kindred. Si elle disparaît, le premier endroit où la police va débarquer c'est chez nous, menaçant de tirer sur mes petits à moi, ou alors ici, menaçant de tuer les tiens. À la recherche de cette fille, ils vont ratisser ce cul-de-sac. Si un de mes bébés disparaît, le monde, et ce diable de policier en particulier, serait tout simplement ravi à l'idée de les retrouver morts au fond de l'impasse.

— Charlie l'imbécile se ramènera pas, rétorqua Ruby. Pas pour moi, en tout cas.

— Cette fille est une des raisons du problème, répliqua Miss Irene d'un ton sec. Il faudrait être aveugle pour ne pas le voir. »

Ses mots étaient franchement méchants, mais Ruby ne répondit rien tandis que ses yeux s'emplissaient de larmes. Sa journée avait été presque parfaite jusqu'à ce qu'elle rentre à Salt Point et se rende compte qu'elle était toujours l'ancienne Ruby. Elle était venue à Clove Road en quête d'amitié, pour finir par se voir injuriée. De toute façon, Ruby était parfaitement au courant des problèmes, parce que Ezra lui avait montré des journaux pour Noirs. Elles avaient aussi écouté la radio de Mrs Kindred dans la cuisine. Et quand son papa n'était pas dans les parages, Ruby écoutait les nouvelles nationales pendant des heures, assise dehors au bord de la terrasse les yeux fermés, essayant de s'imaginer les Noirs pourchassés ou repoussés par des lances à eau en Alabama parce qu'ils réclamaient l'égalité. Elle se représentait des chiens enragés arrachant des chants de libération des gorges de Noirs qui refusaient d'être réduits au silence. Elle avait conscience que son effort d'imagination était inutile, parce que ce qui venait de se passer à Little Rock, dans l'Arkansas, était bien réel.

Ruby avait vu de ses propres yeux comment les Noirs étaient traités à Gunn Hill, et surtout à Sweet Bay, un quartier noir violent, méprisé par les gens de couleur respectables. Ces Noirs organisaient des funérailles presque tous les week-ends de l'année. Quand ils en avaient assez et se révoltaient, il y avait deux ou trois enterrements groupés le dimanche. Des obsèques tout au long du mois, avec des familles entières en train de chanter, des pelles, des fleurs et des fusils à la main.

Ruby se rappelait encore le moment, deux ans plus tôt, où Ezra lui avait montré une photo dans un magazine montrant dans quel état le Mississippi avait renvoyé ce garçon, Till, à sa maman à Chicago. Aussi Ruby savait-elle ce que Mrs Kindred et Miss Irene voyaient de leur véranda : elles voyaient Carolyn Bryant, versant des larmes de crocodile, à Money, dans le Mississippi. Elles voyaient les ombres sifflantes de branches d'arbre. Seigneur. Cela mettait Ruby en colère, qu'elles ne lui donnent jamais une chance. Cela la mettait aussi en colère de comprendre pourquoi elles ne le pouvaient pas.

« Est-ce que je peux revenir plus tard ce soir, m'dame ? demanda Ruby. Pour lui parler ?

— Ruby, je ne crois pas », répondit finalement Mrs Kindred, se couvrant la bouche de la main et toussant. Elle avait les cheveux tirés en arrière, plaqués sur le crâne. La peau sous ses yeux était sombre, imprimant des fleurs incolores au-dessus de ses pommettes. Malgré la chaleur, elle resserra son châle autour de ses épaules. Mrs Kindred n'avait pas l'air bien du tout. Cela expliquait peut-être pourquoi Miss Irene se montrait si hautaine. Mrs Kindred ressemblait à un fantôme.

Ruby se demanda pourquoi Ez ne lui avait pas dit que sa maman était malade. Elle savait que les Noirs pouvaient craindre les médecins ici à la campagne, mais il y avait un hôpital pour les gens de couleur à Gunn Hill. Mrs Kindred semblait avoir besoin de consulter pour sa toux.

« M'dame, j'étais pas au courant que vous étiez malade, dit Ruby. Je vous aurais pas embêtée si j'aurais su. »

Tout en secouant la tête, Miss Irene leva de nouveau les yeux au ciel.

« Ce n'est qu'une enfant, dit Mrs Kindred d'une voix douce. Pauvre fille. » D'un pas chancelant, Mrs Kindred descendit les marches de la véranda. Elle avait un beau visage aux traits sereins, qui serait un jour celui d'Ezra, et sur celui-ci Ruby lut la vérité : Ruby Scaggs et Ezra Kindred ne vieilliraient pas ensemble, comme des meilleures amies, parce que la maman d'Ezra, et celle de Ruby, et les mamans de tout le monde, ne le permettraient pas.

La gentillesse de Mrs Kindred était évidente aux yeux de Ruby. Elle était également insultante. L'ancienne Ruby et la nouvelle Ruby se rebiffaient à l'unisson. Elle n'aimait pas qu'on la prenne en pitié, surtout de la part de quelqu'un qui, de l'avis du village, était aussi à plaindre que Ruby, sinon plus. Pourquoi l'avaient-elles forcée à les supplier de la laisser voir son unique amie ? Pourquoi est-ce que ces Noires ne lui avaient même pas proposé un verre d'eau alors qu'elle leur rendait visite ? Miss Irene n'était pas la seule à pouvoir dire des méchancetés.

« M'man dit qu'il y a personne au monde qui peut être plus pauvres que les nègres », rétorqua Ruby, avant de s'essuyer les lèvres et de cracher sur les marches, manquant de peu les pieds fatigués de Mrs Kindred.

11

Notre dimanche matin s'était tranquillement déroulé jusqu'au coup de téléphone de Miss Irene, insistant pour que nous les accompagnions, elle et les Junkett, à la messe. Papa avait accueilli avec un soupir la suggestion de Maman d'aller prier, tout en nous donnant l'ordre de terminer notre petit-déjeuner et de passer nos vêtements du dimanche.

Nous nous rendions à la Nouvelle-Espérance-de-l'Étoile-Montante, une église noire à Gunn Hill, seulement lorsque Papa et Maman avaient la certitude que la famille Junkett y viendrait pour la messe. Imbibées de lotion et les lèvres pincées dans nos robes amidonnées, ma sœur et moi observions les paroissiens pousser des cris et frémir de joie.

Invariablement, Mr Caesar s'agitait avec une telle ferveur qu'il finissait par bondir dans l'allée centrale, sautillant sur un rythme cadencé comme s'il faisait de la corde à sauter. Et l'on pouvait compter sur Miss Irene pour lancer constamment en l'air son mouchoir d'un blanc immaculé, étant entendu que Lindy ou Empire ou bien la petite Rosemary se mettrait à quatre pattes sur le sol, sans se salir, et l'identifierait dans la kyrielle de mouchoirs d'autres dames qui flottaient dans l'air telles des ailes de colombe.

Le prêtre de l'Étoile-Montante avait une manière explosive de parler et de danser au moment des offrandes. Une fois, il avait jeté dans un panier deux chéquiers qui lui appartenaient en propre, pour illustrer sa dette envers Jésus. Papa se plaignit des pitreries du prêtre, mais Maman le taquina en lui disant qu'il était agacé parce que notre famille ne possédait qu'un seul chéquier, et que c'était elle qui s'en servait la plupart du temps.

Nous aimions particulièrement la fin des messes à l'Étoile-Montante, quand l'ensemble du petit bâtiment vibrait d'une symphonie de talons frappant contre le plancher, puis que les fidèles se joignaient au chœur dans un cri euphorique, accompagné des roulements de tambourins dorés. L'édifice pouvait contenir à peine une centaine de personnes, mais il y avait toujours des gens à l'extérieur qui hurlaient « Amen » et « Jéé-sus » à travers les fenêtres ouvertes dépourvues de vitraux. Durant toute la messe, notre famille demeurait collée à ses sièges, mais il n'y avait nulle autre occasion dans notre vie où Ezra et moi pouvions voir des personnes noires s'adonner à leur culte.

Après la messe, notre famille se cramponnait aux Junkett tandis que tout le monde, souriant et transpirant, avançait à pas traînants dans le petit couloir qui conduisait à une salle de réception où nous ne nous embêtions même pas à essayer de réclamer l'une des chaises pliantes en métal réservées aux fidèles, dont nous ne faisions pas partie. À la place, nous nous laissions accueillir par les douces voix des placeuses de l'Étoile-Montante, chargées de distribuer des tasses en papier remplies de café et des biscuits qui semblaient avoir été confectionnés à l'époque où Jésus, béni soit-il, aurait pu apprécier le miracle que constituait un gâteau.

Il était si plaisant de se faire appeler « petite sœur » et d'entendre notre père et notre mère désignés respectivement par l'appellation « frère » et « sœur ». On nous complimentait, pour aussitôt après nous ignorer, tandis que les paroissiens, au courant des affaires des uns et des autres, se mettaient à cancaner et à se plaindre des Blancs, de leur travail, de leurs services de nuit et d'un ensemble complexe de petites atteintes à leur jeunesse, incluant oignons et cors aux pieds, orteils en marteau, muscles froissés, nerfs à vif et dents déchaussées. Quand les Junkett se fondaient dans la masse parfumée et poudrée des fidèles de leur église, nous perdions courage et nous éclipsions pour, dans un soulagement muet, rentrer à Salt Point.

Il y avait longtemps que ce n'était pas arrivé, mais quand Maman se sentait particulièrement exaltée par la messe, il lui arrivait d'appeler notre grand-mère et de lui parler quelques minutes au téléphone, avant de se souvenir qu'elle ne pouvait pas lui pardonner de l'avoir abandonnée.

Papa s'exprimait peu ou pas du tout sur les sermons du prêtre, ou bien sur la manière qu'avait parfois Mr Caesar de tirer sur sa chemise du dimanche pour l'encourager à se lever et lui donner l'occasion, à lui aussi, de retourner en dansant vers la Terre promise.

*

Alors qu'on entendait la radio en sourdine, Ezra et moi essuyions la vaisselle du dîner du dimanche soir. La porte de la cuisine qui donnait sur l'arrière de la maison était ouverte, si bien que nous pouvions sentir le changement dans l'air.

Au dîner, nous avions tous remarqué la fatigue de Maman. Au milieu de la conversation, elle avait posé sa joue sur le dos de sa main et fermé les yeux, au lieu d'inspecter nos assiettes pour s'assurer que nous ne gâchions pas de nourriture. Après notre repas frugal, nous ne nous attardâmes pas à table. Maman avait demandé à Papa de l'aider à se coucher aussitôt. La messe à l'Étoile-Montante l'avait peut-être exténuée.

« Ou alors elle est enceinte », suggéra Ezra. Même si je n'avais rien dit à haute voix, Ezra savait que nous pensions toutes les deux à Maman.

« Comment c'est possible ?

— Cinthy, évidemment que c'est possible. Elle est encore jeune.

— Oh », répondis-je, essayant d'imaginer Maman en train de bercer un enfant qui serait ma sœur ou mon frère. Je poussai un soupir. J'avais trop de mal à me représenter la chose.

« Miss Irene a dit un jour qu'elle était tout le temps épuisée quand elle était enceinte des jumeaux. Elle ne portait pas un mais deux bébés, alors ça s'explique. Mais je crois que les femmes peuvent se sentir vraiment fatiguées quand elles sont enceintes d'un seul bébé aussi.

— Oh », fis-je, consciente du fait que, quelles que soient mes connaissances en la matière, j'en savais moins que ma sœur. En réalité, tout ce que je savais sur les bébés et la façon dont on les concevait me venait d'Ezra.

Ezra fit claquer sa langue.

« Tu t'imagines avoir un petit frère ?! »

J'enfonçai mon torchon à l'intérieur d'un verre et le fis tourner pour éponger l'humidité.

« Un frère serait bien, déclarai-je. Je ne suis pas sûre qu'on ait besoin d'une autre fille. »

Ezra gloussa.

« Qu'est-ce que tu racontes ? demanda-t-elle. On n'a jamais trop de sœurs. »

Je mêlai mon rire au sien tout en m'essuyant les yeux. Ezra se mit à chanter avec la radio et j'écoutais sa voix se mêler au son des insectes, aux cymbales scintillantes et aux tendres cordes. Puis nous nous tûmes toutes les deux, nous concentrant pour nettoyer la cuisine comme Maman le ferait. Si Maman descendait au milieu de la nuit pour un verre d'eau ou de whisky, nous ne voulions pas qu'elle voie que sa cuisine n'était pas assez propre et qu'elle essaie de finir de la nettoyer elle-même.

Je sortais du cellier, mon torchon à la main, quand j'aperçus le visage de Ruby derrière la moustiquaire.

« Hé, les filles. Hé, Ez, c'est moi. » Ezra me lança un coup d'œil. Je ne bougeai pas pour ouvrir le loquet.

« Qu'est-ce qui va pas ?! »

Ezra et moi échangeâmes un regard. Ma sœur se pencha au-dessus de l'évier rempli d'eau mousseuse pour baisser le volume de la radio. Les bruits sauvages de la nuit devinrent soudain plus forts, menaçant d'envahir notre maison. Nous nous approchâmes de la porte pour que Ruby ne puisse pas se méprendre sur ce que nous avions à dire.

« Maman dit que tu n'es plus la bienvenue ici.

— Qu'est-ce tu veux signifier, Ez ?

— C'est à nous de t'expliquer ? m'offensai-je, retrouvant ma langue. Vraiment ?!

— Qu'est-ce que vous avez à être fâchées comme ça ? demanda Ruby en soupirant. Vous parlez de l'embrouille avec votre maman hier ? J'étais juste de mauvaise humeur. Ça avait rien de personnel. Et puis, c'est pas comme si on vous avait jamais appelées nègres avant. Ça devait être mes nerfs qu'étaient en boule à cause de cette chaleur. C'est tout.

— Si tu penses qu'appeler ma maman et Miss Irene autrement que par leurs noms n'est pas personnel, je ne sais pas quoi dire sauf que tu ne peux pas être mon amie », rétorqua Ezra. Elle avait les yeux plissés et son ton était glacial. « Ni aujourd'hui ni plus jamais. Tu crois que j'accepterais si tu utilisais ce mot pour me désigner, moi ? Qu'est-ce que ça te ferait si je débarquais dans cette porcherie que t'appelles chez toi et que je crachais ? Combien de temps est-ce qu'il faudrait pour que ta mère ou ton père me punisse, hein ?

— Bon sang, rétorqua Ruby. Je pensais pas à mal, mais cette Miss Irene, elle m'aime pas. Et elle me le fait tout le temps savoir. Je lui ai jamais rien fait, à cette femme. »

Je soupirai tout en secouant la tête. Ezra leva la main et me lança un regard.

« Ce que tu leur as dit, vraiment..., reprit Ezra. Et puis tu ne craches pas sur la mère de quelqu'un, je me fiche de savoir de quelle couleur elle est. Je regrette de ne pas avoir été témoin de la scène. T'as de la chance qu'on ne t'ait pas sautée dessus et tabassée dès que tu t'es approchée de notre porte.

— Vous vous en prenez toujours à moi, comme si toi et Cinthy vous disiez pas des choses méchantes sur ma man-man. Vous croyez que vous pouvez faire ça parce qu'elle est blanche, c'est ça ? »

Ruby tritura la poignée, comme si elle allait ouvrir la porte et entrer chez nous.

« On ne veut plus rien avoir à faire avec toi, déclarai-je.

— J'ai dit que j'étais désolée, non ? répondit Ruby avec lenteur, la mâchoire serrée.

— Maman essayait d'être gentille, ajoutai-je. T'as de la chance que Miss Irene ne t'ait pas simplement tiré dessus.

— Cinthy, ne dis plus rien », m'ordonna Ezra.

J'étais inquiète à l'idée que Papa puisse descendre et voir Ruby s'acharner contre la moustiquaire. Nous n'étions pas censés appuyer trop fortement sur la toile métallique à cause de sa fragilité. Remplacer des moustiquaires coûtait cher. Si Ruby déchirait la toile, nous aurions des problèmes. Si Maman ou Papa apercevait Ruby sur notre propriété, je savais qu'ils nous puniraient, pour le principe. Maman n'avait pas raconté à Papa en détail ce qui s'était passé avec Ruby, mais Miss Irene était restée chez nous encore une heure. Son sentier de la guerre différait de celui de Maman. Celui de Miss Irene était un champ de bataille de dimensions galactiques. Nous avions dû écouter sa voix monter en puissance et atteindre le niveau d'une véritable alerte nucléaire, jusqu'au moment où nous avions cru que le verre de citronnade qu'elle tenait à la main allait voler en éclats. Au bout d'un moment, Maman lui avait gentiment pris le pistolet, effrayée par la manière dont elle le brandissait. Miss Irene était toujours contrariée par l'incident de la veille au soir, quand le policier était passé devant la maison des Junkett en nous menaçant de son pistolet fantôme. Apparemment, il était revenu, bien plus tard, et avait passé toute la nuit à faire des allers-retours sur la route devant chez eux. Aucun d'eux n'avait dormi. *On ne peut même plus avoir un vendredi soir*, ne cessait de répéter Miss Irene en faisant les cent pas dans notre véranda. *Le démon va pas effrayer mes petits. Le diable a pas d'autres chats à fouetter ? J'ai pas peur du diable. Vous m'entendez ?*

Et nous l'entendîmes. Tout le samedi après-midi, jusqu'à l'arrivée de Mr Caesar, qui passait prendre Miss Irene pour la ramener chez eux et auprès de ses enfants à qui elle manquait.

Ezra se dirigea en silence vers la porte, se tenant juste à quelques centimètres de la moustiquaire qui la séparait de Ruby. Elle ferma la porte. Puis la verrouilla. Ses mains tremblaient alors qu'elle tirait les rideaux à œillets de Maman devant la petite fenêtre carrée. « Tu peux finir, Cinthy ? » demanda-t-elle d'une voix aussi lasse que celle de Maman.

Je hochai la tête, posant les yeux sur les poêles. Je n'aimais pas laver les poêles, mais j'avais l'intention de bien m'y appliquer ce soir. Sans un mot, Ezra monta l'escalier du fond d'un pas qui la faisait paraître plus âgée que nos parents. Les épaules de ma sœur ployaient sous un fardeau invisible, de la même manière que des douleurs chroniques obligent parfois les vieilles personnes à marcher comme si, à tout instant, elles allaient tomber. J'avais l'impression d'être en chute libre moi aussi.

Tandis que je me tenais seule dans notre cuisine, la musique sensuelle qui s'échappait du poste de radio de

Maman me fit frissonner. Rien d'agréable ne subsistait dans l'air. J'éteignis la radio. Le silence s'abattit sur moi alors que j'écoutais les gouttes d'eau qui s'écoulaient du robinet et le gazouillis de l'aiguille des minutes de notre horloge en plastique murale qui m'évoquait toujours des grillons. Tout en clignant des yeux, je posai mon torchon et me dirigeai vers la porte d'entrée principale, que je déverrouillai avant de balayer du regard les herbes hautes pour voir si Ruby se trouvait encore sur notre propriété.

Quand je sentis que Ruby avait décampé, je m'aventurai à l'extérieur, me faufilant à travers les taillis qui entouraient la maison hantée. Des feuilles et des insectes me cinglèrent le visage tandis que je ressortais par l'arrière de la bâtisse. La faible lumière de la lune permettait d'y voir à peu près clair, mais je n'en avais pas besoin. Ruby, dans sa désorganisation, était assez prévisible. Si bien que je savais exactement où elle avait caché la valise de Miss Burden.

Quelques minutes plus tard, je l'avais dégagée d'un trou dans le mur, où Ez et moi avions dissimulé une fois nos jouets. Les événements de la semaine passée m'avaient convaincue que le bagage portait malheur, était de mauvais augure. Maman malade et fatiguée. La cruauté de Ruby qui, je le voyais, blessait ma sœur si profondément. Je songeai aux trois filles de la maison calcinée, dont on n'avait jamais retrouvé les corps, et au fait que le village pensait que nous étions possédées. Miss Burden ne pourrait peut-être pas reposer en paix tant que ce qui lui avait été volé n'était pas restitué. Je voulais retourner à nos jours paisibles, qui paraissaient sûrs et éternels. Peut-être que, d'une manière ou d'une autre, si je détruisais la valise, la vie reprendrait son cours. Je serrai un instant le bagage contre ma poitrine où mon cœur battait la chamade, avant de me retourner et de me mettre à courir dans le noir pour remonter la pente couverte de broussailles jusqu'à la route.

Il me fallut moins de cinq minutes pour atteindre notre étang, où je m'avançai rapidement jusqu'au bord du ponton en bois ; il tremblait et craquait sous mes pas, mais l'eau engloutit la valise sans protester.

12

Une nouvelle professeure s'installa dans l'ancien appartement de Miss Burden en bord de mer. Apparemment, l'entretien d'embauche fut bref. Quand Papa rentra à la maison et parla à Maman de Miss Dinah Alley, Maman leva les yeux au ciel si haut que cela en avait l'air douloureux.

Mais personne ne nous avait demandé notre avis sur Miss Alley, dont le seul nom, prononcé « allée », aurait dû fournir aux garçons de notre classe le parfait prétexte pour lui jouer des tours, pourtant rien de cela n'arriverait jamais parce que la majorité des élèves de notre classe, sinon l'intégralité de l'établissement, était tombée amoureux d'elle.

Pas moi, néanmoins. Assise à mon pupitre dans la salle de classe plus tard cette semaine-là, je pris conscience que Hobart ne constituait plus mon refuge. Peut-être ne l'avait-il jamais été. Je me perdais souvent dans mes pensées, ne me rendant pas compte quand Ezra me donnait un petit coup ou me pinçait pour que je reprenne mes esprits. Je voulais croire que Miss Burden avait perçu quelque chose de spécial en moi parce que j'adorais lire et écrire, je me retrouvais maintenant, en compagnie de Lindy et de ma sœur, rejetée au rang anonyme des « filles noires ». Tous les jours, nous étions ignorées par notre enseignante et importunées par nos camarades. À la différence encore de Miss Burden, notre nouvelle professeure n'empêchait pas mes camarades d'imiter les cris de singe chaque fois que je me levais de ma table pour tailler mon crayon à papier. Quand des garçons me jetaient des boulettes de papier mouillées qui atterrissaient dans mes cheveux, il me fallait parfois tout un cours pour m'apercevoir que mes cheveux en étaient pleins, tandis que les filles aux queues-de-cheval lisses et brillantes riaient aux larmes. Notre professeure fronçait systématiquement les sourcils lorsqu'elle devait prononcer nos prénoms. Parfois, je pense qu'elle le faisait exprès. Hyacinth est aussi facile à prononcer que Rose ou Lily – le prénom des filles blanches qui étaient assises derrière moi au deuxième rang parce qu'elles avaient à peine la moyenne à leurs examens.

Jeter la valise de Miss Burden dans l'étang n'avait absolument pas contribué à rétablir l'ordre d'avant – l'arrivée de notre nouvelle enseignante rendait la chose évidente.

Quand Miss Alley m'appelait par mon prénom, je ne savais jamais si elle allait me poser une question ou simplement m'ordonner de cesser d'exister. Ma honte était un plancher, une surface lustrée sur laquelle ma nouvelle professeure dansait et virevoltait, ses talons en cuir verni glissant sur ma confiance jusqu'à ce que je me sente dépourvue d'intérêt.

*

Notre salle de classe exposée au soleil dégageait une odeur de sueur et de chaussettes. Fenêtres ouvertes, avec un ventilateur en métal corrodé qui brassait de l'air rouillé, nous baissions la tête sur nos cahiers, tenant entre nos doigts nos crayons jaunes à la mine bien taillée tandis que Miss Alley nous faisait une dictée.

Du coin de l'œil, je la regardai boire son café à petites gorgées. Sa bouche rouge et luisante se posa sur le bord de sa tasse en céramique puis, sans même feindre la maladresse, elle la laissa tomber de sa main. Son visage se plissa mystérieusement tandis que le liquide se répandait sur le sol.

C'était alors la seconde semaine de travail de Miss Alley et, de plus en plus souvent, elle cassait des tasses, égarait la craie et se plaignait de ce qu'il y avait des souris et de la moisissure noire dans les coins de la salle de classe. Ces réparations mineures faisaient partie des nombreuses responsabilités de Mr Caesar. Il n'avait pas d'équipe. Parfois Ernest ou des garçons noirs de Gunn Hill débarquaient au lycée pour l'aider à des travaux de peinture ou à des tâches plus compliquées. Mais pour l'essentiel, Mr Caesar s'occupait lui-même de tout.

J'aimais toujours quand Mr Caesar venait dans notre classe. Grand dans son impeccable uniforme, il nous faisait un clin d'œil ou nous adressait, à Ezra, Lindy et moi, un signe du menton quand il terminait sa besogne, juste avant de partir en tournoyant avec son seau et ses outils. Ses arrivées et ses départs chargeaient l'air qui m'enveloppait d'électricité, comme si j'avais vu en vrai un super-héros, un homme puissant dont les autres étaient incapables de reconnaître la véritable nature. Jusqu'alors je n'avais pas beaucoup réfléchi à ses fréquentes apparitions dans notre salle de classe.

Mais c'était la sixième, septième ou douzième tasse de Miss Alley qui avait fini en morceaux par terre. Que voulait-elle de Mr Caesar ? Il ne pouvait pas rire ou se plaindre franchement de Miss Alley. Il ne pouvait pas non plus l'injurier. Il ne pouvait surtout pas prendre le risque de voir Miss Irene débarquer sans ses boucles d'oreilles, les manches de sa robe d'intérieur retroussées à l'instar d'une cuirasse, et ses coquillages de porcelaine s'entrechoquant et scintillant tels des préparatifs de guerre.

Lorsque Mr Caesar arriva ce jour-là, son visage était un masque. Il ressemblait aux dessins de pharaons dans un livre d'histoire que Papa m'avait montrés un jour dans son bureau. Mr Caesar se contenta de hocher la tête quand Miss Alley lui servit le scénario habituel, invoquant sa maladresse d'une voix mielleuse à la Shirley Temple, tout en indiquant l'endroit où une mare fumante étendait ses doigts noirs et brûlants sur le sol qui avait été lavé à de nombreuses reprises déjà cette semaine-là. Le café répandu dessinait les contours d'un sombre animal.

Ezra, Lindy et moi échangeâmes des regards. C'était la première fois qu'il ne nous avait pas jeté de coup d'œil ni souri. De petites taches noires apparurent devant mes yeux.

Les lèvres de Ruby ébauchaient un sourire, comme si celle-ci ne savait pas bien quoi faire, si elle devait se montrer amusée ou furieuse. Il m'apparut, en observant Ruby avec sa nouvelle robe bien propre et son nœud dans les cheveux, qu'elle ressemblait à toutes les autres filles blanches et ordinaires et moins à Ruby Scaggs, celle qui nous avait assuré qu'elle deviendrait la pilote de sa propre liberté un jour.

« Les nerfs, j'imagine », disait Miss Alley. Mr Caesar passait la serpillière sur le parquet de bois avec des gestes brusques comme si elle n'était pas en train de parler.

« Vous êtes le seul domestique qu'ils ont pour s'occuper de tout ce grand établissement ?

— Je… »

Elle lui adressa un sourire d'encouragement.

« Oui, je suis le seul, pour sûr, répondit-il, fronçant ostensiblement les sourcils.

— Vous avez l'air très compétent », continua-t-elle.

Mr Caesar ne répliqua pas.

Ma sœur, que Dieu lui vienne en aide, décida de répondre pour Mr Caesar. Les mains sur les hanches et les yeux étincelants comme des pointes de flèche, Ezra ressemblait plus à Miss Irene qu'à Maman.

« Si vous, vous étiez plus "compétente", vous n'auriez pas délibérément renversé votre tasse comme vous l'avez encore fait pour la énième fois. »

L'incrédulité se peignit sur les traits pâles de Miss Alley, comme si un œuf lui avait explosé au visage. Lindy se couvrit la figure, et je n'arrivais pas à savoir si elle gloussait nerveusement ou si elle pleurait. Mon visage, quant à lui, reflétait le pressentiment qu'Ezra allait sans doute recevoir une correction pour la première fois de sa vie. Ma sœur était allée trop loin. En dépit de ma fierté, je fermai les yeux, prise de vertige.

« Ezra », dit Mr Caesar. Il chercha à étendre doucement la main et à faire un geste pour qu'elle se rassoie.

« Ne me touchez pas ! » hurla Miss Alley. Elle nous surprit par cette tactique, dirigeant sa fureur contre Mr Caesar plutôt que contre Ezra. Elle bondit sur ses pieds en vociférant. « Vous avez essayé de me toucher ! Vous avez essayé durant toute la semaine ! »

Lindy et moi réagîmes en même temps. Ezra ne pouvait pas nous rejoindre sur le ring, parce que quelque chose l'attendait déjà, et nous savions que ce n'était rien de bon. Alors nous nous levâmes d'un bond, poussant nos cris stridents à l'unisson, comme on décoche un coup de poing.

« Méchante ! Pas vrai du tout ! Personne veut vous toucher !

— Il ne l'a pas fait, vous mentez ! Il ne vous a absolument pas touchée ! »

Notre professeure se rua sur le clavier de l'interphone. Frénétiquement, elle appuya sur tous les boutons qui reliaient notre salle de classe aux autres, ainsi qu'au bureau du principal.

« Excusez-moi, dit Mr Caesar, parlant d'un ton posé. M'dame, j'essayais de calmer les filles. Il n'y a pas de problème ici. Tout est propre maintenant, voyez ? » Mr Caesar fit pivoter le seau d'eau d'un mouvement rapide et l'eau grise et mousseuse déborda dans un clapotement. J'aperçus les endroits où des taches de sueur étaient apparues sur son uniforme, dans le bas du dos et sous ses aisselles.

« Papa ! » s'écria Lindy, repoussant sa chaise en arrière pour se rendre à ses côtés.

Il se retourna brusquement.

« Reste là où tu es, ma puce, ordonna-t-il. Assieds-toi, Lindy. Étudie ces livres, apprends ces leçons. C'est ce que je te demande de faire. »

Une voix d'homme crépita dans l'interphone. Mr Caesar fit rouler son seau et son balai d'un geste expert hors de la salle sans laisser le temps à notre professeure de lui commander de rester.

« Bonjour, Miss Alley, avez-vous besoin d'assistance avec votre classe ? »

Elle appuya sur le bouton, reprenant sa fausse voix mièvre et mielleuse.

« Tout va bien, merci, Mr Mitchell », répondit-elle, fixant le sol des yeux, là où Mr Caesar avait effacé les contours du sombre animal avant qu'il ne laisse une tache.

*

C'était une évidence, Miss Alley était une brute. Ez et moi avions décidé de ne pas rapporter à notre père les moments où sa foudre s'abattait sur nous. Ceux-ci étaient désormais devenus trop nombreux.

À la pause, Ezra, Lindy et moi nous tenions à l'écart, peu bavardes, tandis que nous regardions d'autres enfants donner des coups de pied dans des ballons en caoutchouc sur le gravier de la cour.

« Elle me tape vraiment sur les nerfs aujourd'hui, finit par lancer Lindy. Je suis à deux doigts de lui donner un coup de pied dans le cul, à cette femme ! Cinthy est plus intelligente qu'elle ! Cinthy pourrait faire toute la leçon elle-même si elle voulait, et on le sait parfaitement. Je hais les brutes ! Miss Alley est qu'une merde. Quelle honte. » Lindy était imperturbable. Même avec le vent poussiéreux, ses vêtements demeuraient immaculés. La saleté ne pouvait l'atteindre.

« Depuis le jour de son arrivée », ajouta Ez.

Les yeux me brûlaient tandis que je me rappelais la manière dont Miss Alley m'avait aboyé dessus plus tôt, sans aucune raison. J'entendais mon prénom – *Hyacinth* – dans sa bouche et sa façon de le prononcer comme un crachat.

« C'est des Blancs qui l'ont embauchée, déclara Ez.

— Ouais.

— Mais choisir de s'en prendre à ma petite sœur ? continua Ezra. Oh non, je ne la laisserai pas faire.

— Non, répéta Lindy. Elle ne peut pas faire ça. C'est même pas une vraie professeure.

— Non, tu as raison. Doux Jésus. Tu l'as vue en arithmétique ? »

Lindy rigola en réaction aux propos d'Ezra.

« Mon père dit que c'est une nièce, ou un truc du genre, une parente éloignée de Mrs Hobart. C'est comme ça qu'elle a eu le poste.

— Eh bien, ça explique tout, répliqua ma sœur. Miss Irene lui arracherait la tête et s'en servirait comme d'un ballon. »

Nous nous tûmes de nouveau, réconfortées par cette image.

La pause devait bientôt se terminer. Non que cela m'ennuyât particulièrement. Des années plus tôt, nos parents nous avaient donné des règles concernant la récréation : celle-ci était pour les Blancs. Pendant ce temps, Ezra et moi étions censées lire ou effacer le tableau pour nos enseignants. Ce n'était pas comme si nous avions des amis avec qui jouer, de toute façon, surtout maintenant que nous ne parlions plus à Ruby. Pendant toutes ces années à Hobart, nous n'avions jamais été invitées chez aucun de nos camarades ni à aucune fête d'anniversaire au village. Nos parents ne nous avaient jamais autorisées à organiser des fêtes d'anniversaire non plus, parce que cela aurait signifié d'inviter nos camarades de classe chez nous. Nous ne voulions pas nous rendre chez des Blancs parce que cela n'aurait été ni sûr ni amusant. Nous ne voulions pas que des Blancs viennent dans notre maison et se comportent comme si celle-ci leur appartenait.

Nous fixions des yeux nos camarades, avec qui nous ne souhaitions pas jouer et qui ne souhaitaient pas jouer avec nous. Alors Ruby apparut, surgissant de buissons verts qui bordaient l'aire recouverte de gravier où nous nous trouvions. Tandis qu'elle s'approchait, je pris une inspiration, puis croisai les bras lorsque je me rendis compte que c'était à moi qu'elle comptait s'adresser. Je n'avais aucun contrôle sur ce que Miss Alley pouvait me faire, mais j'étais sûrement en mesure d'exercer un certain pouvoir sur Ruby Scaggs.

« Je sais que tu l'as, lança-t-elle, sans prendre la peine de dire bonjour à Ez ou à Lindy.

— Je ne l'ai plus.

— Qu'est-ce que t'en as fait, Cinthy ?

— D'abord, répliquai-je, elle ne t'appartenait pas.

— Merde, t'as rien à dire sur ce qui m'appartient ou pas, répondit Ruby.

— Casse-toi, tu veux, dit Ezra, jetant le bâton avec lequel elle jouait.

— Je peux pas me préparer pour l'école d'aviation si j'ai pas mon argent. J'en ai mis dans cette valise, et je suis sûre que tu l'as trouvé quand tu me l'as prise. J'ai besoin de mon argent. »

En la dévisageant, j'entendais mon sang battre dans mes veines.

« En quoi c'est mon problème ? »

Lindy éclata d'un rire en forme de hululement.

« Non mais arrête, s'il te plaît ! Les filles, est-ce qu'elle a vraiment dit "mon argent" ? Personne sur cette terre mettrait jamais sérieusement côte à côte le mot "argent" et le nom "Scaggs", c'est ça la vérité. Ma petite chérie, j'espère bien que quelqu'un prendra tout cet argent. T'es là, à dire n'importe quoi, comme si on savait pas que t'es une voleuse. T'es bien trop stupide pour que quelqu'un te confie son argent. »

Ruby poussa Lindy. Ou, du moins, essaya.

« Arrête, dit Lindy. Pousse-moi encore et tu verras ma réaction.

— Vous avez jusqu'à ce soir pour me rendre ce qui est à moi.

— Ou quoi, exactement ? » demanda Lindy, riant au nez de Ruby.

Ma sœur parla d'une voix basse et sifflante :

« Cinthy n'a absolument rien pris qui ait jamais été à toi.

— Qu'est-ce que t'en sais en vrai ? » lui demanda Ruby. Elle essuya des larmes de colère au coin des yeux. Je remarquai qu'un ruban de couleur vive (pas l'un des nôtres) parait ses cheveux. Elle portait autour du cou une chaîne en or agrémentée d'une petite breloque en forme de montgolfière qui scintillait sur sa peau et, sanglée autour de sa taille, une étrange ceinture dorée, qui m'évoquait un accessoire dont une grand-mère aurait pu orner sa tenue. Cela ne lui allait pas.

« Ce que je sais, c'est que t'es une vraie lâche, Ezra Kindred. T'as jamais valu la peine d'être ma meilleure amie. T'es obligée d'écouter ta maman te dire avec qui tu peux être amie, genre tu peux pas penser par toi-même. Tu penses ce que tu veux, mais je suis pas ton ennemie. Je t'ai jamais fait de mal ! »

Un coup de sifflet retentit, signalant la fin de la récréation, suivi de la cloche à l'entrée de l'établissement, qui sonna trois fois.

« Ruby, tu n'as pas idée de ce qu'est le mal, assénai-je.

— Approche-toi de ma sœur, ajouta Ez, et, de ta vie, tu n'auras jamais été aussi près de rendre ton dernier souffle. »

Je songeai à passer à l'infirmerie pour voir si je pourrais partir plus tôt du lycée. J'avais la tête qui tournait et me sentais nauséeuse. Je raconterais à Maman ce que j'avais fait de la valise de Miss Burden. Je lui raconterais comment Ez et moi avions montré nos parties intimes à Ruby. Parce que c'était peut-être la raison pour laquelle Miss Burden était morte et que le policier considérait qu'il pouvait passer devant chez les Junkett et feindre de nous tirer tous dessus sans mobile. Je raconterais tout à Maman. Maman trouverait un moyen pour que je puisse simplement être Cinthy, au lieu de grandir et de devoir épouser une féminité qui me paraissait si énigmatique et déconcertante, et qui certainement ne me seyait pas.

13

Tandis que les camarades de classe de Ruby se ruaient hors de la salle à la fin de la journée, Miss Alley lui demanda de rester.

« Je peux te parler », demanda-t-elle. Ruby sembla surprise mais elle hocha la tête, consciente qu'Ezra et Lindy l'observaient de leurs yeux noirs derrière leurs paupières plissées. Cinthy était rentrée plus tôt à la maison pour une raison ou une autre, probablement pour manigancer encore quelque chose avec la valise de Miss Burden.

La lumière de fin d'après-midi illuminait la salle de classe. Ruby pouvait discerner le très léger duvet sur le visage de Miss Alley. Des poils fins et doux s'étaient échappés du fond de teint crayeux qu'elle avait appliqué. Son ancienne professeure, sa professeure morte, n'avait jamais semblé désireuse de se tenir aussi près d'elle.

« Ruby Scaggs », dit Miss Alley d'une voix douce et mystérieuse tout en faisant le tour de son bureau. Ses cheveux blonds rebondissaient sur ses épaules, rappelant à Ruby la Bombe, la perruque de sa maman qui n'avait jamais retrouvé sa forme et son lustre après son emprunt par Ruby. Miss Alley n'était pas une blonde naturelle non plus.

« Je vois que tu portes une robe et un ruban plutôt jolis aujourd'hui. Ta mère a-t-elle trouvé ce motif dans un magazine ?

— M'man me donne jamais rien, répondit Ruby. Et puis je fais aucune confiance à ces revues bégueules qu'elle lit jour et nuit. Elles sont pires que les bonbons qui pourrissent mes dents. »

Miss Alley renversa la tête en arrière, riant aimablement.

« Eh bien, Ruby, je pense que tu es plus futée que nous tous ! »

Ruby appréciait cette attention. C'était nouveau – sa professeure lui disant qu'elle était futée. *Beauté, chérie, mademoiselle*. Elle n'avait jamais connu une femme, pas même Ezra, qui lui avait dit qu'elle était futée.

« Je peux t'expliquer tout ce dont tu as besoin pour obtenir ce que tu as toujours désiré. Ce n'est pas aussi difficile que cela paraît, chérie, déclara Miss Alley, balayant la salle de classe du regard comme si elles se trouvaient au sommet de l'un de ces gigantesques gratte-ciel à New York. Qu'est-ce que tu veux vraiment, Ruby ? Si je peux te poser la question ?

— M'dame ? » Ruby peinait à entendre sa propre voix quand Miss Alley lui emplissait la tête d'idées de grandeur.

« Qu'est-ce que tu attends de l'existence ? » lui demanda-t-elle.

Je veux pouvoir éprouver le même sentiment quand je rêve que je vole en avion, faillit répondre Ruby. Elle voulait dire la vérité à Miss Alley. Mais elle ne savait pas si elle pouvait se fier à quelqu'un, mis à part à Ezra Kindred, à qui on ne pouvait plus faire confiance.

« Tu es spéciale, Ruby, ajouta sa professeure lorsque Ruby ne répondit pas. Mais tu dois t'appliquer au lycée à partir de maintenant. D'abord, l'assiduité. Il n'est pas trop tard pour que tu sois diplômée ce printemps avec suffisamment d'éducation pour te lancer dans l'existence telle que tu la souhaites. J'étais comme toi avant, mais je me suis véritablement appliquée. Je serais heureuse d'aller chez toi parler de ton potentiel à tes parents. » Lorsqu'elle prononça « chez toi », une formidable vague d'effroi submergea Ruby.

« Oh, c'est pas nécessaire, répliqua rapidement Ruby. Mes parents vivent au beau milieu des falaises. C'est un terrain très accidenté. Si vous connaissez pas le chemin, vous risquez de tomber sur un serpent ou de vous retrouver encerclée par une meute de loups. Je pourrais peut-être venir vous voir au village.

— Eh bien, ma chère, je compte là-dessus, dit Miss Alley. Mais quand même, j'aurais besoin d'abord de la permission de tes parents, concernant certaines de mes idées. Je ne voudrais pas qu'ils pensent que j'essaie de t'influencer d'une manière qui contredirait leurs propres projets. »

Ruby se couvrit la bouche de ses mains pour ne pas rire au nez de Miss Alley. Aux yeux de cette dernière, Ruby devait avoir l'air de se retenir de pleurer.

« Derrière les manières brusques que tu te donnes, je sais qu'il y a une jeune fille raisonnable qui aspire à de meilleures cartes que celles qu'on lui a distribuées. Laisse-moi faire, Ruby. »

Le rouge monta aux joues de Ruby tandis qu'elle pressait entre ses doigts la breloque dorée en forme de montgolfière de Cullen. Il lui avait souvent demandé de réfléchir au réel potentiel qu'elle avait de s'améliorer. Il lui avait confié qu'il croyait en elle, parce qu'elle n'était comme aucune des filles qu'il avait pu embrasser par le passé. Ruby songea à sa liberté, ravie d'avoir finalement battu Ezra dans un domaine, ou du moins c'était la manière dont elle ressentait tout cela.

« Pourquoi est-ce que vous voudriez m'aider ? »

Miss Alley hocha la tête, comme si elle avait anticipé la question de Ruby.

« À part ma tante, je n'ai personne dans la vie. Pas de mari, pas de fille, pas de sœur, pas de cousins ou cousines. Je suis arrivée ici, et j'imagine que j'ai été séduite par ton cran. J'aimerais avoir une fille exactement comme toi, ou une petite sœur que je pourrais dorloter, un ange que je pourrais protéger. »

Ruby sourit sans y penser. La femme la faisait frissonner de la même façon que Cullen lorsqu'il l'avait embrassée la toute première fois. Tout ce qui entourait Ruby lui semblait romantique et grisant, elle s'imaginait dans une romance dans laquelle les gens voyaient qu'elle pouvait prétendre à mieux.

« Voilà ! s'écria sa professeure. Un sourire lumineux de la part de Ruby Scaggs ! Ce n'était pas si difficile que ça, si ? »

Se dirigeant vers son bureau à pas rapides pour ouvrir le tiroir grinçant où elle gardait son sac à main, Miss Alley parla à Ruby d'un ton amical, comme si elles se connaissaient depuis leur enfance.

« Laisse-moi t'accompagner, ma chère. »

Ruby fixait des yeux le coin du portefeuille de son enseignante, qui dépassait de son sac à main. Elle pensa à tous ces cafés renversés. Cette femme était étourdie, une cible facile. Tout sourire, Ruby autorisa Miss Alley à lui prendre le bras, s'accrochant également au sien.

« Allons-y », dit sa professeure gaiement.

*

À l'extérieur, le père de Ruby se tenait seul dans la cour de l'établissement. Il clignait des yeux nerveusement, lorsqu'il vit une jolie élève bien habillée qui ressemblait à sa fille descendre les marches d'un pas léger aux côtés de sa professeure. Il était arrivé à Hobart en espérant surprendre sa fille en train de filer en douce pour rejoindre un amoureux au visage vérolé. Elle était plus souvent absente, et Mr Scaggs n'avait aucune intention de laisser sa fille penser qu'elle était libre de faire ce qu'elle voulait avec qui elle voulait.

Parce qu'il n'y avait personne d'autre en vue qui aurait pu être le père de Ruby, Miss Alley salua de la main la silhouette élancée bien que voûtée. Elle l'interpella, puis marqua une pause lorsqu'elle s'aperçut que Ruby avait reculé et s'était ratatinée sur elle-même.

Le ciel se fendit soudain en deux, dans un combat de lumière. Une moitié de l'horizon menaçait de se transformer en déluge tandis que l'autre moitié brillait, ignorant l'allure rapide à laquelle se déplaçaient les nuages sombres, tels des chevaux caracolant vers le centre d'un champ de bataille de couleur grise.

Enracinée là, sur les marches du lycée, Ruby examina son père, inquiète à l'idée que son manque habituel d'hygiène et de soin vestimentaire n'incite Miss Alley à reconsidérer l'alliance qu'elle lui avait proposée. Mais à la surprise de Ruby, son père portait une simple chemise bleue, sans tache ni trou, et son pantalon gris du dimanche. Ses cheveux blond-blanc encadraient soigneusement son visage. Il s'était rasé. Ruby ne savait quoi penser. Son papa revêtait-il l'habit du père aimant pour éviter d'être jugé par les enseignants de sa fille ? Ou bien s'apprêtait-il à menacer physiquement le soupirant imaginaire que, d'après lui, Ruby voyait en secret ? Lorsque Miss Alley lui tendit la main, le papa de Ruby la serra délicatement. À part l'absence d'un chapeau convenable, il avait l'air d'un homme modeste plutôt beau.

Miss Alley se présenta, les entraînant sans peine dans un bavardage superficiel. Souriante et aimable, elle parla de la bonne conduite de Ruby, exagérant les petites choses que Ruby avait dites ou faites, de sorte qu'elle apparaissait comme une meneuse, la meilleure de sa classe. Elle compara Ruby à un membre de sa famille.

« Elle est comme la fille que je n'ai pas eue, déclara sa professeure. C'est une élève modèle ! » L'image d'une fille merveilleuse qu'aucun d'entre eux n'avait jamais vue surgit soudain devant les yeux de Ruby. *Beauté, chérie, mademoiselle.*

« Ruby a une mère, répondit son père. Elle a jamais dit qu'elle avait besoin de sœur ou de frère non plus. Je sais pas quel genre d'histoire elle raconte maintenant, mais elle est pas orpheline. Que ce soit clair : Ruby peut s'égarer, écervelée comme elle est, moi je suis là pour la remettre sur le droit chemin, continua son père. Même des jeunes filles décentes peuvent se retrouver entre les mains du diable plus vite qu'entre les ailes d'un ange. J'ai été jeune moi aussi. Et je dis que si un salaud essaie d'obtenir quelque chose de Ruby qu'elle devrait donner qu'à son mari, il aura affaire à moi.

— Je comprends certainement cela, acquiesça Miss Alley d'une voix encourageante tandis qu'elle changeait de position pour se trouver en face de Mr Scaggs. Je n'imaginerais pas laisser une jolie fille comme Ruby rentrer à pied toute seule, pas avec la manière dont ce gars de couleur s'est comporté avec moi. Ces négrillonnes sont encore pires.

— Vraiment ? » dit Mr Scaggs, tout en se passant la main dans les cheveux. Il glissa son autre main dans la poche gauche de son pantalon et en sortit une cigarette. Puis il en offrit une à Miss Alley. Se tournant pour regarder en direction des fenêtres de Hobart par-dessus son épaule, Miss Alley inclina la tête timidement avant d'accepter. Comprenant sa prudence, Mr Scaggs indiqua du doigt un coin à l'écart de l'impressionnante pelouse. Tous les trois s'éloignèrent un peu de l'entrée du lycée. Ruby regarda son papa offrir à sa professeure la flamme de son allumette avant de faire pivoter son poignet pour allumer sa propre cigarette.

« Vous voulez dire un gars du même âge que Ruby ? » demanda-t-il.

Miss Alley secoua la tête en guise de réponse.

« Le nègre de l'entretien.

— Oh » fit Mr Scaggs. Ruby pouvait voir qu'il écoutait attentivement.

« Aujourd'hui, il m'a quasiment agressée, reprit Miss Alley. J'ai renversé une tasse de café, si bien que j'ai dû l'appeler par l'interphone. J'aurais pu nettoyer moi-même, vu le temps qu'il a mis pour venir. » Elle baissa la voix. « J'ai été élevée avec l'idée que les Noirs ont des droits humains fondamentaux, comme tout le monde, mais j'ai été réellement choquée par la façon dont il me dévisageait. Le mépris absolu. Aucun homme convenable ne m'a jamais regardée de cette façon. J'aurais aussi bien pu être nue. » Miss Alley ne se rendait pas compte qu'elle touchait à l'un des points les plus sensibles chez Mr Scaggs en parlant de Mr Caesar de la sorte. Ruby ne se risqua pas à la corriger.

« Hum », dit Mr Scaggs, écartant ses cheveux de son visage. Il avait levé les yeux pour contempler les branches des arbres au-dessus d'eux. L'un et l'autre se comportaient comme si Ruby n'était pas là. « C'est un fils de pute prétentieux, déclara son père. Et sa femme qui se comporte comme si elle était la reine de la jungle.

— Je suppose que c'est aussi une sauvage, ajouta Miss Alley, pour laisser une brute pareille l'aimer. »

Un air doux d'automne se leva et enveloppa leurs pensées. Ils fumaient tous les deux en silence.

« Qu'est-ce que vous autres faites dans ce coin quand vous avez un nègre qui dépasse les bornes ? continua Miss Alley. Il faut les remettre à leur place, sinon ils vont tous penser que ce sont eux qui font la loi. Vous intervenez certainement ?

— En vrai, on fait absolument rien, lâcha Ruby, laissant s'échapper les mots sans réfléchir.

— Ruby, la ferme, ordonna son père. Tu perds rien pour attendre. Je t'ai pas attrapée aujourd'hui, mais ça va arriver. Toi et ce garçon, qui que ce soit – je te choperai, couchée sur le dos. Tu peux en être sacrément sûre. »

Miss Alley se tourna pour observer Ruby avant de reposer son regard langoureux sur Mr Scaggs.

« Est-ce que Ruby est du genre à s'attirer des ennuis ?

— Pas plus que vous autres femmes », répondit Papa, sans une once d'humour.

Miss Alley toussa.

« Ces filles de couleur dans la classe sont d'une effronterie inimaginable, dit-elle comme si elle n'avait pas entendu la remarque de Mr Scaggs. Si j'avais su que des négrillonnes pouvaient se retrouver assises à côté de filles comme Ruby dans la même salle et se voir traitées comme si elles étaient capables d'apprendre ce que Ruby apprend, j'aurais candidaté à un poste ailleurs.

— Qu'est-ce que Ruby apprend, exactement ? »

Ruby, en tout cas, savait maintenant une chose : Miss Alley était une menteuse. Elle essayait de décider si cela la gênait. Dans sa tête, Ruby entendit de nouveau la manière si douce avec laquelle Miss Alley lui avait parlé dans la salle de classe. Elle s'imagina qu'elles étaient toutes les deux très proches, comme des sœurs ou de bonnes amies. Elle tenta de se représenter quelle sorte d'existence elle pourrait avoir avec une mère telle que Miss Alley. Ruby ne souhaitait pas pour l'instant encore renoncer à ce rêve.

Soudain, le ciel interrompit le cours de ses pensées.

De l'eau tiède se mit à tomber dru à travers les branches au-dessus d'eux, leur fouettant le visage et les bras. Miss

Alley poussait de petits cris et riait tandis que Mr Scaggs souriait malgré lui.

« C'est une sacrée saucée, pas vrai », commenta Mr Scaggs, observant la bouche de Miss Alley tout en se débarrassant de sa cigarette d'une pichenette. La lumière pluvieuse et son rire cristallin teignaient les lèvres de Miss Alley d'un rouge écarlate. Le regard de Ruby dévia de nouveau en direction du sac à main trapu que Miss Alley tenait serré entre son flanc et son bras nu.

« Oh, fit Miss Alley tout en remontant son sac et le calant sous son aisselle. Dieu s'est complètement lâché ! »

La pluie avait eu raison du fard à joues et du fond de teint de Miss Alley. Ses cheveux blonds s'étaient assombris et ressemblaient désormais à un casque d'un blanc cendré. Ruby pouvait discerner la couleur et le tissu du soutien-gorge de sa professeure à travers son chemisier. Il était du même rouge que sa bouche.

« Il faut que j'aille au village à pied sous cette pluie parce que j'ai raté le bus, reprit Miss Alley. Je dois avouer que je ne me sens pas en sécurité toute seule.

— On vous accompagnera si vous voulez. Vous avez rien à craindre », répondit son père, passant les mains dans ses cheveux pour les coincer derrière ses oreilles.

Chaque fois que Miss Alley tournait la tête, elle projetait de fines gouttelettes d'eau. Une femme sous une averse était toujours merveilleuse. Même si elle n'était pas très jolie.

Miss Alley prit le bras de Mr Scaggs, et Ruby alla se placer de l'autre côté de son enseignante. Miss Alley retira son sac pour se serrer un peu plus contre le père de Ruby, puis le confia à Ruby, sans y réfléchir à deux fois. Ruby soupesa le sac de petites dimensions entre ses mains et il lui rappela la valise de Miss Burden, à peine plus lourde. Presque tendrement, Ruby songea aux dons de sa professeure morte, tout en essayant d'évaluer la somme d'argent liquide qui pouvait se trouver dans le portefeuille de cette femme. La façon dont sa nouvelle professeure avait attiré le regard de son papa sur ses lèvres lui avait causé un pincement au cœur, et elle se rappela comment Cullen l'avait séduite lorsqu'il avait posé les yeux sur elle au tout début. Quand elle le voyait maintenant, ce qui était plutôt rare, elle se creusait les méninges pour trouver un moyen de l'ensorceler, aussi naturellement que le faisait Miss Alley, avec toute personne qui posait son regard sur elle pour la première fois. Son enseignante avait la capacité de tendre un miroir aux gens. Elle avait l'air de descendre d'une famille de millionnaires. *Mademoiselle, mademoiselle, mademoiselle.*

De fait, Ruby comprit que Miss Alley pouvait lui apprendre deux, trois trucs.

Jonah Reuben Scaggs III

Toute sa vie, Ruby avait entendu les cauchemars nocturnes de son père, l'écoutant hurler des fragments de son existence juste avant que l'aube ne l'arrache à ses terreurs. Pour essayer de comprendre son père, Ruby devait avoir recours à son imagination, plaçant des points de couture et des fermetures à glissière là où les sutures avaient été arrachées. Ruby s'efforçait de reconstituer ce qui était arrivé à son père, parce qu'elle l'aimait. Mais l'amour était une affaire qui n'avait jamais procuré aucun bonheur à Jonah Reuben Scaggs.

Jonah avait tout juste treize ans lorsque son père s'était noyé dans un accident de bateau, emporté par les vagues qui déferlaient contre le rivage battu de Salt Point. Moins d'un mois après la noyade de son père, sa mère se jeta des falaises dans la mer. La douleur de cette dernière avait exaspéré les villageois, qui attribuaient son désespoir et l'étalage inutile de sa passion à son teint olivâtre de sang mêlé. Ils avaient refusé de récupérer ce qui restait d'elle et prétendu que le vent l'avait déportée au loin, des falaises jusqu'aux retrouvailles dans l'océan avec son mari, pour une raison qu'ils n'avaient aucune intention de dénouer.

Le jeune Jonah était un enfant à moitié vide, n'importe quel discours d'autorité qui se coulait dans sa forme immature le remplissait facilement. Des hommes bourrus, amis de son grand-père dont il portait le nom, l'appelaient « garçon » et pressaient le bout de leurs doigts calleux sur ses épaules. Un jour, avec ces adultes, il s'était retrouvé sur une place verdoyante dans une petite ville de campagne ordinaire, loin au sud de Salt Point, à regarder le corps d'un Noir en train de brûler, et avait compris quel type d'homme il était censé devenir.

Alors qu'ils clamaient que Jonah Reuben Scaggs III aurait une bonne vie – leur vie à eux –, le garçon prit conscience que la dernière chose qu'il désirait, précisément, était de devenir un homme.

Il n'oublierait jamais la manière dont les amis de son grand-père, « ses frères », comme ils se désignaient eux-mêmes, savouraient à voix haute les souvenirs de leurs crimes, un meurtre réveillant ceux du passé.

Vous vous souvenez de Willie, ce fils de pute dont le cou ne s'est pas brisé avant le troisième essai ? Ah ouais, qui pourrait oublier ce fils de pute bègue ! Hé, il pleurait et appelait sa maman, çui-là. Des couilles aussi larges que mes paumes, çui-là. Vous vous souvenez d'Ésaü ? Paul avait amené sa femme et ses enfants pour acheter de la glace. Pour sûr, c'était drôle, hein ? Le bon vieux temps, pas vrai ? C'était la belle époque, comme nos pères avaient l'habitude de dire. Et la belle époque a pas totalement disparu, je vous garantis. Je vous garantis.

Jonah observait ces chrétiens siffler gaiement en évoquant leur bétail, leurs récoltes, Dieu, des moteurs de camion en panne, des épouses aigries et des maîtresses passables, et ce qui se trouvait dans les journaux – la guerre, la guerre, toujours (et encore) la guerre – tandis qu'un ou deux de ces hommes s'approchaient du bûcher, les yeux brillants, et déboutonnaient leur pantalon pour pisser sur ce qui un jour avait, aussi, été un homme. Puis, gloussant de plaisir, ils se mirent à parler de trouver un endroit où ils servaient des grillades réellement mangeables, peut-être chez Regina. C'était une nègre du Texas qui préparait les meilleures grillades à des kilomètres à la ronde. Avant de se disperser et de partir à la recherche de poitrine de porc croustillante, de petits pains accompagnés de jus de viande et de côtelettes fumées, ils tapotèrent la tête de Jonah et s'adressant à son grand-père mentionnèrent quelque chose à propos de poker et de putes pour plus tard.

Se détournant du cadavre en train de se consumer, l'arrière-grand-père de Ruby demanda à Jonah s'il voulait de la crème glacée. Jonah se força à sourire et dit qu'il pensait que de la glace serait une bonne idée merci, monsieur. *Ça, c'est mon garçon, c'est bien mon garçon. Tu seras un homme bien, aussi, vu de quelle lignée tu descends.*

Debout devant le comptoir de verre, les yeux lui piquant, Jonah récupéra le sceptre fraise-vanille qu'on lui tendait. Jonah l'accepta, bien qu'il se demandât ce qui pourrait arriver s'il trouvait la force de balancer la friandise. Mais son inconfort se dissipa sur sa langue alors qu'il se mettait à laper les boules sucrées et froides. Il essaya de se convaincre, y parvenant presque, que rien de ce qui se passait de l'autre côté de la rue n'avait à voir avec lui. Comme avec les Noirs, raisonna Jonah, il existait également différentes carnations chez les peaux blanches de son espèce et de sa lignée. Il n'était pas de la même couleur que ces hommes et leurs bûchers.

Il observa son grand-père griffonner au dos de ce qui ressemblait à une carte postale. Lorsque le vieil homme releva la tête, tout sourire, Jonah aperçut le crâne de son grand-père sous un réseau de veines qui s'entrecroisaient sur sa peau lustrée et mouchetée, semblable à une galaxie marron et rose. Son élégant chapeau était posé à côté d'un présentoir de cartes postales : des photographies grossièrement reproduites de cordes, de cous, de torses, de hanches, de sexes arrachés, de pieds pendant mollement quelques centimètres au-dessus du sol. De longs orteils noirs recourbés tels des pétales de fleurs.

Jonah continua de lécher le cône qu'il tenait à la main. Insensible, il regarda son grand-père pousser la carte vers lui. Il passa le cône dans sa main gauche, de sorte à pouvoir utiliser sa main droite pour apposer son nom à côté de la signature de son grand-père, grandiose et tout en boucles. La carte postale serait expédiée à Salt Point, où la grand-mère de Jonah placerait le souvenir avec de nombreux autres dans un album secret au fond d'un grand tiroir.

Tandis que la caissière commençait à répandre les ragots du coin, son grand-père d'un geste rapide de la main indiqua à Jonah qu'il devait terminer sa glace sur le trottoir.

Jonah se posta à l'extérieur, dans une petite allée où il pouvait tourner le dos à la place. Quand il comprit que cela ne suffisait pas, il ferma aussi les yeux, se concentrant sur la glace à la fraise en train de ramollir. Jonah finit par rouvrir les yeux lorsque sa langue eut atteint le rebord ferme, où le cône de bretzel devenait un mur visqueux de crêtes rudimentaires et inégales. Ravi, il inclina le cône et le porta à ses dents. C'était la partie préférée de Jonah, la mastication secrète de ce qui restait. Aussi fut-il très étonné de découvrir qu'on l'observait.

Les yeux noirs d'une fille le dévisageaient à l'entrée de l'allée.

Elle revenait de l'église. L'ourlet de sa robe blanche effleurait la peau noire et lisse de ses mollets. Aux pieds, elle portait des chaussures en cuir verni dotées de modestes talons. Tout en jambes, elle le dépassait en taille. Elle avait les doigts dissimulés sous des gants blancs qui enveloppaient ses mains jusqu'aux poignets. Jonah brûlait d'envie de voir ses ongles, de découvrir s'ils étaient délicats ou cassés. Cela lui indiquerait le type de travail qu'elle faisait. Une ceinture de satin blanc, sur laquelle des points de couture bleu lavande formaient un seul mot, *Lily*, enserrait sa petite taille.

Est-ce qu'elle attendait qu'il s'écarte pour la laisser passer ? N'était-elle pas censée lui céder le passage ? Jonah ne connaissait pas les règles, pas encore. Il fixait des yeux les arcs-en-ciel à l'intérieur de formes imbibées d'huile le long du trottoir et songea à ses chaussures du dimanche, mais il ne bougea pas.

Elle inclina la tête, ni irritée ni docile. Jonah observa la fille – elle devait s'appeler Lily – mettre sa main dans la poche de son humble robe blanche pour en retirer un mouchoir bleu. Elle pressa le tissu de couleur éclatante, semblable au ciel, contre son nez et sa bouche sur lesquels perlaient des gouttes de sueur. Ne le quittant pas du regard, elle maintint le bout d'étoffe sur son visage. Puis elle passa.

Lily l'avait contourné comme s'il sentait mauvais. Qui était-il, si même une nègre pouvait passer devant lui de sa démarche impérieuse ?

Avec une rage incompréhensible, Jonah repoussa violemment la fille et son silence dans la rue. Elle trébucha, mais n'exprima ni choc ni surprise. Elle fit un mouvement brusque dans sa direction, comme si elle allait le frapper en retour, mais elle se retint, et c'était peut-être ce qui le ferait souffrir le restant de sa vie. Ils n'avaient pas le droit d'infliger le même mal. Ou c'était ce qu'il croirait.

Il n'avait jamais envisagé que Lily ait pu se couvrir le visage contre l'odeur dépravée de la chair se consumant. La puanteur du patrimoine de Jonah lui paraissait peut-être trop répugnante pour qu'elle la respire.

Mais Jonah Reuben Scaggs III ne se remettrait jamais assez de cette journée pour rester un garçon ou devenir un homme. Ce n'était pas le mort qui lui avait causé une honte infinie, mais des yeux vivants qui ne se mouillèrent pas, ni de douleur ni de peur, lorsqu'il avait repoussé de toutes ses forces son corps dans la rue. Jonah sentait encore le bout des doigts de son grand-père enfonçant leur chaleur empoisonnée dans ses épaules d'adolescent. Si Jonah avait exprimé la première pensée qui lui était venue à l'esprit en la regardant – qu'elle était la plus belle fille qu'il ait jamais vue –, il se serait attiré la haine éternelle de son grand-père.

Un après-midi des années plus tard, vers la fin de l'automne, le père de Ruby repéra une saisissante brune à une foire locale, reine de beauté couronnée dans une porcherie, au milieu de campagnards engloutissant des pommes au caramel, buvant du whisky, louant le bel embonpoint de leur bétail et admirant l'innocence de leurs enfants.

Il épousa la mère de Ruby et attendit le moment – des jours, des semaines, puis des années – où elle pourrait déclarer qu'elle l'aimait, pourrait révéler ses sentiments intimes. Mais on avait appris à sa femme à se méfier des hommes qui exigeaient de pareilles confessions. À l'intérieur du corps voluptueux et velouteux que Jonah avait prêté serment de chérir jusqu'à sa mort ou celle de son épouse se trouvait une enfant gâtée, choyée et manipulatrice.

Évidemment, Jonah n'était pas mieux. Il ne parvenait pas à être un mari, étant donné qu'il se sentait toujours dérouté par le fait d'être un homme. À l'intérieur de son corps d'adulte se trouvait, pour sa part, un garçon qui léchait un cône de crème glacée tout en fixant des yeux la silhouette muette d'une fille de couleur sur un trottoir.

Parmi tous les types d'homme que le père de Ruby aurait pu être, il choisit l'ivrogne triste et rageur. Jonah apprit à beugler, sangloter, tituber, maudire et s'écrouler.

Il émergea de son brouillard assez longtemps pour tenir un bébé au creux de chacune de ses paumes durcies, son haleine de whisky baptisant une paire de jumeaux – une fille et un garçon. Le fils était mort-né, rêve bleu avarié, dont le corps rappelait à Jonah le tissu céruléen qu'une fille nommée Lily avait autrefois pressé contre son visage. Jonah eut beau pleurer, il était soulagé de ne pas avoir de « lignée » à partager avec son fils inerte.

Le père et la mère de Ruby choisirent l'océan pour les funérailles, laissant tomber le paquet sans vie dans l'eau. Retournant au rivage à la rame, ils restèrent à la fois mariés et complètement séparés. Jonah imputait la mort de son fils à son père et à son grand-père. Il songea à la noyade de son père et à l'égoïsme de sa mère, qui avait suivi son époux dans les vagues déferlantes sans penser à l'avenir de son fils. Ils étaient tous fautifs. Il tenait également pour responsable le regard sombre d'une nègre qui l'avait contourné. Jonah pensait qu'elle lui avait jeté un sort le rendant impuissant. C'était la raison pour laquelle le petit garçon était mort avant que Jonah puisse lui montrer une vie différente.

Ces yeux l'avaient complètement chassé de l'existence de la jeune fille – ainsi que de son existence à lui. La manière dont elle avait couvert son visage – ce geste avait assuré à Jonah qu'il n'avait pas le droit de la regarder. Ni à l'époque ni jamais. Il n'arrivait pourtant pas à se détacher. Au fil des ans, Jonah vit mentalement ses yeux noirs partout où il allait. Un envoûtement muet. Parfois, il sentait les cils de la jeune fille contre sa joue mouillée de larmes, qu'un rire silencieux et moqueur avait suscitées. Ou bien il rêvait que son propre sang maculait de rouge le bout des cils de la jeune fille. D'autres fois encore, les yeux de cette dernière étaient secs, durs et impitoyables, tels ceux d'un jury. Mais ce qui le dérangeait le plus, c'était lorsqu'elle avait les yeux fermés, comme si le regarder l'indifférait totalement.

Jonah exécrait son besoin de se rappeler ce souvenir qui, après tant d'années, s'était transformé en quelque chose d'intrinsèquement lié à son incapacité à s'emparer de l'empire auquel, lui avait-on dit, il appartenait. Il se montrait inapte à garder un emploi, et les hommes de son entourage refusaient de partager avec lui leurs griefs associés à l'âge adulte. En leur présence, il ne pouvait pas pleurnicher à propos d'emprunts bancaires pour l'achat d'une maison, de trop nombreuses bouches à nourrir, des réserves de ressentiment entre lui et son épouse, ou de sa jeunesse perdue. Son désir sexuel était presque inexistant et il n'avait jamais d'argent, ce qui l'empêchait d'entretenir une femme en secret, pour le plaisir, comme son grand-père. Il ne pouvait pas obtenir de prêts et flottait, semblable à un tonneau percé, dans une mer de dettes. Ses journées se succédaient comme des caveaux sans profondeur – la paternité lui remplit la bouche d'un goût aigre lorsqu'il se rendit compte que c'était coûteux, plus coûteux qu'il ne pourrait jamais se le permettre, du moins pour élever une fille.

Quand le vieil homme mourut, le père de Ruby refusa le testament de son grand-père et tout ce qu'il contenait – la confirmation que son bienfaiteur vivant, Jonah Reuben Scaggs, était un homme blanc, méritant tous les agréments et possessions qui indiqueraient de plein droit à quel peuple et à quelle race il appartenait. Aux obsèques, les membres de sa famille observèrent avec rage l'avocat de son grand-père lui tendre une épaisse enveloppe sur laquelle figurait son nom tapé en lettres majuscules. Il avait levé le papier à la hauteur de ses yeux, avant de le déchiqueter de ses doigts. Le testament voleta au-dessus de la terre fraîchement creusée, les pétales des derniers vœux de son grand-père emportés en silence.

Rejetant toute part de l'avenir que son grand-père avait peut-être espéré pour lui, le père de Ruby vivait entre lâcheté et courage. Cela le rendait contradictoire. Son existence fuyait, vidée à chaque nouvelle saison de tout plaisir ou dégoût.

Aussi fut-ce un choc lorsque le père de Ruby annonça à sa fille qu'il acceptait gracieusement l'invitation de Miss Alley, de la part de la famille Scaggs, à passer les fêtes de fin d'année chez les Hobart, à Amity, la ville voisine de Salt Point.

14

« Les pommes de terre méritent d'être épluchées avec autant de soin qu'une pêche », déclara Miss Irene, parlant fort tandis qu'elle baissait le feu sous une casserole sur la cuisinière. Elle avait demandé à Papa de nous amener chez elle, Ezra et moi, pour « parler un peu » avec nous. Cette invitation était aussi inquiétante que si elle avait menacé de trouver une badine assez longue pour fouetter nos deux derrières à la fois.

Papa nous dit qu'il reviendrait nous chercher environ une heure plus tard. Pénétrant dans la cuisine des Junkett, je fus surprise par le silence. Les portes de la chambre à coucher étaient fermées à double tour, et on n'entendait ni le rire des jumeaux ni de taquineries de la part d'Ernest qui, assis dans un coin du salon, tenait une bible et semblait la lire si assidûment qu'il ne pouvait qu'être en train, j'en étais sûre, de nous écouter discrètement et de prier pour nous, surtout pour Ezra, qui courait le plus grand risque après l'incident avec Miss Alley.

Je cherchais des yeux un saladier de pommes de terre, que Miss Irene voulait sans doute que nous épluchions, mais je ne vis rien.

« Asseyez-vous, jeunes filles », dit Miss Irene. Elle fit un signe de la main à Lindy, qui se sentait sûrement terrifiée de se voir invitée à s'asseoir dans sa propre cuisine. « Je ne vais pas vous gronder si c'est ce que vous espérez. Je laisse ce soin aux Blancs. Parce que ce n'est pas mon travail à moi, vous comprenez ? Je préférerais placer ma parole et mes espoirs pour vous EN vous, parce que, quand je vous regarde toutes les trois, tout ce que j'espère en ce moment c'est que vous deveniez raisonnables, et vite, que vous mettiez un peu de plomb dans vos cervelles, avant que je vous fasse voir trente-six chandelles à chacune d'entre vous.

— Mais c'est elle qui essayait de forcer Mr Caesar à nettoyer derrière elle, elle l'obligeait à travailler comme s'il était son esclave, rétorqua Ezra.

— Ma fille, si je t'avais demandé de parler chez moi, tu le saurais, répliqua Miss Irene. Alors, est-ce que je t'ai demandé de parler ? Chez moi, dans ma maison ? »

Ezra secoua la tête, et je savais qu'elle avait envie de pleurer parce que, moi, j'avais envie de pleurer. Lindy, quant à elle, pleurait déjà.

« Mon seul travail consiste à vous aimer, poursuivit Miss Irene. Vous ne pouvez pas me rendre cette tâche difficile, mais vous pouvez vous attirer des ennuis si vous ne vous rendez pas compte à quel point ce monde est prêt à vous mettre en pièces et à utiliser vos os pour allumer des feux de joie. Écoutez, je peux comprendre que vous ayez considéré comme votre mission de défendre mon mari contre cette petite idiote de prof, mais Caesar est un adulte. Trois filles noires contre une minable femme blanche, c'est la chose la plus pitoyable que j'aie entendue, mais permettez-moi de vous dire que ça n'a rien de neuf.

» Bien, Irene Junkett laisse jamais tomber les gens qu'elle aime, vous comprenez ? Et Lena Kindred n'a pas élevé ses filles jusqu'à maintenant pour les perdre à cause d'une imbécile de Blanche et de ses idioties qui riment absolument à rien. Quand vous êtes là-bas, vous fermez votre clapet et vous gardez vos yeux grands ouverts. Ce n'est pas chez vous. Il n'y a jamais été question de vous aimer, encore moins de vous apprécier. Restez sur le Chemin. Parce qu'il est loin d'être aussi fréquenté que ce qu'on croit. Restez dignes, mesdames. Restez vous. Ce monde vous arrachera chacun de vos rêves avant que vous puissiez épeler tous les noms dont on vous a baptisées. Une grande poète a dit un jour : "Les noms dont on vous affuble sont une chose. Ceux auxquels vous répondez, une autre." Vous autres feriez bien de vous occuper de la manière dont vous voulez être appelées, ou bien vous finirez par chercher votre nom dans la bouche de quelqu'un d'autre.

— Je suis vraiment désolée », murmura Ezra. Elle avait recouvert son visage de ses mains.

Miss Irene s'approcha d'elle, lui retirant les mains de devant son visage pour que nous puissions voir ses larmes.

« Ne te couvre pas le visage devant nous, ni devant qui que ce soit. Souviens-toi juste des gens qui aiment ton visage. Vos vies sont mes récits préférés. Est-ce que vous pourrez vous en rappeler la prochaine fois que vous autres voulez vous comporter comme des grandes personnes ? Parce que aucune de vous est déjà en âge, tant s'en faut, de chercher des noises à une femme pareille. Trop de femmes de notre race ont disparu pour que vous autres puissiez écrire le chapitre suivant. Je ne vous parle pas de dette ou de culpabilité quand je dis ça. Mais d'amour. »

Nous étreignîmes Miss Irene. Sous sa tunique fluide, je la sentis trembler. Que notre comportement la mette dans un tel état m'attrista. Je m'inquiétais pour Ezra, qui avait de plus en plus de mal à se détacher des choses. Le tempérament d'Ezra ne souffrait aucune modération, sauf si elle pensait que nous pourrions en pâtir. Même dans ce cas, je me rendais compte que ma sœur n'était pas toujours capable de se retenir.

Miss Irene nous demanda de mettre la table avec ses assiettes et ses cuillères spéciales en bois. Elle avait préparé un ragoût réconfortant, annonça-t-elle, plein de nutriments pour regonfler et restaurer notre amour-propre. J'avais tellement craint ce que Miss Irene allait nous dire que je n'avais pas remarqué la riche odeur du bouillon qui mijotait sur la cuisinière.

« Il y a des pommes de terre et des pêches dedans », déclara-t-elle.

N'ayant, en réalité, aucune idée de ce dont elle parlait, nous nous contentâmes d'opiner du chef et de nous presser autour de la table, arrangeant bols, cuillères et tasses avant que notre père n'arrive pour nous ramener à la maison.

*

Mon père avait du retard. Ezra et Ernest étaient assis dans la partie protégée de la véranda, sur le côté de la maison. Miss Irene gardait la porte ouverte de sorte à pouvoir tout voir et tout entendre. Pendant que j'aidais à rincer et à essuyer les bols en bois lisse, je jetai des coups d'œil, juste au cas où Ernest essaierait de demander à ma sœur de faire quelque chose d'idiot, comme de l'épouser ou de devenir sa petite amie. J'étais certaine que mes parents n'auraient pas autorisé Ezra à s'engager à l'âge de quinze ans, même si Ernest était respectable et très beau. Le vent du soir transportait les mots de ce dernier jusque dans la cuisine de sa mère, où ils voletaient tels de petits grains de riz doux.

« Je peux t'offrir une chanson ? Elle n'est pas de moi.

— Oh, par pitié, répondit ma sœur avant que sa voix ne se mette à trahir une timidité que je ne lui connaissais pas. Qu'est-ce que tu veux dire par là ?

— Nan, nan, j'y pense depuis un certain temps maintenant, dit-il. Je veux t'offrir un vrai morceau, le genre de musique qui ne s'arrête jamais.

— Personne ne chante sans jamais s'interrompre, répliqua Ezra d'un ton taquin. Je ne te voyais pas comme le genre de garçon qui croit à la magie. S'il te plaît. Ça m'a l'air ringard.

— Premièrement, je suis un homme, rétorqua-t-il. Enfin, un jeune homme plus précisément.

— Ça, c'est ta maman qui le dit !

— C'est exact, reprit-il. C'est ma maman qui le dit. Mais elle connaît mon cœur. » Ils parlaient doucement, si bien que je m'approchai du seuil de la porte. « Je veux que tu connaisses mon cœur aussi, Ezra. À tout moment. »

Je songeai à vomir, mais je pris conscience que je rendrais le riz, le ragoût et le pain fait maison de Miss Irene, tout ce délicieux repas.

« Dis-moi ce que serait notre chanson », lui demanda-t-elle.

Je me plaçai à un angle à partir duquel je pouvais bondir dans la véranda, juste au cas où Ernest prendrait Miss Irene de vitesse. Je le vis poser un objet au creux de la main d'Ezra. Puis il lui toucha les cheveux, les lissant vers l'arrière, tandis qu'elle levait sa main repliée et la plaçait contre son oreille. Elle gardait les yeux clos, comme si elle venait de goûter un aliment plus sucré que du sucre de canne.

« Elle se termine jamais, où que tu l'emportes, déclara-t-il, sa voix s'amenuisant presque jusqu'au murmure. C'est la seule chose qui est plus petite que mon cœur, mais bien plus grande en même temps. J'ai pensé que c'était d'enfer, mais ouais, c'est probablement un peu ringard. J'espère que ça te gêne pas, parce que j'ai passé tout l'été à chercher le bon pour te l'offrir. Ils sont tous différents. »

Lorsqu'elle ouvrit la main, je vis reposer sur sa paume le coquillage le plus parfait qui fût.

*

C'était le premier jour de l'exclusion d'Ezra, qui devait durer deux semaines. Je me réveillai en y pensant et ne pouvais y croire. Le comité avait tranché en défaveur de ma sœur de quinze ans et de sa « remise en question » du traitement de Mr Caesar par Miss Alley. Après son exclusion, ils voteraient dans un second temps pour décider si elle pourrait finir l'année. S'ils interdisaient son retour, il était probable que nous ne terminerions pas notre scolarité ensemble comme nous l'avions toujours imaginé. Consciente de mon anxiété, Ezra me surprit en me rejoignant dans mon lit et en me tressant gentiment les cheveux pour l'école. L'odeur de l'huile pour cheveux sur ses doigts était si agréable. Je soupirai de plaisir tandis qu'elle utilisait le bord du peigne pour me gratter légèrement le cuir chevelu.

« Tu es l'élève la plus intelligente de toute la classe, lança Ezra, comme si nous étions en train de discuter de ce sujet précis. C'est pour ça que cette sorcière s'acharne contre toi constamment. Souviens-toi de ça. »

Je me mordis la lèvre, puis finis par parler :

« Ce ne sera pas pareil. Rien n'est amusant sans toi. »

Elle rit. « Cinthy, tu sais quoi ? Maman va me forcer à lessiver les murs de cette maison avec tellement d'eau de Javel que tu la sentiras jusque là-bas. Un jour, il faudra que tu saches comment t'instruire et faire les choses sans moi. Je ne serai peut-être pas toujours là pour te rappeler d'avoir confiance en toi. Tu dois apprendre à chérir tes sentiments, les défendre à tout prix. Est-ce que tu peux te souvenir de ça quand quelqu'un te voudra du mal ?

— J'essaierai », répondis-je, souriant pour empêcher mes larmes de couler. Ezra était toujours en mesure de retenir les siennes, les enfouissant très profondément, là où elles ne pouvaient pas la trahir.

« Avec tout ce temps devant moi avec Maman, qui va me mener à la baguette, je serai plus que prête à retourner dans cette vieille salle de classe », dit Ezra avec un large sourire.

Je souris aussi, puis me tus de nouveau. Il fallait que j'interroge Ezra à propos de ce qui m'occupait l'esprit.

« Maman est malade, hein ?

— Elle va aller mieux. Ne t'inquiète pas, d'accord ? Une

fois qu'on saura ce qui ne va pas, on pourra l'aider à guérir. » Les yeux d'Ezra s'assombrirent, mais elle refoula ses émotions avant qu'elles ne ruissellent le long de ses joues.

« Papa dit qu'on devrait l'amener voir ce médecin noir à Gunn Hill, déclarai-je. J'ai entendu Papa et Miss Irene en parler. Tout le monde ici se fiche de voir Maman vivre ou mourir.

— Ne dis pas ça, répliqua Ezra avec virulence. Maman est pleine de vie. Elle a juste besoin de se reposer. Miss Irene dit que les femmes noires devraient se reposer chaque fois qu'elles le peuvent, dans la mesure où elles ne s'arrêtent jamais de travailler. Miss Irene dit que quand une femme noire sourit, c'est encore du travail. Je crois que c'est vrai. Miss Irene est bien placée pour le savoir.

— Maman n'est pas pareille que Miss Irene, malgré ce que tu veux croire.

— Je connais la force de Maman parce que je connais la mienne », répondit-elle. Son regard quitta mon visage alors qu'elle se plongeait dans ses pensées. « Je connais mes forces et sais ce qu'est mon travail. Je vais nous protéger quoi qu'il en coûte, poursuivit Ezra. Nous devons être courageuses. Regarde tout ce qui se passe en ce moment dans ce pays, hein ? C'est à la radio, dans la presse, tous les jours. Maman et Papa sont peut-être trop fatigués pour se préoccuper du Mississippi, mais pas moi.

— Oh », fis-je. Puis je me souvins qu'Ezra s'était mise à écouter les discours de Martin Luther King Jr à la radio chez nous et chez les Junkett. Deux ans plus tôt, alors que la vue d'avions volant bruyamment au-dessus de nos têtes au spectacle aérien avait inspiré à Ruby sa passion, ma sœur, elle, était captivée par le boycott des bus à Montgomery. Mais je n'avais que onze ans et ne pouvais pas comprendre à quel point les événements la consumaient. Et Ezra mentionnait rarement le sujet devant mes parents. Je pense qu'elle avait conscience de leur inquiétude à l'idée qu'elle puisse quitter le Maine et se rendre dans le Sud pour prouver son dévouement à notre race.

« Hé, m'interpella-t-elle, descends et va nous chercher un de ces petits pains que je sens. J'espère que j'y ai droit, même si je suis censée être punie. Et quand tu rentreras dans ce foutu lycée, fais-leur comprendre ton travail.

— D'accord, dis-je, ne sachant pas du tout en quoi mon travail consistait, à part d'obéir à mes parents parce que je n'avais que treize ans.

— Les coups à l'âme dureront toujours bien plus longtemps que les coups au derrière. Quand on a attaqué ton esprit, la douleur ne disparaît pas. C'est ce que Miss Irene m'a dit un jour.

— Hum », fis-je. Debout devant mon bureau, je glissai mes livres dans mon cartable.

« Est-ce que c'est ce que je pense que c'est ? »

Ezra montra du doigt le journal intime de Miss Burden qui se trouvait sur mon bureau.

« Tu te souviens ? Je l'ai pris chez…

— Laisse-moi m'en occuper », proposa Ezra, dont la voix couvrit la mienne. Je regrettais qu'elle l'ait vu, mais une part de moi se sentait soulagée. Je ne voulais plus songer à Miss Burden. Je gardai le silence, cependant Ezra comprit que je pensais à nous – elle, Ruby et moi – allongées, le dos sur ces rochers. Je m'étais prêtée à la chose parce que je voulais paraître intrépide aux yeux de ma sœur. Cela n'avait jamais rien eu à voir avec Ruby pour moi, même si je me rendais compte maintenant que ce qui s'était passé cet après-midi-là les avait changées toutes les deux. Ma sœur avait changé, ce qui impliquait que j'avais moi aussi changé.

« Oublie tout ça, suggéra Ezra, à la vue de mon visage assombri. Si Ruby s'approche de toi, je me chargerai d'elle. Canalise ton énergie, Cinthy. Tout ce que nous faisons est légitime, tu comprends ? Miss Irene dit que nos ancêtres ont déjà payé pour notre passage. Nous ne sommes pas asservis. Nous ne sommes pas exclus. Nous ne sommes pas stupides et nous n'avons pas tort. C'est Miss Alley l'esclave, de même que Ruby, et son papa et sa maman, et tout ce foutu village. » Ez me toucha l'épaule de la main. « Vas-y et raconte-moi ce que vous avez appris pour que je ne prenne pas de retard. Rapporte-moi les foutus devoirs.

— On a déjà pris de l'avance, dis-je.

— C'est vrai, acquiesça ma sœur, qui souriait tout en me guidant vers la porte de la chambre. Tu vois ? Tu comprends déjà ce qui est le plus important. »

Je hochai la tête, mais je ne savais pas ce que cela signifiait pour moi. Tout le monde au lycée nous considérait – Ezra, Papa et moi – comme si nous commencions enfin à ressembler aux nègres qu'ils avaient toujours pensé que nous étions. Je percevais le triomphe dans le regard de mes professeurs et de mes condisciples.

Hier soir, quand notre père avait répondu au téléphone, j'avais d'abord cru que c'était notre grand-mère qui appelait pour embêter Maman. Papa se montrait terriblement poli à l'égard de la personne qui se trouvait à l'autre bout du fil, comme il l'était toujours à l'égard de Ginny. Mais le visage de notre père s'était assombri lorsqu'il était revenu s'asseoir à sa place et que ses yeux avaient croisé le regard perplexe de Maman par-dessus leurs tasses de café. Nous n'avions pas eu le temps de manger le dessert chez les Junkett, aussi avions-nous rapporté à la maison d'énormes parts du gâteau rouge velours de Miss Irene.

« L'exclusion d'Ezra pourrait directement compromettre ses chances de finir avec une mention, annonça Papa. À l'heure actuelle, il lui est interdit d'entrer dans l'enceinte de l'établissement sous aucun prétexte. Si elle envisageait d'outrepasser cette interdiction, elle risque d'être expulsée et arrêtée. »

Le fait que Papa ne demande pas à Ez ce qui s'était passé me surprit. Il ne me le demanda pas à moi non plus. Mis à part la toux involontaire de Maman, le silence à notre table m'évoquait une fine gaze imbibée d'eau que l'on m'aurait fourrée dans la bouche.

Déroutée, j'observai Ezra reposer calmement sa fourchette et son couteau à côté de son assiette. Elle s'essuya la bouche avec sa serviette de table avant de s'excuser et de retourner dans sa chambre.

« Elle n'a rien fait », dis-je à Maman et Papa, me demandant pourquoi je n'avais pas été exclue moi aussi. Ou Lindy. Si notre principal avait appelé Mr Caesar et Miss Irene à propos d'une punition pour Lindy, je n'étais pas au courant. Nous avions toutes les deux élevé la voix contre notre professeure. Puis je me rappelai comment Miss Alley prenait plaisir à m'humilier, alors qu'Ezra semblait juste l'agacer. Toute mesure prise contre Lindy Junkett impliquerait une confrontation avec Miss Irene. Mais Papa ne protesterait pas. Cela me contrariait de penser que notre père ne se battrait pas pour Ezra, que son inaction sous-entendait qu'il trouvait qu'Ezra méritait d'être exclue.

« Elle n'a rien fait du tout, répétai-je.

— Chut, Cinthy, dit Maman, laissant sa part de gâteau à laquelle elle n'avait pas touché, alors qu'elle se levait. Ça n'a pas d'importance. »

*

Assise seule dans la voiture avec Papa sur le chemin du lycée, j'éprouvais à son égard une profonde déception, qui gonfla dans mon ventre telle de la levure. Je tripotai le petit pain chaud enveloppé dans du tissu sur mes genoux et étudiai le profil de mon père tandis qu'il vérifiait constamment le rétroviseur. La seule chose qui nous suivait était un nuage de poussière s'élevant du gravier. Ce n'était pas un bon conducteur comme Maman. Il se perdait trop facilement dans ses pensées, partant à la dérive, à l'instar des vieux bateaux amarrés à la jetée du village. Ce matin-là, il avait l'esprit à tout, sauf à la conduite. Mon père appuya du bout de sa chaussure sur l'accélérateur. Il roulait trop vite.

« Ralentis, l'implorai-je. Il faut que tu me parles. Je ne comprends rien, d'accord ? »

Il s'éclaircit la gorge et je me penchai vers lui, m'attendant à ce qu'il me réponde.

« Papa ?

— Je conduis, chérie », me dit-il, déglutissant avec

peine. Sa voix était chargée de ce que j'imaginais être à la fois de la colère et de la résignation.

« Pourquoi est-ce que tu ne nous as pas demandé à nous ce qui s'est passé hier au lycée ? Tu ne veux pas connaître notre version des faits ? »

Je me tournai de sorte à voir un peu plus que son profil.

« Ce travail est le seul qui nous permette de poursuivre l'existence que Maman et moi nous voulions pour cette famille.

— Mais est-ce que tu ne pourrais pas au moins parler à quelqu'un au lycée de ce qui s'est vraiment passé ? Tu ne pourrais pas demander à Mr Caesar ? Il était là. Lindy était là. J'étais là. On a tous été témoins. »

Mon père utilisa le plat de sa main pour tourner le volant, garant la voiture sur le bas-côté de la route. Il ne coupa pas le moteur, mais il plaça son pied sur la pédale de frein avant de me faire face. Sa chemise blanche amidonnée et sa fine cravate noire luisaient.

« Je suis désolé que ta sœur ait oublié quelle était sa place et que cela lui ait valu une exclusion. C'est tout ce qu'il y a à en dire. Je suis certain qu'elle a donné de la voix pour la bonne raison, et je suis complètement conscient que Miss Alley est une femme dangereuse, stupide et non qualifiée. Ce sont les faits. Mais, mon Dieu, Ezra est assez grande – et toi aussi – pour comprendre que toute action a des conséquences dans ce monde. Donc, si tu me demandes ce qui est logique, alors voilà. Si tu me demandes ce que j'éprouve, eh bien c'est autre chose. Je suis déçu par ta sœur, c'est sûr. Je suis également frustré parce que je ne me trouve pas, et ne me trouverai jamais, en position de l'emporter sur les gens qui me paient sans risquer une punition encore plus grande que celle dont ta sœur fait les frais. Je subis des humiliations que je suis bien décidé à ne pas vous transmettre, à ta sœur ou à toi – ou encore à votre mère, en l'occurrence. Au cas où tu ne l'aurais pas remarqué, on ne fait pas de cadeaux dans ce monde à un homme noir. Je ne peux compter sur personne pour parler ou agir pour moi. Je ne peux compter sur personne pour nourrir ma femme et mes enfants ou payer l'électricité. Il y a d'autres emplois ailleurs, mais à quel prix ?

— Mais Papa, Miss Alley a menti », protestai-je malgré son discours. Des larmes me piquaient les yeux. « Elle s'en prend toujours à moi. » Je me mis à sangloter. « Ce n'est pas… pas une enseignante.

— Bien sûr qu'elle ne l'est pas ! »

J'eus un brusque mouvement de recul.

« Ta sœur savait très exactement ce qui l'attendait. Mr Caesar aussi, ce qui explique que, si cette femme décidait de casser tous les verres, toutes les tasses et toutes les assiettes dans ce fichu établissement, ce serait toujours son travail de nettoyer, avec un foutu sourire aux lèvres. Est-ce que tu comprends ? Mr Caesar sait ce que son travail exige, et donc il le fait, c'est tout.

» Bon, peut-être que je suis fautif de nourrir de telles ambitions pour mes filles, mais je te dirai la chose suivante, et, bon Dieu, nous allons être en retard maintenant, mais j'espère que, toi, tu auras l'intelligence de baisser la tête et d'éviter que cette maudite femme te fasse exclure aussi ! »

Je gardai le silence.

« Cinthy, il n'y aura pas d'exclusion temporaire pour moi si je défie Miss Alley pour ton compte ou celui de ta sœur. À la place, Mr Hobart m'indiquera la porte de son doigt pourri. Et il sourira en le faisant. Ma chérie, cet homme rentrera chez lui, se servira un verre et s'installera les doigts de pied en éventail. » Le soupir qui s'échappa des lèvres de mon père dans un sifflement était empreint d'une terrible amertume. « Ce sera juste un jour de plus dans son existence d'homme blanc. »

Je pleurai de plus belle, me sentant extrêmement confuse. Je ne pouvais absolument pas me représenter une journée dans l'existence d'un homme blanc. Mis à part que toute ma vie on m'avait expliqué qu'une journée d'homme blanc valait plus que l'une des miennes ou celles de mon père.

« Ma chérie, la réalité, c'est qu'ils ne veulent pas de nous ici. Depuis toujours. Ils ne veulent pas de nous ici, mais ils n'ont pas de vraie raison pour nous obliger à partir. Pas encore. La dernière chose dont j'ai besoin, c'est que toi ou ta sœur, vous offriez à ces gens la moindre raison pour nous chasser de Hobart, et de Salt Point, avant que vous ayez eu la chance de terminer votre scolarité. Alors tous les sacrifices que nous avons consentis auront été vains. Il n'est plus temps de repartir de zéro ailleurs. Pas dans l'immédiat, pas dans la situation où votre mère… »

Le petit pain s'était transformé en miettes tant je le serrais fort. Papa me caressa la joue.

« S'il te plaît, ne pleure pas, chérie, m'implora-t-il. Aide-moi en te comportant comme la jeune fille que j'ai élevée. Garde la tête baissée, tu veux bien ? Je suis désolé de te parler durement, mais tu devrais comprendre. Est-ce que tu peux faire cet effort pour moi ?

— Et Maman ? »

Son visage se froissa tandis qu'il retirait ses lunettes pour appuyer ses doigts contre ses yeux.

« Papa, qu'est-ce qui ne va pas avec Maman ?

— Chérie, je ne sais pas. »

L'honnêteté de mon père était si terrible que je dus ouvrir rapidement la portière de peur de vomir sur mes vêtements. Le vent souleva les miettes salées et grasses que j'avais sur les genoux et les emporta au loin tandis que je crachais par terre les reflux acides de mon estomac. Mon ventre vide avait soif du sentiment de sécurité que ma maman et mon papa avaient bâti pour nous par le passé et auquel j'avais goûté toute ma vie.

Ce que l'air marin avait ramené au village à la fin de l'été semblait déterminé à engloutir tout ce que nous avions cru être.

Papa m'avait fait comprendre son impuissance à l'aide de quatre mots simples : *Je ne sais pas*. Peut-être ne pouvait-il vraiment pas nous protéger du reste du monde.

*

Au lycée, je m'assis à mon pupitre, consciente que mes seuls amis étaient le cahier ouvert à plat sur la surface malmenée du bureau en bois et un crayon taillé en pointe auquel je m'agrippais comme s'il s'agissait de la rame qui me permettrait de quitter ce lieu auquel j'avais cessé de me fier.

Lindy était absente. Miss Irene avait peut-être décidé de ne pas la soumettre davantage aux leçons de Miss Alley.

Si bien que je me trouvais seule.

Les yeux clairs de mes camarades de classe papillotaient gaiement sans s'attarder sur moi, comme s'ils étaient soulagés qu'il ne restât plus que l'une d'entre nous. Tout dans la salle de classe paraissait inversé. Par exemple, Ruby se trouvait au premier rang au lieu du dernier. Sa robe était propre et sa peau récurée. Elle mâchonnait son crayon au lieu de ses ongles. Elle leva même la main lorsque Miss Alley posa une question.

Lorsqu'elle se tourna ensuite pour me dévisager, je levai les yeux au ciel de façon si outrée qu'elle pivota brutalement et ne bougea plus la tête pour me regarder.

Je me représentai Ezra en train de lessiver nos murs à la maison et de grimacer tandis qu'elle aidait Maman à émincer des oignons. La radio de la cuisine vibrerait d'opinions sur ce qui se passait ailleurs en Amérique – neuf élèves noirs s'étaient frayé un passage à travers une horde de Blancs jusqu'à l'entrée d'un établissement à Little Rock, dans l'Arkansas. J'imaginai ma sœur marquant une pause pour écouter la liste de leurs noms – Ernest, Elizabeth, Jefferson, Terrence, Carlotta, Minnijean, Gloria, Thelma et Melba. Peut-être qu'après s'être lassée de penser au monde extérieur à notre village, Ezra s'autoriserait-elle à songer au sourire timide d'Ernest Junkett tout en fredonnant « The Very Thought of You » ou « You Go to My Head ». Je fermai les yeux et vis Ezra sur le pas de notre porte, m'adressant un signe de la main tandis que je remontais Clove Road avec nos devoirs. À cet instant précis, j'oubliai l'horreur des cours parce que, dans le regard de ma sœur, j'étais vue et aimée. *Ma sœur m'attend* devinrent les quatre mots que je me répéterais le reste de la journée. Chaque réitération était armure et baume. À la récréation, je m'assis à l'écart, dégustant la belle pomme que Maman m'avait donnée pour le déjeuner, et me sentis plus moi-même.

La sonnerie signalant la fin de la pause se déclencha trop tôt. Miss Alley se tenait à l'entrée de la salle de classe afin que nous lui présentions notre visage et nos mains pour qu'elle les inspecte. Certains garçons regagnèrent leurs places sans même passer par notre professeure. Mais lorsque j'arrivai au début de la queue, les yeux de Miss Alley examinèrent attentivement la surface de mes paumes de mains tendues.

« Hyacinth, va te laver les mains s'il te plaît. »

Clignant des yeux, je scrutai à mon tour mes mains. Où était la saleté ? J'avais fait très attention en mangeant la pomme que mes doigts ne soient pas collants de jus.

« Excusez-moi, Miss Alley, dis-je. Je ne jouais même pas. Je n'ai rien touché.

— Tu es dégoûtante », répondit-elle d'un ton las, croisant les bras sur sa poitrine. Nous savions toutes les deux qu'elle sous-entendait autre chose quand elle avait employé le mot « dégoûtante ». « Toute désobéissance supplémentaire de ta part entraînera aussi une exclusion. »

Ruby passa devant moi en vitesse, ralentissant à la dernière minute de sorte à pouvoir se délecter de mon humiliation. Elle offrit ses mains à notre enseignante pour obtenir son approbation.

« Merci, Ruby », dit Miss Alley avec une telle affection qu'elles semblaient partager un lien familial.

*

Miss Alley ne me prêta plus attention cet après-midi-là. Elle nous dicta un test de vocabulaire facile, et à mon pupitre de bois, mon esprit partit à la dérive, une solitude fanfaronne battant des ailes dans ma tête.

L'un des garçons brisa le silence vicié de la salle de classe. Il bondit et se mit debout sur sa chaise avant de se ruer vers le rebord des fenêtres à travers lesquelles le soleil brillait. Tout en criant, il agita ses poings fermés.

« Y sont en train d'arrêter ce nègre ! Ils l'ont eu ! » Sa voix monta en puissance et une armada de garçons se hissèrent pour s'agenouiller à côté de lui sur les larges rebords en bois.

Je me levai et me dirigeai vers la fenêtre. Lorsque je m'approchai, les autres se déplacèrent, me poussant brutalement vers l'avant, si bien que je me retrouvai comprimée contre la vitre. Je remarquai que ni Ruby ni Miss Alley n'avaient bougé.

Il était difficile de voir clairement du premier étage, mais il me sembla discerner avec une quasi-certitude le haut du crâne du policier Charlie. Brutalement, il poussait Mr Caesar devant lui, le forçant à avancer en ligne droite. À chaque pas, il donnait un coup de pied à Mr Caesar tout en le frappant dans le dos avec sa matraque noire. Je ne comprenais pas comment, malgré la force des coups, Mr Caesar tenait encore debout au lieu de s'effondrer à genoux.

« Oh mon Dieu, m'exclamai-je tout en me retournant. Il va le tuer ! »

Ruby était là, assise sagement sur sa chaise et fixant des yeux Miss Alley, comme si elle et cette femme pouvaient communiquer sans mots, de la même façon qu'Ezra et moi. Je pris conscience qu'elles étaient probablement responsables de ce qui arrivait à Mr Caesar. Le dos de Ruby était inhabituellement droit contre le dur dossier de son siège ; elle paraissait suffisante et vulgaire. Un air de détermination flottait autour d'elle. À la manière dont elle serrait les mâchoires, je me rendis compte que Ruby avait finalement compris ce que sa peau blanche lui permettait.

Puis j'imaginai ma sœur debout dans la cuisine, ses épaules d'équerre, guerrière armée d'un torchon qui dégouttait. Sa poitrine se soulevait et s'abaissait à un rythme régulier, la naissance de ses cheveux ourlée de sueur et de défiance. Ezra avait dit la vérité alors que Miss Alley avait menti au sujet de notre Mr Caesar. Ce faisant, Ezra avait accepté les conséquences.

Songeant au courage de ma sœur, je me précipitai hors de la salle et courus aussi vite que possible. J'abordai en dérapant les tournants brusques du bâtiment, repoussai les enseignants qui essayaient de m'attraper, puis projetai tout mon corps à l'extérieur des hautes portes d'entrée de Hobart. Bondissant en avant, je sautai du haut des marches et les dévalai en une seconde.

J'aperçus le visage de Mr Caesar à travers la vitre de la voiture de police. Ses paumes de mains menottées s'étalaient, pressées contre le verre. Ses yeux s'élargirent quand il me vit approcher. Je ne savais pas comment j'allais le libérer ou l'atteindre, mais j'étais décidée à le faire. Je devais absolument parvenir jusqu'à lui. Mr Caesar agita violemment la tête. Sa bouche remuait, mais je n'entendais pas sa voix.

Tout en pleurant, je frappai la vitre de mes poings et la sentis s'ébranler. Il avait placé ses doigts contre la vitre, mais je ne pouvais pas les toucher. Du sang ruisselait du nez de Mr Caesar et d'un côté de sa tête.

Le policier était déjà installé derrière le volant du véhicule. Il pivota maladroitement pour me regarder. Il secoua sa grosse tête en signe d'avertissement et quelque chose comme de l'ennui suintait de ses yeux brillants.

Il brandit sa matraque d'un mouvement ferme et l'écrasa sur le visage de Mr Caesar, assommant celui-ci. Ses mains marron foncé se détachèrent de la vitre. Hurlant et sans réfléchir, je me baissai pour saisir une pierre qui se trouvait sur le gravier. Je voulais faire voler la vitre en éclats à l'aide de la pierre que j'avais maintenant dans ma main. Si je pouvais ne serait-ce que la fêler. Je jetai la pierre contre la vitre et, sous la force du choc, le verre céda. Il y avait des bouts de verre scintillants partout. De petits éclats m'atteignirent au visage tandis que j'essayais de tendre le bras pour toucher les mains ensanglantées de Mr Caesar qui étaient parsemées, comme les miennes, de morceaux de verre. Le bout de mes doigts, mes articulations, les os de mes mains me lançaient. Ses doigts glissèrent dans notre sang. Je ne pouvais pas le lâcher.

« Non mais, c'est quoi ce bordel ? » s'exclama le policier, se contorsionnant pour s'extirper de la voiture. Il respirait fortement en faisant le tour du véhicule à toute vitesse. « Putain, qu'est-ce que tu fous ? T'es une de ces nègres de la famille Kindred, hein ? »

Le temps que Papa arrive, le policier avait sorti son pistolet et l'avait braqué sur moi. Mon père me tira d'un coup sec vers l'arrière, m'enlaçant de son seul bras. Ce n'était plus un geste fantôme, une simulation de violence : l'officier tenait son arme près du visage de mon père. Je sentis Papa tendre tout son corps ; il était décidé à me protéger, à me pousser pour me mettre hors d'atteinte. Son bras se resserra autant que possible, comme s'il pouvait empêcher la balle de nous traverser tous les deux.

Je dévisageai le policier par-dessus le bras de mon père.

« Vous n'avez pas le droit d'arrêter cet homme ou de pointer un pistolet chargé sur ma fille. » Sa voix était plus dure que je ne l'avais jamais entendue de ma vie. D'une poigne ferme, Papa me tira derrière lui tandis qu'il reculait, un pas après l'autre. « Nous encerclerons votre prison de merde jusqu'à ce que vous produisiez la preuve – et je suis certain que vous ne l'avez pas – que Caesar Junkett est un criminel. »

Le policier Charlie jeta un coup d'œil par-dessus son épaule vers le visage en bouillie et inconscient de Mr Caesar. Au bout d'un moment, il remit son pistolet dans son étui de cuir. Puis, presque nonchalamment, il se réinstalla dans la voiture et mit le contact.

Mes jambes ployèrent et je m'effondrai par terre, les cailloux me perçant les genoux. De quelque part au-dessus de moi, la voix de mon père me parvint.

« Cinthy, tu aurais pu te faire tuer ! Tuer ! Qu'est-ce que tu pensais pouvoir faire ? Bon Dieu, tu aurais pu te faire tuer. Tous les deux, vous auriez pu être tués ! Oh, tes jolies mains. Ma chérie, tu es là ? Reste avec moi, chérie.

Tu entends ma voix ? Cinthy, reste avec moi. C'est Papa, mon cœur, je t'aime. »

Je sentis le bras de mon père me ramasser. Soulevé avec une telle force et délicatesse, mon corps se relâcha.

Enfant, j'avais fréquemment fait un rêve dans lequel un grand homme aux yeux rouges me donnait sa parole qu'il m'emmènerait sur son cheval traverser un étrange fleuve un jour, quand je serais prête. Je n'avais pas fait ce rêve depuis si longtemps, mais soudain il me submergea.

Pour la première fois, je compris que l'homme était mon arrière-grand-père, Theodore Kindred, et que son amour nous portait, mon père et moi, qu'il nous avait toujours portés, pour que nous ne nous consumions pas seuls dans les brasiers de ce monde.

DEUX

15

Le policier Charlie exigea que mon père paie pour le remplacement de la fenêtre du véhicule de patrouille. Papa accepta que Mr Hobart retienne une part de son salaire pour l'installation d'une nouvelle vitre. À la maison, mon père ne se plaignait de rien, mais nous étions tous conscients de son inquiétude. S'il émettait la moindre protestation, il était certain que Mr Hobart le renverrait. C'était l'hiver et les fêtes approchaient ; mon père n'était pas le type d'homme qui croyait que la situation s'arrangerait d'elle-même, ou bien que Dieu subviendrait à nos besoins s'il décidait de tout quitter, purement et simplement, ce que, j'en suis sûre, une part de lui désirait faire.

Malgré ses efforts pour calmer les choses, il y avait eu des changements dans notre cadre de vie. Les enseignants étaient tacitement tombés d'accord pour décider que je ne devais pas traîner autour du lycée. Ma présence était dangereuse parce que l'on pouvait maintenant alléguer que j'avais des accès de rage et des problèmes avec l'autorité des adultes ; j'avais toujours le droit d'assister aux cours, mais je ne pouvais plus flâner dans l'enceinte du lycée sans surveillance.

La situation de mon père était pire. On lui demanda de déjeuner dans sa propre salle de classe plutôt que de s'installer seul, comme il en avait l'habitude, dans la miteuse salle des professeurs. Parfois Mr Caesar invitait Papa à le rejoindre dans sa remise, qu'il avait aménagée pour rendre l'endroit douillet, à l'aide d'un petit poêle à bois, un canapé et des fauteuils, une table et des chaises ; il y avait une grande pièce attenante remplie d'outils, de lampes à kérosène, de pots de térébenthine et de peinture, d'ammoniaque et d'innombrables fournitures, que Mr Caesar maintenait impeccablement rangés. La plupart du temps, les enfants Junkett, Ezra et moi y déjeunions aussi. Tout le personnel de l'établissement avait semblé soupirer de soulagement de voir que nous avions finalement compris quelle était notre place.

Ce qui me dérangeait le plus, c'était que la vie suivait son cours.

J'en venais presque à douter que tout ce qui s'était passé entre Mr Caesar, Papa, moi et le policier avait réellement eu lieu. Je mis du temps à comprendre que Mr Caesar avait été arrêté après qu'on l'eut accusé d'avoir volé le sac à main de Miss Alley, qu'on ne retrouva jamais. On en parlait rarement quand nos familles se rendaient visite. À l'instar des adultes, j'essayai de continuer comme si de rien n'était et d'être reconnaissante que personne ne soit mort. Mr Caesar s'était retrouvé avec trois côtes cassées et le coup de matraque du policier qui lui avait fracturé le crâne avait laissé une entaille visible. Il avait failli perdre quatre doigts de sa main droite. Papa et Maman me décourageaient chaque fois que je demandais pourquoi il n'y avait pas moyen de protester contre ce que ce policier avait fait subir à Mr Caesar ; je n'en démordais pas.

Mr Hobart avait forcé sa nièce à abandonner l'accusation de vol contre Mr Caesar, qui, à ma surprise, n'avait pas été renvoyé. Aucune enquête complémentaire ne fut diligentée. En fait, le lendemain de l'incident, Mr Hobart avait téléphoné à Mr Caesar pour demander quand il reviendrait au lycée pour s'occuper d'une invasion de souris à la cantine. D'après certaines rumeurs, Mr Hobart avait personnellement exprimé son mécontentement à l'égard du comportement de son neveu, menaçant lui aussi d'utiliser son propre pistolet si l'officier Charlie ne pouvait pas remplir ses fonctions d'une manière plus civilisée. Nous ne savions pas si c'était vrai, mais le policier cessa de passer régulièrement en voiture devant la maison des Junkett.

Lorsque mon père suggéra à Mr Caesar de trouver un emploi à Gunn Hill, Mr Caesar refusa. Il ne voulait pas travailler dans une usine et avoir un responsable blanc sur le dos jour et nuit. *Ça n'est pas la dernière fois qu'un lâche de son espèce essaie de me défoncer le crâne*, déclara un jour Mr Caesar. *J'ai des enfants à élever. J'ai Dieu et Irene à chérir.* Il classa soigneusement toute l'affaire à l'intérieur de lui, comme un homme qui range un rare billet de deux dollars à l'intérieur de son portefeuille.

Il paraissait naïf de la part de mes parents de croire que, si nous ne nous occupions que de nos affaires, nous pourrions échapper à la menace du policier, pourtant notre existence à Salt Point se poursuivit : les jours, indiscernables les uns des autres, se levaient et tiraient leur révérence sur un fond d'air froid. Je ne songeais plus que rarement à Miss

Burden. Le « jeu » auquel nous nous étions adonnées sur les rochers ressemblait à une activité à laquelle des enfants pourraient se consacrer, sans se rendre compte du mal qui risquait d'en émaner, même des années plus tard. Le préjudice entre Ezra et Ruby était arrivé bien plus tôt. Je ne pouvais m'empêcher de penser à ce moment comme celui où j'avais perdu quelque chose de ma propre innocence, sans lien avec le début de mes règles.

Chaque soir, nos abat-jour jaunissants dessinaient des ronds huileux de lumière sur les épais tapis de forme ovale où Ezra et moi restions assises en silence, tandis que l'air frais exerçait sa pression contre les vitres de notre maison. La voix de Nat King Cole emplissait nos cœurs, et Maman passait souvent ses disques préférés de Sam Cooke pour se remonter le moral. De notre côté, nous écoutions aussi la radio, essayant de prédire la direction que prenait notre nation. Eisenhower continuait de se rétablir de sa légère attaque cérébrale, alors que la guerre froide s'échauffait. Blotties l'une contre l'autre, ma sœur et moi tentions d'imaginer comment des machines pouvaient s'élancer de la Terre vers l'espace. Un jour, nous avertit la radio, l'humanité atteindrait la Lune. Coincées sur terre, Ezra et moi cherchions à trouver de nouveaux programmes présentant les voix de prédicateurs et activistes noirs tels que Medgar Evers qui, sur fond de cris et d'applaudissements, clamait que les Noirs étaient des êtres humains. Parce qu'il y avait trop peu de Noirs dans le nord du Maine où nous vivions, peu d'attention était accordée aux façons dont nous aussi nous trouvions menacés par la police à Salt Point, à Gunn Hill, et même à Briggley. Néanmoins, la radio connectait notre famille à un cri de ralliement. Nous nous demandions comment les fougueuses actions de la NAACP pourraient un jour parvenir jusqu'à nous.

Là-bas, au sein d'une nation que nous ne comprenions pas entièrement, des nuées de Noirs défilaient sans peur. Ils entonnaient des chants de libération, se rassemblaient pour former de leurs beaux corps noirs des piquets de grève, dansaient au milieu de tirs croisés mortels et ne gaspillaient pas leur souffle à solliciter la grâce des Blancs. À qui était destinée notre grâce sinon à nous-mêmes, et à ceux qui chantaient avant nous ?

Ezra et moi écoutions des récits de lutte pour la liberté, et quand nos parents partaient pour Piney Hollow, à plus de quatre-vingts kilomètres de notre village, pour que Maman consulte un spécialiste, nous dérobions les journaux de notre père avant qu'il ne puisse les brûler. Il craignait que des gens au village ne suspectent la vérité, à savoir que mon père et Mr Caesar étaient beaucoup plus instruits sur leurs droits civiques que ceux-là l'imaginaient. Eisenhower avait signé le Civil Rights Act de 1957 en septembre. Les conséquences de la loi avaient jeté la nation au bord du précipice.

Lorsque nous nous rassemblions pour les repas, mes parents et Mr Caesar lisaient attentivement des numéros du magazine *The Crisis* tandis que Miss Irene partageait des tracts qu'on lui distribuait à Gunn Hill. Ces discussions avaient lieu partout autour des tables de familles noires. Si nous osions interrompre les adultes pour réclamer un verre d'eau, ou autre chose à manger, les durs regards d'agacement que l'on nous adressait étaient plus dévastateurs que tout ce qu'une ceinture ou une brosse à cheveux pouvaient faire. Mais alors que la montée du mouvement poussait Mr Caesar et Miss Irene à l'action et leur donnait un objectif, mon père continuait principalement de s'inquiéter à la perspective de perdre son travail. Maman, qui était de plus en plus fatiguée après ces discussions animées autour du dîner, se retirait tôt dans l'intérêt de sa santé.

Dans notre chambre, après ces soupers à l'ambiance survoltée, j'écoutais Ezra lire à haute voix les tirades politiques des Junkett qu'elle avait retranscrites dans un cahier. Cela me mettait mal à l'aise d'entendre Ezra réciter les idées de Miss Irene. Mais au-delà de Salt Point se trouvait un monde qui exigeait notre courage et une volonté de changement ; et nous nous efforcions de nous instruire par nous-mêmes sur ce qui nous armerait de la façon la plus appropriée.

Le premier problème, alors, était qu'Ezra et moi ne pouvions aller nulle part.

Nous marchions le menton haut jusqu'au bout de Clove Road, puis rebroussions chemin et retournions directement jusqu'à notre véranda. Nous feignions de tenir des pancartes aux slogans tracés à la main au-dessus de nos têtes. Sur les champs dénudés par l'hiver qui entouraient notre maison, nous cartographiâmes le plan du Capitol à Washington. Nous faisions apparaître des trottoirs, des défilés et de grandes rues où nous battions le pavé, chantions et rejoignions les rangs serrés de petits groupes de Noirs, quand les gaz lacrymogènes étaient lancés, les chiens lâchés.

Dans le froid, ma sœur et moi défilions au pas de course jusqu'à y parvenir sans haleter. C'était un jeu, nous disions-nous. Ezra me montra certaines techniques d'autodéfense qu'Ernest lui avait apprises. *Mais ils ne sont pas non violents. Tu te feras tuer comme ça*, lui rappelai-je. Le visage de ma sœur se ferma alors qu'elle chassait mes propos d'un haussement d'épaules.

De sa jolie voix, Ezra entonnait parfois un negro spiritual pour me distraire : « Wade in the Water », « Lay Down Body », « Amazing Grace ».

Je ne me souvenais jamais des paroles, si bien que je ne pouvais pas chanter à l'unisson. Mais quand je les entendais, des flammes montaient en moi, déposant un soupçon de fumée sur mes lèvres.

À la maison, j'étais trop concentrée sur l'état de santé de Maman pour consacrer du temps supplémentaire à me demander comment une personne telle que mon ancienne professeure pouvait décider de mourir. J'étais plus soucieuse de mon père et de la façon dont il s'était quasiment sacrifié pour me sauver. Lorsque je m'asseyais en silence dans son bureau pendant qu'il corrigeait des devoirs en écoutant certains de ses disques de blues, il ne me chassait pas ni ne déclarait que le blues était exclusivement pour les adultes. Je ne l'avais jamais entendu passer ce genre de musique avant, et j'avais l'impression de discerner de la sorte une partie de ses soucis.

*

Cet hiver-là, Ezra paraissait plus taciturne que d'habitude ; je n'aurais su dire si c'était le froid ou l'étrangeté du fait qu'elle était dorénavant une jeune femme qui la rendait muette. Elle ne parlait que par nécessité, mais autrement paraissait économiser son énergie et sa force pour quelque chose à venir. Elle me manquait.

Après avoir débarrassé les couverts du dîner un soir de décembre, je me trouvai seule dans le silence du couloir. Ezra avait fermé la porte de sa chambre, ce qui indiquait que je ne devais pas la déranger. J'éprouvais une solitude que je ne pouvais décrire, sauf à dire qu'elle me donnait l'impression que toute la maison se sentait également seule.

Mes parents, qui fermaient habituellement la porte de leur chambre quand ils montaient pour la nuit, ne semblaient pas avoir conscience qu'ils l'avaient laissée entrebâillée. Doucement, je m'approchai aussi près que possible pour écouter leur conversation. J'en avais assez de leur manière de s'interrompre dès qu'Ezra ou moi entrions dans une pièce.

« Jusqu'à ce jour, elle refuse de s'excuser, entendis-je déclarer ma mère.

— On ne choisit pas sa mère », répondit Papa posément, d'une voix à la fois triste et affable. Je l'imaginais dans son tee-shirt blanc et son pantalon de pyjama. Il devait être assis dans la bergère à oreilles dont le tissu autrefois arborait un motif de roses aux couleurs vives.

« Au moins, ta mère à toi ne t'a pas abandonné, rétorqua Maman.

— Elle m'a abandonné d'autres manières.

— Qui peut bien faire une chose pareille – laisser un nouveau-né sur les marches d'une église, dit Maman comme si mon père n'avait pas parlé du tout. J'aurais pu mourir, et Ginny ne s'en serait pas beaucoup émue, tant que son carnet de bal était rempli. Bagatelle ! Tout ce que j'ai vu au cours de ma vie, c'est une femme orgueilleuse qui se fait passer avant tout le reste, y compris sa fille. Je n'imposerai jamais ça à Cinthy ou à Ezra. Ou à toi. Parce que je sais comment aimer. Ma maman n'en sait rien. » La quinte de toux de ma mère réduisit au silence ce que mon père s'apprêtait à répondre. J'entendis Maman prononcer en gémissant le mot « eau ». Je visualisai mon père, quittant son fauteuil pour leur lit et serrant Maman contre sa poitrine à l'aide de son bras jusqu'à ce que la crise cesse.

« Ma chérie, tu te mets dans tous tes états, ce qui est à peu près la pire chose que tu puisses faire, dit Papa. Tu n'es pas assez bien pour une telle rage. Cela aggravera les symptômes. Il faut que tu reprennes assez de forces pour l'opération. Si Ginny propose son aide, nous devrons peut-être l'accepter. Jusqu'à ce que tu ailles mieux.

— Jusqu'à quoi ? demanda Maman avec amertume. Je ferai la paix avec mon Dieu tout en prenant mes dernières dispositions.

— Ne parle pas comme ça, répondit-il.

— Je ne peux pas m'en empêcher. Je ne m'attendais pas à ce que ma vie…

— Ta vie est ici.

— Heron », dit Maman. Sa voix était claire. « Je ne suis pas sûre de vouloir donner à ma mère une nouvelle occasion de me faire encore du mal. Même si j'ai besoin d'elle.

— Appelle ta mère, pardonne-lui, réconcilie-toi avec elle et laisse-la enfin t'aimer », dit mon père. Sa voix me parvenait étouffée. Peut-être avait-il posé ses lèvres sur la joue de Maman comme souvent. Lorsqu'il s'éclaircit la gorge, je crus discerner qu'il s'était redressé. « Elle est peut-être prête à donner des explications.

— Est-ce que ta mère l'a jamais fait ?
— Fait quoi ?
— Donner des explications, répondit Maman.
— Elle ne pouvait pas, dit-il. J'ai tué son astre.
— Dieu l'a pris, rétorqua Maman. Tu n'étais qu'un jeune garçon.
— Je conduisais », dit mon père.

Alma Elizabeth Kindred

On avait toujours appelé ma grand-mère paternelle, Alma Elizabeth Kindred, Comfort. Quand un enfant reçoit un surnom trop tôt, cela peut se révéler désastreux. Ma grand-mère, même bébé, était destinée à l'esprit de contradiction. Avant qu'elle ne puisse former ses propres larmes, les gens de Damascus avaient placé en elle les pleurs versés pour ses parents assassinés et leurs enfants disparus. Couronnée de leur legs, elle représentait la mort en marche, spectre vivant. On l'avait dessaisie de tout ce qu'elle aurait pu devenir par elle-même.

En son for intérieur, Comfort soupirait quand les gens de Damascus faisaient miroiter le paradis, l'enfer, et l'eldorado qui s'offrait à elle. Le salut et le péché, Satan et les saints l'ennuyaient. Trop intense, solipsiste et infantile, considérait-elle. Le pendule poussiéreux de la punition, du sacrifice et de la récompense lui provoquait des éternuements. Peut-être était-elle allergique à l'air de la Terre promise.

Parfois, se trouvant dans le sanctuaire de Délivre-Moi-de-Mes-Entraves, ma grand-mère fixait du regard la photographie encadrée de ses jeunes parents et s'évertuait à avoir les larmes aux yeux, mais son manque d'imagination l'empêchait de rejouer leur mort.

La singularité de Comfort, si éloignée du tempérament de sa digne mère, Callie, déconcertait les femmes de Damascus. Elle incarnait une force qu'elles étaient incapables de définir. Mais malgré leur aversion à peine dissimulée pour Comfort, elles respectaient son étrangeté. Elles ravalaient des mots comme « effrontée », « fille de joie » et « bonne à rien », parce que leurs oreilles vieillissantes se rappelaient encore le rire vert pâle de Calliope Kindred. Par moments, elles se surprenaient à se demander si leur malaise n'amusait pas un tant soit peu Alma « Comfort » Kindred.

Comfort grandit. Tout à fait charmante, à part ça. Les mains de ces femmes l'élevèrent, jusqu'au jour où les placeuses de Délivre-Moi-de-Mes-Entraves remirent à ma grand-mère un anneau en métal brillant, agrémenté d'un jeu de clés lui donnant accès à la maison de ses parents, qui restait fermée, nettoyée et vénérée. *Tu es grande et tu dois tracer ton propre chemin*, lui dit-on.

Au lieu de continuer à préserver la maison comme une sorte de musée, Comfort ouvrit les fenêtres en grand pour laisser s'échapper la vieille odeur de boules de naphtaline, d'œillets d'Inde défraîchis et d'eau de Javel diluée.

Avant tout, elle avait besoin de respirer. Ensuite, elle voulait baiser. Comment pouvait-elle accomplir ces deux choses avec un crucifix sur presque tous les foutus murs, dont trois dans la plus grande chambre à coucher ? Saurait-elle jamais manier assez délicatement la vaisselle en porcelaine de sa mère pour boire du whisky en lisant les journaux du matin comme elle le désirait ? Où rangerait-elle ses vêtements, ajustés et colorés, essentiellement dans des nuances de rouge et de doré, si elle ne débarrassait pas l'armoire au miroir ciselé des robes en mousseline et en tissu imprimé délavées de sa mère ?

La sueur et la soumission (pas la sienne, jamais la sienne) liées au sexe transformaient chacune de ses inspirations en extase. Après l'amour, elle se savonnait le corps et soupirait de soulagement de n'avoir rien cédé, rien donné. Les hommes ne pouvaient trouver de douceur que dans sa peau. Rien d'autre en elle ne s'abandonnait.

Lorsque deux hommes donnèrent chacun un fils à Comfort, son regard se tourna le temps d'un bref instant vers l'extérieur, pour retourner aussitôt vers l'île de son être intérieur, où ses pensées mûrissaient comme des fruits non cueillis, tombant d'eux-mêmes dans des vergers silencieux. Parfois, elle se surprenait à poser les yeux sur les deux êtres qu'elle avait conçus, terrifiée. Elle ne pouvait supporter de leur dire la vérité, à savoir qu'elle se fichait bien de leur sort.

Rien d'étonnant, alors, à ce que mon père adolescent et son petit frère prennent la poudre d'escampette, volant la voiture de l'un de ses anciens amants, qui demeurait abandonnée et somptueuse à côté du buisson à papillons.

Ils n'allèrent pas très loin.

Tous les journaux locaux rendirent compte de l'accident. Le nom du plus jeune garçon qui était mort ne fut jamais imprimé, parce qu'il portait un si beau nom que les Noirs en pleuraient. Même les Blancs s'arrêtaient de parler lorsqu'ils lisaient le tragique récit des événements.

L'aîné, mon père, se trouva à moitié projeté à travers

la vitre, un choc si terrible que ses bras se transformèrent en tentacules de muscles, ses os fracturés et brisés sous le volant laqué. On découvrit le cadet, le favori de Comfort parce qu'il partageait son tempérament désinvolte, dans les branches d'un arbre un peu à l'écart de l'épave, décapité. Il avait les bras ouverts comme les traverses d'une croix en bois. La tête avait roulé sur plusieurs mètres, et il faudrait un certain temps pour la retrouver.

Les doyens de Damascus pleurèrent et secouèrent la tête. Heron Kindred avait broyé son héritage et le leur. Assassiné son frère. Derrière son dos, ils l'appelaient Caïn. Et les gens du village qui vénéraient les cendres de Theodore et Calliope Kindred ne purent se résoudre à insinuer que, peut-être, la faute de cette nouvelle tragédie revenait à Comfort. Que ces jeunes lions avaient manqué d'attention.

À partir de ce jour-là, mon père, Heron Theodore Kindred, dut vivre pour les deux fils.

L'accident de voiture de mon père eut lieu l'été précédant sa terminale. Pendant qu'il se rétablissait – sa convalescence dura la plus grande partie de l'année scolaire –, Papa fit ses devoirs seul à la maison. Une ou deux fois par semaine, un ou une camarade de classe, ou encore l'une des placeuses de Délivre-Moi-de-Mes-Entraves, passaient récupérer son travail pour le donner à ses enseignants. Quand des filles lui rendaient visite, il voyait le mot « monstre » tapi sous leur langue. Avec les adultes, il percevait presque le goût du mot « meurtrier » dans leurs postillons.

Sa mère, Comfort, lui donnait à manger. Elle lui apprit à prendre un bain, à s'habiller et à prendre soin de lui-même en restant réservé et invulnérable aux anciens qui disaient qu'il devrait passer chaque jour de sa vie en enfer. Ces leçons lui furent prodiguées de manière expéditive, avant que Comfort ne retourne au distant archipel de son esprit. Papa s'appliquait à être le moins gênant et le plus autonome possible.

Ni l'un ni l'autre n'évoquaient jamais son jeune frère, conscients de ce qui pourrait arriver sinon. Mon père espérait que, s'il mentionnait son nom, le pardon suivrait. Mais le silence de ma grand-mère lui indiquait qu'il n'y avait pas de réconciliation possible. Inutilement, il essaya de la pousser dans ses retranchements, de trouver un nouvel angle d'attaque, mais ils finirent tous les deux par reconnaître l'inutilité de cette tentative.

Aussi se réfugia-t-il corps et âme dans les livres.

Le corps dégingandé et délicat de mon père épousait phrases, histoires, dictionnaires, almanachs, astronomie et descriptions de bizarres anatomies d'espèces en danger. En esprit, mon père visitait des villages indigènes et explorait les horizons d'autres continents. Plus il parcourait de pages d'ouvrages – histoires de guerres mondiales, de génocides incompréhensibles, d'écrits indéchiffrables de langues perdues –, plus il se méfiait de tout ce qui avait trait à Dieu, qui semblait requérir des humains trop d'oubli et de pardon.

C'était particulièrement le cas une fois par an, quand l'ensemble des fidèles se réunissait sur une petite parcelle de terrain derrière le nouveau Délivre-Moi-de-Mes-Entraves pour prier sur l'emplacement de l'ancienne église. Ils hurlaient les noms des enfants que Calliope Kindred avait tenus entre ses bras en feu. Ils enfonçaient leurs doigts dans la terre et disaient qu'ils pouvaient sentir les os de Dieu se dresser.

Bien qu'ils n'aient jamais réclamé de ma grand-mère ou de mon père qu'ils fassent des discours, il était essentiel que les derniers Kindred en vie soient présents pour assister aux stations de leur dévotion. Ils évoquaient Theodore Kindred, un grand homme abattu trop tôt par des Blancs. Ils essuyaient de leurs mains les larmes qui striaient leur visage et rapportaient combien Callie Kindred, une femme bien sous tous rapports, avait donné d'elle-même à son mari et à sa vision pour Damascus. Le tout ne durait jamais plus de quelques minutes, ces tremblements et ces gémissements, avant l'apparition de sablés et de citronnade.

Un an avait passé et mon père était désormais un lycéen diplômé, mutilé dans son corps et son esprit, tentant d'envisager son avenir. L'été avait ravivé les choses de la jeunesse qui bouillonnaient dans son corps contre son gré.

Il n'avait pas l'éclat vigoureux et spontané des autres garçons de son âge. Au lycée, il ne passait jamais son bras désœuvré autour des épaules délicates et douces comme de l'angora d'une amoureuse. On ne le trouvait jamais avachi au milieu d'une arrogante clique de garçons ricanant à propos de ce qu'ils avaient fait ou vu. Il n'était jamais invité dans les toilettes des garçons, où ces derniers examinaient leurs jeunes et longues verges. Il n'était pas convié à fouler le vocabulaire à la fois grossier et soyeux du sexe. Lorsqu'il entendait le simple émerveillement du mot « chatte », il se détournait de honte.

Après l'accident, s'il gardait les yeux trop longtemps ouverts, Papa apercevait ce que ces séduisantes jeunes filles de Damascus voyaient, si tant est qu'elles se soient donné la peine de le regarder – un phénomène de foire, altier et manchot, qui avait tué son propre frère et dont la famille était si maudite, comme les parents de ces jeunes filles ne cessaient de le dire, à huis clos évidemment, qu'il aurait mieux valu que toute la famille meure brûlée vive dans l'église.

Un jour, au début de l'été, après la cérémonie commémorative pour ses grands-parents, mon père aperçut une grande jeune fille d'une intense beauté au bout de la pelouse de l'église. Elle avait les bras croisés sur la poitrine et examinait le bâtiment. Leurs yeux se rencontrèrent, puis s'unirent dans un regard complice.

Lorsque la jeune fille déplaça ses bras, révélant un livre pressé contre ses seins, il en eut le souffle coupé. Mon père aperçut alors une femme à l'allure saisissante s'approcher de la jeune fille et commencer à lui parler. Ensemble, elles se retournèrent et disparurent sur un sentier qui menait au parking le plus éloigné.

Papa connaissait cette femme. Il s'agissait de Virginia Abbott, que les gens appelaient souvent simplement Ginny. Ginny Abbott était célèbre pour ses tartes exquises. Pourtant, il se demanda où elle avait caché une fille d'une telle beauté. Comment avait-il pu ne pas la remarquer ?

Cet après-midi-là, l'espoir s'introduisit d'un battement d'ailes dans sa mélancolie. Se tenant dans le cimetière de ce qui avait été la vision de ses grands-parents, mon père se dit que la prière avait peut-être du bon, après tout, s'il pouvait seulement revoir cette charmante jeune fille.

Alma Elizabeth « Comfort » Kindred allait mourir d'une

crise cardiaque peu de temps après que mes parents se furent enfuis à Salt Point, aussitôt que possible après la naissance d'Ezra. Mon père avait craint que les flammes du passé ne menacent leur récent bonheur, encore suffisamment ardent, et ne s'acquittent de l'ancienne malédiction.

16

Un mardi soir, juste un peu plus d'une semaine avant Noël, les Junkett vinrent dîner chez nous.

« You Send Me » de Sam Cooke passa à la radio et, quand la chanson se termina, Ezra et Lindy se précipitèrent dans le salon et mirent le disque. Je tournoyai et virevoltai avec les jumeaux, chacun réclamant l'une de mes mains, tandis qu'Ernest faisait chavirer ma sœur entre ses bras. Elle avait un nouveau rire que je n'entendais que lorsque Ernest murmurait à son oreille. Pour Mr Caesar, nous passâmes ensuite Eartha Kitt. Mr Caesar enlaça doucement Maman et lui dit des choses qui la firent rire, pendant que Miss Irene et Papa évoluaient si élégamment dans la pièce qu'ils paraissaient flotter. L'odeur de nourriture riche, de beurre et de sucre emplissait la cuisine. Nos ennuis semblaient loin. Des bougies brûlaient et d'ici la fin de la semaine la fenêtre du salon serait occupée par notre sapin aux lumières scintillantes.

Quand les Junkett furent enfin partis, Papa suggéra que nous nous rassemblions dans le salon. Ce soir, nous annonça-t-il, c'était la dernière retransmission de l'émission de Nat King Cole. Il avait lu l'information dans les journaux et, même si nous ne possédions pas de télévision, nous avions de nombreux disques de Cole. Nous pouvions tout de même célébrer l'homme, déclara notre père.

Maman s'assit au piano alors que je posais l'aiguille sur le vinyle, prenant soin de ne pas le rayer. « Forgive My Heart » emplit notre salon de la voix de Cole. Maman accompagnait la chanson, appuyant délicatement sur les touches de ses longs doigts.

Papa invita Ezra à danser. Elle prit sa main en riant et se mit à exécuter un adorable pas de deux avant de se tourner et de me faire un geste pour que je lui prenne l'autre main et que nous dansions toutes les deux avec notre père.

Il prononçait les paroles des chansons silencieusement. Sa chemise blanche et sa cravate noire luisaient dans la faible lumière de notre salon. Pieds nus, nous formâmes un cercle autour de notre père. Les yeux fermés, il tournait lentement sur place, un sourire aux lèvres. Ezra s'éclipsa pour s'asseoir au piano et continuer de jouer à la place de Maman.

Maman se leva, tremblante, et je plaçai sa main dans celle de Papa. Sans ouvrir les yeux, il embrassa la main de Maman, la tenant contre ses lèvres.

Après avoir vérifié que le feu continuait à flamber, j'allai m'installer sur mon petit tabouret près de la fenêtre pour regarder mes parents. La manière dont ils dansaient, comme s'ils ne se quitteraient jamais, me ravit. Comment pouvaient-ils avoir l'air si forts et si fragiles à la fois ? La tête de mon père reposait presque entièrement sur le haut de la chevelure de Maman, qu'Ezra et moi l'avions aidée à boucler. Sa robe bleu marine paraissait presque noire, et ses longues jambes glissaient comme du liquide sous le tissu soyeux.

Ezra quitta le piano et traversa la pièce en direction de la fenêtre, s'asseyant par terre pour pouvoir s'appuyer contre moi. Tout en suivant le rythme doux de la musique d'un mouvement du menton, j'essayais d'imaginer Nat King Cole arborer l'un de ses magnifiques sourires et agiter la main en signe d'adieu aux membres invisibles de son public, réunis autour de leur poste de télévision dans leur salon partout en Amérique. J'espérais qu'ils dansaient au son de la voix éclatante de Cole.

« Vous avez école demain, dit mon père en ouvrant les yeux.

— Quelle belle soirée », dit à son tour Maman, que mon père continuait d'enlacer.

Sans récrimination, Ezra et moi nous levâmes.

« Attendez », dit mon père. Sa voix paraissait légèrement cassée. Il tendit le bras et nous nous dirigeâmes vers lui et Maman. Son bras était assez long pour nous enlacer toutes les trois. Nous nous balançâmes ensemble, ne faisant qu'un. Je me tenais à l'épaule de mon père et à la taille de ma mère. Je humai l'huile pour cheveux et le parfum de Maman. Nous étions tous bien au chaud et détendus. J'oubliais les semaines et mois passés. Ils n'importaient pas. Nous étions à l'abri dans notre joie.

« J'adore mes filles », nous dit mon père. Il pleurait un peu.

*

Ezra me permit de dormir dans le lit jumeau de sa chambre. Au bout du couloir, nous entendîmes nos parents murmurer derrière les murs de leur chambre à coucher.

« Ils s'aiment vraiment, dit Ezra en bâillant.
— Oui, acquiesçai-je.
— Peut-être que tout ira bien.
— Qu'est-ce que tu veux dire ?
— Les choses ont été dures, au cas où tu ne l'aurais pas remarqué. Comment vont tes mains ? »

Elle descendit de son lit et s'approcha de moi. Sa voix se trouvait soudain près de mon visage. « Fais-moi voir. » Elle alluma la lampe posée sur la table de nuit entre nos lits.

« Ça va.
— Arrête, dit-elle, fourrant ses mains sous la couverture pour attraper les miennes et les sortir. C'est courageux ce que tu as fait. Est-ce que tu as toujours mal ?
— Par moments, répondis-je sans la regarder. Je n'y pense pas.
— Bien sûr que si, tu y penses.
— Pas ce soir, répliquai-je, éprouvant soudain une douleur vive dans l'une de mes mains. Je n'y ai pas songé de toute la soirée.
— Tant mieux, approuva-t-elle. Moi, j'y songe tous les jours. Y compris ce soir. Tu te souviens quand Papa était enfant ? Son bras est passé à travers la vitre et il l'a perdu.
— Eh bien, voilà mes mains, dis-je. Je ne les ai pas perdues.
— Mais tu aurais pu.
— Mais ça n'est pas arrivé.
— J'espère que tu ne feras jamais plus de choses aussi stupides », m'admonesta ma sœur. Elle souleva mes mains jusqu'à son visage et frotta sa joue contre les cicatrices. « Tu nous as tous fait peur, Cinthy. On aurait pu te perdre.

— Mais Mr Caesar …
— Est un adulte, poursuivit-elle.
— Oui, répondis-je.
— Je n'ai pas peur de grand-chose, déclara Ezra, mais j'ai eu peur quand j'ai vu tout le sang. Ton sang à toi. J'étais effrayée. J'ai cru quand ils t'ont emmenée à l'hôpital…
— J'avais mal, dis-je à voix basse.
— Je sais », dit-elle.

Avec précaution, elle posa mes mains sur la couverture et la remonta jusqu'à mes épaules. Puis, au lieu de retourner dans son lit, Ezra resta. Elle éteignit la lampe d'un geste rapide et se lova contre moi. Le poids de son bras sur la couverture me fit soupirer comme si j'avais retenu ma respiration depuis des semaines. Au bout du couloir, nos parents riaient, et je souris dans le noir. Maman avait suffisamment de force pour rire, alors peut-être Ezra avait-elle raison. Peut-être les choses s'arrangeraient-elles. En outre, j'avais perçu dans la voix d'Ezra son admiration et son respect. Cela me suffisait pour tout affronter. Un filet de musique nous parvenait de la radio que Maman gardait à côté de son lit. Je fermai les yeux et écoutai la respiration d'Ezra, imaginant mes parents en train de danser un slow dans leur chambre à coucher.

« Je ferais n'importe quoi pour toi », déclara ma sœur, sa voix refaisant surface comme si elle parlait à quelqu'un dans un rêve.

*

L'école fermait pour les vacances de Noël le lundi de la semaine suivante, le 23 décembre. Mon père nous reconduirait chez nous, Ezra et moi, avant de retourner à Hobart pour rassembler des livres et d'autres documents qu'il voulait rapporter à la maison. Mr Caesar et les enfants Junkett s'y trouveraient encore, étant donné que Mr Caesar comptait prendre de l'avance sur le ménage pour ne pas avoir à penser au lycée, ou aux Blancs, pendant les vacances. Alors que ma sœur et moi, à l'intérieur de la voiture, lui adressions un signe de la main en guise d'au revoir, Mr Caesar était parti dans l'un de ses éclats de rire et avait évoqué le plat porte-bonheur de cornilles de Miss Irene.

« Vous autres êtes toujours les bienvenues quand il s'agit de porter chance », avait-il lancé. Mon père n'avait pas voulu que nous restions avec lui à Hobart parce qu'il savait que Maman essaierait de nettoyer et de cuisiner toute seule.

« Aidez Maman avec les tâches ménagères, nous avait-il enjoint. Vous savez qu'elle croit pouvoir tout faire quand arrive Noël.

— On aidera Maman, dit Ezra. Ne t'inquiète pas, Papa. »

Les lumières jaunes qui brillaient à travers les fenêtres de notre salon striaient le beau visage de notre père. J'aperçus son sourire, malgré la pénombre. Une émotion sublime m'envahit. Je pris conscience que j'étais en sécurité, même si ma mère et mon père ne pouvaient pas toujours empêcher le monde de nous pourchasser. C'était l'amour qui me procurait ce sentiment. Un amour que le monde ne pouvait pas nous prendre, ni à moi ni à notre famille.

« Embrassez votre mère pour moi, dit-il avec un petit rire. Et veillez à ce que le feu flambe bien à mon retour. »

*

Le vent de décembre était si vif qu'il pouvait drainer la chaleur de l'épiderme en quelques minutes seulement. Mon père gara la voiture dans l'une des aires de parking entre le bâtiment principal du lycée et la remise en bois de Mr Caesar, de sorte que Mr Caesar puisse voir qu'il se trouvait aussi dans l'établissement. Alors qu'il descendait de voiture, remontant le col de son manteau de laine bleu marine sur son cou, mon père fut accueilli par des cris adorables qui s'échappaient de la remise. Tournant la tête, il discerna les silhouettes de trois enfants Junkett qui se découpaient contre la lumière de la baraque d'entretien : Lindy, Rosemary et Empire. Ernest était à la maison, en congé de son apprentissage à Gunn Hill auprès d'un menuisier noir. Miss Irene, quant à elle, se trouvait à Gunn Hill pour la cérémonie du soir de l'Étoile-Montante, suivie d'une répétition de la chorale et d'un dîner entre femmes pour discuter en plus grand détail du rassemblement annuel organisé par l'église pour la prière du réveillon du jour de l'an.

Papa appela les enfants, leur conseillant de rester à l'intérieur.

« Gardez la porte fermée à clé », dit-il soudainement. Mr Hobart envoyait souvent son neveu patrouiller sur la propriété.

Il passa par l'entrée de service sur le côté du bâtiment. Il marqua une pause et balaya du regard les couloirs sombres, inquiet à la perspective que quelqu'un puisse tout à coup l'interpeller pour lui dire qu'il n'avait plus rien à faire ici. Qu'il n'avait jamais rien eu à y faire.

Depuis le « vol » du sac à main de Miss Alley, Mr Caesar et mon père n'avaient plus la liberté de rester seuls dans le bâtiment. Mr Hobart avait encouragé certaines des enseignantes qui habitaient dans la résidence réservée aux femmes à « garder un œil » sur les allées et venues des deux hommes. Il avait même exigé de Mr Caesar qu'il rende des outils qu'on l'avait autorisé à rapporter chez lui et qu'il utilisait ailleurs, quand il réalisait des travaux d'appoint dans les villes alentour.

Tendant maintenant l'oreille pour discerner le sifflement de Mr Caesar ou sa radio, mon père se rendit d'un pas rapide à sa salle de classe. Les lumières étaient déjà allumées et le sol avait été récemment lessivé à l'aide d'un produit à base de citron, qui parfumait la pièce d'une odeur de soleil. Mon père se sentait reconnaissant, de nouveau, envers Mr Caesar pour son amitié. Pour mon père il y avait une frontière entre lui, un homme de lettres, et Mr Caesar, un homme de ménage. Mais les tensions dans le village avaient mis les deux hommes sur un pied d'égalité aux yeux des Blancs, qui les considéraient comme également inférieurs. Ils s'étaient rapprochés depuis l'arrestation arbitraire de Mr Caesar par le policier. L'exclusion implicite de mon père par l'ensemble des enseignants qui lui interdisaient presque tous les espaces communs lui ouvrit les yeux sur la réalité de notre avenir à Salt Point. Au cours de nombreuses soirées, il avait écouté Mr Caesar et Miss Irene discuter de migrer vers le sud du pays. Ils parlaient de Royal, d'où ils venaient, et essayaient d'obtenir de mon père qu'il leur raconte Damascus. Mon père avait éludé leurs questions, mais maintenant il envisageait sérieusement l'idée d'aller tous ensemble dans le Sud comme une seule famille et de trouver une ville qui soit assez grande, assez noire, et sûre pour tous les enfants. Mon père ne croyait pas qu'une telle ville existe. Pas en Amérique. Peut-être nulle part. Le mot qui venait intuitivement à Miss Irene était l'Afrique, mais mon père ne pouvait pas supporter d'imaginer l'effort d'un pareil déménagement, pas avec sa femme si malade.

Mon père soupira et appuya le bout de ses doigts gantés sur sa tempe droite. Il allait avoir un mal de tête s'il ne se concentrait pas sur ce qu'il avait à accomplir : ranger sa salle de classe, trier ses livres, emballer en secret des cadeaux de Noël pour sa famille et aider Mr Caesar à terminer de nettoyer pour qu'ils puissent tous partir le plus tôt possible.

Juste à ce moment-là, une grosse souris traversa le parquet de la salle de classe de mon père. Tout en jurant à voix haute, mon père songea à la méticulosité dont faisait preuve Mr Caesar à l'égard des rongeurs dans leur lycée. Mais l'établissement n'était en réalité plus le leur. C'était insensé de croire autrement.

Le vent âpre des falaises faisait trembler les vitres, et mon père frissonna. Mr Caesar avait probablement baissé le chauffage par souci d'économie. Il se représenta les enfants Junkett dans la remise, où il devait faire plus chaud.

Papa accrocha son pardessus à sa patère habituelle, dans le petit coin réservé aux manteaux. Il se laissa aller à imaginer ce que 1958 leur réservait, à lui et à sa famille. Papa sentait qu'il y aurait des changements et qu'ils exigeraient de sa part de se montrer prudent, d'une manière qui s'opposait à sa réticence ordinaire. Pendant un moment, il fixa des yeux les pupitres vides devant lui. Le jury absent d'enfants blancs lui procura un sentiment, bref mais obsédant, qu'il n'avait jamais éprouvé avant. Chassant l'impression qu'il avait d'être surveillé, Papa s'admonesta et attrapa la trousse usée qui contenait son stylo à plume chéri. Il prendrait du temps pour lire et remplir un cahier de questions et de professions de foi. Enveloppant ses pensées du confort coutumier et éculé de la logique, il invita la raison et les faits à le guider, comme toujours.

*

Le vent apporta une odeur âcre de fumée, poussant mon père à sortir en trombe de l'antichambre de son esprit. Il discerna un immense halo de lumière orange derrière les vieilles vitres voilées de la salle de classe. Il se précipita dans le couloir. Il éleva la voix et appela, espérant que sa voix atteindrait son ami.

« Caesar ! Caesar ! Caesar ! »

Mon père n'entendit rien. Il courut dans les couloirs lugubrement éclairés, ses pieds frappant comme des sabots le parquet ciré et inégal. Arrivant, hors d'haleine, à l'entrée de service, il s'aperçut que la porte avait déjà été fermée à clé. C'était curieux, parce que Mr Caesar aurait dû voir la voiture de mon père et savoir qu'il se trouvait toujours à l'intérieur du bâtiment.

Papa ne paniquait pas encore. Il ne savait pas exactement ce qu'il avait aperçu par la fenêtre. Mais qu'est-ce que cette lueur pouvait être d'autre ? Près de la remise. La remise.

Tournant dans des coins mal éclairés, Papa se retrouva à courir dans un long couloir sombre qui le conduisit à l'entrée principale de l'établissement. Il vit que les hautes portes étaient closes, mais il savait que Mr Caesar avait l'habitude de les fermer à clé en dernier.

Mon père ouvrit l'une des portes en la poussant de son épaule. Le vent cinglant en provenance des falaises faillit le faire tomber avec fracas.

Il avança d'un pas trébuchant en direction du parking où il avait garé la voiture et où il avait aperçu la lumière jaune vif près de la remise. Mon père ne pouvait s'expliquer pourquoi la situation lui paraissait aussi familière, tel un rêve, comme s'il avait déjà vécu cette course par le passé et s'était toujours réveillé avant de savoir s'il l'avait remportée ou perdue.

Alors qu'il s'engageait dans un virage bordé d'une petite haie taillée, il s'arrêta brusquement. Dans l'ombre noire d'un arbre, il distingua la silhouette d'un homme hissé sur le dos d'un immense cheval aux yeux d'un vert flamboyant et à la queue en feu. Le visage de l'homme, s'émerveilla mon père, était presque identique au sien, mais plus jeune. La tristesse dans les épaules de l'homme, couronnées d'étranges formes mouvantes, semblables à des centaines d'ailes ou de mains, emplit les yeux de mon père de larmes soudaines. Parce qu'il connaissait cet homme. Lorsque mon père chassa ses larmes d'un battement de paupières, la forme avait disparu. Il secoua la tête et se dirigea en courant vers l'éclatante lumière.

C'était une fournaise. La remise était en flammes. Mon père entendit les cris des enfants Junkett, qui se trouvaient encore à l'intérieur. Il se rappela que, l'hiver, Mr Caesar gardait les fenêtres du cabanon fermées, pour empêcher tout acte de malveillance ou vol d'outils. Il songea aux bonbonnes soigneusement disposées de gazoline, de kérosène, de térébenthine et de propane que son ami étiquetait. Les tas d'allumettes, enveloppés dans des petites tours de carton. L'ensemble constituait une poudrière.

Mon père aperçut les ombres obscures et dansantes de trois enfants à travers les fenêtres. Les flammes avaient complètement englouti une partie du toit, et des étincelles, grotesquement festives, jaillissaient haut dans l'air sec et glacé.

Il appela de nouveau Mr Caesar, conscient que ce dernier pouvait se trouver dans une aile totalement différente du bâtiment.

Mon père fonça vers la baraque, qui lui rappelait une église qu'il n'avait jamais vue.

Le rugissement de l'incendie lui évoquait la mer en contrebas des falaises. Il employa toutes ses forces pour ouvrir la porte qu'il avait enjoint aux enfants de fermer à double tour. À l'intérieur, il sentit les enfants Junkett s'agripper à lui et cessa de penser à autre chose qu'au moyen de les sauver. L'air était chargé d'une épaisse fumée chimique.

Regardant en arrière, mon père comprit qu'il ne pourrait pas faire sortir les enfants par la porte où il était entré. Il lui faudrait les faire passer par la fenêtre. Il se couvrit le visage et frappa les vitres brûlantes du coude. Les verrous commençaient déjà à fondre. Deux des fenêtres étaient hors d'atteinte. Les enfants hurlaient, et il vit le feu refléter son destin dans l'éclat de leurs yeux.

Mon père souleva Rosemary et Empire et les plaça sur

ses épaules. Haussant la voix, il ordonna à Lindy de se cramponner à lui quoi qu'il arrive.

Lorsqu'il se trouva à la dernière fenêtre, mon père brisa la vitre d'un coup de pied. Il poussa Empire à l'extérieur, dans l'étreinte glaciale de l'air. Puis Rosemary. Il souleva le corps à demi conscient de Lindy, lui murmurant des mots apaisants tandis qu'elle gémissait. Elle avait perdu conscience, mais était parvenue d'une manière ou d'une autre à continuer de s'agripper à lui. Alors qu'il passait le bras à travers la vitre tout en la tenant, il fut surpris de sentir des mains fermes et puissantes saisir la sienne et tirer Lindy de l'autre côté.

Mon père sourit lorsqu'il entendit quelqu'un crier son nom. C'était le feu, ou bien son ami Caesar, ou encore la fumée qui s'était introduite dans son sang des années auparavant et qui ne s'était jamais dissipée. Un coup de vent d'une chaleur torride s'engouffra, et il entendit clairement la voix d'une femme l'ensevelissant dans les replis de son nom. *Alma*, répétait sans cesse la voix, jusqu'à ce qu'elle soit sûre qu'il écoutait, se souvenait. La vision d'une autre femme dénommée Comfort, mais qui n'apportait aucun réconfort, flamboya dans son cœur battant à tout rompre. Il était sur le point de se liquéfier. Le feu dansait sur son dos en nage et le long des manches blanches de sa chemise du dimanche. *Alma, Alma*, appela-t-il à son tour avec espoir. Sa mère, et la mère de sa mère, et la mère de cette dernière le sauveraient.

Tandis que mon père tendait le bras, ses doigts touchant ce qu'il s'imagina être ceux de Dieu, une poutre embrasée s'effondra sur lui, réduisant son esprit à néant.

17

Le lundi avant Noël, Ruby et ses parents se retrouvèrent dans une limousine qui devait les emmener à Amity. Le papa de Ruby avait accepté de dîner en compagnie de Miss Alley et des Hobart. Son père disait que c'était « sympa » de sa part d'avoir accepté l'invitation ; il expliquait qu'il ne pouvait pas contester que les Hobart se montraient généreux en voulant aider Ruby à s'améliorer. Il paraissait d'humeur plus légère depuis qu'il avait annoncé à Ruby qu'il reconnaissait les bonnes intentions de Miss Alley à son égard. Le papa de Ruby ne l'accusait plus d'avoir des relations illicites avec des garçons du village, pourtant Ruby était terrifiée à l'idée que sa relation avec Cullen, si brève mais réelle, avait changé sa vie, exactement comme son père l'en avait menacée.

Sa maman, prévenue du dîner spécial en l'honneur de Ruby, bouda pendant plusieurs semaines et ne pouvait se concentrer que sur ses « débuts » à elle. Les yeux lui piquaient quand elle se rappelait la manière dont l'oncle de Miss Alley les avait traitées, elle et Ruby, tant d'années auparavant. Mais elle n'arrêtait pas de penser que Mr Hobart devait « payer » pour les compliments qu'il ne lui avait jamais faits quand elle était à la fleur de l'âge. Rien ne distrayait la mère de Ruby de ses intrigues, pas même les allées et venues de son mari auxquelles elle ne prêtait que peu d'attention, y compris lorsque ses propres sœurs laissèrent entendre que le père de Ruby avait été aperçu près du phare avec une femme un cran au-dessus des villageoises lubriques enclines à lui rendre des services. Les Scaggs avaient l'habitude des rumeurs et des insinuations qui se murmuraient sur eux, alors tout ce qui pouvait se dire d'affreux, sur n'importe lequel d'entre eux, avait probablement déjà fait l'objet des mensonges méprisants dont raffolaient les habitants de Salt Point.

Mais Ruby s'était aussi demandé si les mauvaises pensées de son père envers Miss Alley avaient grand-chose à voir avec cette générosité. Elle refusait d'imaginer que son enseignante se servait d'elle ou de son père. Pourtant, elle y pensait souvent – cette femme voulait-elle vraiment « adopter » Ruby en tant que fille, en tant que sœur ? Et si cet apparent acte de charité n'était qu'une tocade ? Dans les pages des magazines de sa mère, elle avait lu des histoires au sujet de femmes si riches qu'elles pouvaient se permettre d'acheter des personnes pauvres, de les traiter comme des trophées et puis de les abandonner. Plus que tout, Ruby maintenant craignait l'abandon.

Elle s'inquiétait trop de son avenir pour chercher à savoir si Miss Alley passait plus de temps avec son papa pour son compte à elle ou pour le sien propre. Dans la limousine, Ruby remarqua que son père avait réussi, à son insu, à aller chez le coiffeur.

« Tout ça c'est pour toi, dit-il. Chaque fois que tu doutes

de moi, je veux que tu te souviennes que j'essaie de t'aider. » Ses cheveux, sa voix, son tempérament semblaient anormalement uniformes. « Pour que t'aies une chance.

— Elle a eu sa chance », répliqua la mère de Ruby d'un ton acerbe. Elle resserra autour de son corps une fourrure pratiquement dégarnie et remua les cuisses pour s'asseoir bien droite, comme sur un trône. « On l'a tous eue.

— Ruby est différente de nous, dit son père, arborant un sourire affligé.

— Je pense que j'ai besoin de toutes les opportunités possibles », dit à son tour Ruby. C'était étrange d'entendre son père parler d'elle comme d'une personne différente de lui et de sa maman, mais peut-être commençait-il à considérer que c'était vrai. Les yeux de Ruby se posèrent sur la robe en laine peu flatteuse de sa mère. Elle avait tenté d'excuser par avance l'absence de sa Maman au dîner, mais Miss Alley avait insisté pour que ses deux parents l'accompagnent chez les Hobart, parce qu'elle avait une annonce à faire.

« J'ai eu ma chance, moi, autrefois, déclara Maman. J'aurais très bien pu me retrouver ailleurs, être une autre personne. Dieu sait que je serais certainement avec quelqu'un d'autre aussi. Quelqu'un de méritant. Mais voilà.

— Ferme-la, rétorqua son père, et pense à autre chose qu'à toi-même.

— Au moins, je pense, moi.

— D'après qui ? Commence pas avec ton numéro pourri de reine de beauté ratée. Putain, commence pas. »

La mère de Ruby bougea sur son siège, tournant de nouveau la tête vers la fenêtre. Elle avait fait bouffer ses cheveux fins en une affreuse coiffure. Ruby regarda ses jolies pommettes au-dessus de ses joues ridées qu'aucune crème ne pouvait dissimuler. Malgré tout, de profil, il était clair que Maman avait été une beauté.

« Je ne vois pas ce que ces gens lui veulent à Ruby. Ils doivent vouloir quelque chose. Et, quoi que ce soit, ils le veulent sans doute gratis. Mais je comprends pas, pourquoi Ruby ?

— Tu pourrais pas comprendre, rétorqua son père.

— Je suis aussi bien que n'importe qui d'autre, ajouta Ruby. Ni meilleure ni pire.

— N'attends de personne qu'il te dise que t'es bien ou pas, répliqua laconiquement son père.

— Je peux compter sur moi-même, Papa. »

Il gifla brutalement Ruby. Fixant sa main du regard, comme s'il s'agissait d'un visage méconnaissable, il avait l'air triste. Puis son père lui asséna deux claques supplémentaires.

« Tu vas compter sur ce que je te dis de compter. »

Tandis que la limousine commençait son ascension des douces collines d'Amity, le terrain accidenté de Salt Point se transforma en un paysage soigné de massifs saisonniers, de haies formelles et de lanternes dorées déjà allumées. Une mince bande de lumière rouge zébrait le crépuscule. À point nommé, une poudre brillante de flocons de neige se mit à tomber en tournoyant dans la pénombre. Il était incroyable que les deux endroits soient distants d'à peine trente kilomètres.

Amity ressemblait à un décor de film, sauf que c'était réel. Ruby n'avait jamais vu pareil endroit, mis à part dans les doubles séances de cinéma auxquelles elle et sa maman allaient autrefois. Ruby avait détesté ces sorties parce que sa mère et elle se disputaient régulièrement – Ruby posait trop de questions, souvent pendant le film, ou suppliait qu'on lui achète du pop-corn, des bonbons et d'autres sortes de sucreries que sa mère ne pouvait pas se permettre. Les disputes lui gâchaient la sensation onirique des films. Et lorsque Ruby déclara qu'elle ne voulait plus aller au cinéma, sa mère l'accusa d'être incapable de rêver.

Ruby résista à l'envie de presser son visage contre la vitre de la limousine. Elle avait des yeux à elle, et elle s'ordonna de porter un regard attentif sur ce nouveau monde. La vue de rideaux derrière les fenêtres éclairées lui faisait monter des larmes. Elle détestait le désir intense qui enflait dans sa gorge.

Ruby s'enfonça plus profondément dans son siège, sentant le cuir sous les couches froufroutantes de crinoline de sa robe, dont Miss Alley disait qu'elle ne pouvait plus la porter elle-même à cause de son âge. C'était la meilleure robe de seconde main qu'on ait jamais donnée à Ruby. Il y avait une odeur de brûlé dans l'air provenant du fer à friser que Miss Alley avait utilisé pour lui faire des anglaises. Ruby se rappela le sentiment délicieux, et un peu effrayant, qu'elle avait éprouvé quand Miss Alley lui avait ainsi bouclé les cheveux. La douceur avec laquelle Miss Alley soufflait sur chaque boucle et la manière, quand Ruby s'était observée dans le miroir de la coiffeuse de Miss Alley, dont le sourire de son enseignante s'y reflétait. Malgré l'intimité du moment, elle n'avait pas évoqué Cullen quand Miss Alley riait bêtement des hommes. Cette dernière parla avec insistance de Mr Hobart, le mari de sa tante. Rudy n'aurait su dire si Miss Alley convoitait pour elle-même un homme riche et distrait comme lui, ou bien si elle désirait un terrible bourreau des cœurs, le genre d'idoles minables devant lesquelles sa mère se pâmait au cinéma.

Lors d'une visite précédente dans l'appartement de Miss Alley, elle l'avait interrogée avec des airs de conspiratrice sur ses règles. Ruby avait menti, se figurant qu'une professeure n'aurait pas dû poser de telles questions, et qu'elle n'était donc pas tenue de dire la vérité. Mais la vérité était que Ruby n'avait pas saigné depuis septembre.

Aujourd'hui, Ruby savait que Cullen était un séducteur et un menteur. Il ne lui avait pas appris à piloter un avion. Il la prenait de manière vigoureuse, musclée, haletante et, Ruby devait l'admettre, si brève qu'elle se demandait pourquoi les adultes faisaient tout un plat d'une activité qui prenait moins de temps que de se brosser les dents. Elle appréciait qu'il l'appelle « Beauté », mais Ruby voulait vraiment savoir comment on obtenait une licence de pilote d'avion. Elle lui demandait sans cesse si une fille comme elle avait une chance de s'élever dans les airs à l'instar de Harriet Quimby et d'Amelia Earhart. Combien de temps lui faudrait-il ?

Lorsque Cullen se mettait à parler de prendre soin d'elle, Ruby n'écoutait qu'à moitié. La dernière fois qu'elle était retournée au petit hangar délabré où elle le retrouvait, elle demanda si au moins il l'emmènerait pour une courte virée dans l'un des avions qui lui appartenaient. Alors elle découvrit qu'il ne possédait en vérité pas un seul de ces avions. Elle vit un rapport d'entretien dans le bureau du hangar où il avait signé son nom en lettres grossières en bas de l'une des évaluations par son employeur de ses compétences et de sa performance en tant qu'employé. Cullen ne faisait que nettoyer et réparer les avions. Comme des voitures. Il était plus ou moins un bricoleur du ciel. Elle le supplia néanmoins de l'emmener en douce là-haut dans les nuages. C'était sans doute plus sûr que de partir dans une voiture qui ne vous appartenait pas, avait-elle dit, sans se rendre compte qu'elle l'avait insulté et qu'il y avait quelque chose de présomptueux à lui réclamer de prendre le risque de perdre son emploi pour son seul désir. Elle avait essayé de ne pas se sentir embarrassée quand il avait prétexté la météo changeante. Lorsqu'elle avait tenté de savoir quand ce serait le bon moment, la voix de Cullen était devenue glaciale et ses yeux s'étaient teintés d'un vert d'adieu. Il n'y avait plus de « Beauté ». Cullen avait haussé les épaules juste avant de répondre « Jamais ».

Cette réaction réveilla des souvenirs du printemps passé quand, à l'instar de Cullen, Ezra s'était détournée d'elle à l'époque où les arbres étaient recouverts de fleurs blanches et où l'air charriait ce que Ruby avait pris par erreur pour de l'espoir. Ruby et Ezra avaient comparé la date de leurs premières règles, à quelques jours près l'une de l'autre. Et puis, le dernier chagrin, quand elles avaient observé les fentes de leur corps, pour finalement découvrir qu'elles étaient, et n'étaient pas, essentiellement identiques. Le chagrin provenait du fait qu'aucune d'elles ne pouvait ignorer ni son propre corps ni la valeur qu'on lui attribuait. Parce qu'elles ne pourraient jamais partager les mêmes valeurs. Il leur était impossible désormais de se considérer comme sœurs.

Cette perte d'Ezra demeurait la part d'innocence de Ruby, son jeune moi qui autrefois conservait les coupures de journaux représentant des femmes pilotes, mains sur les hanches, se tenant crânement devant des avions. Qui avait mastiqué leurs photographies avec les dents, de sorte à ingérer leur liberté.

*

Dans la lame de son couteau et le manche de sa fourchette, Ruby admirait le reflet du chandelier étincelant au-dessus de la longue table où des domestiques plaçaient des assiettes ornées d'un monogramme avec une telle dextérité que celles-ci n'émettaient aucun bruit.

Ruby avait beau avoir été scolarisée toute sa vie dans son établissement, le regard de Mr Hobart voletait distraitement, sans s'attarder ni sur elle ni sur ses parents, tandis qu'il sirotait son cocktail. Les mèches de cheveux noirs qui lui restaient avaient été rabattues d'un côté, plaquées sur son crâne à l'aide de brillantine gluante. Il portait un smoking. Ils étaient à l'intérieur, avec des feux de cheminée de chaque côté de la pièce, mais Mrs Hobart ne quittait pas sa fourrure.

La grandiose salle à manger, avec son papier peint de velours et son plafond de verre en forme de dôme, flottait autour de Ruby alors qu'elle s'efforçait de ne pas avaler d'un trait le champagne servi dans une flûte. Lorsqu'on offrit du whisky au papa de Ruby, celui-ci opina du chef avec trop d'empressement. Ruby essaya de croiser le regard de Miss Alley pour la mettre en garde contre son père et son alcoolisme, sans y parvenir. Pour la première fois, elle sentit que son enseignante évitait délibérément de poser les yeux sur elle. Miss Alley, qui avait déclaré être aussi proche de Ruby que d'une sœur, réprimait maintenant toute émotion et son expression évoquait à Ruby un masque. Recouvert d'une épaisse couche de maquillage, le visage de Miss Alley paraissait étrange. Elle était vêtue de mousseline de soie rose, qui aurait été plus appropriée dans une boîte de nuit à Hollywood.

La mère de Ruby ne pouvait détacher son regard de cette tenue. Quand elle arracha finalement ses yeux globuleux du visage poudré de Miss Alley, de ses bijoux chatoyants et de ses mini-talons aiguilles satinés, Ruby aperçut pleinement la tristesse de sa mère, comme jamais auparavant. Cette vision lui retourna l'estomac. Elle se remémora son visage endolori, après une gifle de sa mère des années plus tôt, et le reste de son après-midi passé à pleurer et à appliquer de la crème apaisante. Ruby se souvenait aujourd'hui que c'était Mr Hobart qui avait déclenché la crise de rage et de désespoir de sa mère. Un sentiment de honte et de colère furtive enfla en Ruby. Le millionnaire se rappelait-il ce jour-là, ou bien Ruby et sa maman étaient-elles si insignifiantes qu'il avait immédiatement oublié cette scène désagréable ? L'opinion de son papa sur Mr Hobart – qu'il tenait pour un escroc – hurlait dans son esprit. Qu'est-ce qui l'avait fait changer d'avis ?

Lorsque deux épagneuls toilettés de couleur caramel entrèrent en trottant impérieusement dans la pièce au haut plafond, la maman de Ruby se laissa tomber sur les genoux pour leur témoigner son adoration, poussant des petits cris de délice feint. Tout le monde aperçut le trou béant dans ses bas et vit qu'elle ne portait pas de culotte. Le champagne avait un goût aigre dans la bouche de Ruby, mais elle ne pouvait pas le recracher.

Ils passèrent rapidement au dîner. Ruby sentit que les Hobart paraissaient pressés d'en finir avec la soirée. Elle avait l'impression que tous, y compris elle, retenaient leur souffle. Elle se surprenait sans cesse à regarder Miss Alley pour qu'elle lui indique comment se comporter, quelle fourchette utiliser, quel verre était le sien – ils avaient chacun quatre verres devant eux, si bien qu'elle continuait à avaler du champagne à cause des flûtes, qui se distinguaient facilement du reste.

Ruby observa la manière dont les Hobart mâchaient, dont ses parents se léchaient les babines et dont Miss Alley poussait délicatement l'oie grasse dans son assiette. Elle lançait des coups d'œil à l'horloge à pendule près de l'une des cheminées. Avec les Hobart Ruby voyait Miss Alley d'une façon différente, le vernis de son enseignante disparaissait un peu. Miss Alley ne cessait d'échanger des regards avec Mr Hobart. Ruby fut très surprise quand elle baissa les yeux pour voir ce qui pesait sur sa cuisse, non loin de son genou, et se rendit compte que c'était la main de son papa. Il avait pris Ruby pour Miss Dinah Alley. Elle repoussa sa main, s'assurant qu'il s'agissait d'un accident, mais prit conscience que son papa était saoul et persuadé sans doute de caresser les jambes de sa professeure.

Personne ne parlait, seul le bruit des couverts résonnait, assourdissant, dans la grande salle. Toute tentative de la part de Miss Alley d'évoquer l'avenir de Ruby se voyait accueillie par une rapide série de pets ou de jurons émis par Papa.

Sa maman saisissait alors chaque occasion possible pour souligner ses échecs en tant qu'homme et en tant que père. Elle ne pouvait s'empêcher de rappeler son passé à elle, son titre de reine de beauté, et le fait que son mari avait toujours été attiré par les belles femmes.

Plus tard au cours du repas, quand une femme noire apparut derrière des portes battantes, Ruby comprit que son père était complètement saoul. Dans un silence morose, il n'avait d'yeux que pour la femme noire, à laquelle Mrs Hobart s'adressait sous le nom de Marvella et qui possédait la peau la plus noire que Ruby ait jamais vue. Plus Marvella se tenait près de la nappe blanche amidonnée, plus sa peau devenait noire. À la lumière du feu de cheminée, le visage ovale de la femme rappela à Ruby les femmes africaines de la brousse qu'Ezra lui avait montrées un jour dans le bureau de Mr Kindred. Lorsque la femme se déplaça pour tendre une cuillère au père de Ruby, celui-ci l'attrapa brutalement par le poignet, repoussant sa main avec brusquerie vers la soupière qu'elle tenait précautionneusement en équilibre dans son autre main.

Marvella le regarda droit dans les yeux, fixant tour à tour la main du père de Ruby sur son poignet et son visage. La femme avait l'air insultée, lasse et parfaitement consciente que Papa serait le premier à baisser les yeux. Marvella avait l'allure d'une femme qui n'avait jamais baissé les paupières, sinon pour dormir.

« Tu me sers pas. »

Miss Alley sourit nerveusement. Puis elle se mit à parler un peu plus fort, d'une voix qui semblait implorer sa tante et son oncle d'ignorer le père de Ruby, qui était à l'évidence, comme elle les avait prévenus en privé, un sauvage de la région, peu habitué aux dîners raffinés.

« Marvella, apportez s'il vous plaît un autre verre de champagne à Ruby », dit Mrs Hobart. Marvella pressa sa main contre son front, à la naissance de ses cheveux crépus, comme s'il ne restait dans son existence que peu de tolérance et de charité à offrir. Quand Mrs Hobart adressa un sourire à Ruby, celle-ci grimaça. Peut-être Miss Alley était-elle la copie conforme de sa tante et que Ruby n'était en réalité qu'un projet dont elle pourrait s'enorgueillir – un acte de charité vivant.

« Ma nièce chante tes louanges, déclara-t-elle. Ce qui nous a tous conduits à cette soirée. Je suis ravie d'entendre que toi et ta pauvre famille ayez accepté de penser à ton avenir. Toutes les familles ne se montrent pas aussi raisonnables quand on leur demande de considérer une offre aussi généreuse que la nôtre pour l'avenir de leur fille.

— On nous a rien demandé », répliqua le père de Ruby, dont le regard était accroché aux portes battantes. À l'instar de l'un des chiens, il avait braqué son attention sur les apparitions et disparitions de Marvella, qui de son côté avait décidé de l'ignorer pendant qu'elle servait. Elle posait les plats près de son assiette pour qu'il puisse se servir tout seul. Ruby remarqua les muscles tendus du visage de Marvella.

« On peut rien accepter sans qu'on nous demande comme il faut. On veut ce qu'il y a de mieux pour notre Ruby, dans les limites du raisonnable. »

Les bulles du champagne, auquel Ruby n'avait en principe pas le droit, se logèrent dans son estomac. Elle avait les boyaux remplis de gaz. Les coutures de sa robe étaient prêtes à craquer. Ruby baissa la tête pour examiner son petit ventre rose qui dépassait de la mousseline de soie trop serrée à la taille. Sa robe était de la même nuance de couleur que la tenue de Miss Alley. Ruby se rendit compte qu'elle avait été habillée pour être assortie à Miss Alley. Comme si Ruby appartenait à son enseignante et pas à ses parents.

Alors Mr Hobart demanda, d'une voix pâteuse, à quel ordre il devait libeller son chèque, et la mère de Ruby lui épela aussitôt l'intégralité du sien. Haussant les épaules, Mr Hobart s'enquit de la raison pour laquelle l'argent ne devait pas être déposé sur le compte de l'homme de la maison.

« Il a jamais eu de compte, répondit la mère de Ruby. Il s'embête pas avec ça. Il a pas assez de cerveau pour une tirelire. T'es pas d'accord, Ruby ? »

Cette dernière rougit tout en haussant les épaules en signe d'impuissance et en fixant sa mère des yeux. Que se passait-il ? Personne ne lui avait rien demandé à propos de son avenir.

« Papa ? » Sa voix chevrota, ses yeux s'emplirent de larmes tandis qu'elle tournait la tête avec effroi dans sa direction. « Papa, je t'en prie, qu'est-ce qui se passe ?

— Ma femme est une goinfre, répondit-il du tac au tac. Le genre de reine qui vendrait sa propre fille, notre seule et unique fille, et qui pense que je vais encaisser. » Il marqua une pause et pointa son doigt sur Ruby. « Tu m'as tendu un piège, hein ? Toi, ta mère et cette garce, là, qui sait à peine épeler son propre nom. Bon, je dis pas que je suis le meilleur père mais je sais que j'ai jamais été un escroc. Le diable a assez de place dans sa liste pour vous.

Ruby, c'est un crime, ni plus ni moins. Ça s'appelle un enlèvement. »

Tout ce que Ruby ressentait c'étaient des bulles dorées, qui éclataient et sifflaient dans sa tête. Paniquée, elle songea à un bébé qui aurait pu être en train de se développer quelque part sous sa peau, dans son sang. Une mère pouvait-elle devenir pilote d'avion ? Elle n'avait laissé Cullen la toucher que deux fois, mais peut-être cela suffisait-il ? Jamais il ne lui avait même demandé son nom, l'appelant à la place « Beauté », et posant sa bouche sur ses lèvres chaque fois qu'elle disait quelque chose qui n'appartenait pas, comme elle en avait l'impression, à son scénario à lui.

Mais Ruby ne pouvait pas se laisser aller à éprouver pleinement cette honte, parce qu'elle se sentait encore plus horrifiée par ce qui se déroulait à la table devant elle. Ses parents, semblait-il – sa mère, en réalité –, avaient fixé un prix, une valeur définie, à leur seule enfant en vie.

La maman de Ruby adressa un geste à Marvella pour qu'elle lui serve de l'eau. Le mouvement de sa main envoya valser ses verres à vin, qui se renversèrent l'un après l'autre. Hoquetant, elle but une gorgée d'eau et passa la langue sur ses lèvres avant de décréter ce qu'elle considérait comme un chiffre juste.

Ruby fixa des yeux le visage de sa maman, gonflé par des années d'échec et de frustration. Le chiffre constituait une revanche ; Mr Benedict Hobart lui devait quelque chose qu'on ne lui avait jamais accordé – le respect. L'estime de soi de Ruby dégringola, tandis qu'elle essayait de deviner combien elle pouvait valoir. Personne ne le lui avait dit. Ruby eut l'impression de tituber sous le poids de sa mère et de son père qu'elle s'efforçait de porter le long d'une pente à pic. Tout cela semblait convenir à ses parents, comme si, en tant que leur fille, elle leur avait toujours dû quelque chose. Elle pensa à cet homme qui l'avait regardée comme si elle était transparente ce jour-là au spectacle aérien, lui prenant l'argent qu'elle avait volé, le lui dérobant comme si son rêve de s'élever dans les airs pouvait nuire à Ruby.

La maman de Ruby, Miss Alley, Mr et Mrs Hobart discutaient entre eux, menant avec une froideur déplaisante leur négociation sur le potentiel de Ruby, comme s'ils parlaient d'une marchandise humaine. Ils employaient le mot « investissement ». Personne ne souriait.

La colère qui bouillonnait en elle la rendait aussi perplexe. Miss Alley venait d'acheter Ruby, l'arrachant à sa propre existence.

Lorsque Mr Hobart fit retentir une clochette, Marvella réapparut avec une liasse de documents juridiques et un nouveau chéquier, et la mère de Ruby donna un coup de coude à son mari. Non pas parce qu'il contestait la faible somme qu'ils avaient acceptée en échange de l'adoption de leur fille par Miss Alley, mais pour empêcher son mari saoul de tomber, tête la première, dans le plat principal de leur premier et dernier dîner de fête officiel en famille.

*

Le lendemain matin, le crâne malheureux de Ruby reposait sur une taie d'oreiller en soie. Elle n'avait jamais aussi mal dormi. Ses rêves ne s'accordaient pas avec la délicatesse et les chichis de la soierie. Des crampes dues à la richesse de la nourriture et au champagne qu'elle avait consommés lui tordaient l'estomac. Un étourdissement la parcourut et elle crut qu'elle allait vomir. Ruby se redressa tant bien que mal et appuya son dos contre la tête de lit en cuivre ouvragée.

« Bonjour, Ruby », dit Miss Alley en entrant dans la chambre d'amis. Elle ouvrit les lourds rideaux de velours bleu pastel, si bien qu'elle se tenait dans un nuage de lumière crayeuse.

Marvella se trouvait juste derrière elle, portant précautionneusement dans les mains une robe bleu marine repassée, avec un col ivoire, des poignets ivoire et un ourlet en dentelle ivoire. La tenue était assortie à la robe de Miss Alley, en soie bleu marine.

Miss Alley jeta un rapide coup d'œil à Ruby, puis donna des instructions à Marvella comme si Ruby n'était pas là. Son enseignante commença par ses cheveux, réprimandant Ruby pour avoir dormi sur ses belles boucles. Pourquoi Ruby n'avait-elle pas demandé à Marvella de lui envelopper la tête correctement pour qu'elle puisse conserver ces jolies anglaises ? Ruby essaya d'expliquer qu'elle avait les cheveux fins et qu'il était difficile de garder des boucles avec une chevelure comme la sienne, mais Miss Alley l'interrompit pour dire à Marvella de lui remonter les cheveux sur le haut de la tête. Ruby détestait les chignons, mais lorsqu'elle protesta, sa professeure se contenta de renverser la tête en arrière et de rire. Elle voulait qu'on emmène Ruby dans un salon de coiffure à Boston où une dame de sa connaissance lui ferait une coupe au carré. Elle ordonna à Marvella de convenir d'un rendez-vous aussitôt que possible. Un carré serait plus facile et plus approprié pour la fille qu'elle imaginait que Ruby deviendrait. Ruby avait ensuite besoin, déclara Miss Alley, d'un bain matinal.

« Je veux pas prendre un bain devant personne, marmonna Ruby. Surtout pas elle. »

Miss Alley se détourna de la fenêtre pour concentrer toute son attention sur Ruby. Elle portait des bottes blanches en cuir de vachette dotées de talons couleur cuivre qui rappelaient à Ruby une photographie de son héroïne, Harriet Quimby.

« C'est moi qui en jugerai, dit sa professeure. Plus tu rechignes, plus tout ça sera dur pour toi.

— Tout ça quoi ?

— Tu verras », répondit-elle en se fendant d'un sourire glacial. Elle adressa un signe de tête à Marvella et sortit de la chambre.

« Miss Marvella, je vais pas prendre de bain, déclara Ruby en remontant le dessus-de-lit d'un geste.

— Faites comme vous voulez, Miss Ruby. Allez-y.

— Bien.

— Mais vous allez rentrer dans cette baignoire tout de suite, dit Marvella. C'est pas vous qui réglez ma paie. C'est Miss Dinah et sa famille. Puisque vous payez personne et que vous savez rien des gens à qui vous avez affaire, vous ferez mieux de réfléchir à qui vous pouvez faire confiance pour vous aider.

— C'est quoi votre nom de famille, de toute façon ? »

Du haut de sa grande taille, la femme baissa les yeux pour regarder Ruby. « Marvella. Point final. C'est mon nom. Je suis pas votre employée. Vos sentiments m'intéressent pas non plus, et je suis certainement pas votre amie.

— Où est-ce que vous avez trouvé un nom pareil ? »

Marvella inclina le visage et fronça les sourcils. Elle vit que Ruby n'allait pas lâcher le morceau. « On m'a pas appelée par mon nom depuis que ma maman est morte, expliqua-t-elle d'une voix plus douce. Je veux pas que personne m'appelle par mon nom dans cette maison, surtout pas une traîne-misère comme vous.

— Qu'est-ce que je vous ai fait ?

— Et m'appelez plus jamais "Miss" Marvella, dit-elle d'un ton sec. C'est quoi votre problème ? À essayer d'agacer toute la maisonnée avec vos idioties ? Pensez pas à moi. Ayez pas aucun sentiment pour moi. Aucun. Vous croyez peut-être que vous me voulez du bien en me montrant du respect ou ce que vous croyez être du respect, mais je me respecte assez moi-même. »

Des larmes montèrent aux yeux de Ruby, comme si elle pouvait sentir ce qui faisait grimacer la femme d'un air si dégoûté.

« Si je suis une traîne-misère, vous, vous êtes quoi alors ?

— Je suis moi, Miss Ruby, répondit Marvella en soupirant et en levant les yeux au ciel. Et ça vaut fichtrement plus que vous ou n'importe lequel de ces imbéciles. »

18

Mr Caesar et quelques hommes de l'Étoile-Montante fumaient dans la véranda. Le froid ne les dissuadait pas de se passer une flasque. De l'autre côté de la route, les jumeaux Junkett poussaient des cris en lançant de la neige par-dessus leur tête. La maison hantée était recouverte de neige. C'était la veille de Noël.

J'étais assise dans ma chambre, sur mon siège près de la fenêtre, vêtue de ma chemise de nuit, bien que Maman et Ez m'aient chacune prévenue séparément que la prochaine fois que l'une d'elles monterait j'avais intérêt à être habillée. J'avais à peine dormi. Je vivais dans un cauchemar. Des images de la veille me revenaient en tête par flashs. Je n'arrêtais pas d'entendre le cri de ma mère juste avant qu'elle ne s'effondre. Mr Caesar avait conduit notre voiture jusque chez nous. Sur la banquette arrière, enveloppé dans une bâche, se trouvait le corps de mon père. Un court-circuit, que Mr Caesar n'avait pas eu le temps de réparer, avait provoqué l'incendie. Mon père avait sauvé Lindy, Rosemary et Empire. *Il a sauvé mes enfants*, ne cessait de répéter Mr Caesar. Tout son corps était maculé de saleté, de suie et de sueur. Après s'être aspergé d'eau, Mr Caesar était passé par une fenêtre et avait extirpé le corps de mon père du bâtiment en feu. Quand il ouvrit la porte arrière de notre voiture, l'odeur de chair brûlée me souleva le cœur au point que je faillis m'évanouir. *Retournez à l'intérieur, les filles*, avait-il dit gentiment.

Puis Miss Irene s'était garée juste derrière son mari, et les trois enfants Junkett, encore dans leurs vêtements couverts de suie noire, s'étaient précipités pour nous étreindre, pour s'occuper de nous. *Il a sauvé nos enfants, nos vies*, se répétait Mr Caesar.

De nouveau nauséeuse, je m'essuyai les yeux avec le rebord de ma chemise de nuit tout en entrechoquant mes pieds ceints d'une paire de chaussettes en laine extraite des chaussures de mon père, qu'il avait soigneusement disposées sur le sol près de son placard. Je repensai aux mots qu'il m'avait adressés juste avant de partir en voiture, à propos du feu de cheminée flambant. Nous étions restées à la maison aider Maman à préparer la fête, comme il nous l'avait demandé.

J'aperçus soudain Ezra et Ernest debout au milieu de ma chambre. Je ne les avais pas entendus entrer. J'avais du mal à percevoir les mots et les voix, sauf s'ils se trouvaient très près de moi.

« Cinthy, je t'en prie, supplia Ezra. On a besoin de toi en bas.

— Il est où ? »

Elle savait qu'« il » désignait Papa.

« Miss Irene a dit que Mr Caesar et les hommes de l'église vont emporter Papa à Gunn Hill pour qu'on l'habille.

— Qu'on l'habille pour quoi exactement ?

— Maman dit que l'employé noir des pompes funèbres de Gunn Hill travaille trois cent soixante-cinq jours par an, expliqua Ernest. Même la veille de Noël.

— Est-ce que je peux les accompagner ? demandai-je.

— Il est entre les mains de Dieu », dit Ernest. Sa voix se brisa sur le mot « Dieu ». Dans cette cassure, je perçus une lueur de l'enfance qu'il avait abandonnée pour la troquer contre cette voix de baryton rocailleuse et masculine.

« Maman a besoin d'aide, intervint Ezra. Miss Irene et Mr Caesar racontent qu'ils ont dû enterrer des membres de la famille toute leur vie. Ils disent que c'est trop douloureux de s'en charger tout seul et qu'ils seraient heureux d'apporter leur soutien. »

Le terme « heureux » me parut étrange. Je tremblais de nouveau.

Ernest s'approcha de la fenêtre où je m'étais recroquevillée. Sa masculinité, dense et caractéristique comme l'odeur de la cannelle, me fit pleurer de plus belle. Je voulais mon papa. Je voulais entendre sa voix. À la place, c'était Ernest qui me parlait avec douceur. J'avais beau être tout en jambes et bien trop grande pour que l'on me porte, Ernest me souleva sans peine, m'enveloppant de ses bras.

« Allez, sois forte, ma petite. Je sais que ça fait très mal. »

À travers le rideau de mes cheveux en bataille, je vis Ezra essuyer ses yeux rouges. La vision de ses larmes provoqua quelque chose en moi. D'une voix calme, je remerciai Ernest et, prenant appui sur son corps, je me remis debout.

« Ez, tu peux m'aider ?

— Toujours », répondit-elle en se débrouillant pour sourire. Ses bras pendaient le long de ses flancs mais ses yeux brillaient entre ses paupières rougies.

« Mon pull préféré est dans le placard.

— On sera en bas dans une minute, dit-elle à Ernest.

— Bien sûr », répondit-il. Il caressa du bout des doigts les cheveux de ma sœur en passant. Il se retourna et je reconnus dans son visage les yeux de Mr Caesar, quasiment identiques.

« Je suis terriblement désolé pour votre papa. Il était vraiment intelligent. Et c'était un homme bon. Mon papa dit que c'est rare comme combinaison. Petite sœur, on est tous de la famille ici. On l'a toujours été. Essaie de t'en souvenir. »

*

Notre maison était emplie de voix que nous connaissions et auxquelles nous faisions confiance. Mais il était difficile de se fier au monde, qui m'avait pris l'une des choses les plus importantes sans prévenir. J'écoutais en sanglotant les voix réconfortantes des hommes dehors. Il faisait un froid glacial, pourtant leurs voix s'élevaient dans une harmonie chaleureuse. Ils entonnaient les anciens chants, les hymnes qui les avaient bercés toute leur vie – « Roll, Jordan, Roll ». Leur foi flottait au milieu des branches dénudées du chêne à l'extérieur de ma fenêtre. Je me demandai quel genre de chants avait bercé mon père à Damascus, où il était né. Je me rappelai que juste avant de mourir mon père s'était tourné vers le blues.

Quand Mr Caesar et les hommes s'arrêtèrent de chanter,

Ezra me rejoignit et se plaça derrière moi. Délicatement, ses doigts se saisirent d'un peigne pour m'écarter les cheveux du devant le visage. La sensation de sa main sur mon cou était si douce que j'eus de nouveau envie de pleurer. Au lieu de quoi, je ravalai ces larmes pour qu'elles s'écoulent ailleurs dans mon corps. Tournant la tête avec précaution, j'aperçus le profil de mon père dans le miroir monté sur la porte de mon placard. Dans la glace, j'observai les lèvres parler avec une voix de jeune femme.

« Qu'est-ce qu'il va advenir de nous maintenant ? »

19

La vue de notre sapin artificiel paraissait grotesque le matin de Noël. Il ployait sous le poids de décorations joyeuses, guirlandes, colliers de pop-corn rassis, grosses ampoules de couleur qui clignotaient au bout de branches toutes raides. Portant mon regard au-delà de l'arbre, je vis Papa étendre le bras jusqu'au sommet du sapin pour y accrocher une grossière étoile à trois faces en carton, trempée dans des paillettes dorées, que j'avais fabriquée des années auparavant, notre diadème chéri. À cause de sa grande taille, Papa couronnait toujours le sapin, n'oubliant jamais de me taquiner sur mon refus de fabriquer une nouvelle étoile, plus jolie.

Il y avait le fauteuil de Papa, avec son renfoncement huileux en haut du dossier où sa tête avait reposé pendant ses siestes. Il y avait notre piano d'un noir brillant, quart-de-queue ravissant sur lequel Maman jouait de moins en moins à mesure que nous grandissions. Seize ans plus tôt, mes parents s'étaient offert l'instrument ensemble, comme cadeau de mariage. J'étais complètement sous le choc. Notre famille venait seulement de décorer ce sapin la semaine passée. Papa riait. Une fois l'arbre prêt, Ezra avait préparé une casserole de chocolat chaud. Nous avions écouté des albums de Nat King Cole, blottis devant le feu de cheminée. Cette joie neuve et scintillante qui accompagnait la fin d'une nouvelle année et la naissance du fils de Dieu nous incitait à admirer notre salon comme s'il était devenu autre.

C'était le matin de Noël, mais je n'entendrais plus jamais mon père prononcer un autre mot.

Le feu avait de nouveau faibli, laissant s'installer une certaine fraîcheur non désagréable. Assise en silence sur le canapé, entre ma sœur et ma mère qui pleuraient toutes les deux les yeux fermés, je m'évertuais à ne pas penser à Papa, dont le corps était enveloppé d'un linceul dans son bureau, telle une momie.

Dans quelques minutes, Mr Caesar et Miss Irene arriveraient, après la première messe de Noël à l'Étoile-Montante. D'habitude, ils restaient toute la journée de Noël à Gunn Hill. Cette année, les Junkett le célébreraient avec nous. Ils apporteraient leur festin et leurs chants. Miss Irene expliqua que nous aurions besoin de nourriture à portée de main pour conserver nos forces, même si la vue de celle-ci nous rendait malades. Il y aurait un moment, nous assura-t-elle, où une assiette de mets faits maison serait exactement ce que nous voudrions, la chose qui nous permettrait d'ouvrir les digues au flot de larmes emmagasinées à l'intérieur de nous. Miss Irene dit qu'elle prévoyait de garder thé et café au chaud. Elle dit aussi qu'elle et Mr Caesar aideraient Maman avec ce que tout le monde appelait « les préparatifs ».

Maman était trop catatonique pour protester, et Ezra acceptait leur gentillesse en raison de sa dévotion tenace pour Miss Irene. Je suis certaine qu'Ernest, qui se montrait si adorable avec elle, n'y était pas pour rien non plus. Grave et timide, il la suivait des yeux, de manière moins discrète à partir de l'instant où il comprit qu'elle appréciait ses sourires et ses légères et respectueuses caresses. De mon côté, je savais que si j'avais déclaré que nous avions besoin de rester entre nous, tout le monde aurait été mécontent. Mais j'éprouvais des sentiments dont je ne pouvais parler – mon père était mort parce qu'il avait sauvé les enfants Junkett. Je n'avais que faire d'un héros ; je voulais mon papa à moi.

Mr Hobart avait renvoyé Mr Caesar, au prétexte de sa négligence et de la destruction d'un bâtiment scolaire. J'avais entendu Mr Caesar, Miss Irene et ma mère discuter à voix basse. *On ferait mieux de partir avant qu'ils ne nous réduisent en cendres à notre tour*, déclarait Mr Caesar. *Je ne pourrais plus travailler dans ce fichu lycée de toute façon, même s'il me payait un million de dollars.*

Je laissai mon regard flotter autour du salon.

Notre papier peint était bleu atlantique, avec des fleurs ivoire torsadées qui se déployaient au milieu de feuilles de vigne vertes et dorées tissées par-dessus des silhouettes de chevaux pur-sang, de chèvres, de renards, d'oiseaux et de cerfs pâles constituant un bestiaire harmonieux. Maman avait un jour vu un papier peint semblable à une vente de biens immobiliers à Amity. Elle avait cherché et découvert une imitation à un meilleur prix dans un catalogue. À cause du coût, elle n'avait pu tapisser que la moitié du salon, ce qui le faisait toujours apparaître comme inachevé. Maman racontait qu'à Damascus presque toutes les maisons possédaient un plafond ou un mur bleu quelque part à l'intérieur, parce que le bleu repoussait les fantômes. C'était aussi pour cette raison, ajoutait Maman, qu'à Damascus la plupart des pierres tombales du petit cimetière étaient peintes dans des tonalités de bleu.

Je me disais que Papa se trouvait encore à la maison avec nous, son âme entourée des livres qu'il étudiait et adorait. Je me représentai sa tête silencieuse, enveloppée d'un voile épais sur la paillasse que Mr Caesar et Miss Irene avaient fabriquée pour lui. Ils avaient utilisé des bandes de tissu neuf pour bien enserrer son corps. Sous ces bouts d'étoffe se trouvait une sorte de cataplasme d'herbes qui dégageait un fort parfum de lavande et une autre senteur évoquant l'encens, que j'étais incapable d'identifier. Mais ce parfum ne chassait pas l'odeur de brûlé.

*

« Ils sont là », annonça Ezra en ouvrant les yeux. La façon dont la lumière diluée chatoyait contre nos vitres indiquait qu'il devait être juste après midi.

Au lieu des cris habituels, la famille Junkett entra chez nous en parlant à voix basse. Lindy et les petits traversèrent le salon avec des sacs en papier emplis de vivres pour les déposer directement dans la cuisine, comme si Miss Irene leur avait déjà donné ses consignes. Vêtus de tenues assorties de teinte dorée et ivoire, les jumeaux ressemblaient à des anges. Lindy portait du rouge à lèvres qui donnait l'impression que sa bouche était peinte. Au lieu de nous dire bonjour, elle garda le silence. Miss Irene expliqua que

Lindy se sentait responsable de la mort de notre père. Elle n'avait pas pu l'aider à sortir les jumeaux par la fenêtre parce qu'elle s'était évanouie de peur et d'avoir inhalé de la fumée. Maman se leva et affirma avec insistance que Lindy ne devait pas s'en vouloir pour ce qui était arrivé. Je ne savais pas quoi dire à Lindy, mais je ne voulais pas qu'elle se sente mal d'avoir survécu.

À l'extérieur, Mr Caesar et un autre homme étaient en train d'exécuter une marche arrière dans un véhicule qui ressemblait à un camion de livraison. Ils le garèrent le long d'un côté de notre maison, près des portes vitrées du bureau de Papa.

Je n'eus pas besoin de deviner à quoi allait servir la camionnette, mais à sa vue je sentis la tête me tourner, comme si je roulais dans une voiture sans volant, ni freins, ni pare-brise.

*

Vers quinze heures, Miss Irene disposa la nourriture dans la cuisine avec l'aide de Lindy. Sa robe ondoyait tandis qu'elle se déplaçait avec hâte, une fleur en soie jaune coincée derrière l'une de ses oreilles. D'une voix forte, elle invita tout le monde à se rassembler.

J'ouvris la porte du cellier où j'étais assise. J'étais courbaturée d'être restée si longtemps avachie contre le dossier de cette chaise rigide. J'avais mal à la tête, mais j'essayai de sourire alors que les enfants faisaient des bonds à la vue des halos scintillants d'ananas qui auréolaient un jambon glacé à la cerise. Ils étaient en adoration devant la vision merveilleuse des pics de guimauve caramélisée et fouettée qui couronnaient des patates douces crémeuses dans un plat en verre.

« Toute miséricorde est miséricorde de Dieu, se lança Miss Irene en fermant les yeux. Que notre frère Kindred bien-aimé festoie à l'immense et éternelle table de notre Seigneur dans sa nouvelle demeure. Puissions-nous ne jamais oublier le courage et la bonté que notre frère nous a témoignés. Puissions-nous nous souvenir de lui, tel un nouvel ange, pour assurer notre passage dans un monde qui a oublié l'amour de Dieu. Pour l'éternité et de toute éternité, puissions-nous nous rappeler que Dieu est amour et faire don de Dieu à chacun, comme Dieu nous fait don de ce repas aujourd'hui. Amen.

— Amen, répéta Maman avant tout le monde.

— Ils vont tout manger si tu ne prends pas une assiette, Cinthy », dit gentiment Lindy.

Miss Irene me tendit la main. Les bracelets en cuivre et en bois sur ses bras s'entrechoquèrent mélodieusement.

« Goûte ces patates douces, tu veux, elles sont irrésistibles. Ton papa ne refusait jamais quand je les cuisinais pour lui », dit-elle. Avant même que j'ouvre la bouche, elle me préparait une assiette.

« Asseyez-vous tous là où vous pouvez », suggéra-t-elle, et tout le monde se dispersa.

On ne m'avait jamais autorisée à m'installer avec de la nourriture autre part qu'à notre table dans la cuisine, mais à ce moment-là je me dirigeai vers les marches de l'escalier du fond et posai mon assiette en équilibre sur mes genoux. Le soir, j'aimais cet escalier à cause de ses mystérieuses ombres violacées et vert olive. Quand le matin arrivait, le plâtre formait un tunnel aveuglant de lumière. Obligée d'admettre que les patates douces de Miss Irene étaient parfaites, je demeurai assise si discrètement que les adultes ne me remarquèrent pas quand Maman et Mr Caesar revinrent enfin, rejoignant Miss Irene dans la cuisine.

« Caesar, Irene, merci mille fois pour tout ce que vous faites tous les deux, dit Maman. Je pensais que ce serait moi qu'on enterrerait avant lui. Nous avions prévu de procéder à mon opération après le nouvel an. Il y a un hôpital à Boston. Nous voulions en parler aux filles une fois le cancer traité. Bon, je sais que vous pensez que je ne devrais pas repousser, mais je vais attendre. S'il y a des complications, je serai obligée de rester à Boston pour Dieu sait combien de temps. Les filles ont besoin de moi.

— Je ne suis pas sûre que tu devrais jouer avec le temps de cette façon, intervint Mr Caesar. Le cancer peut se propager comme les flammes qui ont emporté notre frère Heron. »

Miss Irene hocha la tête et parla avec hésitation. « Est-ce qu'on est obligé d'opérer ? Ces médecins, toujours prêts à prendre le scalpel avant même qu'on ait le temps de réfléchir à toutes les options. J'ai déjà vu ça dans ma propre famille. Je ne veux pas te voir souffrir.

— Souffrir ? » La voix de Maman se brisa d'étonnement alors qu'elle prononçait le mot.

« Tu as décidé ? demanda Miss Irene, changeant de sujet. À propos d'Heron ? »

Maman bafouilla.

« Je sais que vous pensez tous bien faire mais nous, il…

n'était pas religieux comme toi et Caesar. Est-ce qu'on ne peut pas l'enterrer ici, sur notre propriété ? Comme ça il resterait toujours près de nous. Cette terre nous appartient, après tout.

— Le sol est gelé, déclara Mr Caesar. Et cet endroit est pas bon pour enterrer des os. Pas les nôtres, en tout cas. Les Blancs nous pillent partout, y compris dans la mort. Les os ont besoin d'un lieu sûr. Besoin de compagnie. Si toi et les filles, vous retournez dans le Sud, pour n'importe quelle raison, tu me demanderas de le déterrer. Et je déterre pas aucun os une fois six pieds sous terre.

— Je vois », répondit Maman. Elle avait passé la journée à dire « Je vois », mais je savais qu'il s'agissait d'une formule creuse. Comme une personne affirmant « Je vais bien », alors qu'elle se tient à côté de l'endroit où un incendie a réduit en cendres tout ce qu'elle possédait et ce à quoi elle tenait. « Bon, quelles sont les autres options ?

— La crémation ?

— Oh, non, je ne pourrais pas.

— Écoute, dit Mr Caesar tout en acceptant une assiette des mains de Miss Irene et manœuvrant pour la poser sur le plan de travail. Laisse-moi l'emmener dans le Sud, dans le Delaware. Tu peux me faire confiance pour le ramener chez lui au sein de votre communauté.

— Le remettre, dit Maman d'une voix étrange et absente que je n'avais jamais entendue. À Damascus, ils le remettront. C'est ce qu'ils disent pour un enterrement. Ils croient que la mort est aussi familière que la vie. Alors quand une âme est "remise", c'est comme si on l'avait rendue à ce qu'elle connaissait. Les gens qui nous ont élevés considèrent que ça doit se passer avant midi le lendemain de la mort, mais nous sommes déjà en retard. »

Miss Irene jeta un coup d'œil à Mr Caesar.

« Warren est dehors dans la camionnette. Donne-lui quelque chose pour le dédommager, il peut aider Caesar avec les préparatifs, dit-elle. Passe-nous un costume, de bonnes chaussures, et on le préparera. Tu as un plan des lieux ? Parce que ces hommes ne connaissent pas le chemin. J'imagine que si Damascus est comme Royal, où Caesar et moi avons grandi, alors le lieu ne sera sur aucune carte.

— C'est exact, Irene. Tu ne le trouveras sur aucune carte, c'est sûr. Je vais appeler Maman.

— Attends, quoi ? s'exclama Irene. Tu veux dire que ta maman est en vie, vraiment ? Seigneur, depuis toutes ces années, tu ne m'as jamais parlé de ta mère !

— Oui, elle est en vie, je suppose, répondit Maman. Elle ne le dirait sûrement pas comme cela, mais oui. » Elle se dirigea vers la cuisinière et se servit du café. « Ma mère n'a jamais voulu d'une fille, alors je n'ai jamais prétendu l'être.

— Le café est froid, ma chérie, déclara Miss Irene. Laisse-moi le réchauffer pour toi.

— Irene, rien n'a vraiment de goût en ce moment. C'est bon.

— Les filles vont comment ?

— Ce sont de gentilles filles.

— C'est sûr, je sais ça, répliqua Miss Irene. Je demande comment elles "vont".

— Elles sont sous le choc, comme moi.

— Nous sommes absolument désolés, dit Mr Caesar.

Ce qu'il a fait pour nous – Heron ne pouvait pas savoir quand il s'est précipité au milieu des flammes qu'il sacrifierait sa vie pour mes enfants. Seul Dieu pouvait savoir.

— Peut-être bien, répondit Maman. J'imagine que je suis reconnaissante de ne pas partager avec Dieu ce genre de savoir. Ça rendrait la vie impossible.

— Ne dis pas des choses pareilles, Lena, déplora Miss Irene. Ne laisse pas la douleur t'échauffer la langue.

— Je vais appeler Maman. Elle pourra peut-être arriver d'ici demain matin, en fonction de l'orage. Ensuite elle pourra repartir avec Caesar pour leur montrer le chemin jusqu'à Damascus. Je ne suis pas sûre de connaître encore suffisamment bien le trajet pour donner des indications précises.

— Pas de problème, elle peut y retourner avec nous si c'est plus facile, acquiesça Mr Caesar. À moins que tu ne penses que ce serait bien si elle restait un peu avec toi et tes filles. »

Maman eut un rire sec, secouant la tête à la dernière partie de la suggestion de Mr Caesar.

« Tu veux encore des patates douces, chérie ? demanda Miss Irene, me remarquant enfin. Il y a plein de macaronis au fromage dans le four. Et du pain de maïs. »

Je secouai la tête et m'entendis hausser la voix.

« C'est pas chez Papa là-bas. Il a toujours appelé ici – NOUS – son chez-lui.

— Hyacinth Kindred, cette conversation est pour les grandes personnes, déclara Maman. Tu n'es pas une adulte. Je suis la mère. Tu es l'enfant. Est-ce que c'est bien clair ?

— Je suis désolée. »

Miss Irene me débarrassa gentiment de mon assiette et passa ses doigts sur le haut de mon crâne.

J'avais envie de dire que la clarté des adultes n'avait aucun sens, aucune utilité. Même l'air que nous respirions ne durait pas assez longtemps pour être clair.

*

Au lieu de rejoindre Ezra, Ernest et Lindy à l'étage, ou de me recroqueviller seule sur le canapé, je sortis discrètement par la porte d'entrée. Mr Warren s'était endormi, la tête appuyée contre la vitre de la camionnette. Je descendis les marches à la hâte, les bras croisés sur la poitrine, fis le tour de la maison et entrai dans le bureau de Papa par les portes vitrées. Je me dirigeai vers la table où mon père reposait et embrassai son visage enveloppé d'un voile.

« Tu me manques déjà », murmurai-je.

La vue de la mort de mon père s'étale aux yeux de tous.

Son corps est engoncé dans son plus beau costume, son cou enserré par le col d'une chemise amidonnée. Sa tête est entourée d'un voile de velours noir. L'unique main de Papa, recouverte d'un gant blanc, est repliée sur sa poitrine. Sous l'eau de Cologne, il y a cette odeur de décomposition et de brûlé qui me fait plisser le nez. Mon père a beau être couché à l'horizontale, je ne peux m'empêcher de penser à sa grande taille. Quand j'étais petite, le gratte-ciel de son corps jetait son ombre sur la terre. J'entends de nouveau sa foulée, la façon dont, sous ses pas, les herbes hautes s'écartaient. J'entends de nouveau la manière dont il chantonnait gaiement dans sa barbe tandis que le soleil enveloppait notre peau quand nous pelions des oranges et partagions des histoires, assis tous les deux dans un petit bateau robuste que nous aimions, année après année, faire voguer sur notre étang. Je songeai aux vœux qu'il avait formulés pour ma sœur et moi pendant tant d'années et, si je ne me souvenais pas exactement des mots, je conservais toujours la cadence de sa foi et de sa voix dans mes tripes. Mon père m'encourageait à escalader de grands arbres, à me fier aux vieilles branches. Il embrassait mes égratignures et me chatouillait la plante des pieds. Il m'appelait son étoile et son histoire préférée. Comme c'était merveilleux d'avoir vécu en compagnie d'une personne qui savait en quoi consistait un récit et connaissait son pouvoir réparateur. Il disait souvent que nous étions ses miracles sur terre.

Je vois sa main calme et inspirée courir le long de tableaux noirs, agrippant une baguette de craie. Mon père s'est dévoué à une institution qui ne méritait ni son esprit ni son rire, ce dernier apaisant mon cœur dans un dialecte que je ne trouverais jamais dans aucun recoin du monde.

Dans la pièce feutrée où mon père rêvait, lisait et partageait ses idées avec moi, je regardai fixement le musée intime constitué de pierres, de plumes, d'ailes et de fleurs séchées, de kaléidoscopes craquelés, de boussoles cassées et d'un télescope, merveilleuses reliques de son corps et de son imagination.

Je baisai avec un amour filial sa main silencieuse et gantée. C'était cette douce main qui m'autorisait à connaître ce que n'importe quelle fille était en mesure de connaître du cœur de son père.

Puis je m'assis sur l'une des causeuses défraîchies de Papa.

La pression des ressorts sous le coussin me réconforta tandis que je reposais ma tête contre mon bras. La forme noire du visage de mon père se brouilla devant mes yeux alors que je sombrais dans une rêverie où je me sentais orpheline, parce que je savais que je ne me réveillerais pas pour lui en faire part comme autrefois.

Je regrettais de ne pas lui avoir raconté plus souvent mes agréables songes nocturnes, mais lui étais reconnaissante de m'avoir encouragée à m'informer sur mes visions dans ses livres consacrés aux phénomènes oniriques. *Il se peut très bien que tu possèdes un don*, m'avait-il dit un jour pendant que nous cherchions la signification d'une couleur, d'un animal ou d'un chiffre que j'avais transférés de mon rêve jusque dans mes pensées matinales. Quand je l'interrogeais sur ses propres songes, mon père se contentait de se racler la gorge et de mentionner son manque de mémoire, son besoin de se vider l'esprit avant de poser sa tête sur son oreiller. *Quand votre maman m'embrasse pour me souhaiter bonne nuit, j'ai toujours l'impression d'être en train de rêver*, nous avait-il expliqué une fois, à ma sœur et moi. Puis il nous avait embrassées et avait déclaré que nous constituions les meilleurs rêves qu'un homme comme lui pouvait avoir.

*

La vision du corps de mon père me déconcerta lorsque je relevai la tête de mes bras, entre lesquels je m'étais endormie. Je crus qu'il criait à l'intérieur de ce tissu noir qui dissimulait son visage, mais c'était la voix d'un autre homme. Celle de Mr Caesar. Il y avait du bruit dans la maison, qui se rapprochait de mon père et de moi. Des pas lourds et rapides. Je baissai la tête et, effrayée parce que je ne pouvais pas dissimuler mon père, je me précipitai dans le coin le plus éloigné de la pièce, juste avant que la porte du bureau de Papa ne s'ouvre si brutalement que la poignée s'incrusta dans le plâtre du mur.

Miss Irene et ma mère entrèrent ensemble dans la pièce d'un pas trébuchant, avant de retrouver tant bien que mal leur équilibre. Les bougies crépitaient dans leurs chandeliers. Miss Irene les avait disposées, ainsi que des bols d'herbes et de l'encens, tout autour du bureau. L'odeur apaisante aseptisait l'air, pourtant ma poitrine se serrait comme si la pièce avait été envahie de fumée. Comme je m'aplatissais contre le mur du fond, mon corps devint si mince qu'il me semblait facile de l'abandonner et de détaler telle une araignée dans l'empire de sa toile.

Le policier se tenait dans le bureau de mon père, surplombant son corps.

« S'il vous plaît, dit Maman. S'il vous plaît, partez de chez moi immédiatement.

— Bouclez-la.

— Virez votre cul de sale blanc d'ici avant que ce soit moi qui vous fasse déguerpir », siffla Miss Irene.

Le policier Charlie, confus, fixait des yeux le corps de mon père.

« On nous a dit qu'il avait brûlé vif dans l'incendie. Qu'il n'y avait pas de restes. À qui est ce cadavre ? Qui vous a autorisés à retirer son corps de la propriété de mon oncle ? »

Personne ne lui répondit. Il exécuta un lent demi-tour pour nous regarder fixement de ses yeux brillants, comprenant qu'il n'avait aucun moyen de nous contrôler. Après une seconde rotation sur lui-même, la cruauté s'était installée dans ses yeux. Sa vue était menottée au mépris qu'affichaient ses lèvres viles.

Le policier jeta un coup d'œil aux étagères ordonnées du bureau de Papa. Son visage se tordit en un sourire narquois tandis qu'il tapait avec une enveloppe blanche un côté de la tête couverte de mon père. Plus tard, j'appris que l'enveloppe scellée contenait la résiliation officielle de son contrat, qui devait être donnée en main propre à ma mère. Mr Hobart s'inquiétait que Maman lui intente un procès ou, pire, qu'elle essaie de soutirer au lycée des dommages et intérêts liés à la mort de Papa. Un peu plus tôt, j'avais entendu Maman discuter des polices d'assurance-vie de Papa avec Miss Irene et Mr Caesar. Je me demandai si l'arrivée de cet homme blanc signifiait qu'il comptait aussi nous empêcher de recevoir notre dû. Mais c'était la présence de la camionnette de l'église l'Étoile-Montante qui avait piqué sa curiosité. Il savait que notre famille n'avait jamais embrassé aucune religion.

« Il y a des règles pour ça, disait-il.

— Vous voulez dire la loi ? demanda Mr Caesar. Nous n'avons pas enfreint la loi.

— C'est à moi d'en décider.

— Dites ce que vous avez à dire et laissez-nous tranquilles », répliqua Maman. Son regard était incendiaire. « Laissez-moi enterrer mon mari en paix. »

Le policier haussa les épaules.

« Les gens en ont marre de vous autres depuis un certain temps. Ils considèrent peut-être qu'ils ont leur mot à dire.

— C'est tout ? interrogea Mr Caesar.

— Non, rétorqua-t-il. Ce n'est pas tout. » Sans le moindre avertissement, il arracha le voile du visage de mon père et lui cracha dessus. Tout en s'essuyant la bouche, il recula en chancelant, les yeux recouverts de ses mains.

« Doux Jésus. »

Quand le policier enleva ses mains, Miss Irene tenait le canon de son pistolet contre sa tempe.

Rapidement, Mr Caesar la tira en arrière, le bras autour de sa taille, chuchotant avec insistance dans son oreille. Ernest, Lindy et les jumeaux se trouvaient maintenant à la porte. Ils fixaient des yeux avec moi le trou noir et calciné du visage de mon père.

« Vous savez que tuer un Blanc par ici vous vaudra d'être illuminés comme un sapin de Noël. » Le policier leva les yeux d'abord sur les petits, puis sur Ernest qui s'était approché, les poings serrés le long de ses flancs. Il réajusta son étui de pistolet et se précipita hors de la pièce. Nous l'entendîmes avoir des haut-le-cœur après qu'il eut claqué notre porte d'entrée.

« Ayez pitié », dit Miss Irene en pleurant. Elle courut vers mon père et essaya de couvrir ce que nous ne pouvions plus ne pas avoir vu. Maman glissa le long du mur qui lui avait servi d'appui et s'effondra à terre.

« Espèce de lâche, souffla Mr Caesar. Aucun respect pour nos morts. »

Lindy emmena les jumeaux hors du bureau tandis qu'Ernest étreignait Ezra, ses bras se serrant autour de son corps rigide. De ma position, je distinguai les yeux d'Ezra, ils étaient pleins d'une rage aussi insondable que le feu qui avait dévoré le visage de mon père. Nous nous regardâmes droit dans les yeux, mon feu s'entremêlant au sien jusqu'à ce que je me mette à cligner des paupières, consciente que je n'avais jamais été aussi proche de devenir une femme à part entière. Lorsque Ezra finit par fermer les yeux, les larmes inondèrent ses joues. Par-dessus la lumière des bougies et l'odeur âpre de l'encens, la voix de Miss Irene emplit la pièce de ses prières.

Je me dirigeai vers Maman et m'agenouillai pour pouvoir l'aider à se relever.

20

Après la visite du policier, Mr Caesar insista pour que nous passions tous la nuit ensemble. Miss Irene et lui retournèrent chez eux et revinrent avec des pyjamas pour les jumeaux et Lindy, ainsi que deux fusils que Mr Caesar tenait à la main en montant nos marches d'un pas lourd, la neige tombant du bout de ses bottes de travail. À l'intérieur, alors que Mr Caesar et Ernest au rez-de-chaussée faisaient des allers-retours entre la porte de derrière et la porte d'entrée, leurs pas semblaient marquer un rythme de percussion.

« Il va revenir et quand il sera là, c'est moi qu'il essaiera de tuer. Cet homme me veut couché à côté de notre frère Kindred, déclara Mr Caesar. Mais il ne va pas entraver la volonté de Dieu. Je dois emmener notre frère dans le Sud pour qu'il puisse reposer avec les siens. Je ne vais pas décevoir cet homme. Il a sauvé mes enfants, sauvé notre vie. Mon garçon, montre-moi encore comment on charge ce calibre 38, comme si ta vie en dépendait. Il faudra que tu aides ta maman jusqu'à mon retour. »

Bien qu'il fût minuit largement passé, Miss Irene avait préparé plus de café. C'était un parfum étrange à une heure si tardive. La forte odeur se répandit dans toute la maison comme un appel aux armes. Je savais que c'était censé nous procurer un sentiment de sécurité. Quand je descendis chercher une tasse, Miss Irene tenait à la main l'une des machettes qui d'habitude ornaient le mur de leur petit salon.

Elle la posa de côté pour m'enlacer.

« Monte et aide-moi avec ta maman », dit-elle. Il devait être près de deux ou trois heures du matin. Je la suivis dans l'escalier et la regardai remonter les couvertures autour du visage endormi et strié de larmes de Maman. Puis elle nous guida, moi et les enfants encore éveillés, jusqu'à nos lits, priant pour nous avant de se positionner, tel un soldat de garde la nuit, dans le bureau avec le corps de mon père.

*

Dans l'air bleu du matin, je me réveillai au son de pneus crissant au loin sur la neige silencieuse. J'enfilai un jean sous ma chemise de nuit et un vieux pull, tirant dessus pour le baisser jusqu'à la ceinture de mon pantalon. J'attrapai une paire de bottes et enjambai Empire qui ronflait légèrement sous une couette. Je me précipitai ensuite dans le couloir, où je mis mes bottes tant bien que mal en essayant de faire le moins de bruit possible. Je décidai d'emprunter l'escalier du fond, qui se trouvait près de la chambre à coucher de Maman, pour ne pas réveiller tout le monde. Mais dans la cuisine, du café était déjà en train de couler et des rafales de vent s'engouffraient par une porte ouverte, m'indiquant que je n'étais pas la seule lève-tôt.

Je découvris Mr Caesar et Miss Irene debout, sans manteau, dans la véranda. Ils fixaient une élégante voiture qui s'approchait dans l'allée.

La voiture s'arrêta devant notre maison. Quand la portière s'ouvrit du côté passager, on entendit une musique pour cuivres qui se déversait de la radio.

Une femme, emmitouflée dans des écharpes, descendit. Le chauffeur, un homme bien habillé, descendit également, maudissant la neige. Il se dirigea en trébuchant vers le coffre, avant que la femme ne prononce le moindre mot. Elle était grande, longiligne. Sans prendre la peine de refermer la portière, elle agita la manche rouge de sa veste en signe de bonjour, puis énonça lentement cinq mots : « Comment vous allez, vous autres ? » Ses lèvres étaient peintes d'un rouge de fête. Tout en s'approchant de nous, elle se mit à retirer ses vêtements de voyage. Les gants en premier, puis deux écharpes, pendant qu'elle grimpait bruyamment les marches.

Miss Irene l'accueillit d'un ton chaleureux, mais la femme se contenta de répondre par un hochement de tête, souriant d'un air approbateur à la douce voix de Miss Irene. Incapable de situer les notes traînantes dans sa façon de parler, j'attendais qu'elle s'adresse aussi à moi.

Luttant avec une valise, l'homme arriva au bas des marches. Il la plaça sur un monticule de neige et pivota, les bras tendus en avant pour ne pas perdre l'équilibre. La plume de son élégant chapeau rouge tremblait gaiement dans la lumière naissante.

« Merci, Jeremiah », lança-t-elle.

Envoûtée par sa voix, je cessai de frissonner.

« Bonjour et Dieu vous garde. Vous êtes la mère de Lena ? demanda poliment Miss Irene. Sans doute, les gens se perdent rarement au fond de ce vieux cul-de-sac. Lena et les filles seront tellement contentes de vous voir.

— Lena qui exactement ? J'ai une petite qui s'appelle Jolene. »

Ces derniers mots résonnèrent comme un morceau de blues, le chant d'un oiseau noir ressentant de la pitié pour le sort du merle moqueur, du coq et du perroquet.

« J'ai une petite qui s'appelle Jolene, répéta-t-elle en levant le sourcil. Hum, quand cette petite m'a passé un coup de fil, j'ai pensé que je devais venir ici aussitôt que possible. À Damascus, on ne donne pas de mauvaises nouvelles au téléphone si on peut l'éviter. Ne me demandez pas pourquoi. Mais dès qu'on a raccroché, j'ai su qu'il s'agissait de quelque chose de grave. J'ai appelé Jeremiah et fait ma valise. À Damascus, ce qu'on ne dit pas parvient aux oreilles aussi clairement que ce qu'on dit. C'est comme ça », déclara-t-elle, passant devant Mr Caesar et Miss Irene pour entrer dans la maison. Sa voix traversait l'air, semblable à un rayon de soleil. « Tout ce que je sais, c'est qu'elle peut pas être morte puisqu'elle m'a appelée tard hier, mais je vois bien de mes propres yeux que la mort s'est invitée dans cette maison. »

Je crus que la femme ne m'avait pas aperçue mais, tandis qu'elle s'avançait à l'intérieur, son visage se plissa. Elle prit une grande inspiration et expira comme si elle avait couru sur une grande distance.

« Seigneur, Seigneur, Seigneur Dieu. » Elle tourna sur elle-même puis s'arrêta, fixant son regard sur moi. Je n'aurais su dire si elle grimaçait ou souriait. Elle avait du rouge à lèvres sur les dents.

« Papa est mort dans un incendie, dis-je. La veille du réveillon de Noël. »

Elle hocha la tête et se défit un peu plus des étoffes dans lesquelles son corps était emballé. *Cette femme est ma grand-mère ?*

« Merde, il a duré plus longtemps que j'imaginais », déclara-t-elle pour elle-même tout en jetant son manteau dans le salon où il atterrit sur un fauteuil, comme si elle avait déjà mémorisé l'emplacement de chaque chose. La manière dont elle parla de Papa me glaça le ventre. Elle et ses opinions pouvaient rebrousser chemin et repartir de la même façon qu'elles étaient venues.

« On m'appelle Ginny, dit-elle. D'après l'État, c'est Virginia, mais j'essaie autant que possible de tenir l'État à l'écart de mes affaires. » Elle me regarda et claqua la langue. « Merde, qu'est-ce qui t'est arrivé ? » Sans manifester la moindre patience ou le moindre intérêt pour ce que je pouvais répondre – mais que pouvais-je bien répondre à une pareille question ? –, Ginny marcha droit vers notre cuisine.

D'une voix forte, elle se renseigna sur le café, le pain grillé. Sans qu'on le lui demande, elle se mit à parler, nous faisant part, à Miss Irene, Mr Caesar et moi, de ses avis tranchés à propos de ses dents déchaussées, du verglas sur l'autoroute, de la conduite des Blancs par opposition à celle de Jeremiah, qui maîtrisait à merveille la vitesse et conduisait si bien qu'il savait exactement quand il était nécessaire de ralentir. Surtout dans des endroits tels que son lit à elle.

Elle dit quelque chose à Mr Caesar, suscitant sans peine son rire. Elle continua de parler comme si elle nous rendait fréquemment visite. Elle déclara que notre maison lui rappelait celles habitées par des Blancs qui gardaient la température basse exprès alors qu'ils avaient les moyens de chauffer. Cette maison était trop froide pour son arthrite, et parfois, si elle se trouvait dans une maison aussi froide que la nôtre, ses selles s'en trouvaient affectées et elle pouvait finir constipée. En fait, notre maison incarnait la constipation même, expliqua-t-elle tout en ouvrant les tiroirs de Maman et examinant nos couverts qui brillaient. À genoux, elle ouvrit encore un placard pour inspecter les casseroles et poêles de Maman. Elle toucha du doigt la poêle en fonte pour s'assurer de la présence d'une légère couche de gras. Du même doigt, elle tourna le bouton de la radio de Maman, ajustant le volume de sorte qu'un torrent de voix étranges et formelles envahisse la pièce. Il y avait des nouvelles d'Elvis Presley qui avait reçu sa convocation militaire et d'autres informations concernant un assassin surnommé le Boucher de Plainfield qui avait tué et décapité une femme.

Tandis qu'elle regardait fixement par la haute fenêtre de notre cuisine au-dessus de l'évier, j'eus l'impression de voir une version plus âgée de Maman.

« Hé, petite, tu m'as pas entendue ? Va dans le salon et allume-moi ce feu avant que le sang dans mes veines se transforme en glaçon, m'ordonna-t-elle quand elle s'aperçut que je l'observais. Cette effrontée a le toupet de rester plantée là à carrément me dévisager comme si elle avait vécu aussi longtemps que moi sur cette terre. Hum, c'est pas une adulte. Hé, allez, petite, fais-moi démarrer ce feu avant que je perde une dent. Deux gueux seraient bien en peine d'allumer une cigarette avec ce courant d'air. Il suffit de te regarder pour savoir que c'est toi qu'es en charge de garder la maison chaude, non ? Où j'ai grandi, bien avant que ton papa soit un petit garçon, on m'a expliqué que les Kindred avaient un certain goût pour les incendies.

— Est-ce que vous voulez voir le frère Kindred ? demanda Miss Irene. Avant que votre fille descende ? »

Ginny se lava les mains avec de l'eau bouillante du robinet. Lorsqu'elle se retourna pour parler par-dessus son épaule, ses yeux étaient emplis de larmes. Elle et Maman pleuraient de la même manière. Elle s'exprimait de la même manière que Maman aussi, employant maintenant un ton plus las et intime. « Dieu, chérie, je regarde jamais la mort au lever du jour si je peux éviter, répondit la femme qui était censée être ma grand-mère. Si tu regardes l'ange de la mort le matin, tu ne peux pas être surprise que ce nègre débarque pour te demander s'il peut partager ton oreiller. Autant je dis pas non à une compagnie masculine régulière, autant j'encourage jamais aucun nègre à partager mon oreiller. Tu m'entends ? Putain, je suis certainement pas de sitôt prête à partager mon oreiller avec la mort de quelqu'un. »

21

Ginny passa l'essentiel de la matinée dans la chambre de Maman.

Je me dirigeai discrètement vers la porte et pressai mon oreille contre le bois. J'aurais voulu me trouver dans la pièce avec Maman, lovée près d'elle, dans l'espace de Papa.

En bas dans la cuisine, Ez, Lindy et Miss Irene étaient occupées à réchauffer des assiettes pour les enfants et à préparer de la nourriture que Mr Caesar et Mr Warren emporteraient pour le trajet en voiture de plusieurs heures jusqu'à Damascus.

Miss Irene leva les yeux et me sourit en signe de bienvenue lorsque j'entrai dans la cuisine, en fait attirée par les délicieux parfums provenant du fourneau. Elle portait un pull lilas et un pantalon rayé pour hommes d'un profond orange terre de Sienne. Miss Irene ressemblait souvent à une peintre ou à une personne vivant dans un quartier comme Harlem, où on choisissait ses vêtements pour leur esthétique et leur côté osé, et pas nécessairement pour des questions pratiques. Quand elle se mit à rire de son merveilleux rire, la part de moi, mal à l'aise avec cette femme en haut qui avait donné naissance à Maman, s'apaisa.

Miss Irene évoqua son lieu de naissance – Royal – et la manière dont Ginny s'entendrait immédiatement avec les femmes de là-bas. C'était la raison pour laquelle Miss Irene et Mr Caesar savaient rire quand ma grand-mère racontait quelque chose de scabreux.

« Coupe un peu plus de tranches de pain, Ezra. Lindy, tu as lavé cette pomme de terre ? Vraiment ? Bon, eh bien lave-la de nouveau et si elle reste toujours aussi sale, pose-la près du pain. Cette pauvre patate a l'air trop fatiguée pour aller dans ma salade de pommes de terre. Où sont passés les jumeaux ?

— De l'autre côté de la route », répondis-je.

Miss Irene hocha la tête.

« Ils font aussi bien de jouer. On n'a pas encore eu un seul instant pour leur offrir leurs nouveaux jouets.

— On pourrait les ramener chez vous pour qu'il puisse avoir leurs cadeaux, suggéra ma sœur en écartant ses cheveux de son visage et en se concentrant pour trancher la miche de pain toute chaude en parts d'égale épaisseur.

— Et où est Ernest ? » demanda Lindy.

Miss Irene jeta un coup d'œil à Ezra, dont le visage avait immédiatement rougi en entendant le nom du garçon.

« Ton père et lui sont avec le frère Kindred. Mr Warren est sur le chemin du retour de l'église.

— Ils emmènent Papa dès ce soir ? m'exclamai-je d'une voix trop aiguë pour paraître normale.

— Ils le ramènent chez lui, chérie. Pour qu'il repose au milieu des siens. Vaut mieux que tu te dises ça, dit

Miss Irene. Tu vois comme cet orage empire. Dommage, vraiment, que ta grand-maman doive repartir aussi vite et reprendre la route. Vous avez à peine pu partager une tasse de thé.

— Il ne va pas à l'Étoile-Montante ? » demanda Ezra en fermant la porte du cellier.

Miss Irene secoua la tête.

« Cet orage s'obstine. Il n'y a plus le temps. On doit se dépêcher. Caesar et Mr Warren auront à peine le temps de rester un peu là-bas s'ils veulent éviter de se retrouver coincés. »

Maman et Ginny entrèrent dans la cuisine.

Immédiatement, je remarquai les yeux rougis de Ginny. Ses boucles teintes lui tombaient sur le front. Les rares mèches qui bordaient la naissance de ses cheveux avaient du mal à rester à plat. Le rouge à lèvres sur sa bouche s'était aussi estompé, s'incrustant dans les gerçures de ses lèvres. Des lignes de khôl avaient bavé sur ses paupières, le long de ses vrais cils. Les faux que ma grand-mère portait à son arrivée, et qui me rappelaient des tarentules, avaient disparu.

« Tu pourrais s'il te plaît servir un verre d'eau à ta grand-mère ?

— Je m'en charge, Maman, répondit Ezra, adressant un sourire timide à Ginny.

— Dieu, ma fille, si celle-ci est pas ton enfant », déclara-t-elle, les yeux fixés sur Ezra. C'était la première fois que ma grand-mère voyait ma sœur. « Jolene, j'espère que tu vas pas le prendre mal, mais je sais vraiment pas laquelle de tes filles est la plus étrange.

— Oh, Maman, je t'en prie.

— Tu me pries de quoi ? Et qu'est-ce que je t'ai dit à propos du fait de m'appeler Maman devant les gens ? Ce sont mes petites-filles, non ? Eh bien, elles m'ont pas encore prise dans les bras ou adressé un mot gentil. J'suis pas trop vieille pour entendre des gentillesses. » Elle fit la moue en regardant dans ma direction. Elle leva les yeux au ciel. « Celle-là est à peu près aussi aimable qu'une porte de prison.

— Mes filles n'ont rien d'étrange, répliqua Maman. D'abord, elles ne te connaissent pas du tout. Ce sont des filles timides, très intelligentes et très affectueuses. »

Mon cœur se calma pendant à peine quelques instants, avant que ma grand-mère ne m'interpelle de nouveau.

« Hyacinth, est-ce que tu es une gentille fille ?

— Oui », répondis-je, en espérant qu'elle me croirait.

Ez grimaça, tendit le verre d'eau à Ginny et jeta un coup d'œil du côté de Miss Irene pour qu'elle la guide. À la différence de Miss Irene et de Maman, nous n'avions pas été élevées dans des lieux comme Royal ou Damascus. Nous n'étions pas habituées aux voix péremptoires de femmes comme ma grand-mère, dont les humeurs pouvaient passer du doux à l'aigre d'une seconde à l'autre. De ces femmes, parées de beaux atours invisibles aux yeux de tous sauf aux leurs, semblait émaner une force impénétrable alors qu'elles se considéraient comme seules capables de faire tourner le monde, ainsi qu'elles l'avaient toujours fait. Ce n'était pas quelque chose que l'on pouvait apprendre. Mais on avait aussi le sentiment que les mains du monde avaient brisé ces femmes noires plus âgées, qu'elles leur avaient parfois été fatales, même les mains qu'elles avaient soignées avec amour et loyauté.

Comment pouvaient-elles être si dévouées, si absolument certaines de leur souveraineté, de leur grâce ? Quels malheurs avaient détruit leurs rêves quand elles avaient mon âge ?

Nous avions grandi à Salt Point, où nous ne nous étions jamais retrouvées en compagnie de telles femmes, sauf lorsque nous distribuions des repas pour les fêtes à Sweet Bay ou que nous participions à l'un des charmants dîners organisés par l'église Étoile-Montante.

« Ma tante, tenez, j'ai une assiette pour vous, intervint Miss Irene. Je sais qu'on dirait du plâtre comparé à ce dont vous avez l'habitude, mais mon mari et notre ami Mr Warren seront de retour d'un moment à l'autre. Je ne veux pas que vous partiez l'estomac vide après tout ce chemin pour arriver ici. Probablement que vous ne serez pas rentrée avant le milieu de la nuit ou tôt demain matin, en fonction des routes.

— Est-ce que Mr Warren est célibataire ?

— Veuf, je crois, répondit Miss Irene en nous adressant un clin d'œil pendant que Ginny s'installait à la table de la cuisine.

— J'apprécierais une tasse de thé avec du citron si vous avez ça », dit-elle la bouche pleine. Avec une horreur non dissimulée, je la regardai mastiquer plus longtemps que je n'aurais dû. Ma grand-mère me tira la langue, qu'elle avait couverte de miettes imprégnées de salive, avant de pivoter et d'appeler Maman, qui s'était discrètement éclipsée.

« Elle va veiller Heron, expliqua doucement Miss Irene. Faut se préparer à y aller. Le blizzard va apporter plein de neige, pour sûr. On pourrait se retrouver confinés pendant des jours sans électricité. Tous les ans, il y a des coupures, mais Lena et les filles sont seules maintenant.

— Hum, on n'a pas d'orages comme ça à Damascus. On n'a rien d'aussi vicelard, en tout cas pas en termes de météo », expliqua Ginny en déglutissant. Son visage s'éclaira du sourire le plus radieux qu'il m'ait jamais été donné de voir. Elle se lécha les lèvres, poussant de petits cris de délice. « Hoooo, ma fille, tu l'emportes haut la main avec ce pain de maïs ! Ezra chérie, emballe-moi le reste. Oui, absolument tout. Cette femme charmante m'a convaincue, et c'est pas facile. Fichtre, je pourrais venir dans le Nord rien que pour ce pain, et j'ai pourtant toujours dit que seul Baltimore méritait mon temps. »

Tout en riant, Miss Irene montra du doigt les œufs durs qu'elle voulait qu'Ezra et Lindy écalent.

« C'était un beau garçon, dit Ginny d'une voix douce, pressant sa serviette de table contre ses yeux soudain mouillés. Contente qu'Alma soit partie avant. Seigneur, seigneur, seigneur, remettre son propre bébé avant que son heure soit venue est absolument insupportable. Personne ne peut t'aider à comprendre.

— Amen, dit Miss Irene.

— Jolene a son caractère, mais faut dire qu'en amour elle a toujours eu de la jugeote », reprit Ginny, s'installant confortablement dans notre fauteuil de cuisine. Elle pointa son doigt manucuré vers moi. « À la minute où j'ai descendu cet escalier, mes dents ont commencé à me faire sacrément mal. On devrait pas avoir le sentiment que l'extérieur s'est invité à l'intérieur, tu m'entends ? Mon arthrite me fait déjà souffrir le martyre rien qu'à l'idée de rester assise dans cette foutue camionnette pendant autant de temps. Dieu me vienne en aide. Mets mon manteau et mes écharpes sur le radiateur pour les réchauffer. Manquerait plus que je chope une pneumonie par-dessus tout ce bazar. »

Miss Irene m'adressa un hochement de tête.

Tandis que je m'excusais, j'entendis la voix cuivrée de Ginny se métamorphoser en une espèce de grondement sourd de tigre au moment où elle se mit à parler à Ezra et à Lindy de leur futur.

« La seule chose qui pourrait vous empêcher d'avoir ce que vous voulez dans la vie, c'est de penser que vous savez tout. Le plus grand danger dans cette existence, c'est de croire que vous méritez pas de vous aimer. Mais vous devez vous aimer, par-dessus tout, et c'est loin d'être simple, peu importe la vie qu'on mène. Écale ces œufs sans les broyer, Ezra, tu veux ? Par pitié, où est-ce que ma fille a trouvé un nom pareil et pensé que c'était une bonne idée pour une fille ? Garde tes yeux sur ces œufs avant que je te les fasse sortir de ta tête pour les avoir levés au ciel un peu trop souvent quand je parle. J'ai une vision panoramique. Rien ne m'échappe, compris ? »

Virginia « Ginny » Abbott

Ma grand-mère maternelle, Virginia Abbott, avait seize ans et une bonne voix quand elle donna naissance à son seul enfant. Son récit de la naissance de ma mère faisait ressembler l'intégralité de l'histoire à une chanson d'amour ou à un air de blues, surtout la partie où ma grand-mère abandonna sa nouveau-née pour poursuivre un rêve qui laissait penser que sa voix couvrant quatre octaves l'enverrait sur toutes les scènes et dans tous les night-clubs, de Paris à Tanger.

Mais avant que cela n'arrive, Ginny racontait à qui voulait bien l'entendre que la naissance de sa fille l'avait éventrée, de telle sorte qu'elle pouvait sentir sa propre odeur. Elle parlait de la cicatrice diabolique que les points de suture lui avaient laissée. Elle se rappelait comment des flots de merde avaient maculé les draps de son propriétaire. Les mâchoires serrées, ma grand-mère avait haleté et poussé. *Imaginez de donner naissance, de créer une vie, et les draps sur lesquels vous dormez ne vous appartiennent même pas*, expliquait-elle avec étonnement. Ma grand-mère disait que les sages-femmes, à la fois interlocutrices et baguettes de sourcier, sourirent au premier cri de Maman et entourèrent son lit : « Dieu soit loué, ma sœur. Dieu soit loué pour la vie que tu as et celle que tu as conçue. C'est un don du Seigneur. »

Secouée par le rire, les larmes hérissant sa langue et se déversant de ses yeux, Ginny avait pressé son visage contre les pleurs de sa fille tout juste née. Soulevant la tête, son corps perclus dans le miracle de l'accouchement, elle s'était exclamée : « Merde ! Louer qui déjà ? Merde, louez-moi plutôt. Louez-moi. Moi tout entière ! »

Pendant les premières semaines de l'existence de Maman, ma grand-mère chantait constamment pour ma mère bébé, les yeux fixés sur la route déserte, derrière la fenêtre de la pension où elle attendait un signe. Au cours de son attente, ma grand-mère prit le temps de nommer ma mère Jolene Abbott. Le nourrisson monopolisait toute son attention, jusqu'à ce que ses points de suture cicatrisent.

À l'époque, le centre de Damascus consistait en un petit quadrilatère de rues, avec seulement une ou deux voies pavées. La voie principale était ainsi pavée jusqu'à la Quatrième Rue, où elle passait à un chemin de gravier et de terre avant de mener à un sentier rocailleux, qui s'amincissait pour former un tunnel d'arbres s'arrêtant à l'embouchure du fleuve au cours inversé. De ce côté du fleuve il y avait Booby, un troquet où Ginny chantait depuis qu'elle avait treize ans. Les Pearson, qui possédaient le bar, possédaient également l'immeuble où ils louaient une chambre à ma grand-mère, qu'elle partageait avec une autre fille, Ernestine. Une fois que les Pearson retenaient le loyer sur la paie de ma grand-mère et déduisaient toutes les petites choses supplémentaires auxquelles ils pouvaient songer, c'était comme si elle leur appartenait.

Après que ma grand-mère eut donné naissance à Jolene, cependant, l'Église s'en mêla.

Les hommes et les femmes de Damascus avaient un mot pour désigner ma grand-mère quand ils l'apercevaient. Parfois ils le lui disaient en face, mais la plupart du temps, ils l'échangeaient entre eux : *Cette fille légère. Légère. Déjà un bébé sorti de son troufignon. Voilà pour la légèreté. Bon, quand elles sont nées comme ça, qu'est-ce qu'on peut y faire ? Qu'est-ce qu'il y a à faire ? Elle a toujours été légère. De qui est cette enfant de toute manière ? Enfant de Dieu, sûr, je vous l'accorde, mais la légèreté ? De qui elle a hérité ça et pourquoi on doit vivre avec ? Surpris qu'elle soit pas encore partie, légère comme elle est depuis tout ce temps. Vous vous souvenez quand elle était jeune et qu'elle se frottait contre le banc à l'église ? Parlant de comment Dieu lui procurait du plaisir ? Sa maman était un ange, mais les ailes de cette enfant ont besoin de colle.*

Maintenant il y avait un bébé dont l'innocence ne pouvait pas être refourguée à des impies frivoles, lascives et aux dents recouvertes d'or. Les fidèles de Délivre-Moi-de-Mes-Entraves firent passer leur plateau de cuivre et collectèrent de l'argent. Les temps étaient durs à Damascus depuis que leur église originelle avait été réduite en cendres en 1902. Ils recueillirent malgré tout assez pour placer le bébé en sûreté ailleurs.

Puis une tournée de musiciens arriva et sapa tout.

Le soir, Ginny déposait Maman dans les bras d'Ernestine et ne retournait dans leur chambre qu'au matin. Les cheveux luisants de désir nocturne, la peau suante de whisky ou pire, la voix de Ginny, lestée de rêves de Harlem, Chicago, Detroit, Saint Louis, devint rauque. Toutes les villes de ce côté de l'Atlantique, plus Rome et Le Caire, la consumaient. Des rêves pleins de champagne emplissaient la tête de ma grand-mère, emportant le devoir du cordon qui autrefois la rattachait au nombril de ma mère. Ma grand-mère en rebattait les oreilles d'Ernestine pendant que cette dernière lui crantait méticuleusement les cheveux. Tandis qu'elle enfilait sa gaine, ma grand-mère chassait d'un haussement d'épaules les pleurs de son enfant dans le berceau. Fourrant un biberon dans la bouche de son bébé pendant qu'elle se versait un alcool fort provenant de la bouteille de contrebande qu'elle cachait dans son placard, ma grand-mère ne pouvait s'arrêter de décrire la musique qui élèverait sa voix jusqu'à l'existence pailletée qu'elle avait toujours désirée – existence qui excluait la maternité. Entre-temps, les femmes de l'église accusèrent Ginny Abbott d'être légère et simple d'esprit, capable de s'occuper d'une seule personne au monde – elle-même.

Ginny désirait plus que tout des paillettes, du sexe et des chansons au rythme lent qui lui permettaient de sourire de toutes ses dents. Sa voix, ses jambes, son parfait derrière surplombant ses longues cuisses infatigables. Ma grand-mère était le gros lot ! C'est ce que Jimmy, Johnny, Eddie, peut-être Freddy, disaient toujours. Elle avait pris l'habitude de partager son lit avec un homme différent chaque nuit et levait les yeux au ciel quand Délivre-Moi-de-Mes-Entraves lui rappelait ses points de suture, ses devoirs. Ginny méprisait les berceuses frustes qui parlaient de partir rejoindre Jésus. Elle expliqua à Ernestine que les vieux se servaient de

Jésus contre elle comme ils se servaient de leurs chaussures du dimanche pour écraser des cafards.

Revendiquer d'être soi constituait le plus doux et le plus dangereux des larcins. Récupérer sa souveraineté en l'arrachant aux mains du Tout-Puissant et à ces lèvres pincées qui s'accrochaient à leurs souffrances et à leurs péchés auxquels elles rendaient grâces tous les dimanches paraissait bien moins offensant aux yeux du Sauveur que le catéchisme oppressant censé la protéger et la sauver. Parfois Ginny avait l'impression que le pasteur ne différait pas des policiers. La défiance de ma grand-mère était perçue comme presque criminelle dans le sanctuaire de cette paroisse particulière qui tenait la vie de ses fidèles entre ses mains.

Un jeudi après-midi, Ginny tenait tendrement sa fille dans ses bras. La vue des deux dents de devant de son bébé la prit de court comme si une horloge avait sonné. Tandis qu'elle fixait des yeux la miniature couleur crème de son propre visage, admirant ces yeux ronds et angéliques et ces lèvres humides, Ginny comprit que dès qu'une apparition chatoyante, chaussée d'alligator, se mettrait à danser sur la route déserte, elle se lancerait à sa poursuite.

Consciente de la manière exacte dont l'Église élèverait sa fille, la jeune femme se contenta de hausser les épaules et de souhaiter bonne chance au bébé.

Ginny pensa à Ernestine, songea à lui demander de « garder » son enfant pendant un an ou deux, mais elle doutait que l'Église considère Ernestine comme une tutrice convenable.

Ernestine était connue pour être une femme adultère. Ginny savait qu'Ernestine avait embrassé trop d'hommes mariés, avait porté des robes rouge feu lors de messes dominicales à Délivre-Moi-de-Mes-Entraves et que l'on ne pouvait pas lui faire confiance si quelqu'un se montrait assez idiot pour laisser traîner son sac à main ou son portefeuille en sa présence. Ernestine ne mentait pas sur qui elle était. Si on lui demandait de restituer un objet qu'elle avait volé, elle vous regardait, blessée, les yeux écarquillés, et puis elle vous le rendait – s'il était encore en sa possession. Elle pleurait quand elle voyait des souris des champs écrasées par des pneus sur les pavés de la rue et sanglotait bruyamment quand des oiseaux heurtaient la vitrine d'un magasin, mourant instantanément et spectaculairement, seuls sur le trottoir. Sur la petite place, Ernestine nourrissait les pigeons, et cela rendait tout le monde furieux parce que c'était une activité de Blancs. Qui avait du pain et des biscuits salés à gaspiller pour des oiseaux qui finissaient par conchier toutes les belles choses que les gens essayaient de garder propres ? Qui avait le temps de pleurer l'absurdité de la mort ? Lorsqu'un merle s'écrasait contre une vitrine, au lieu de se rendre utile et de ramasser la dépouille avec un balai et une pelle, Ernestine l'enveloppait de ses mains tandis que les hommes et les femmes, qui travaillaient de jour comme de nuit et coupaient des cheveux dans leur cuisine pour boucler leurs fins de mois, l'observaient et se retenaient avec peine de la gifler.

Ernestine ressemblait à ces oiseaux. Toute sa vie, elle avait foncé dans des miroirs quand elle pensait la voie libre. Parfois ce n'était pas sa faute, mais au bout d'un moment on ne pouvait que s'interroger sur son incapacité à apercevoir son propre reflet, même en présence de lumière.

Ma grand-mère regarda la poupée aux paupières à moitié fermées dans ses bras. Peut-être reviendrait-elle quand cela aurait du sens. Mais Jimmy-Johnny-Eddie-Freddy disaient qu'elle oublierait ce marécage. Sauf quand elle chantait. Alors Ginny faisait remonter le souvenir de Damascus à la surface de sa musique, à l'instar d'une veine palpitant à fleur de peau. Il valait donc mieux que ma grand-mère apprenne de nouveaux morceaux, de nouvelles mélodies qui la libéreraient.

Il était temps pour ma grand-mère de récolter ses biens – le salut, l'extase et une voiture chic et rutilante emplie de beaux garçons de couleur, lui rappelant les chants de Pâques et du 19 Juin, la fête des communautés noires, que leurs corps merveilleux entonnaient ou sifflotaient. Elle appréciait leurs rires faciles et la dureté enfouie entre leurs cuisses. Ginny chantonnait et soupirait tous les jours en regardant fixement à travers le pare-brise de son avenir, épiant le signal pour son solo.

Pendant la messe du jeudi soir à Délivre-Moi-de-Mes-Entraves, Ginny fit sauter sa fille sur ses genoux et chanta *Jésus, oh Jésus*. Elle essuya ses larmes sur le crâne de son bébé. Au moment de quitter l'église, elle se réappliqua du rouge à lèvres, qui s'étalait maintenant comme une marque funeste sur le front de ma mère. Ginny eut envie de hurler tant elle se sentait vivante. Le nourrisson sur son avant-bras pesait aussi lourd que le sac à main d'une vieille dame. Fredonnant, elle adressa des hochements de tête aux fidèles qui la regardaient d'un air curieux alors qu'elle se mit à susurrer, peut-être trop fort et impulsivement, à l'oreille du bébé endormi au creux de ses bras. « Jésus, laisse rien de mal arriver à ce que j'ai conçu. C'est que j'aime ce que j'ai conçu. »

Lorsque Ernestine se réveilla le vendredi matin, Ginny était partie.

*

Ernestine dit à Miriam Pearson qu'elle emmenait le bébé de Ginny chez le médecin et avait besoin d'emprunter sa voiture. La femme lui avait jeté un coup d'œil sans regarder Jolene et inclina la tête pour signifier « vas-y ». Ernestine installa Jolene dans la voiture de Miriam. Le bébé était sur le siège passager. Parce que tous ces Noirs étaient occupés, qui à travailler, qui à s'occuper de ses affaires, qui à faire tremper des haricots dans une casserole pour le déjeuner dominical et qui à se préparer à ce que le ciel leur tombe dessus, ils ne remarquèrent pas Ernestine derrière le volant.

Tout en roulant sur l'autoroute, Ernestine lisait à voix haute les noms sur les panneaux au bébé emmailloté sur le siège à côté d'elle. Peut-être Ernestine pensait-elle que ma maman les retiendrait, se rappellerait le son de la voix aimante d'Ernestine, remplaçant celle, distraite, de ma grand-mère poussant la chansonnette.

Ernestine laissa le moteur tourner dans l'allée où elle s'était garée à côté d'une église avec un vitrail en rosace. La ville portait un nom biblique qu'elle oublierait aussitôt – Calvary, Hagar, Bethlehem ou New Christ.

Les portes de l'église étaient ouvertes, ce qui assura à Ernestine qu'il s'agissait du bon dieu, de la bonne entrée pour une orpheline. Après avoir écrit *Jolene* sur une enveloppe, elle signa de son nom puis de celui de Ginny. Elles étaient ses mères. Elle épingla leurs trois noms à l'intérieur d'une couverture blanche rudimentaire avant de prendre le paquet dans ses bras et de bercer l'enfant en s'excusant. Puis elle déposa ma mère bébé à l'entrée de l'église catholique romaine du Sacré-Cœur. Ernestine espérait se faire pardonner pour avoir laissé Jolene entre les mains de Dieu. Dans un moment de culpabilité, elle sortit un stylo de son sac à main et griffonna le mot « Damascus » et un code postal sous le nom du bébé.

Tandis qu'elle s'éloignait rapidement des petits cris d'une fille qui n'était pas la sienne, Ernestine pria pour que personne ne l'aperçoive. Son cœur se retournait, tourmenté par les possibles accusations. Maudite soit Ginny pour les avoir mis, elle et le bébé, dans cette délicate situation. Il n'y aurait aucun mot de cette femme, aucune requête adressée à Ernestine lui demandant de se montrer patiente. Et il n'y avait eu aucun argent non plus.

Ernestine songea une fois de plus au bébé, une nouvelle et tendre existence, incapable de survivre sans le soin et l'amour d'un autre être humain.

La voiture avait un réservoir plein d'essence. Ernestine jugea que Miriam ne verrait pas d'inconvénient à perdre une chose qu'elle pouvait remplacer. Les Pearson s'achetaient une voiture neuve tous les deux ans. Ernestine appuya fort sur la pédale de l'accélérateur. Tout en prenant de la vitesse, elle prononça d'un air déconcerté les noms des villes à voix haute, les vitres descendues et la radio braillant à plein volume.

*

À l'âge de quatorze ans, quand Maman se mit à saigner, les Filles de la Divine Charité, qui l'avaient élevée, laissèrent entendre qu'il était temps pour elle de retourner chez les siens. Le seul sang qu'elles pouvaient honorer était le sang blanc de Jésus, le Fils de Dieu. Leurs propres règles constituaient un souvenir lointain, dans la mesure où les femmes de cette communauté avaient largement plus de soixante ans, et les Filles de la Divine Charité tombèrent d'accord entre elles : le sang d'une jeune fille de couleur n'annonçait que des ennuis. Une fois que les saignements avaient commencé, murmuraient-elles, une Noire était susceptible de voler, forniquer, danser, se pomponner et de leur mentir.

La toute première fois où Maman eut ses règles, elle avait réussi à laver ses propres draps, à l'insu des sœurs. Mais le mois suivant, sœur Loretta la découvrit dans la buanderie. C'était la deuxième fois que Maman s'était réveillée, avant l'aube, et avait senti le liquide s'écouler d'elle. Dans le noir, le bout des doigts poisseux, elle sut qu'elle n'était plus une enfant.

Sœur Loretta et sœur Prudence remarquèrent aussi que la présence de Jolene commençait à attirer l'attention de ceux qui venaient prier. Elles notèrent les yeux humides des prêtres et des monsignores. Des diacres s'attardaient quand Jolene quittait le sanctuaire. Les sœurs surveillaient Maman. Elles s'inquiétaient de ne pas avoir de mots pour ce qu'elles ressentaient intérieurement et qui leur faisait craindre sa peau sombre, alors même qu'elles soutenaient qu'elle aussi était une fille de Dieu. Les prières ne parvenant pas à chasser cette tension, elles rejetèrent secrètement la faute de toutes leurs peurs sur la forte odeur de son sang.

Étant donné la bonne éducation que Jolene Abbott avait reçue en leur sein, et ses compétences pour nettoyer, prier et jouer de l'orgue, elles pensèrent qu'il serait bien pour elle de se marier, de s'attacher à un pasteur et sa paroisse. Ma mère parlait français et pouvait lire un peu d'allemand. Elle avait dressé la table pour des évêques et des cardinaux, dont les lourdes bagues ornées de pierres précieuses brillaient contre les couteaux décorés qu'ils utilisaient pour découper de fines tranches de viande, alors même que les filles de Dieu buvaient à petites gorgées un bouillon clair et mâchaient du pain sec dans la cuisine.

Les Filles de la Divine Charité avaient traité Maman comme un animal domestique, la dressant contre son propre esprit, ses sentiments et son corps. Elles l'astreignaient à s'agenouiller dès qu'elles le pouvaient, menacées par sa croissance rapide. Lorsque ma mère devint trop grande, elles trouvèrent d'autres moyens de la rapetisser. Elles tiraient une satisfaction silencieuse de ses brûlures sur les mains et les bras occasionnées par son labeur dans leur cuisine de taille industrielle éclairée par le soleil. Réservée, utile et serviable, Jolene Abbott, décidèrent les Filles, serait une ambassadrice pour sa race.

*

Un jour, tandis qu'elle époussetait le bureau particulier de la supérieure dans la bibliothèque, ma mère se surprit à ouvrir un meuble de rangement en métal qui lui avait toujours été interdit. La mère supérieure, qui avait récemment commencé à se montrer distraite, avait laissé la clé dans la serrure au lieu de l'attacher à la chaîne qu'elle portait autour de la taille et dont les clés scintillantes cliquetaient. Dans le meuble se trouvait un dossier vert olive avec une étiquette tapée à la machine : *Jolene X.* Le dossier avait l'épaisseur d'un ongle. La première feuille de papier était une fiche d'admission officielle contenant des informations que les nonnes ne lui avaient jamais dissimulées. D'une écriture féminine, les mots « Jolene », « Noire », « Abandonnée » étaient inscrits en grandes lettres. Mais sur la seconde feuille de papier se trouvaient un code postal et le nom « Damascus » entre parenthèses. Pas de numéro. Il y avait deux autres noms écrits au crayon à papier : « Ernestine » et « Ginny ».

Les yeux de Maman s'embuèrent à la lecture du nom « Damascus ». Pourquoi les Filles de la Divine Charité lui avaient-elles caché ce lieu pendant quatorze années ? Tranquillement, elle se remit au travail. Plus tard, cependant, elle chercherait la ville et le moyen de s'y rendre. Quand on la forçait à s'agenouiller et à se confesser tous les matins, ma mère luttait contre les accès de rage qui dansaient comme des langues sacrées au-dessus de sa tête. Le voile d'ordre, de résolution, de sainteté de ces femmes lui avait masqué le monde. Tel du sparadrap, on le lui avait arraché de la peau si vite qu'elle en avait le souffle coupé.

Entraînées à détecter le trouble moral, les sœurs sentirent que ma mère avait découvert des choses sur elle-même. La fureur qu'elle peinait à réprimer les irritait. À cause de leur affection sincère pour Maman, certaines des plus jeunes sœurs étaient réellement navrées à la perspective de ce qui, elles le savaient, devait arriver par la suite.

Un soir durant le dîner, sœur Loretta s'enquit indirectement de l'état d'esprit de Maman, évoquant ses sautes d'humeur.

« Vous aviez une adresse pour moi », déclara Maman de but en blanc. Elle en avait fini avec leurs vagues dialogues concernant les bulletins météorologiques et la volonté de Dieu. « Je viens d'un endroit qui existe réellement. »

Elles serrèrent leurs lèvres fines pour aspirer la soupe fumante, sans s'assurer d'abord qu'elle n'allait pas les ébouillanter.

« Nous avons pensé qu'ici serait un meilleur foyer, ma chère.

— À cuisiner et nettoyer jour et nuit pour vous ?

— Pas pour nous, ma chère, répondit sœur Anne. C'est le labeur de Dieu que nous exécutons. Nous prononçons nos vœux au nom de notre Père.

— Mais je ne suis pas comme vous, répliqua Maman.

— Eh bien, tu as toujours été une personne de couleur. Nous en avons toujours eu conscience au sujet de ton avenir, expliqua sœur Maria, reposant sa cuillère avec un froncement de sourcils. Nous ferions aussi bien d'être claires à ce sujet. Tu as reçu le type d'éducation que les tiens n'auraient jamais pu te donner. Quand tu nous as été confiée – abandonnée par ta propre mère –, nous avons décelé une autre vision, une autre façon de poursuivre notre mission au service de Dieu. Nous t'avons transmis ce que nous avons pu, étant donné les vœux que nous avons prononcés. Nous t'avons offert l'existence que Dieu aurait pu te donner si tu étais née différente. Si tu étais née avec la liberté de choix que nous avons. »

Maman entendit ce qui n'était pas dit mais suggéré. Si elle était née blanche plutôt que noire, elles auraient pu lui offrir une autre vie, peut-être une famille qui aurait voulu l'adopter. Mais être noire impliquait que personne, y compris Dieu, ne voulait d'elle. Les sœurs avaient considéré qu'elles étaient son ultime recours.

« Jolene, tu as un choix à faire à présent », annonça sœur Loretta. Sa voix habituellement mélodieuse se fit atone. « Tu peux décider de rester avec nous, de partager ce toit sacré et notre existence simple, et continuer à œuvrer de concert, avec nous, au service de Dieu. Ou si tu préfères retourner au sein de ta race, nous écrirons des lettres pour toi. Nous t'aiderons à intégrer une bonne université pour femmes noires quelque part dans le Sud. Nous avons envoyé des filles comme toi à Tuskegee, à Atlanta et dans le Mississippi. Tu auras probablement droit à une bourse, ma chère.

— Oh, une bourse, dit une autre des sœurs plus âgées. Une bourse est toujours une bonne chose. »

Sœur Loretta se racla la gorge. « Le troisième choix consiste à ce que nous te ramenions à la pauvre poussière dont tu viens. Si c'est ton souhait, nous ne pourrons plus t'aider.

— Vous me punirez parce que je veux savoir qui je suis ?

— Dieu est notre foyer, répondit sœur Loretta. La volonté de Dieu dicte notre manière de vivre, notre lieu de vie, et pour Sa volonté nous vivons. Nous ne vivons pas pour les fruits de ce monde. Nous savons qu'il en existe un autre.

— Damascus, commença Maman, sa bouche s'emplissant de sang tandis qu'elle goûtait le mot et son souvenir, n'est qu'à trente kilomètres de distance.

— Le paradis est beaucoup plus proche », ajouta une autre sœur. Elles se mirent à sourire et à opiner du chef. « Le paradis est beaucoup, beaucoup plus proche. »

*

Les Filles de la Divine Charité déposèrent Maman au bureau de poste.

Mr Davis, qui était assis sur un banc, leva les yeux de son journal pour regarder ma mère, saisissante et tout en jambes, descendre d'un modeste break chargé de quatre femmes blanches. Elles démarrèrent dès que la jeune fille eut sorti sa valise du coffre, comme si elles redoutaient de devenir la cible d'un pistolet ou pire.

Amusé, le vieil homme frappa ses genoux de son journal et employa sa langue pour faire glisser le cure-dents, coincé dans l'espace entre ses dents de devant depuis le lever du soleil, vers le coin édenté de sa bouche. Il avait observé l'une des religieuses enfouir son visage fripé dans un mouchoir blanc tandis que la jeune fille se retournait pour leur adresser un signe d'au revoir de la main.

Mr Davis dit bonjour à Maman.

Les seuls hommes qui avaient parlé à Maman au cours des quatorze années passées de sa vie portaient des cols et avaient une voix pleine de glaires. Sûrement, parfois, un homme s'adressait brièvement à elle à l'église, ou certains livreurs lui posaient des questions au sujet de réparations ou de courses d'épicerie, mais elle ne s'était jamais retrouvée seule en présence d'un homme, et encore moins en compagnie d'un Noir.

« Bonjour, comment va, ma sœur ? Vous venez voir des gens d'ici ? »

Maman hocha la tête, s'essuyant le front de sa main.

« Vous avez pas de langue, ou quoi ? Y a pas de médium par ici.

— Les sœurs disent que c'est chez moi, répondit Maman. Je suis née ici à Damascus, monsieur. J'ai quatorze ans. Je crois que j'ai quatorze ans.

— T'es grande pour quatorze ans, répliqua-t-il avec un sourire. C'est bien, c'est bien. Une grande femme est une femme forte. »

Elle se surprit à sourire tout en agrippant la poignée de sa valise.

« C'est quoi ton petit nom, ma fille ?

— Jolene, monsieur, répondit-elle. Je suis Jolene Abbott, je crois. J'ai essayé de trouver le nom de ma mère dans l'annuaire avant qu'elles me ramènent. Son nom est Ernestine ou Ginny. »

Il s'installa plus confortablement, réarrangeant l'antique gélatine de ses cuisses et secouant la tête.

« Hum, ben, y a une Abbott ici. Elle s'est fait la malle y a longtemps et pis elle est revenue. Virginia. Et si tu l'appelles comme ça, elle te chassera à coups d'insulte. Se fait appeler Ginny. J'ai entendu qu'elle avait été mise à l'ombre en Alabama avant de se décider à rentrer. Vivait loin dans la région d'Owl Mill. Elle est restée longtemps. Jamais entendu parler de mouflets ceci dit.

— Eh bien, je me trompe peut-être au sujet de cette femme, reprit-elle, rougissant à l'idée que sa mère soit une criminelle, ou l'ait été. Alors ma mère doit être Ernestine, monsieur, continua-t-elle. Ernestine Abbott. »

Elle vit son visage s'assombrir.

« Pas possible, fit-il. T'es trop jolie.

— Les sœurs disaient qu'il y avait deux noms inscrits – Ginny et Ernestine. J'ai vu le morceau de papier moi-même. Les sœurs disaient qu'une d'elles devait être ma mère.

— Qu'est-ce qu'on en à faire, de ce qu'elles disent ? Elles se fichent pas mal de toi, vu comme elles ont filé. Se sont pas arrêtées pour voir si t'avais quelque chose à manger ou un endroit pour poser ta tête une fois le coucher du soleil venu. Ces nonnes-là, elles te raconteront rien qu'est vrai. Mais moi ? Merde, je sais déjà quoi c'est.

— Je dois trouver ma maman.

— Je sais déjà qui c'est aussi.

— Elle est en vie ?

— T'es le bébé qu'a disparu quand Ernestine a volé la voiture de Booby Pearson. Personne te cherchait, ils ont pensé que cette femme t'avait jetée dans le fleuve et continué jusqu'à Chicago ou n'importe où. Mais t'étais pas d'elle. Tu appartiens à Ginny Abbott. Tout ce que j'ai besoin, c'est de te regarder pour savoir. »

Maman fixa le sol des yeux.

« Ginny est une autre femme depuis qu'elle est revenue, ajouta-t-il. Plus de fumée que d'étincelles maintenant, mais c'est une originale pur jus.

— Originale comment ?

— Elle te dira », répondit l'homme. Tout en riant dans sa barbe, il se leva et sortit, en le secouant, un trousseau de clés de sa poche. Il se tapota le ventre, qui tombait par-dessus la taille de son jean crasseux, et lui sourit de nouveau. « T'as mangé quelque chose, ma fille ? T'es grande, mais côté épaisseur c'est pas ça. On va te donner un vrai appétit.

— Je veux aller chez moi, déclara ma mère. Je suis partie depuis quatorze ans, monsieur. J'ai dû manquer à ma maman. J'espère que je lui ai manqué.

— Ben, dit-il, tu lui demanderas ça aussi. Tout le monde par ici sait que Ginny Abbott est une femme généreuse. Chante comme un ange. La plupart qui se font la malle reviennent juste avant de clamser. Suis surpris qu'elle soit rentrée plus tôt que ça.

» Elle s'est trouvé un boulot à l'usine. A eu des petits amis, à ce qu'on m'a raconté. Elle a un autre boulot d'appoint – confectionne des tartes et elle les vend. Ces tartes à Ginny, elles soignent à peu près tout ce qui va mal – la seule femme par ici qui peut réellement cuisiner un repas comme on mangeait quand on était petits. Les gens sont rapiats aujourd'hui quand s'agit d'utiliser du vrai beurre et y salent tout, putain, jusqu'à ce qu'une tomate a le goût d'un steak et une assiette de spaghettis pourrait aussi bien être un gâteau au chocolat. Ces femmes sont trop éreintées pour penser à leur cuisine comme avant. Fichtre, je leur jette pas la pierre.

» Elle est rentrée après la tôle et qui sait où encore. Si Ginny Abbott est bien ta mère, t'es chanceuse. Elle te débarrassera de toutes ces conneries de nonnes. Ginny

Abbott est une femme délicieuse et personne pourra pas dire que je mens.

» Des femmes comme ça, elles doivent protéger qui elles sont. »

22

Mr Caesar, Mr Warren et ma grand-mère étaient partis dans cette affreuse camionnette, emportant Papa. C'était comme si on avait coupé toute l'électricité chez nous et qu'on nous demandait de nous débrouiller pour vivre à la lumière du feu de cheminée.

Tandis que je regardais ma grand-mère se plaindre tout en s'emmaillotant contre le froid et le voyage, je me demandai si je la reverrais un jour. L'observer traiter Maman avec tant de tendresse m'avait émue, et il paraissait difficile de la considérer comme une ennemie. Il ne faisait aucun doute que ma mère et ma grand-mère avaient besoin l'une de l'autre. Lorsqu'elle murmura à l'oreille de Maman *I'll be seeing you, baby*, je me souvins d'une ballade triste sur un album de Billie Holiday que Maman passait tout le temps quand j'étais petite. Alors que Ginny prononçait ces mots, Maman hocha la tête avant d'étreindre sauvagement sa mère, plissant les yeux et remuant les lèvres pour dire *Je t'aime, Maman.*

Après avoir fait manger quelque chose à ma mère, Miss Irene balaya et nettoya le bureau de Papa, retirant les bougies et toute trace de son encens et de ses fleurs séchées. Elle vérifia de nouveau notre réfrigérateur pour s'assurer que nous avions des vivres, au cas où nos appétits se réveilleraient, et dit à Maman qu'elle devait ramener ses enfants chez elle. Les petits avaient besoin de prendre un bain et de retrouver leurs lits. Miss Irene s'inquiétait pour Lindy, qui continuait de penser qu'elle était responsable de la mort de Papa et de la perte de travail de Mr Caesar. Ses enfants feraient tous des cauchemars concernant l'incendie pendant longtemps. Et elle voulait également s'assurer que sa propre maison possédait des stocks suffisants contre l'approche menaçante de la tempête. Elle suggéra qu'Ernest reste avec nous, mais Maman sourit gracieusement et balaya de la main la proposition.

« Tu auras besoin d'Ernest avec toi et les enfants, Irene, dit-elle. Ne t'inquiète pas. Ce policier ne pensera pas à nous. Ce serait un trop grand risque. Même pour lui. »

Tout en opinant du chef, Miss Irene appela les jumeaux et Lindy pour qu'ils montent dans la voiture et tendit les clés à Ernest, qui serra chacune de nous dans ses bras avant de sortir faire chauffer le moteur. Je feignis de ne pas le voir s'attarder, susurrant à l'oreille de ma sœur. J'aimais la façon dont il la faisait sourire.

« Il va conduire ?

— Ce garçon a dix-sept ans, répondit Miss Irene. Dix-sept ans, allant sur ses soixante-dix ans ! J'imagine que je n'ai pas à me plaindre. Il travaille dur. Depuis toujours. Il est plus patient que moi, ça c'est sûr. Même quand il était bébé, comme s'il attendait que j'apprenne à être une maman. Il pleurait rarement et ne me donnait aucun travail supplémentaire. »

Ezra se blottit contre l'épaule d'oiseau de Maman. Elle

avait les yeux gonflés, la bouche à vif. La façon dont ils avaient emporté Papa lui avait ôté tous ses mots.

« Une dernière chose », dit Miss Irene à voix basse. Elle sortit un petit pistolet brillant et le posa sur la table bancale où notre père entassait autrefois ses livres et ses journaux.

« Irene, répliqua doucement Maman, leurs regards se croisant. Oh, Irene, je…

— Ezra sait tirer parce que je lui ai appris.

— Tirer sur quoi ? demandai-je avec inquiétude.

— Il y a longtemps, ma maman – Ginny – m'a aussi appris. Ça faisait partie des choses que j'étais ravie de laisser derrière moi quand on est partis, expliqua Maman. Il y avait beaucoup de coups de feu à Damascus. C'est probablement toujours le cas. C'étaient principalement des Blancs qui tiraient. Mais les hommes de couleur tiraient aussi, pour se nourrir, pour défendre leur propriété. Quand ils n'avaient pas le choix et que les Blancs s'en prenaient à leur femme et à leurs enfants, ils utilisaient leurs armes pour d'autres raisons.

— Eh bien, ma sœur, espérons qu'il n'y aura pas de raison de le faire ce soir. » Miss Irene embrassa la joue de Maman et le dessus de nos têtes. Elle balaya des yeux nos murs récurés, rehaussés par la lumière des flammes. Puis elle et les enfants Junkett s'en allèrent. Les pneus crantés de leur voiture crissèrent fortement tandis que les roues évoluaient sur de denses aplats de neige.

*

Le feu de cheminée du soir flambait et crépitait dans notre salon, où il faisait très chaud. Je songeai aux dents déchaussées de notre grand-mère et m'autorisai un petit sourire. Elle n'aurait pas pu se plaindre qu'il faisait trop froid, même si, clairement, elle était disposée à se plaindre d'à peu près n'importe quoi.

Assise dans le fauteuil élimé de mon père, j'essayai de positionner l'arrière de ma tête douloureuse dans l'empreinte sombre laissée par son crâne, la preuve qu'il se trouvait encore parmi nous. Ezra bâillait, s'efforçant de rester éveillée. Épuisée, Maman dormait d'un sommeil léger, installée en chien de fusil à l'autre bout du canapé miteux.

Mis à part le grésillement de notre feu de cheminée, le silence régnait, ce qui me procura un sentiment de malaise, comme si j'avais trop mangé. Au lieu de me laisser bercer par la chaleur à l'instar de ma sœur et de ma mère, mes pensées s'aiguisèrent alors que j'essayais d'imaginer comment nous pourrions jamais supporter de telles soirées sans notre père. Les questions explosaient dans ma tête, l'une déclenchant la suivante. Quand est-ce que Maman serait opérée de son cancer ? De combien de temps disposions-nous avant qu'elle ait besoin d'aller à l'hôpital à Boston ? Ez et moi resterions peut-être chez les Junkett. Sauf que le licenciement de Mr Caesar de Hobart signifiait probablement que la famille Junkett s'en irait, peut-être pour retourner à Royal, ce qui plairait à Miss Irene. Je tentai de me représenter la fin de mon année scolaire dans un lieu pareil. Papa voulait que ma sœur et moi étudiions à l'université, mais il n'était pas question de laisser Maman seule, surtout pas ici à Salt Point.

Le bruit d'autres pneus qui s'approchaient me tira de mes inquiétudes. Immédiatement, mes yeux se dirigèrent vers le pistolet. Il était aussi brillant et noir que l'ébène du piano de Maman. Ezra était déjà debout, la tête inclinée dans la direction du véhicule. Son corps était tendu. Elle plaça les doigts sur ses lèvres pour indiquer que nous ne devions pas déranger Maman, prit le pistolet et le dissimula dans sa robe. Nous nous serrâmes dans l'espace à côté du sapin de Noël pour nous permettre de voir jusqu'au bout de la rue.

« Est-ce que c'est un corbillard ?

— Chut ! Ne réveille pas Maman », m'ordonna Ez tout en m'entraînant à l'extérieur du salon. Nous ouvrîmes la porte d'entrée et nous tînmes toutes les deux dans l'encadrement.

« Ça ressemble à un corbillard mais ça n'en est pas un », dis-je, plissant les yeux pour discerner quelque chose à travers des voiles de neige qui s'entortillaient tels des draps pailletés autour de la véranda. Notre visibilité était limitée. « Est-ce que c'est le policier Charlie ? »

Je songeai au pistolet enfoui dans la robe de ma sœur. Ezra avait les mâchoires serrées comme Papa. Un feu d'artifice de muscles fragiles tressaillait et vibrait autour de ses yeux. Chaque nerf sonnait l'alarme, frénétique transmission sur un standard téléphonique quelque part au fond du cerveau furibond de ma sœur.

« C'est une limousine », déclara finalement Ezra.

Nous ne l'avions pas entendue s'approcher, mais la chaleur corporelle de Maman se propageait derrière nous. Alors que je tournais la tête, nos regards se croisèrent. Dans l'air obscur et pur, je vis que Maman, Ezra et moi partagions toutes le même feu d'acier dans nos yeux. Elle hocha la tête comme pour me rappeler d'enregistrer ce moment dans ma mémoire.

Puis elle plaça sa main sur mon épaule alors que nous nous efforcions toutes les trois de reconnaître le visiteur qui s'approchait de chez nous.

Miss Alley.

La femme, pour on ne sait quelle raison, avait pris le risque de conduire dans le blizzard depuis Amity jusqu'à Salt Point. Il y avait comme de la joie dans la façon qu'elle avait eue de descendre de la voiture de luxe, ses portières ouvertes par un homme de couleur aux mains gantées de blanc.

« Bonsoir, Miss Dinah, je me demande ce qui pourrait être si important pour vous amener ici avec une météo aussi dangereuse. Voulez-vous entrer ? » La voix de Maman était claire, tous les nerfs de son corps s'alliant pour donner à entendre un ton métallique qui nous signifiait de ne pas interférer dans ce qu'elle allait dire. Notre mère pouvait se sentir bouleversée par la mort de notre père, mais elle ne tolérerait pas la stupidité de Miss Alley dans son salon.

Ezra et moi restâmes dehors, dans la véranda ; avec nos vêtements dépareillés, nous avions probablement l'air de vagabondes. Debout près de la voiture se trouvaient deux Noirs, un homme dans un uniforme de chauffeur et une femme dont les yeux sombres enregistraient nos frissons. Elle scruta notre maison partiellement éclairée avant de hocher doucement la tête en signe de salut.

Ezra essaya de voir à travers notre fenêtre, mais l'affreux sapin scintillant bloquait toute vue de ce qui se passait entre Miss Alley et Maman.

« Est-ce qu'elle peut nous exclure ?

— Cinthy, dit ma sœur avec un soupir. Sa tante et son oncle possèdent Hobart, ce qui signifie qu'elle possède pratiquement le lycée elle aussi.

— Mais en quoi c'est juste ? Nous ne devrions pas être exclues du lycée à cause de ce qui est arrivé à Papa. Il est mort, après tout. »

Ezra secoua la tête. « C'est justement la raison, idiote. Ils n'ont plus besoin de faire quoi que ce soit pour nous. On a perdu tout levier que Papa aurait pu avoir, et il n'en avait déjà pas beaucoup lui-même. Si Hobart n'était pas un tel escroc, Papa n'aurait jamais conservé son travail aussi longtemps. C'est rare de trouver un lycée où un Noir enseigne à des enfants blancs. Miss Irene a dit un jour que notre situation avait toujours été compromettante. Eh bien, elle avait raison. »

La voix de Papa emplit mes oreilles. L'éducation signifiait tout pour lui. Il expliquait constamment qu'elle lui avait sauvé la vie et que la connaissance constituait la seule chose qui pouvait nous sauver aussi. Être exclues de Hobart menacerait ce que Papa voulait que nous ayons, ce qu'il s'était efforcé de nous donner. Bien que cette perspective me dérangeât, je ne dis rien.

La portière arrière de la limousine s'ouvrit de nouveau. Je craignais qu'il s'agisse de Mr et Mrs Hobart, ou pire, du policier Charlie en personne.

Au lieu de quoi, une jeune fille emmitouflée dans un long manteau orné de fourrure jeta un coup d'œil à l'extérieur du véhicule. Le chauffeur noir faillit glisser et tomber dans sa précipitation pour lui tenir la portière ouverte.

La jeune fille ne pouvait pas s'occuper elle-même de

la portière, parce qu'elle tenait ses mains cachées à l'intérieur d'un manchon en fourrure. De petites boucles noires voletaient autour de son visage comme dans un film, mise en scène que nous n'avions rencontrée qu'au cinéma. Elle portait des bottes de cuir cirées qui laissaient à peine une trace sur le sol. Tandis qu'elle attendait que nous la reconnaissions, elle leva la tête et s'avança de quelques pas supplémentaires. Je pensai qu'il s'agissait peut-être de l'une des filles fantômes que l'on n'avait jamais retrouvées au fond de notre étang.

Pendant plusieurs minutes, nous écoutâmes tous le vent. J'observai le souffle qui se répandait des narines de la femme de couleur. Elle devait être gelée. Je me demandai à quoi sa vie ressemblait et pourquoi son travail consistait à se tenir là comme un soldat, protégeant cette jeune fille gâtée.

Ruby gravit nos marches comme si celles-ci lui appartenaient, comme si nous-mêmes lui appartenions. Elle s'assit aussitôt sur le bord de l'un des fauteuils où Mr Caesar et les hommes de l'Étoile-Montante s'étaient installés, adressant leurs chants à Jésus la veille de Noël. La voix qui sortit de sa bouche luttait contre l'air glacial.

« J'ai pensé que je viendrais présenter mes condoléances à votre famille quand j'ai entendu la nouvelle de la mort de votre papa, expliqua-t-elle. Je suis vraiment désolée qu'il soit décédé. Mort en héros, en sauvant ces enfants comme ça. »

Ezra secouait la tête. « Comment oses-tu !

— Ne prononce pas le nom de notre père, ajoutai-je, me demandant si mon crachat gèlerait avant d'atterrir sur elle.

— Attention, répliqua Ruby tout en se levant du fauteuil à bascule. Il fait beaucoup trop froid pour que je me fasse insulter ce soir. Marvella, est-ce que tu veux bien nous rejoindre ? Vu mon état, je ne peux pas laisser ces nègres jouer avec mes nerfs.

— Qu'est-ce qu'il y a, Miss Ruby ? »

La femme monta les marches, clairement énervée de recevoir cet ordre, et se tint à l'autre bout de la véranda, loin de nous trois. L'idée que Ruby puisse commander une adulte noire me fit bouillir de rage et de honte malgré les rafales de vent.

« “Miss Ruby” ? dis-je d'un ton moqueur.

— Vous sauriez que ma vie a changé si on était – euh, si nous *étions* toujours amies.

— Qu'est-ce qui a changé ? demanda Ezra. La crasse reste de la crasse. »

Ruby chassa son incrédulité d'un battement de paupières. « Je suis venue prendre de vos nouvelles ! J'imagine que j'étais désolée pour Mr Kindred. Sans lui qui travaille au lycée, je ne sais pas comment vous autres allez vous permettre de rester au village. Je suppose que votre maman pourrait trouver un travail – enfin – mais ça dépend de sa santé, non ?

— Il n'y a rien de plus misérable au monde que toi », déclarai-je.

Elle hocha la tête tout en me souriant. « Ez sait comment survivre, comme moi, mais ton petit monde à toi a été détruit. C'est toi qui avais besoin du lycée plus que nous toutes ; tu ne sais même pas qui tu es, à moins qu'il y ait un livre qui te dise que tu es en vie.

— Tu as reçu de bonnes leçons de cette Blanche, reprit Ezra. Si tu veux parler de quelqu'un qui a besoin de quelque chose, parlons-en. Tu avais besoin d'une femme blanche pour te montrer comment être blanche, c'est ça ? Parce que ta mère ne suffisait pas ? Ou bien tu savais depuis toujours ce que tu étais, et Miss Alley t'a dit que ce n'était pas un problème de l'admettre. On dirait que c'est toi qui as besoin, plus que n'importe qui d'autre, qu'elle te dise qui tu peux bien être, surtout si tu crois qu'elle va s'occuper de toi après avoir obtenu ce qu'elle veut – quoi que ce soit. »

Au lieu de répondre aux propos de ma sœur, Ruby poursuivit sur un ton que nous avions souvent entendu les adultes employer. Celui d'une personne qui ne s'intéressait jamais qu'au son de ses propres mots. J'entendis la voix de mon père dans ma tête, nous parlant de compassion. Je revis le regard brisé de Ruby le jour où nous avions quitté le spectacle aérien. Elle s'était toujours montrée avide de quelque chose qu'elle n'avait pas pu partager avec nous, alors même que nous partagions tant, parcourant toute l'étendue sauvage de Salt Point ensemble. Mais peut-être Ruby avait-elle fini par comprendre que nous ne pouvions pas partager notre négritude avec elle. Nous ne pouvions pas offrir ce qui se trouvait entre nos jambes, ni l'amour derrière nos fronts qui nous faisait adorer nos visages. Nous ne pouvions pas donner à Ruby le sang qui battait dans la gorge et dans les chants de nos ancêtres. Ruby devait chanter seule et c'était un fait triste et regrettable. Mais nous ne lui devions, ni à elle ni à nous-mêmes, aucune excuse.

Ruby vivait dans un nouvel environnement sauvage et je m'efforçai d'éprouver de l'empathie, de former l'espoir qu'elle pourrait un jour s'en sortir vivante. Mais son refus de nous laisser tranquilles me rendait difficile la tâche de la considérer autrement que comme pitoyable. Je n'avais pas été élevée pour tendre l'autre joue.

« Fini la charité, déclara Ruby. Mr Hobart va se lancer dans d'importantes négociations tout de suite après le nouvel an pour vendre le lycée et partir dans l'Ouest. Le village en souffrira, mais il s'en remettra. Il s'est saigné pour essayer de maintenir l'établissement à flot. Il dit que la Californie est l'endroit où il devrait être. Un jour, j'irai aussi là-bas. Je jouerais peut-être dans des films.

— Tu veux parler de charité ? On vient de sortir les poubelles au cas où tu as faim, rétorqua Ezra. Tu ne pensais pas que j'étais au courant, hein ? Combien je me sentais mal de devoir faire comme si je ne savais pas que tu avais faim ?

» Et maintenant tu es là. T'as un sacré culot, un vrai culot de Blanche. Et à propos de chance, où est ton papa et pourquoi il te laisse être le petit toutou de Miss Alley ?

— Miss Alley s'est prise d'intérêt pour moi », répondit Ruby. Son menton tremblant saillait dans la lumière ambrée que répandait le feu de cheminée par la fenêtre du salon. La remarque concernant nos poubelles avait dessiné une fêlure sur le nouveau visage de Ruby. Elle se déplaça légèrement pour nous permettre de la voir. « Elle a donné de l'argent à Maman et Papa pour qu'ils investissent dans mon avenir. On parle d'adoption. Miss Alley a toujours voulu avoir une fille comme moi.

— Donc, ils t'ont vendue, dit Ezra. Vas-y, sers-nous encore des mensonges. Ce ne serait pas la première fois que tu te mens à toi-même.

— Mon avenir vaut n'importe quel investissement ! Je vais aller en Europe avec Miss Alley. On va à un grand bal à New York et, de là, on mettra le cap vers de nouvelles aventures. Je vais avoir tout ce que j'ai toujours voulu, et je ne reviendrai jamais ici, sauf si j'en ai envie.

— Et l'idée de devenir pilote d'avion ? demandai-je. Je croyais que c'était tout ce que tu voulais. Être libre ?

— J'ai déjà ma liberté », répondit Ruby. Elle pencha la tête et appuya son manchon contre la ceinture en feutre qui entourait sa taille. « Et plus encore. » Le vent se remit à souffler comme si Ruby avait chorégraphié les éléments de sa révélation. Son visage rayonnait d'espoir tandis qu'elle prononçait distinctement quelques mots par-dessus le froid cinglant.

« J'attends un heureux événement.

— Lequel ? » demandai-je.

Elle ne répondit pas, mais fixa Ezra des yeux, comme si elle s'accrochait encore à la possibilité qu'elles s'aiment.

« Je vais être mère, et il y aura quelque chose d'adorable dans ce monde qui comptera sur moi pour ne pas me laisser aller. Miss Alley a fait venir un médecin à Amity pour moi plus tôt aujourd'hui. Vous auriez dû voir la tête de Miss Alley ! Ils n'arrêtaient pas de m'interroger, mais je sais pertinemment que l'identité du père, quelle qu'elle soit, n'a pas d'importance. Plus je pense à ce bébé, plus je me sens légère. En aimant mon bébé, je deviendrai libre. C'est la chose la plus évidente. Je ne sais pas pourquoi je n'y ai jamais pensé avant.

» Écoutez, je peux vous aider. Je sais ce que sont des moments difficiles et croyez-moi quand je vous dis que c'est ce qui vous attend. On peut aller ensemble faire des vœux au-dessus de votre étang. Exactement comme des sœurs ! La situation pourrait empirer avant que le soleil réapparaisse, poursuivit Ruby. Cet imbécile de Charlie dit que les villageois vont vous chasser des lieux d'ici au nouvel an, vous autres et les Junkett. Après que Miss Alley a parlé avec son oncle, il a pensé que c'était ce qu'il y avait de mieux, parce qu'ils croient que Mr Caesar pourrait être le père de mon enfant. »

Ezra poussa brutalement Ruby.

« C'est un putain de mensonge ! »

Au lieu de se presser de se remettre debout comme autrefois, Ruby prit son temps pour se relever. La femme noire que Ruby avait appelée Marvella s'exprima d'un ton acerbe de l'autre bout de la véranda :

« Hé, ne levez plus jamais la main sur Miss Ruby. On frappe pas quelqu'un qui porte la vie. » La voix de Marvella et sa manière de protéger Ruby nous incitèrent à penser que cette dernière n'était peut-être pas une menteuse, du moins en ce qui concernait le bébé.

« Est-ce que c'est vraiment lui qui t'a engrossée ? demanda Ezra tout en croisant les bras sur sa poitrine. Lindy me racontait que ta maman te laissait seule avec ton papa tout le temps. Peut-être qu'elle ne pouvait pas rivaliser avec toi pour l'amour de ton papa.

— Maman ne m'a absolument pas abandonnée ! »

Ez fixait le ventre de Ruby du regard comme si elle parvenait à voir à travers l'élégant manteau en cachemire, à travers la peau pâle de Ruby, où une petite boule de vie se contractait, respirait et exhalait dans sa gélatine.

« Où est ton père, Ruby ? Qu'est-ce qu'il peut bien être en train de faire de mieux que de te sauver de toi-même ?

— Dans les vapes près du poêle à bois comme chaque Noël, répondit Ruby. Oh, Papa est devenu fou depuis que j'ai décidé de ne pas revenir. Pourquoi est-ce que je retournerais avec lui de toute manière ? Je préfère vivre à Amity. C'est comme dans un film. Pauvre papa. Cet imbécile de Charlie a dû le mettre sous les verrous presque tous les jours pour ivresse. Il raconte que Maman l'a roulé dans la farine pour le convaincre de me donner. Y dit que j'ai été kidnappée. Qu'il a des droits.

— Tu vas vraiment avoir un bébé ? »

Ruby perçut la tonalité de ma question et redressa le menton. « Peut-être. Euh, oui. Je… je saigne plus.

— Je croyais que tu aimais ton papa, dit Ezra. Il finira enfermé, dans une vraie prison, si tu ne l'aides pas.

— Il finira mort si je suis chanceuse, répliqua Ruby d'une voix semblable à celle de Miss Alley.

— On donnerait n'importe quoi pour avoir notre papa, rétorquai-je. Et toi, tu peux souhaiter une chose aussi terrible à ton papa sans sourciller.

— Marvella, aide-moi à remonter dans la voiture, ordonna Ruby, rabaissant les paupières sur les fenêtres bleu foncé de ses yeux. Cet air est pas… euh, n'est pas… bon pour moi.

— Ouais, dit Ezra en plissant les yeux. Pose ton cul dans cette voiture et ne reviens jamais sur cette route.

— Miss Dinah arrive, annonça Marvella.

— Vous ne pouvez pas me souhaiter du bien ? demanda Ruby, le visage tremblotant. Être heureuses pour moi ? Je ne sais pas exactement quand nous serons de retour une fois en route pour l'Europe. Miss Alley dit que nous célébrerons le nouvel an au milieu de l'océan. Je pourrais ne jamais revenir. Personne ne me donne de raison de rentrer. Je pensais juste…

— Être heureuses pour toi ? l'interrompis-je.

— Tu grandis ou tu renonces, dit-elle en prenant appui sur le bras de Marvella.

— Tu as renoncé à ton père ? demanda Ezra. Ou bien tu as renoncé à toi-même d'abord ?

— Si vous ne mettez pas votre derrière dans cette voiture…, dit Marvella en tirant Ruby. J'ai pas l'intention de perdre ma place à cause de vous.

— On n'a pas vu les choses de la même manière, hein, Ez ?

— De quoi tu parles ?

— Ce jour-là, quand on a regardé, répondit-elle. On n'aurait jamais pu. »

C'était ce caractère farouche chez ma sœur qui avait attiré Ruby – cette loyauté déconcertante et imprévisible. Ce flegme. Entre Ruby et Ezra, une féminité inconnue avait germé, surgissant entre la fin du printemps et les derniers jours de l'été. Sous ce soleil rude, leur enfance s'étiolait sur les rochers. Ma sœur et Ruby eurent à peine le temps de lui dire adieu. Un nouveau langage se dressa telle une clôture de barbelés à travers laquelle elles se dévisageaient sans tout à fait se reconnaître. Les règles de Ruby signalaient sa disponibilité à se marier et à fonder une famille. Malgré sa pauvreté, elle serait toujours riche de la couleur de sa peau.

La maturité physique de ma sœur, de son côté, représentait un danger pour tout le monde autour de nous. Mes parents s'étaient inquiétés du fait qu'Ezra se retrouve soudain dans la ligne de mire, devienne la cible d'horribles histoires. Rien ne garantissait à ma sœur la dignité ou le respect qui lui vaudrait d'être en sécurité où que ce soit, y compris chez elle.

Je me souvins du mépris fielleux de Ruby contre le monde alors qu'elle s'emparait de nos culottes humides ce jour-là, nous délestant chacune de ce vêtement si intime. Aucune de nous n'imaginait que lorsque nous recouvririons de ce mince tissu ce qu'on nous avait enjoint de considérer comme une arme, il serait déjà trop tard pour oublier ce que nous avions vu.

Ruby s'abandonna aux cajoleries de Marvella. Juste avant de disparaître dans la limousine, elle releva la tête pour parler. Ses mains, dans leur manchon noir, lui donnaient l'air d'être emprisonnée dans une camisole de force.

« Il aurait jamais pu être le père dont il disait que j'avais besoin. Tellement triste, et furieux, et méchant. Mais parfois la fureur vous quitte ou vous vous en débarrassez, ajouta-t-elle. Même si elle fait partie de vous. »

23

Le lendemain matin, dans le lit de nos parents, l'odeur de mon père nous enveloppait telle une membrane invisible. Je m'étais endormie du côté de Papa, tournée dos au bord. La poitrine de Maman se soulevait et retombait doucement. Respirant lentement dans son sommeil, son corps replié sur lui-même, en position fœtale. Reposer ainsi au creux du souvenir du poids de mon père me réconfortait. J'étais née dans leur grand lit en plume d'oie. Quand nous étions petites, Maman nous avait souvent gardées contre elle dans ce lit, jusqu'à ce que Papa finisse par déclarer avec insistance que nous devions dormir seules.

Maintenant, Ezra se blottissait entre Maman et moi. La nuit précédente, tandis que nous nous endormions, Maman nous avait fredonné des airs comme si nous étions redevenues ses nourrissons. La chanson « Goodnight, Irene » se métamorphosa en une berceuse funèbre. La supplique mélancolique d'un nom de femme nous entraîna dans le ressac de ses vagues vers un sommeil paisible. Maman chantonnait *I'll see you in my dreams, I'll see you in my dreams*, tandis que nous glissions dans une rêverie ondoyante, à l'abri de ce qui nous menaçait derrière la muraille qu'érigeait la voix endeuillée de Maman.

Alors que je clignais des yeux dans le silence matinal, j'entendis de nouveau l'avertissement de Ruby dans ma tête, semblable à des gouttes d'eau glaciale s'infiltrant dans le chaud repli de mes pensées. *Les villageois vont vous chasser des lieux d'ici au nouvel an, vous autres et les Junkett.*

Lorsque Ezra finit par battre des paupières, j'étais transie de terreur. Même si je n'avais pas vu Ezra pleurer, ses paupières légèrement gonflées constituaient la preuve de sa souffrance, qu'elle essayait de me dissimuler. Si près de son visage, je m'étonnai de la façon dont ses yeux, identiques à ceux de Papa, me scrutaient alors qu'elle tapotait son doigt contre ma bouche. Elle prit ma tête entre les mains, laissant la chaleur de ses paumes se propager dans mon cerveau. Elle suivit les contours de mon nez et de mes yeux du bout du doigt, puis de l'ensemble de mon visage avant d'appuyer de nouveau son doigt sur mes lèvres et de sourire des yeux. Quand j'étais petite, ma sœur avait l'habitude de suivre ainsi les contours de mon visage. Je me souviens, je peux le jurer, d'être dans mon berceau et de me perdre au-dessus de moi dans ses grands yeux marron pendant qu'elle faisait glisser amoureusement le bout de ses doigts sur mon visage.

Je balançai mes jambes par-dessus le bord du lit et me sentis revigorée. Ez se déplaça vers mon côté et se leva aussi, étirant ses longs bras. Ensemble, nous remontâmes les couvertures sur Maman, qui gémissait dans son sommeil et frottait continûment sa joue contre l'oreiller qu'elle prenait peut-être, dans son rêve, pour la poitrine intacte de mon père en train de respirer.

*

Ezra prépara du café tandis que je vérifiais les carrés de pain de maïs que j'avais placés sur une plaque de cuisson dans le four. Posant du beurre frais sur la table, j'étais reconnaissante de sentir la présence de Miss Irene. La nourriture qu'elle avait préparée pour nous équivalait presque à entendre sa voix emplir notre cuisine. La radio jouait à faible volume. Nous nous efforcions d'écouter la voix masculine qui répétait les prévisions météorologiques : blizzard imminent avec des prévisions de coupure d'électricité le long de la côte.

« Le feu flambe bien, dit ma sœur.

— Plein de réserves de nourriture, dis-je à mon tour. J'ai mis des lampes torches près de la porte d'entrée.

— Si les tuyaux gèlent, on pourra prendre de la neige et la faire bouillir.

— J'ai des allumettes juste là, annonçai-je, montrant du doigt la boîte rectangulaire avec sa bande râpeuse collée sur le côté.

— On sera parées jusqu'au retour de Mr Caesar, ajouta Ezra. Il y a des piles de rechange dans le tiroir, alors la radio nous tiendra compagnie. On a tout ce qu'il nous faut. Tout à l'heure, on sortira déblayer la neige, autant que possible. On pourra répandre du sel sur les marches et dans l'allée. On peut saler les marches de derrière aussi, si elles gèlent… »

Sa voix diminua. Nous pensions toutes les deux à Papa. Au lieu de baisser les bras, nous essayions d'agir comme Papa l'aurait voulu. Je me souvenais d'avoir entendu d'autres personnes parler des morts de la sorte, comme si ces derniers avaient encore leur mot à dire, comme si leur voix pouvait se faire entendre et respecter du fond des ténèbres.

« Elle va sans doute dormir un certain temps pour s'épargner le pire, dit Ezra. On devrait peut-être lui apporter du lait plutôt que du thé. Ce serait peut-être meilleur avec le pain de maïs, pour qu'elle ne soit pas trop éveillée.

— D'accord », acquiesçai-je, m'agenouillant devant le placard près de la cuisinière pour trouver la casserole cabossée et adorée que nous utilisions pour réchauffer du lait ou de la soupe. Je versai l'équivalent d'un peu plus qu'une tasse pour pouvoir boire aussi un peu de lait.

« Mais si on doit partir ?

— Partir d'où ? demanda Ez, se concentrant sur le café.

— Salt Point, répondis-je. Et si le policier essaie de nous chasser de chez nous ?

— Salt Point est un lieu-dit de pacotille, répondit ma sœur. Ils ne peuvent pas nous mettre dehors, à moins qu'on les laisse faire. Les gens de couleur se soulèvent dans tout le pays. Tu as oublié ça ? Ils protestent, mettent leur vie en péril pour le droit de ne pas être chassés des lieux que nous avons bâtis à la sueur de nos fronts. Nous voulons nous saisir du pouvoir, pas le céder. Les Noirs ne peuvent plus attendre une minute de plus que les Blancs leur accordent une liberté qu'ils nous ont toujours refusée. Et tu sais quoi ? Miss Irene dit qu'ils ne sont même pas vraiment libres sans nous. Nous avons la volonté. Nous sommes dans l'action. Les Blancs ont des dettes envers nous, pas l'inverse. Alors, qu'est-ce qui se passera si on ne finit pas le lycée ? On est assez grandes pour s'instruire toutes seules. N'oublie pas qu'on se trouve dans la meilleure bibliothèque à des kilomètres à la ronde. Papa l'a constituée pour nous. Ses livres sont ici même. Nous pouvons être nos propres professeurs. Nous pouvons nous charger de nos propres vies. Ils ne veulent pas de nous comme héros de leurs histoires ? Nous possédons notre propre terre ici. Notre propre histoire. C'est sans doute mieux comme ça. »

Elle paraissait si sûre de notre destin, mais moi, je me sentais mal. Brièvement, je songeai de nouveau à la manière dont Miss Burden s'était noyée et comment le monde – ou la fatalité – avait brûlé vif mon père. Les personnes dans ma vie que j'avais considérées comme les plus intelligentes étaient mortes. Je ne voulais pas être ma propre enseignante. Je m'inquiétais à l'idée que cela me faisait paraître moins forte que ma sœur, et que, si elle se libérait de ses chaînes, elle pourrait me laisser derrière.

« C'est sans doute mieux comme ça », répéta Ez en me touchant la main dans laquelle je tenais la cuillère.

Le lait risquait de brûler si je cessais de le remuer. J'acquiesçai à ses mots d'un hochement de tête, me demandant comment je pourrais jamais manier les livres de mon père sans m'effondrer, et encore moins m'en servir pour m'instruire.

*

Dans le bureau de Papa, la lumière filtrée dessinait des marbrures sur ses livres silencieux. Les aiguilles de l'horloge de mon père indiquèrent qu'il était midi. Maman disait que les morts de Damascus sont toujours remis à midi. J'essayai d'imaginer la tombe occupée de Papa dans une ville minuscule que je n'avais jamais vue. Les habitants de Damascus graveraient son nom dans de la pierre bleue, où reposeraient ses ossements parmi les sépulcres de ses ancêtres, et des miens.

*

Dans le salon, ma sœur s'arrêta de jouer du piano. Elle avait cessé de se distraire en s'exerçant à des accords compliqués. Elle hurlait.

Je me précipitai vers l'entrée et vis que la porte était ouverte. L'air froid me poussait en arrière tandis que j'avançais en direction d'une silhouette qui se découpait à contre-jour. Un instant, je crus qu'il s'agissait de notre père. Mais à ce moment-là Maman me passa devant après avoir dévalé l'escalier, et elle et Ezra se mirent à entraîner l'ombre à l'intérieur parce qu'elles avaient reconnu Ernest Junkett, qui se tenait maintenant au milieu de notre salon, incapable d'entrouvrir l'œil gauche ou les lèvres. Je percevais sa terreur par-delà l'odeur de neige.

« Qu'est-ce qui s'est passé ? demanda Maman.

— Maman, finit-il par dire.

— Irene ? interrogea Maman.

— Mon Dieu, dit-il. Maman.

— Où sont les enfants ? »

Tout en sanglotant, Ernest secoua la tête et appuya ses paumes contre sa bouche. Ma mère l'enveloppa de ses bras du mieux qu'elle put pour l'empêcher de tomber. Mettant de côté sa propre douleur, d'une voix claire elle répéta la question : « Ernest. Où ? Sont ? Les ? Enfants ?

— Le policier est venu, il parlait du papa de Ruby qui raconte qu'elle a été kidnappée. Y avait aussi le papa de Ruby dans le camion.

— Ce n'était pas la voiture de police ?

— Non, m'dame, répondit Ernest. Ils étaient dans un camion. Celui du lycée que mon papa utilise pour faire des courses pour le travail et le reste. Ils sont entrés dans la maison et ont dit que Papa a pris Ruby. Quand on leur a répondu que Papa était pas là, ils ont déclaré que c'était parce qu'il avait pris cette fille et lui avait fait Dieu sait quoi. » Il s'interrompit, tremblant, comme s'il hésitait à continuer devant nous. « J'ai essayé de leur expliquer que Papa était parti hier avec Mr Kindred pour l'enterrer comme y faut, mais ils ont dit que c'étaient eux qu'avaient la bonne version de l'histoire, ajouta-t-il d'un ton amer. C'est à rien y comprendre, parce que le policier devrait savoir que c'est son oncle qui a Ruby. C'est comme si ça avait même pas d'importance, parce que l'homme arrêtait pas de répéter qu'il allait aider à la récupérer. Et le papa de Ruby va pas bien du tout. Il avait un regard d'ivrogne et de fou. Le policier s'est mis à dire qu'on n'avait pas le droit de quitter le village avec le corps de Mr Kindred. Il parlait de papiers officiels et d'une amende qu'on devrait régler et du certificat de décès pas signé. Maman lui a dit que le corps de Mr Kindred leur appartenait pas. Elle a dit quelque chose du genre, on n'est pas les esclaves des flics. Après ça, il a frappé Maman fort.

— Non », s'exclama Ezra.

Il prit une nouvelle inspiration. « Maman s'est relevée comme si elle en avait vu d'autres dans sa vie. Elle a dit qu'on savait pas où Ruby pouvait être. Alors Mr Scaggs s'est mis à balancer des trucs ignobles. Nous a appelés nègres, dit qu'il allait tous nous tuer, que nous tuer tous était rien à côté de ce que Ruby valait. »

Maman se laissa brusquement tomber dans le fauteuil de Papa.

« Maman a sorti sa machette et moi, j'avais le pistolet de Papa – mais j'ai jamais vraiment tiré avant et… »

Ezra enfouit son visage dans la manche d'Ernest. Je me sentais moi-même flotter, m'élevant jusqu'au plafond.

« Ils ont attrapé Lindy. Le policier a mis son pistolet contre sa tempe. Il a dit que si Maman venait pas avec eux, il ferait éclater la cervelle de ma sœur juste là sous nos yeux. » La voix d'Ernest s'était presque réduite à un murmure. « Alors Maman a posé la machette sur la table. J'ai aussi posé le pistolet. Aussitôt après, le policier l'a attrapé, il a dit que ça serait vraiment une bonne preuve si Ruby réapparaissait pas. Il a pris le fusil de Papa et m'a frappé au visage aussi fort qu'il pouvait jusqu'à ce que Maman se mette à hurler qu'elle l'accompagnerait s'il nous laissait tranquilles. Ils sont partis à ce moment-là, en traînant Maman. Ils l'ont mise dans leur camion.

— Ils allaient où ? »

Le visage d'Ernest se mouilla de nouvelles larmes. Il haussa les épaules comme un petit garçon. J'avais du mal à le regarder sans penser à ce que le policier nous avait fait quand il avait surgi chez nous, arrachant le voile qui recouvrait le visage de mon père.

Ezra releva la tête.

« Elle garde un pistolet dans sa poche. Ils ne savent pas ça.

— Ouais, acquiesça Ernest. Mais ils sont deux. Elle, elle est toute seule.

— Elle tire bien, reprit Ezra.

— J'ai laissé mon frère et mes sœurs à la maison.

— Tu es venu ici comme ça ?

— Oui, m'dame.

— Je ne veux pas que tu reprennes la voiture. Ton œil a l'air mal en point, chéri. Je ne veux pas que tu le perdes. Laisse-moi le recoudre avec du fil. Cinthy, apporte-moi mon sac avec l'eau oxygénée. Dès que l'orage se calme, on t'emmènera à l'hôpital de Gunn Hill. J'espérais que Caesar serait rentré avant la tombée de la nuit, mais cette météo pourrait tout changer.

— Et Miss Irene ? demanda Ezra. Et elle, Maman ? Qu'est-ce qu'ils vont…

— Oh Ezra, on ne peut pas… on ne peut pas aller la chercher. Irene doit se débrouiller toute seule, répondit Maman. Dieu ne l'abandonnera pas. Irene aura le dessus. Son heure n'est pas venue. Tout ce que je peux faire, c'est faire ce qu'elle voudrait, c'est-à-dire prendre soin de ses petits. On ne peut rien faire de plus pour le moment.

— Ça ne suffit pas », objecta Ezra, tout en croisant les bras sur sa poitrine.

Maman prit Ernest par le bras.

« Cinthy, tu vas devoir reconduire Ernest au village. Pour

l'instant, je ne peux pas faire confiance à ta sœur pour m'obéir.

— Le reconduire en voiture ?

— T'en es capable, répliqua Ezra avant que je puisse ajouter un mot. Ramène-les ici avant que la neige empire.

— Ça a déjà empiré.

— Je te dirai quoi faire », dit Ernest. Sa voix était à la fois désespérée et déterminée. « Parce que si je dois retourner en ville tout seul en me traînant à quatre pattes, je le ferai. Empire et Rosemary peuvent pas marcher loin dans ce froid. Lindy, je sais pas. Ils pleuraient à chaudes larmes, voulaient même pas que je m'en aille du tout. Mais je leur ai dit de se cacher dans la maison et de m'attendre. Je savais pas si ce policier me piégerait d'une façon ou d'une autre s'il me voyait sur la route. J'ai promis que je reviendrais les chercher. Quand ces hommes-là seront de retour, j'y serai. Mon papa m'a expliqué ce que je devais faire.

— Seigneur, ayez pitié, je dois passer des coups de fil, dit Maman. Le pasteur de l'Étoile-Montante. Ernest, tu as son numéro ? »

Ezra fit la moue et émit un fort claquement de langue. « Des coups de fil, vraiment, Maman ? C'est tout ce que tu as trouvé ? »

Le visage de Maman se tendit pour former un masque. « Irene va s'en sortir. On doit se tenir prêts pour tout ce dont elle a besoin, pour ce dont ces enfants ont besoin. C'est compris, Ezra ? Ne laisse pas ton esprit divaguer. On compte sur toi ici.

» Dès que j'aurai terminé de m'occuper de ce garçon,

continua Maman tout en se retournant pour me fixer des yeux, il faut que tu sois prête à partir. Ressaisis-toi, Cinthy. Vous, les filles, sortez. Salez la route. Dégagez la voiture. La neige est encore fraîche, donc ça ne prendra pas longtemps. Nous devons utiliser notre cervelle. Dieu sait ce qu'on devra faire à la nuit tombée.

— On sera des cibles de choix quand il fera nuit.

— Ça suffit ! » siffla Maman tout en guidant Ernest jusqu'à la cuisine.

Ezra me lança un regard noir et me dévisagea longuement. Ses yeux étaient semblables à des ruches.

« Dans la Bible, il y a des prédateurs », déclara ma sœur, les abeilles se libérant de sous ses paupières.

*

Je sentais l'odeur de mon père dans son pull, que je portais sous un grand ciré de pêcheur qui lui avait aussi appartenu. J'avais l'impression que Papa enveloppait mon corps, son parfum constituant mon talisman. La plupart de mes cheveux étaient rassemblés sous l'un des bonnets en laine tricotée de Maman, mais des flocons de neige, mêlés à de la sueur, perlaient sur mon front, le bout de mon nez et ma nuque, où le bonnet n'arrêtait pas de remonter.

Luttant contre des bourrasques glacées, je donnai des coups dans la neige blanche à l'aide de notre pelle rouillée. Essoufflée, je fis plusieurs fois le tour de la voiture et m'attaquai aux dunes granuleuses et immaculées. Mes gants m'empêchaient d'agripper correctement le manche, si bien que je les retirai. Des cloques se formèrent rapidement sur mes paumes à vif. Mon jean était mouillé et froid au niveau des genoux. De l'eau s'était infiltrée à l'intérieur de mes bottes jaunes en caoutchouc. La perte de sensation dans mes pieds m'obligea à marcher sur ce qui me semblait être devenu deux moignons gelés. La peur me nouait l'estomac et la vessie. J'essayai de garder la tête haute, résistant à la panique. *Faire ce que Maman m'a dit. Dégager la voiture de la neige. Conduire la voiture. Faire ce que Maman m'a dit. Dégager la voiture de la neige. Conduire la voiture.*

Les larmes aux yeux, je continuai de manier la pelle. Le vent emporta les souvenirs de la voix de mon père, transformant son souffle élégiaque en nuages effilochés et solitaires. *Continue, Cinthy ma fille. Persévère.* Lorsque je finis par lâcher la pelle, je scrutai le paysage qui s'était dissous en un champ de bataille où s'amoncelaient des collines blanches. En face de chez nous, dans son amas de ruines stupéfiantes, j'aperçus la maison hantée, trapue et noire même à travers le rideau de neige, avec Ezra qui en sortait et se dirigeait vers moi.

Je ne l'avais pas vue quitter la maison et me demandai comment elle avait pu trouver le temps d'aller farfouiller de l'autre côté de la route alors que Maman nous avait donné des ordres.

« Grimpe dans la voiture, me dit-elle.

— Quoi ? »

Mais elle avait déjà fait le tour et se trouvait du côté passager sans avoir répondu à mon interrogation. Je me débattis avec la poignée en chrome, les doigts ankylosés. Quand je réussis finalement à l'ouvrir et à m'engouffrer sur le siège conducteur, je ne pus m'empêcher de penser de nouveau à Papa. À l'extérieur du véhicule, le vent hurlait alors qu'à l'intérieur régnait un silence étrange. Notre souffle formait de petits nuages qui s'évaporaient rapidement. Ezra me tendit la clé. Terne et familière, elle reposait sur la paume de sa main et me parut chaude au toucher.

« Allez, allume le chauffage », dit-elle en se réinstallant pour laisser de la place entre nous.

Nous gardions le silence tandis que la voiture s'animait dans des crachotements. Je ne pouvais me résigner à me retourner vers la banquette arrière et me remémorer la façon dont Mr Caesar était arrivé chez nous avec le corps calciné de Papa enroulé dans une bâche.

« N'y pense pas, m'ordonna ma sœur. Il faut que je te parle, mais je dois m'assurer que tu m'écoutes. Il n'y a pas un moment de ta vie où je ne t'ai pas vue agitée par un million de pensées, mais là maintenant j'ai besoin que tu sois ici avec moi. Tu en es capable, Cinthy ? »

Je hochai la tête et soufflai sur mes doigts. Mon visage était chaud. Je ne voulais pas qu'elle soit fâchée contre moi, mais elle avait raison. J'avais du mal à me concentrer, en partie à cause du froid, mais surtout à cause du blizzard de souvenirs qui semblait déterminé à m'emporter.

« Je vais aller chercher Miss Irene », déclara ma sœur. Puis elle retira de son manteau le pistolet que Miss Irene avait donné à notre mère. Elle le tenait fermement sur ses genoux. Je me mis à trembler, ayant le sentiment que la nouvelle féminité d'Ezra l'avait prise, de même que nous, en otage.

« Maman a dit…

— J'en ai rien à fiche de ce qu'elle a bien pu dire, tu

entends ? m'interrompit Ezra. Je t'ai demandé de m'écouter, moi, et tout de suite tu veux parler de ce que Maman a dit. Je peux pas te faire confiance ?

— Si », répondis-je aussitôt, les yeux néanmoins fixés sur le pistolet. Comme la mort de mon père, son affreux silence emplissait la voiture.

« Tu sais que je t'aime plus que tout, non ?

— Quoi ?

— Je t'aime, Cinthy, répéta-t-elle. J'ai besoin de savoir que tu me connais.

— Je pense que je te connais assez bien.

— Alors tu sais que je ne vais pas me contenter de rester assise devant la cheminée pendant que ces monstres de Blancs s'en prennent à Miss Irene, poursuivit Ezra tout en remettant le pistolet dans sa poche. J'y vais et je vais la ramener. J'ai besoin de ton aide.

— Comment est-ce que je peux t'aider ? demandai-je craintivement. Comment est-ce que je peux t'aider quand tu sais ce qui pourrait arriver ?

— Je me moque de ce qui peut m'arriver, répondit-elle. Si je dois mentir, je mentirai. Si je dois tuer, je tuerai. Si je gèle, je gèle. Mais je vais ramener Miss Irene à la maison. Elle est notre mère aussi.

— Tu tuerais ?

— Et sans hésiter.

— Tu sais que Miss Irene est une adulte comme Maman a dit, rétorquai-je. Tu pourrais vraiment mourir. Elle peut se débrouiller, Ez. Elle ne va pas les laisser gagner.

— Gagner n'a rien à voir avec ça, rétorqua Ezra. Il s'agit de vivre, et pas de mourir. Toutes ces discussions, toutes ces connaissances dont on croit qu'elles nous aideront. Tout ce souk sur le fait de défendre et de protéger des idées qu'on ne peut même pas envisager, parce qu'on peut à peine se voir les uns les autres sans être effrayés et en colère la plupart du temps. Miss Irene a enduré beaucoup de choses et je ne suis pas prête à laisser ce flic ou le père de Ruby nous enlever Miss Irene. Je ne peux pas juste rester ici à pleurer et à prier. Je ne prétends pas que ma manière d'être est meilleure, mais c'est celle qui me convient le mieux parce que je l'ai choisie, pour moi et moi seule. Je suis pour passer à l'action. Parce que vivre, c'est ça pour moi.

— Oh, fis-je, opinant du chef comme si je comprenais parfaitement ce qu'elle voulait dire. Tu crois que Miss Irene voudrait que tu fasses ça ? Elle nous dit toujours de garder notre âme pure. Que va-t-il arriver à la tienne ?

— Je ne veux pas en dire plus, répliqua Ezra. Moins j'en parle, mieux c'est. » Puis elle me prit la main et la pressa contre son visage avant de la poser sur le volant, me serrant les doigts dessus pour que je l'agrippe.

« Tu peux le faire, déclara-t-elle. Papa te guidera. »

24

Maman et Ernest réarrangèrent le bureau de Papa parce que c'était l'unique pièce chez nous qui permettrait aux enfants Junkett de dormir ensemble. Ernest se consacrait à Maman, allant et venant à grands pas, insistant pour déplacer les meubles de Papa tout seul. Plus tôt, c'était son adrénaline qui m'avait guidée pour conduire la voiture jusqu'aux abords du village, empruntant des routes de campagne cabossées pour arriver chez les Junkett. Ernest et Lindy avaient pris Empire et Rosemary dans leurs bras, les portant dehors dans le froid avant de les installer sur la banquette arrière de la voiture pendant que je frissonnais derrière le volant et faisais le guet. Si jamais un véhicule s'approchait de la maison, Ernest m'avait ordonné de m'éloigner aussitôt.

Maintenant, montant et descendant l'escalier du fond, Ezra apportait des couvertures, des draps et des oreillers supplémentaires dans le bureau de Papa. Son visage était un masque de pierre. Chaque fois que j'essayais de lui parler, elle se contentait de me regarder fixement comme si elle était déterminée à mémoriser les traits de mon visage. Quelle que fût mon inquiétude, nous savions toutes les deux que je ne dirais rien à Maman. Et qu'est-ce que j'aurais pu dire, vraiment ; Maman employait toutes ses forces à s'occuper des enfants qui semblaient pratiquement inconscients des dangers qui se dressaient autour de nous.

Dans la cuisine, Lindy et moi versâmes du chocolat chaud dans les tasses des petits, prenant soin de ne les remplir qu'à moitié. Ils approchèrent leur doux visage de la vapeur, écoutant attentivement la musique qu'on leur avait permis de choisir à la radio. Dans la faible lumière de notre cuisine, je distinguai dans leur visage les traits de leurs deux parents. La vision me fit monter les larmes aux yeux.

« Lindy », appelai-je doucement.

Elle émergea de ses pensées pour me regarder, aperçut l'assiette de pain de maïs que je tenais et tendais vers elle, et secoua la tête.

« Je mangerai rien tant que Maman est pas là, déclara-t-elle. Rien. »

Je compris que son refus de manger quelque chose qu'elle aimait réellement participait de son sacrifice personnel, de ses prières pour que sa mère revienne saine et sauve. Si Dieu voulait seulement lui rendre sa mère, elle accepterait le réconfort.

« Une fois qu'ils auront tout arrangé, on pourra étaler les couvertures. Chauffe la pièce, dit-elle automatiquement. Maman reviendra du froid. Le temps était glacial quand ils l'ont emmenée. »

Je ne pouvais ni ne voulais me représenter la description qu'Ernest avait donnée de la manière dont Miss Irene était sortie chancelante par la porte d'entrée de sa propre maison, traînée par les cheveux dans la neige, avant d'être jetée dans un camion par ces Blancs. Mais tandis que j'observais le visage de Lindy, je vis qu'elle se repassait sans cesse la scène.

Lorsque j'arrivai dans le bureau de mon père avec les derniers oreillers, j'appuyai fortement ma main sur mon ventre. Je ne m'étais pas préparée à voir la pièce de Papa déjà démantelée.

Des couvertures avaient été entassées pour protéger la pièce de l'air qui passait sous les portes. L'établi de Papa était placé comme une barricade contre l'une des portes vitrées. Son bureau poussé dans un coin. Sur le sol apparut le contour rectangulaire de la table, telle une porte ou une tombe dessinée par terre, là où les pieds s'étaient enfoncés dans le parquet après n'avoir pas bougé pendant des années.

« Rien n'a été jeté », dit Maman en me regardant. Elle haletait un peu tandis qu'elle balayait et rangeait. « Les meubles ont juste été déplacés. Ne fais pas cette tête, Cinthy. »

Je hochai la tête et reculai.

« Dis à Ezra que nous avons besoin de ses couvertures. Attrape aussi celles sur mon lit. Je dormirai sur le lit jumeau dans sa chambre. Ernest et moi pourrons descendre le grand matelas une fois que j'aurai nettoyé cette poussière. Mr Caesar devrait arriver avant minuit. Il sera fatigué et aura faim.

— Oui, Maman.

— Dis à Lindy de préparer une assiette, de la couvrir et de la laisser sur la cuisinière. Puis va aider ta sœur. Ces couvertures sont lourdes. Et ne les laisse pas traîner sur le sol.

— Oui, Maman. »

Elle se baissa de nouveau pour rouler l'un des minces tapis de Papa. Quand elle se releva et plaça sa main sur la hanche, ses mots, à la lumière du feu de cheminée, me parurent chauds et brillants. « Ma fille, si tu ne vas pas chercher ces couvertures comme je t'ai demandé… ! »

Je pivotai, traversai précipitamment la cuisine et montai. Dans le petit escalier du fond, je m'arrêtai pour essuyer mes larmes. Mais j'étais incapable de m'empêcher de vomir, aussi courus-je, retenant le goût aigre derrière mes dents, jusqu'à la salle de bains où je m'affalai à genoux au-dessus de la cuvette des toilettes que je partageais avec Ezra.

Des morceaux de pain de maïs et des caillots de beurre restèrent coincés dans ma gorge. J'entourai mes genoux de mes bras et me recroquevillai en boule.

Maman avait tort et raison.

Toutes les choses qui m'étaient autrefois familières avaient disparu, délogées de leurs endroits habituels. Tout était pesant, oui. Être cultivé pouvait vous tuer, vous noyer, vous brûler vif sans aucune raison perceptible. Certains types d'intelligence pouvaient vous rendre malade, rongée de l'intérieur par le cancer. Le monde pouvait vous faire croire qu'il savait qui vous étiez avant que vous le sachiez vous-même. Les flammes de la mort pouvaient vous transformer en héros. S'aimer pouvait signifier qu'un Blanc, au nom de la loi, vous traîne à l'extérieur de chez vous au vu et su de toute votre famille. Rien ni personne ne pouvait vous sauver.

Après m'être rincé la bouche et le visage, je me rendis dans ma chambre, pour me retrouver accueillie par un grand courant d'air glacial. La fenêtre était ouverte. Elle n'avait pu être déverrouillée que de l'intérieur.

Des taches sombres apparurent au coin de mes yeux. Mon cœur me remontait dans la gorge, le long des gluantes parois internes de mon corps. Respirant profondément, je balayai ma chambre du regard avant de m'avancer dans le couloir et d'allumer le plafonnier.

J'essayai d'articuler silencieusement le prénom de ma sœur, un seul mot. L'émotion monta en moi comme l'eau dans un navire en train de sombrer.

Ce n'était qu'une question de temps avant que Maman n'appelle Ezra et s'attende à la voir apparaître. Je refusais de penser à ce qui arriverait dans ce cas, si je garderais le silence sur ce que je savais ou bien si je feindrais d'être aussi surprise que Maman lorsqu'elle s'apercevrait qu'Ezra s'était sauvée. Même si Maman m'interrogeait, il était impossible que je lui révèle toute la vérité, à savoir qu'Ezra était prête à tuer un Blanc si cela signifiait la sécurité de Miss Irene. La terreur m'envahit tandis que j'essayais de ne pas penser à une autre éventualité, la possibilité que ma sœur soit assassinée par l'un de ces hommes. Rassemblant les couvertures avec soin comme Maman m'avait ordonné de le faire, pouvant à peine voir par-dessus le tas informe, je descendis l'escalier du fond d'un air hébété et pénétrai dans la cuisine.

Lindy était assise à la table avec Empire et Rosemary. Elle me regarda étrangement alors que je me pressai de passer devant elle, de peur qu'elle me demande où se trouvait Ezra.

Je pris une nouvelle inspiration avant que mon corps ne me pousse vers l'entrée du bureau de Papa. Dans l'embrasure, j'observai en silence Ernest se pencher au-dessus de ma mère et placer une sorte de compresse sur son front. Lorsqu'elle m'aperçut, Maman retira le mouchoir qu'elle tenait contre sa bouche. Ses lèvres et ses dents étaient tachées de sang.

« Est-ce que je ne vous ai pas dit, à ta sœur et toi...

— Je vais y retourner et prendre le reste tout de suite, déclarai-je. C'était tout ce que je pouvais porter toute seule. »

Maman toussa de nouveau, prise de tremblements. Elle ferma les yeux, respirant avec difficulté. Lentement, elle s'essuya encore une fois la bouche avec le tissu. Elle gardait les yeux clos.

« Pourquoi est-ce qu'Ezra ne t'aide pas ? »

Ernest me fixa du regard. Avais-je prononcé la vérité à voix haute ? Non, non, je parlai aussi calmement que possible, imitant la voix des adultes que j'avais entendue quand ils avaient de très mauvaises nouvelles qu'ils n'étaient pas prêts à partager avec leurs enfants.

« On a un système, dis-je. C'est plus facile comme ça. »

J'attendais que Maman réponde, ce qu'elle fit au bout d'un moment. Au lieu de me regarder, Maman fixa l'antre rougeoyant du poêle puis baissa les yeux sur le tissu froissé qu'elle tenait serré entre ses doigts repliés. Elle observa le langage écarlate qui fleurissait avant de sécher et de former des taches sur son mouchoir.

« Tu sais que je sais quand tu me mens. »

Je décidai d'employer le peu de voix qui me restait pour protéger Ezra. Mais le mensonge me brisait le cœur.

« Maman, je ne te ferais pas ça. »

*

Ernest apparut sur le seuil de la chambre de ma sœur alors que j'étais assise sur l'un des lits jumeaux et fixais le sol des yeux. Maman se trouvait en bas, dans la cuisine. Je sentais le repas en train de cuire. La radio était réglée sur une station d'informations et pour la première fois depuis très longtemps je savais que Maman ne se réfugierait pas à l'intérieur de son cœur avec Sam Cooke et son whisky. Elle n'était pas furieuse contre moi parce qu'elle n'était pas encore au courant de ce que je cachais – Ezra, sa fille aînée, était dehors, armée, dans une épaisse tempête de neige et de vengeance. En bas, je parvenais à peine à soulever un verre ou une assiette sans trembler, si bien que je me cachais là-haut.

La petite lampe sur la table de chevet d'Ezra projetait sa lumière puérile, couleur corail. Je ne l'avais pas éteinte de peur que Maman, si elle montait, trouve étrange de passer devant la chambre plongée dans le noir. Maman pensait probablement que ma sœur boudait à cause de notre inaction pour porter secours à Miss Irene. Elle n'avait pas la force de s'occuper d'Ezra.

« Où est-elle ? »

Je haussai les épaules en entendant sa voix et croisai les bras sur mon torse pour qu'il ne voie pas que je tremblais, mais le problème avec Ernest était qu'il avait lui-même deux sœurs. Fermant pratiquement la porte derrière lui, il entra dans la chambre et s'assit sur le lit à côté de moi.

« Tu savais qu'elle était partie prêter main-forte à Maman,

non ? » Il se leva et se dirigea vers le placard d'Ezra que j'avais laissé ouvert pendant que je rassemblais les couvertures pour le bureau. J'essuyai les larmes d'angoisse de mon visage et l'observai toucher du bout des doigts l'étoffe des robes et des pulls de ma sœur. Il jeta un coup d'œil au miroir sur la coiffeuse d'Ezra. Au bout d'un moment, il prit le coquillage qu'il lui avait offert. Il ne me parut pas aussi ridicule qu'avant. Sa tendresse me fit monter le rouge aux joues. Il l'aimait.

« On devait aller secourir Maman ensemble quand vous autres seriez allés vous coucher. J'imagine qu'elle est partie sans moi.

— Je ne dirai rien. »

Son air blessé me fit de la peine. Je savais qu'Ezra tenait énormément à Ernest. Il était une part de Miss Irene, et Ezra adorait Miss Irene. Qu'elle l'aimât comme Papa et Maman s'aimaient était une autre affaire. Pourtant, si Ernest était au courant de ce que je savais, il pourrait peut-être aider Ezra et Miss Irene à revenir saines et sauves.

Il se répéta.

« Elle est partie sans moi alors qu'elle avait promis qu'on irait ensemble. Elle ne m'a pas attendu.

— Tu te rends compte qu'elle ne pouvait pas te raconter ce qu'elle avait vraiment l'intention de faire, déclarai-je.

— Qu'est-ce que tu veux dire ?

— Ezra connaît tous les secrets ici. Enfin, suffisamment, répondis-je en m'efforçant d'adoucir ma voix. Tu te retrouverais en plus grand danger qu'elle. Ezra en a conscience. Tu es un homme noir. Le policier t'aurait pris pour cible en premier.

— Au moins, elle serait pas là-bas toute seule. Il pourrait lui arriver n'importe quoi.

— Oui, acquiesçai-je. Mais Ezra n'est pas seule. Elle est comme ta mère de ce point de vue. Miss Irene a dit qu'elle était entourée de ses ancêtres et d'un redoutable bon sens. Miss Irene possède une foi naturelle. Ça ne s'enseigne pas. Tu te souviens de ce qu'a dit ma maman à propos de Miss Irene ? Dieu ne va pas l'abandonner. Eh bien peut-être qu'Ezra a appris ça d'elle. Ne t'inquiète pas pour ma sœur.

— Ce qu'on pourrait faire, c'est de monter en voiture et aller les chercher.

— Il fait nuit, dis-je. Avec cette météo, on tomberait sûrement du haut d'une falaise.

— On a besoin de lumière, répliqua-t-il, presque pour lui-même.

— Tu sais aussi bien que moi que si le policier Charlie nous attrapait seuls sur ces routes… » Je marquai une pause. « Eh bien, il vaudrait mieux qu'on tombe du haut d'une falaise dans la mer.

— Elle est déjà morte, dit-il, si elle est partie à la poursuite de ce flic.

— Ce n'était pas lui qu'elle avait en tête, rétorquai-je.

— Mais de quoi tu parles ? » Prenant conscience que je n'ajouterais rien d'autre, Ernest soupira et referma la porte du placard d'Ezra, puis se dirigea vers son bureau. Il souleva une photographie encadrée et la porta près de son visage comme si ma sœur pouvait lui indiquer ce qu'il devait entreprendre ensuite.

C'était un portrait de famille. Papa me tenait sur ses

genoux pendant qu'Ez, appuyée contre les bras de Maman, s'esclaffait. La photographie avait été prise il y avait si longtemps que Maman disait que je ne marchais pas encore. Papa me portait partout. Un éclat de lumière onirique dissimulait tout paysage, et Maman affirmait qu'elle ne se rappelait pas où nous nous trouvions. Papa, pour sa part, considérait que cela n'avait aucune importance, que tout ce qui comptait était que nous avions clairement l'air heureux.

« Waouh, vous êtes tous tellement beaux, commenta Ernest.

— C'était il y a longtemps », observai-je.

*

Avec mon tisonnier, j'attisai le feu et jetai des journaux tire-bouchonnés dans l'âtre. Je me rendis compte que je brûlais les derniers journaux que mon père avait lus. La presse écrite avait toujours signifié tant pour lui, et maintenant il n'aurait plus jamais besoin de ces informations. Puis je pressai le bord de la couverture autour du menton de Maman – elle s'était endormie sur le canapé du salon – et m'assis à la place habituelle d'Ezra, à côté d'elle.

Ernest était installé dans le fauteuil de Papa, les bras repliés sur sa poitrine. Ses yeux avaient beau être fermés, je savais qu'il ne dormait pas et se tenait aux aguets.

À cette heure tardive, longue et vide comme une paume de main tendue, nous attendions le retour des membres de nos familles. Nous écoutions la mesquinerie du temps qui passait dans cette impitoyable obscurité.

J'essayai d'adopter le point de vue de ma sœur, mais son

sens inné de l'intimité m'empêchait d'y parvenir. Même si j'étais convaincue qu'Ezra m'aimait, je me rappelai la solitude que je pouvais parfois éprouver, y compris quand je marchais à ses côtés.

Dans mon esprit, je m'imaginai le village sous des rideaux de neige. Elle pouvait être n'importe où – le phare, le lycée, les bois, ou bien sur les falaises. Je n'aurais pas été surprise, si je traversais la route, de la découvrir, accroupie et armée, dans l'air gelé de la maison en ruine.

C'était ce caractère sauvage chez ma sœur qui l'avait convaincue qu'elle pouvait sauver Miss Irene des mains de l'autorité blanche. Guidée depuis tant d'années par les croyances radicales de Miss Irene, Ezra refusait de prendre au sérieux les pratiques, les fantasmes et les doctrines des Blancs. Surtout quand des femmes noires étaient impliquées. Miss Irene nous appartenait, et nous appartiendrait toujours, autant que nous appartenions à nous-mêmes.

*

Lorsque je rouvris les yeux, Maman entrait dans le salon. Un doigt sur les lèvres, elle indiqua Ernest, qui ronflait. Je me levai et suivis ma mère dans la cuisine. Elle avait mis sur le feu la cafetière et une bouilloire pour le thé.

« C'était Mr Caesar au téléphone », dit-elle, écartant les cheveux de son visage. Ses yeux se concentrèrent sur la bouilloire comme si celle-ci était capable de plus que de simplement faire bouillir de l'eau. « La tempête a retardé son retour.

— Est-ce que tu lui as parlé de Miss Irene ?

— Je n'ai pas eu besoin, répondit Maman. Il l'a compris

à ma voix. Il va rassembler des hommes de Gunn Hill. Ils la trouveront. Certains sont en route pour ici. Ils ont une sorte de société secrète d'hommes à l'Étoile-Montante qui gèrent ce genre de situations. Ils se font justice eux-mêmes.

— Et la police de Gunn Hill, Maman ? Ils ne peuvent pas tous être comme le policier Charlie.

— Ils sont pires, répliqua Maman. Tout le monde dans le comté connaît leur justice. Tu m'as comprise ?

— Oui, Maman.

— Ton papa et moi voulions vous épargner tout ça, à ta sœur et à toi, expliqua-t-elle tout en versant de l'eau bouillante dans ma tasse sur l'un de ses sachets de thé qu'elle confectionnait. Et voilà où on en est. »

*

Maman en était à sa seconde tasse de café lorsque la sonnette retentit. Elle leva rapidement les yeux, le regard vide comme si on l'avait soudain tirée d'un profond sommeil. Je serrai les mains autour de ma tasse de thé tiède. *Nous n'en pouvons plus*, songeai-je, me demandant qui pouvait se trouver à la porte. Nous habitions pratiquement au bout du monde. Je me mis debout et emboîtai le pas à Maman, me souvenant qu'une part de ma responsabilité consistait à prendre soin d'elle.

*

Le froid s'introduisit de nouveau tel un propriétaire, ses doigts glacés plaqués contre mon visage tandis que je refermais la porte en la poussant contre le vent. Je la verrouillai et essayai de respirer profondément. Mon cœur était comme une boîte en métal à l'intérieur de ma poitrine.

Dans le salon, Maman et Miss Irene s'étreignaient. Le type de froid qui émanait du corps de Miss Irene m'incita à me demander si elle n'était pas en réalité un spectre. Mais lorsqu'elle lâcha Maman et me serra contre elle, je sentis ses larmes chaudes et son cœur dans son flanc gauche.

Maman m'ordonna d'aller chercher en haut des vêtements propres et des serviettes.

« Ne réveille pas les enfants », m'enjoignit-elle le souffle court. Mais c'était trop tard.

Les jumeaux se précipitèrent dans la pièce, Lindy et Ernest derrière eux. Le corps de Lindy était parcouru de tremblements tandis qu'elle, Ernest et les jumeaux s'affalèrent sur le sol autour de leur mère, l'enveloppant de la lueur de leur amour. À l'intérieur des couvertures, Miss Irene murmura leurs noms alors qu'ils sanglotaient. Son visage était écorché et lacéré, comme sous l'effet de branches ; et l'exposition aux éléments l'avait éprouvée.

« Qu'est-ce qui s'est passé, Irene ?

— Ils ont essayé de me faire peur, expliqua-t-elle à Maman. Sans succès.

— Tu as besoin d'un médecin ? Caesar a prévenu des fidèles qui disent qu'ils vont s'efforcer de venir ici dès que possible. La tempête est repartie de plus belle.

— Ça va, répondit Miss Irene. Ils m'ont emmenée en voiture. Jusqu'au phare. Ces lâches m'ont jetée sur le bord de la route.

— Tu aurais pu mourir, s'écria Lindy, en larmes.

— Mais je ne suis pas morte, répliqua Miss Irene en l'embrassant. Quand je suis arrivée chez nous et que j'ai trouvé la maison vide, je savais où vous étiez. Il fallait que je vous rejoigne tous ici. Et j'ai réussi. Les ancêtres m'ont portée.

— Oh, Irene », soupira Maman, tout en se couvrant la bouche. Elle était pâle.

« J'ai besoin de me réchauffer. »

Lindy bondit sur ses pieds et m'entraîna avec elle.

« Allez, viens ! Aide-moi à apporter les serviettes et les vêtements. Il nous faut de l'eau chaude.

— Je vais aussi aller chercher la pommade. Et des pansements, ajoutai-je. Je peux réchauffer la soupe.

— Cinthy ! »

La voix de Miss Irene était faible, mais directe comme une flèche. Elle tenait les jumeaux entre ses bras. Leurs yeux étaient ensommeillés. J'étais contente de penser qu'ils grandiraient peut-être sans aucun de ces souvenirs. Lindy me lâcha la main et s'arrêta quelques marches au-dessus de moi.

« Cinthy, répéta Miss Irene en se redressant à l'aide des bras, où est ta sœur ? » Sans ciller, elle me décocha un regard de sous ses paupières foncées. « Où est Ezra ? »

Sa voix se brisa de fureur au moment où elle prononça le nom d'Ezra. La lumière des flammes qui dansaient sur le mur augmenta en intensité comme si celle-ci répondait aux ordres de Miss Irene.

« Elle voulait te sauver, murmurai-je. Elle a affirmé qu'elle en était capable. »

25

Ezra courut au milieu des arbres dénudés jusqu'aux falaises. Le sang dans ses veines repoussait les assauts de bourrasques glaciales contre sa peau. Son esprit était un poing. Elle s'interdit de penser à son père, qui n'aurait pas compris ce qu'elle s'apprêtait à faire. C'était un homme doux, opposé aux représailles, que la rage dégoûtait. Elle s'était souvent demandé si elle n'était pas née dans la mauvaise famille. Il ne s'agissait pas d'une remise en question de son amour pour ses parents et pour sa sœur, mais d'une prise de conscience intime de qui elle était réellement. Ezra ne serait jamais le genre de femme à tendre l'autre joue, ni à accepter d'endurer le rejet de son existence par le monde. Elle existait, tout simplement, n'ayant besoin d'aucune confirmation de la part de ses professeurs ni des villageois, ni même de sa famille. Ezra savait que c'était étrange, mais elle se tenait prête à défendre cette vérité de toutes ses forces, au prix de sa vie si nécessaire. C'était peut-être ce qui l'avait liée à Ruby Scaggs et peut-être, aussi, ce qui l'avait poussée à se détacher violemment de Ruby quand elle avait peu à peu pris conscience que leurs vies suivaient un cours à peine parallèle, et certainement pas identique. Elle s'en était aperçue le jour où elle, Cinthy et Ruby s'étaient assises, clignant des yeux contre la lumière et se regardant fixement les unes les autres. Ezra avait essayé d'ignorer les traits contradictoires qui la séparaient de Ruby – c'était Ruby qui vivait comme une indigente, qui se nourrissait des ordures de la famille d'Ezra, que ses parents traitaient d'une façon pire que la négligence ou l'abandon. Ruby disait parfois qu'il y avait erreur – c'était elle qui aurait dû avoir la vie d'Ezra, plus proche de l'existence censée être offerte aux jeunes filles blanches, apportant amour, attention et protection. Les opinions générales de Ruby sur la liberté, les Noirs et l'amitié étaient plus ignares et dangereuses qu'Ezra l'avait imaginé, jusqu'au moment où elles s'étaient mises à saigner comme des femmes.

Ezra éprouvait du ressentiment contre l'obstination de ses parents à garder le silence au centre de leur foyer, admettant que leur existence était périphérique par rapport au village. Ils ne voulaient pas attirer l'attention des villageois, pourtant Ezra se demandait comment ils avaient pu jamais croire qu'ils avaient le pouvoir de maintenir leur invisibilité. Elle éprouvait du ressentiment contre ce besoin d'éducation chez eux, instruction qui, selon elle, avait réduit son père chéri en esclavage. Elle détestait ces livres poussiéreux, consciente que leurs auteurs étaient des Blancs tenant globalement les Noirs pour des illettrés.

Ezra s'arrêta dans la clairière, s'efforçant de discerner la masure de Ruby à travers l'épais voile de neige qui tourbillonnait violemment tout autour d'elle. Ses cheveux noirs aux reflets rougeoyants étaient plaqués contre son crâne.

Son lourd manteau, trempé, manquait de la faire tomber. Ses doigts gelés touchèrent sa poche. Elle songea à Miss Irene, qu'elle avait toujours semblé considérer comme sa mère de cœur. Miss Irene lui avait appris à s'aimer, à défendre ce qu'elle chérissait et à affronter le bien et le mal avec le courage d'une guerrière.

Le mal se dressait devant elle maintenant. Elle ne pouvait s'empêcher de repenser à la description d'Ernest du policier frappant Miss Irene et la traînant hors de chez elle. Le policier ou Mr Scaggs l'avaient-ils tuée ? Cette possibilité était aussi insupportable pour Ezra que la mort de son père. Ezra avait besoin de sentir qu'elle avait le pouvoir de changer ce que son père ou sa mère auraient silencieusement accepté comme une fatalité. Ezra était prête à tirer une balle entre les yeux bleus du Destin.

Elle exigerait que le père de Ruby lui dise où se trouvait Miss Irene et ce qu'ils lui avaient fait. Avançant à pas pesants à travers les bourrasques de neige, Ezra se remémora la tête enveloppée d'un suaire de son père et le parfum d'huile égyptienne pour cheveux de Miss Irene, lorsque celle-ci avait enlacé Ezra et lui avait rappelé que Dieu les protégerait. Ezra incarnerait elle-même la justice divine.

Elle aperçut une faible lumière de bougie par l'une des fenêtres. Tremblante, elle se souvint de toutes ces journées qu'elle et Ruby avaient passées à jouer dans cette cour boueuse. Ruby comptait partir sur un grand bateau vers une autre vie, sans un regard en arrière. Elle pourrait devenir n'importe qui, y compris elle-même. Ezra savait que Ruby ne reviendrait jamais à Salt Point. Et Ezra non plus, pas avec ce qu'elle avait prévu de faire si le père de Ruby ne lui offrait pas la réponse appropriée. Elle pensa à cet homme, avec ses yeux tristes, et à la façon dont Ruby l'aimait en dépit de ce qu'il était.

Miss Irene avait aidé Ezra à comprendre qu'il y aurait toujours des différences entre elle et Ruby. Assise dans la cuisine de Miss Irene, entendant des histoires sur la manière dont cette dernière avait été élevée à Royal, des déclarations sur le fait que la libération des Noirs ne pouvait être accomplie que par les Noirs et l'argent, et que Ruby changerait qu'elle le veuille ou non, Ezra conçut de nombreux sentiments qu'elle savait ne pouvoir partager avec personne, pas même avec Cinthy. Sa sœur était trop raisonnable, trop jeune malgré son regard ancestral, trop soucieuse d'une forme d'obéissance qu'Ezra n'avait jamais comprise.

Elle entendit le gémissement de chiens provenant de quelque part derrière la masure. Son sang battait dans ses oreilles tandis qu'elle grimpait les marches recouvertes de neige.

Il était là. Faisant les cent pas en titubant sur le sol crasseux. Une pellicule de neige s'infiltrait par l'une des fenêtres ouvertes. Il y avait une malle retournée près du petit poêle à bois dont la chaleur intense surprit Ezra. Elle s'était attendue à pénétrer dans cet endroit et à trouver Miss Irene ligotée ou pire. À la place, elle découvrit Mr Scaggs, seul. Lorsqu'il se tourna vers Ezra, elle vit que la moitié de son visage était entaillé jusqu'à l'os. Il avait une main entièrement ensanglantée. Ezra huma l'odeur forte d'alcool alors qu'elle l'observait chanceler de douleur. La colère lui monta à la gorge. Miss Irene avait dû le blesser, mais est-ce qu'il l'avait lui aussi blessée ? Ezra agrippa sa poche. Elle avait des abeilles dans les oreilles, de la fumée dans la bouche.

« *Lily ?* C'est toi qui es revenue me voir ?

— Où est-elle ? Qu'est-ce que vous lui avez fait ?

— Me souviens pas, répondit-il. Le sang gargouillait dans sa bouche. Je crois que Charlie l'a jetée à la mer. »

Ezra extirpa le pistolet de Miss Irene de sa poche. Sa main était ferme, malgré les tremblements qui la parcouraient.

Ses yeux métalliques étincelèrent tandis qu'il se riait d'elle.

« Tu vas enfin me tuer ? Merde, c'est fait depuis longtemps.

— Qui est Lily ? »

Le père de Ruby cracha du sang par terre. « Tu sais très bien qui tu es, putain. Et tu sais ce que je suis, parce que c'est toi qui m'as infligé cette souffrance.

— Vous ne connaissez rien à la souffrance, rétorqua Ezra.

— C'est Ruby qui t'a chargée de ça ? Elle reviendra jamais. J'ai vu ses yeux.

— Je ne suis pas Ruby. Je ne suis pas Lily. Je suis Ezra Kindred.

— T'es pas son amie ? Est-ce que ça n'est pas toi, venue pour me pousser dans la tombe ?

— Je suis là pour Miss Irene.

— Tu les as aidés à la kidnapper ? C'est un crime que tu as commis. J'ai dit à ce fils de pute friqué que je travaillerais dur pour récupérer Ruby. Je serais son esclave. Mais c'est trop tard.

— Je ne suis pas là pour vous ou pour Ruby. Je suis là pour Miss Irene.

— Cette salope a essayé de m'arracher le visage », dit-il tandis qu'il abaissait la main et dévoilait la profonde entaille le long de sa mâchoire. Du sang s'écoulait du bout de ses doigts sur le sol. Il parlait doucement. « Tire-moi dans le cœur, Lily, pour que je n'aie plus à voir la vérité. J'ai toujours pensé que je mourrais de la main de ma fille. Ça m'allait très bien. J'ai enterré les rêves de Ruby de mes mains, je l'ai assommée de mes poings, et Dieu, si elle n'a pas continué à me dire qu'elle m'aimait, jusqu'à ce qu'elle ne m'aime plus. C'est pas quelque chose, ça ? Tu vois, je n'étais pas comme mon papa ou mon grand-père. Toute ma vie j'ai été puni pour ne pas avoir marché dans leurs putains de pas. Je voulais pas payer pour la malfaisance de mon grand-père. J'ai essayé de m'extraire du destin de la famille, mais tout ce que j'ai tenté de me procurer par moi-même s'est écroulé. C'est facile pour un homme de devenir rien, plus facile que les gens croient. Tout ce que j'ai pensé que je serais s'est dissous dans ma bouche avant que j'aie pu y goûter. Jamais pu m'affranchir, parce que partout où j'allais et tout ce que j'essayais d'accomplir, ça revenait toujours au même.

— Vous l'avez regardé la jeter au fond de la mer, dit Ezra, s'approchant d'un pas. Vous n'avez rien fait. Parce que vous n'êtes rien. Vous savez ce que vous méritez ?

— Lily, tu te souviens de ce dimanche ? Sur le trottoir ? Bon Dieu, ton silence et comme tu savais qu'il m'insulterait. J'aurais pu te tuer, et on en était tous les deux conscients. Ils t'auraient jetée sur les cendres de cet autre nègre, mais j'ai gardé notre secret. Pourquoi est-ce que tu m'as rappelé qui j'étais ? »

Soudain, il pivota sur ses talons comme s'il avait reçu un coup de ceinturon. Mr Scaggs tenait un pistolet. Son autre main n'était plus qu'un poing sanguinolent.

Ezra recula en hurlant. Tandis qu'elle se couvrait le visage, elle s'aperçut qu'au lieu de la viser, le père de Ruby avait placé le canon de son arme à l'intérieur de sa propre bouche.

La pièce s'emplit de poussière argentée, de l'odeur de sang, de la puanteur de la poudre.

De terreur, Ezra s'effondra sur le sol, tremblante. Elle avait traversé seule ce blizzard, convaincue qu'elle avait le pouvoir de mettre un terme à la vie d'un homme blanc. Mais elle n'avait pas pu. Il s'était emparé lui-même de ce pouvoir. Elle laissa tomber le pistolet de Miss Irene par terre et baissa le regard sur ses mains comme si elle les avait tenues trop longtemps au-dessus d'une flamme brûlante. Elle songea combien sa sœur et elle avaient mené une existence protégée. Elle avait quinze ans. Ses parents avaient bâti une maison, un rêve dans un monde entièrement inflammable. Miss Irene était probablement morte, son Papa l'était, et Ezra craignait que sa Maman ne passe pas le printemps. La colère imprégna ses vêtements trempés. Chacun de ses parents lui avait montré tant de choses, pourtant Ezra avait l'impression que c'était insuffisant. La vie ne se résumait pas à toutes ces leçons qui remplissaient le cœur ! Elle sentit le sien tournoyer à l'intérieur de sa poitrine. La dernière part de son enfance la quitta, tel un souffle laiteux et sucré. Elle se demanda s'il s'agissait de son âme.

Ezra traversa la pièce à quatre pattes en direction du père de Ruby. Sa bouche était un trou ensanglanté. Tandis qu'elle se penchait au-dessus de son corps, elle vit les yeux de Ruby, l'extrémité de ses cils blonds recouverts de sang. Son regard assombri fixait un endroit par-delà la tête d'Ezra, comme s'il avait finalement assisté à quelque chose de juste, un destin qui n'appartenait qu'à lui. Il avait accompli quelque chose par lui-même. Jonah Reuben Scaggs III pouvait se détourner de son passé maintenant qu'il s'était fait justice. Hanté par sa vie, il pouvait se rendre ailleurs, accéder à son avenir peut-être. Ses yeux morts s'éclairèrent à l'idée d'un long voyage.

TROIS

26

C'était de nouveau l'été – le mois de juillet.

Nous avions beau vivre avec Ginny depuis six mois, Maman et moi n'étions pas habituées à ses pratiques. Damascus nous laissait perplexes les rares moments où le lieu parvenait à briser nos longues heures de désespoir. La plupart du temps, je pensais à la nouvelle vie d'Ezra, qui se trouvait loin de nous à Royal avec la famille Junkett.

Après le suicide de Mr Scaggs, Mr Caesar, Miss Irene et Maman décidèrent que nous ne pouvions plus nous berner et croire que Salt Point ne nous voulait pas de mal. Ils avaient craint que le pistolet de Miss Irene soit découvert par le policier quand on trouverait le père de Ruby.

Mais d'ici là, nous serions tous partis depuis longtemps. Mr Caesar convainquit Maman que nous devions nous séparer, pour la sécurité d'Ezra. Elle irait à Royal avec leur famille, pendant que Maman et moi nous rendions à Damascus pour loger avec Ginny.

Toutes les deux semaines depuis janvier, Mr Caesar téléphonait chez ma grand-mère pour parler avec Maman. Il l'appelait de différentes petites villes, par prudence. Il nous avait découragées d'écrire des lettres ou de laisser la moindre trace dont les autorités pourraient retrouver l'origine. Il nous disait que nous manquions à Ezra, qu'elle grandissait vite en taille et en conscience, et qu'elle se plaignait rarement de quoi que ce soit. Ernest avait décidé de s'inscrire à l'université, tandis que Miss Irene cousait des dessus-de-lit, parvenant à peine à honorer toutes les commandes qu'elle recevait. Elle entraînait Ezra à des tâches manuelles, pour l'occuper, à coudre, à pétrir de la pâte à pain, à nettoyer des légumes.

Je ne pouvais pas oublier le soir où Ezra était revenue, supposant que Miss Irene avait été tuée. Quand elle était entrée, frissonnante, la vue de Miss Irene qui s'était levée pour l'enlacer l'avait bouleversée. Ezra, en sanglots, avait couru dans ses bras, manquant de la renverser pendant qu'elles s'étreignaient. Nous pleurâmes tous à ce moment-là, alors qu'Ezra racontait comment elle avait failli ne pas réussir à rentrer dans la tempête. Puis nous pleurâmes de plus belle lorsque Ezra nous décrivit la manière dont le père de Ruby avait retourné son arme de miséricorde contre lui-même. Même si je ne m'en ouvris à personne, je me demandai s'il y avait une signification dans le fait que nous avions perdu notre papa et que Ruby avait elle aussi perdu le sien.

*

Mon anniversaire était en mai, ce qui voulait dire que j'avais maintenant quatorze ans, le même âge que Maman quand les Filles l'avaient ramenée à Damascus. J'essayai d'imaginer Maman en jeune fille, se promenant dans ce lieu.

Déjà, j'avais passé de nombreux après-midi le long du fleuve au cours inversé et avais observé sa fonte au printemps.

Un jour ensoleillé, lorsque le sol fut de nouveau conciliant, Ginny nous conduisit Maman et moi à Délivre-Moi-de-Mes-Entraves pour que nous puissions déposer des fleurs sur la tombe de Papa, dont la stèle bleu foncé portait son nom complet – *Heron Theodore Kindred* – comme Maman l'avait voulu. La première fois que je vis son nom sur cette pierre fut semblable à un coup de matraque.

Quelque chose dans mon esprit s'effondra dans un bruit sourd et refusa de se relever. Après quoi, je me mis à converser la plupart du temps intérieurement. Il n'y avait personne d'autre pour m'écouter de toute façon.

Au début de juin, Ginny m'interdit d'aller à Délivre-Moi-de-Mes-Entraves et de rester assise dans le cimetière comme si je n'étais pas faite d'os et de chair.

« Tu es à des lustres de finir six pieds sous terre, petite sœur, avait-elle déclaré. Et fais en sorte que je n'apprenne pas non plus par quelqu'un d'autre qu'on t'a vue là-bas, dans ce cimetière. Rappelle-toi, les os de ton papa sont peut-être là, mais pas son âme. Son âme est en toi et ta maman là-haut, qui se bat pour sa vie. Son âme est aussi en ta sœur, où qu'elle soit. »

Malgré le temps doux qui d'habitude me réjouissait, mon cœur pleurait. Je ne pouvais supporter la lumière du soleil trop longtemps sans me sentir mal. Mes souvenirs les plus récents de Salt Point avaient commencé à se recourber comme les photos de famille que j'avais arrachées de nos albums quand Maman m'avait ordonné d'emporter autant de choses que la voiture pouvait en contenir.

Nous avions beau avoir fui Salt Point des mois auparavant, j'avais toujours tendance à adopter les traits d'une fugitive. Je craignais de trop parler devant tout le monde. J'avais des cauchemars dont la terreur me valait des suées nocturnes et dans lesquels le policier Charlie ou d'autres hommes blancs trouvaient Ezra à Royal et s'en prenaient à elle et à la famille Junkett. Mais à notre connaissance, les autorités ne nous cherchaient pas.

Nous reviendrons quand ce sera sûr, disait souvent Maman après notre arrivée.

Mais c'était un mensonge.

Je le savais déjà quand j'avais rempli les valises de nos possessions.

Mes journées à Damascus étaient occupées de questions sans réponse et de souvenirs, tandis que Maman faiblissait dans une chambre à l'étage, sa tête laissant à peine un creux sur les oreillers. Maman demeurait parfois si immobile dans son lit que Ginny gardait un petit miroir sur la table de chevet pour vérifier si ma mère respirait.

Aussi passais-je le plus de temps possible dans la véranda.

Lorsque juillet arriva, la chaleur rendit l'air de Damascus onduleux, comme si celle-ci était un combustible. Les mouches se ruaient sur mon visage, et je chassais les moustiques d'un geste de la main jusqu'au moment où j'eus trop chaud pour m'en préoccuper, quand bien même ils couvraient mes jambes et mes bras de piqûres. Autour de la véranda de ma grand-mère, des sauterelles et des criquets emplissaient l'air de leurs stridulations. Des papillons décrivaient des cercles au-dessus de grands vases de fleurs sauvages disposés dans la véranda. Lorsqu'une libellule planait, je sortais de ma stupeur et m'en émerveillais, me rappelant combien mon père aimait les observer. Il y avait un assortiment de bouteilles, toutes bleues, parce que Ginny appréciait ce qu'elles faisaient quand il pleuvait ou quand une simple brise soufflait sur ces rebords de verre. Ces objets ordinaires devenaient un orchestre de sublimes instruments qui ravivait les couleurs dans ma tête. Dans la maison de ma grand-mère il n'y avait pas une pièce qui ne possédât un mur ou un plafond peint dans une nuance de bleu.

Des mois plus tôt, au début de la nouvelle année, lorsque j'avais demandé à Maman pourquoi nous devions aller à Damascus, elle évoqua son besoin de se remettre. Elle ne pouvait plus ignorer la voix qui appelait son retour, et elle avait trop attendu pour subir l'opération dont le médecin avait affirmé qu'elle pourrait lui accorder plus de temps.

Moi aussi, j'avais depuis longtemps abandonné l'idée que nous pouvions faire quelque chose pour lui sauver la vie.

*

Aujourd'hui était un jour de pâtisserie. Ginny avait des commandes à réaliser. À l'intérieur de la maison, des plats s'entrechoquaient et cliquetaient dans sa cuisine. Quand j'offrais mon aide, comme je le faisais depuis des mois maintenant, elle levait toujours les yeux au ciel ou s'exclamait « pas question » sans lever la tête pour découvrir mon visage peiné. Indésirable dans la cuisine de ma grand-mère, je reprenais ma place habituelle sur la balancelle de la véranda.

Des rayons de soleil firent perler des gouttes de sueur à la naissance de mes cheveux tandis que j'étendais mes jambes, poussant la balancelle d'avant en arrière. Je me concentrai sur la distance que je pouvais couvrir sans que la balancelle cogne contre les rampes sur le côté, ce qui attirerait ma grand-mère dehors, ses joues parsemées de farine, pour se plaindre et jurer. Cette activité m'empêchait de penser à tout ce que nous avions laissé derrière nous.

Je ne pouvais me résoudre à me remémorer les derniers mots qu'Ezra m'avait adressés avant de monter dans la voiture surchargée avec la famille Junkett, agrippant une valise rigide de couleur marron. Elle portait le manteau en feutre vert de Maman avec sa doublure en velours. Elle n'était plus engloutie par la forme du tissu. Elle avait exactement la même taille que Maman. C'était trop. Je sentais encore ses doigts autour de mon visage, mes larmes.

« Si je ne te rejoins pas avant que Maman…

— Reste, s'il te plaît, criai-je en tremblant. S'il te plaît.

— Je suis tout le temps avec toi.

— Je t'aime, grande sœur, dis-je, percevant son souffle chaud sur ma joue.

— Ne chéris pas ta peine », m'enjoignit Ezra tout en m'attrapant les doigts avant de me tirer vers elle pour m'étreindre. Elle ravala ses larmes et se fendit d'un grand sourire estival. « Ce monde nous promet du mal, et tu ne peux rien faire contre, sauf d'avoir le courage d'aimer ta vie. »

*

Damascus était prétentieux. L'intégralité de la vallée entourant la maison de Ginny se vantait de sa beauté. Les fleurs ne tremblaient pas, mais attiraient l'air pour gorger le vent de douceur. Les feuilles vertes sur les arbres offraient une ombre délicieuse entre les rudes parcelles de soleil. Le matin, avant qu'il ne fasse trop chaud, les pivoines étaient si luxuriantes qu'elles provoquaient en moi un picotement quand je les humais. Je savais que l'heure où je passerais du statut d'enfant à celui de jeune femme approchait. Je marchais sur les pas de ma sœur et regrettais de ne pas pouvoir entendre sa voix. Elle apparaissait dans le bruissement susurré des branches se balançant. Des graines dansaient et bouillonnaient dans l'air. À l'aube, la terre déployait sa corpulence lascive le long de la ligne d'horizon. La beauté asséchait ses lèvres sur tout ce qu'elle goûtait.

Mais je rêvais de Salt Point : cette odeur de mer imprégnant l'air opiniâtre, et la façon dont la lumière d'été enflait, laissant des volutes de lumière dorée au sein de jours sans fin. Je songeais à mon père et à ma sœur jusqu'à ce que ma gorge me fasse mal, mon cœur brisé tournoyant comme les carillons qui tintaient, accrochés à leurs clous dans la véranda de Ginny.

Au cours des mois passés, l'incapacité de Maman à se déplacer me permettait de disparaître, perdue à la vue de tous. Je m'abîmais dans un ressentiment contre la manière dont tant d'adultes semblaient tolérer la souffrance, quel que soit son degré, jusqu'à ce qu'elle devienne ordinaire, simple clause supplémentaire dans leur reconnaissance d'un monde hors de leur contrôle. Les yeux de ma mère ressemblaient à ceux d'une personne attendant l'ultime coup qui l'emportera.

27

Ginny habitait si loin du centre-ville qu'il fallait couvrir une longue distance à pied pour faire la moindre course. Pour le bien de Maman, j'essayai de comprendre comment je pouvais trouver ma place à Damascus. En février dernier, Ginny s'était rendue au lycée et avait prévenu le principal que je ne retournerais pas en classe avant l'automne prochain. Entre-temps, j'étais censée occuper une partie de mes journées à lire, ce qui me convenait bien. Lorsque je tentai de la remercier, ma grand-mère m'éconduisit.

« Les Abbott n'ont rien à fiche de cette gratitude de merde. On préfère le bon sens. N'importe qui avec un peu de jugeote verrait que t'es pas en état de t'asseoir dans une salle de classe. T'as trop de peine. Les seules Abbott qui restent maintenant, c'est moi et Jolene. La pauvre. Elle a fait de mal à personne. Elle a mené une vie aussi sage que possible, elle et ton papa, y s'aimaient. »

Ginny leva les yeux vers le plafond. « Tu ferais bien de passer tout le temps que tu peux avec elle. Sois pas là à pleurer et à faire des histoires devant elle. Lui fais pas sentir ton chagrin si tu peux l'éviter. Apporte-lui ton sourire le plus gai si tu peux, petite sœur. Raconte-lui ce qui se passe dans le monde. Jolene est en train de jeter le filet de sa prochaine vie, mais elle s'accroche. Elle s'accroche pour toi et ta sœur. Parle-lui du soleil qui brille, et des oiseaux qui chantent, et de tout le bleu que t'as vu en une seule heure. Parle-lui des vergers et du fleuve. Parle-lui de l'air frais et par-dessus tout, dis à ta maman que tu l'aimes et que tu l'aimeras toujours. Dis-lui qu'elle peut y aller. Chante pour l'aider à partir. Dis-lui qu'elle peut te laisser en toute sécurité. »

*

Je me mis à passer de plus en plus d'heures à explorer la contrée qui bordait le fleuve au cours inversé. La plupart des après-midi, le fleuve était mordoré, avec des crêtes d'un vert blanchâtre. L'eau contribuait à produire une brise fraîche qui s'étendait sur quelques kilomètres à la ronde. On m'avait prévenue de ne pas y nager parce que je ne comprenais pas ses courants capricieux. Mais lorsque je trempai les doigts dedans pour la première fois, une sensation me parcourut. Le fleuve me reconnaissait et m'accueillait avec une douce chaleur.

Maman m'avait raconté qu'elle et Papa avaient échangé leur premier baiser dans les courants de ce fleuve. Ils s'étaient retrouvés après le coucher du soleil, parce qu'à l'époque Papa était timide, et un peu vaniteux, au sujet de son bras manquant. La nuit, ils s'étaient avancés dans l'eau, nus sous une lune métallique. L'ombre de leurs corps était argentée, formes liquides sur la surface quasi immobile du fleuve. Maman disait que lorsqu'ils s'étaient embrassés, ils avaient attiré en eux une partie du clair de lune, goûtant sa saveur. Quand j'allais seule au fleuve, j'aimais penser à Maman et Papa en vie et amoureux. Maman n'avait jamais mentionné leur nudité, mais lorsque je m'étais tenue sur la rive, l'eau me l'avait dit.

Il n'y avait que des oiseaux, des insectes et des ombres pour me surveiller. Quand je me mettais bien à plat contre les pierres mouillées, la terre montait à travers le fleuve et les rochers pour s'infiltrer en moi. De l'écume dorée moussait sur mes pieds et mes chevilles nus. Des nuages passaient au-dessus de mes paupières closes tandis que je me coulais dans ce monde nouveau, soulagée pour une fois d'accepter son ancienne sagesse. *Reviens*, semblait dire l'eau quand je partais.

Alors que je rentrais à pied chez ma grand-mère, je songeai à la dernière fois où je m'étais secrètement rendue à Délivre-Moi-de-Mes-Entraves. J'avais aperçu une pelle posée contre la stèle indigo de mon père. Je ne pouvais oublier la vue de cette pelle rouillée, que l'un des hommes de la maintenance avait abandonnée nonchalamment près d'un rectangle de terre délimité par un cordon à côté de la parcelle de Papa. Délivre-Moi-de-Mes-Entraves était prête à enterrer Maman. Je savais que je ne pouvais pas supplier le paradis de refouler Maman. Elle se tenait proche de la porte. Cette évidence me réduisit au silence pendant des jours.

*

Un soir de juillet, Maman et moi nous installâmes dans le joli petit salon de Ginny. Souvent, c'était Maman qui s'appuyait maintenant contre moi, parce que faire reposer mon poids sur elle lui était devenu trop difficile. Cela paraissait étrange de penser que mon corps était le plus lourd des deux et pouvait la fatiguer. Nous nous tenions la main. Depuis notre départ de Salt Point, j'avais de nombreuses questions que je voulais poser à ma mère, mais j'avais appris la patience. La maladie de ma mère battait faiblement dans les veines de ses mains, si bien que je feignais d'être courageuse et croyais, comme le conseillait ma grand-mère, qu'un jour je mériterais ma force. Le courage exige la répétition. Ce qui signifiait que je devais me sentir vulnérable quotidiennement sans le laisser paraître. Tout en frottant d'huile les mains de Maman, je m'efforçai de me distraire de ses souffrances en me rendant utile.

Ce soir-là, elle me demanda dans un murmure de chanter pour elle.

« Mais je ne suis pas Ezra, répondis-je, fixant des yeux les fleurs bleues peintes à la main sur les murs bleus de Ginny. Je ne sais pas chanter, Maman. Je n'ai jamais été bonne en chant.

— Tu pourrais tout de même essayer, insista ma mère en soupirant. Ça égaie, même quand on se sent déprimé. C'est ce qui rend le chant vraiment bénéfique. Il ne s'agit pas de savoir si ta voix est meilleure qu'une autre.

— Combien de temps est-ce que le bleu peut nous protéger, Maman ? Est-ce qu'il y a d'autres moyens pour les spectres d'entrer dans la maison ? »

Maman se rehaussa avec précaution. « Ta grand-mère craignait que les nonnes reviennent me chercher. Ou les gens du foyer. Elle craignait également ses vieux démons. Elle craignait que son ancien moi ne revienne et lui dérobe la nouvelle vie qu'elle s'était choisie.

» Nous nous sommes réconciliées à propos de tout ça, alors te transmettre nos blessures ne m'aide en rien. Ma mère a œuvré toute sa vie pour ne pas retourner en prison. Peut-être qu'elle te le racontera un jour. » Elle se força à énoncer la dernière partie d'une voix douce. « Quand je ne serai plus là. »

Je fus incapable de parler pendant un instant, et lorsque je repris la parole, je ne pouvais rien dire à propos de la mort de Maman, si bien que je changeai de sujet.

« Parfois quand je sors, je continue à voir bleu alors que les choses ne le sont pas. Il me faut du temps pour discerner à quoi les choses ressemblent réellement. Je dois cligner et plisser les yeux jusqu'à ce que le bleu disparaisse. C'est comme de regarder des enseignes au néon. J'en ai presque la nausée. Peut-être que c'est trop.

— Est-ce que c'est trop ? J'aime que les croyances de Ginny reconnaissent les choses qu'on ne peut pas toujours voir. Surtout des choses comme le mal. C'est charmant, à la manière des personnes âgées, que ma mère croie en sa capacité à détourner et éloigner le mal comme s'il était réel. Mais regarde ce que m'inflige mon corps.

— Maman, je sais.

— Tout ce que je peux faire avec tout ce bleu, c'est de l'apprécier. Parce que ce bleu, c'est notre croyance en la bonté. Peut-être que tu devrais essayer de l'apprécier toi aussi. Tu sais que ce sera ta maison, non ?

— Mais je ne la connais pas, Maman. Et puis je ne

l'aime pas », déclarai-je, me sentant par la suite légèrement mal d'avoir enfin sorti ces mots. Ce n'était pas gentil de médire sur une mère, mais j'avais conscience que c'était encore pire de le faire au sujet de ma propre grand-mère. « Elle jure tout le temps et donne constamment son avis quand personne n'a envie de l'entendre. Ses dents se déchaussent en permanence, et les pets… c'est sans arrêt. Sa manière d'être une grand-mère est effrayante. »

Au lieu de me gronder, Maman hocha faiblement la tête. « Si j'avais compris ce qu'elle avait traversé, je ne me serais peut-être pas enfuie avec ton père de cette façon.

— Elle t'a poussée à t'enfuir, cela dit, non, Maman ?

— Oh non, répondit Maman. C'est l'amour. Et j'ai pris mes jambes à mon cou ! Ton papa et moi, on ne pouvait pas rester ici et vivre notre amour. J'avais été déposée à Damascus sortant d'un monde cloîtré. Les gens ici n'appréciaient pas la chose, ne se fiaient pas à moi. J'étais gauche, timide et j'avais l'audace de parler comme les Blancs. Les enfants se moquaient de moi. Même les adultes levaient les yeux au ciel en ma présence.

» Après l'accident, ton père n'avait plus sa place non plus. Il avait fait voler en éclats la manière dont ces gens voulaient les voir, lui et la sainte famille Kindred. Il n'avait pas envie de sacrifier son existence avant de pouvoir la vivre. Ils ne pouvaient supporter l'idée d'être autre chose qu'un héros, et c'est dur pour les héros de respirer. Ils ont failli avoir sa peau avec toutes ces histoires d'héritage. Parce que parfois on peut aller trop loin avec ce genre de choses. On se met à dépendre du passé et de l'avenir, si bien qu'on en oublie le moment présent.

— Mais ce n'était pas sa faute.

— Faute ? Oh, ça n'avait rien à voir. C'est rarement le cas dans une tragédie. Quand il y a tragédie, il n'y a pas de justice. Même si les gens ici ne seraient peut-être pas d'accord. Ce sont de bonnes personnes. Pleines de sagesse. Ils nous ont laissés partir, ton papa et moi, uniquement parce qu'ils savaient que nous reviendrions.

— Mais on est ici parce que le père de Ruby s'est tué et qu'ils nous en tiendraient responsables et…

— Et je suis mourante, Cinthy. Nous sommes ici parce que je suis mourante. »

*

Le lendemain après le coucher du soleil, que je m'étais mise, tout en rechignant à l'admettre, à aimer, je quittai la balancelle de ma grand-mère et rentrai discrètement. La maison était trop silencieuse. Comme Maman, ma grand-mère avait toujours une radio allumée quelque part chez elle. Précautionneusement, j'enlevai mes sandales et grimpai d'un pas furtif l'escalier raide et tortueux. J'avais peur que Maman soit morte. J'avais souvent peur qu'elle soit morte, ce qui me rendait fébrile et transformait le panorama luxuriant autour de moi en une sorte de paysage d'horreur.

En haut des marches, je poussai un soupir de soulagement. J'entendais leurs voix – celle de Maman, douce, et celle de Ginny, cuivrée – provenant de la chambre à coucher. La porte était entrebâillée.

« Cinthy est une bonne fille, Maman, dit ma mère. Elle a ses habitudes, mais quand tu la connaîtras mieux, quand tu verras avec quelle profondeur elle perçoit le monde, tu comprendras. Elle est intelligente comme son père. Et sensible, comme je l'étais. Tu te souviens ?

— Oh, je me souviens, répliqua Ginny. Tu pleurais pour un rien.

— J'avais de bonnes raisons de pleurer, répliqua ma mère. Après tout ce que j'avais subi. J'étais seule toute mon enfance. Je ne veux pas que Cinthy vive la même chose. J'ai laissé derrière moi notre passé – le tien et le mien, Maman – mais j'ai besoin de savoir que je peux te confier sa vie.

— Tu parles comme si j'allais la conduire au bûcher ou quoi, répondit Ginny. Merde, je suis une femme bien. Je me suis rachetée pour le mal que j'ai fait et je me suis pas bercée d'illusions à attendre que le monde se rachète auprès de moi pour le mal qu'il m'a fait. Personne m'a présenté des excuses, pour ces années en cellule. Seule chose dont je me suis rendue coupable, c'était d'avoir besoin qu'on m'aime.

— Je t'aime, dit Maman.

— Jolene, je sais tout ce que j'ai fait.

— Je veux que Cinthy se sente désirée, expliquait ma mère. Je ne sais pas quand Ezra arrivera ici, mais au moins je sais qu'elle est entre de bonnes mains, des mains qui sont comme les miennes. Quand elle viendra, il faudra que tu les aimes toutes les deux.

» Maman, je ne sais pas combien de temps il me reste. Je ne veux pas quitter ce monde. Mais je souffre tellement. Je veux être avec mon mari. Je veux lui dire, quand je serai de l'autre côté, que j'ai laissé nos filles enveloppées d'un puissant amour.

— T'inquiète de rien, chérie, répondit Ginny. Ta petite

te ressemble tellement. Ce sera comme de te voir grandir toutes ces années que j'ai passées derrière les barreaux. Et l'autre ? T'as pas de soucis à te faire pour Ezra. Facile de voir tout de suite qu'elle est forte. Elle tient de moi.

— C'était difficile pour moi, de la laisser partir avec Caesar et Irene. Mais je savais qu'ils pouvaient la protéger, l'aider, comme je ne l'ai jamais fait. Dans mes rêves, je suis sur un quai de gare, à regarder les trains passer, et elle m'adresse un signe de la main par la fenêtre. Je vois qu'elle sourit, mais elle va trop vite pour que j'arrive à discerner ses yeux. Je dois croire, poursuivit Maman, que mon enfant est en sécurité. C'est la seule manière pour moi de pouvoir mourir. Il faut que j'emploie ces derniers jours à concentrer mon attention sur la jeune fille en bas, qui devra grandir avec une peine qu'elle ne devrait pas avoir à supporter.

— C'est ça, le monde, commenta Ginny. Dieu, le monde est une peine, un mal, un miracle.

— Le monde est toutes ces choses et tellement plus, poursuivit ma mère. Je n'aurais pas pu moins l'aimer, même avec la souffrance.

— Ton front est si chaud. Laisse-moi aller chercher une compresse froide, dit Ginny. T'as trop parlé et inquiété ton cœur.

— Oh, je me sens en paix », répondit ma mère. J'entendis sa voix s'égayer. Elle m'appela. « Cinthy ? C'est toi ? Je t'entends marcher sur la pointe des pieds de l'autre côté de la porte, avec l'odeur de dehors. Entre et viens ici, avec ta grand-mère et moi, s'il te plaît. »

Je pénétrai dans la chambre de ma mère. Ginny était assise du côté du lit où Maman gisait sous la couverture tel un fétu de paille. Elle souleva une main pour que je la lui tienne tout en glissant l'autre dans la paume de ma grand-mère.

« Maman, je te la donne maintenant en toute confiance », déclara-t-elle, sa voix s'amenuisant alors qu'elle m'adressait un sourire en pleurant. Je vis que les mains de ma grand-mère tremblaient, mais elle se tourna dans ma direction. J'avais envie de fuir en courant leurs tristes sourires, mais je savais que Maman en serait trop blessée.

« Maman, ma petite a besoin de toi. *Mais je serai toujours sa mère.* »

Sans un mot, ma grand-mère se leva et me tendit les bras.

*

Plus tard ce soir-là, après que Ginny eut donné son bain à ma mère, peigné ses cheveux et l'eut mise au lit, je la surpris en train d'essuyer des larmes de ses yeux. Lorsqu'elle se rendit compte que je l'observais, elle m'enjoignit de venir la rejoindre dans la cuisine. La pièce n'était pas très grande, et nos sentiments emplissaient si bien l'espace que nous avions l'impression d'avoir été enfermées dans un placard suffocant.

« Soif », murmurai-je, un peu embarrassée pour nous deux. Voir ses larmes me donnait envie de pleurer moi-même. Je pressai les doigts contre un bouton sur ma joue.

« J'aime pas qu'on me surprenne dans ma propre maison, déclara-t-elle. J'ai pas l'habitude d'avoir… J'ai pas l'habitude d'avoir de la famille. J'ai vécu sans depuis que ta maman s'est enfuie. J'imagine que je méritais ça. La vengeance, tu sais ?

— Tu es ma grand-mère, répliquai-je. Pourquoi est-ce que je dois t'appeler Ginny ? »

Retirant avec soin la perruque qu'elle avait portée à l'usine où elle travaillait le soir à temps partiel, elle poussa un profond soupir. C'était un carré bouffant de mèches noires effilées, striées de reflets auburn, semblable à des coiffures que j'avais vues portées par Dorothy Dandridge ou Diahann Carroll dans les magazines de cinéma que ma sœur et Lindy appréciaient autrefois.

« Ma petite, tu peux bien m'appeler comme ça te chante si ça t'aide à t'habituer à l'idée que toi et moi, on a beaucoup de temps à passer ensemble devant nous. » Secouant la tête et labourant son cuir chevelu avec les ongles, elle soupira de plus belle. Plaquées sur son crâne, des rangées de tresses crépues formaient un labyrinthe argenté. « Seigneur, me parlez plus de vie ou de mort. Je veux rien savoir, absolument rien. Tout ce que je fais, c'est penser à me reposer.

— Pourquoi est-ce que tu n'utilises pas une partie de l'argent que nous avons apporté ? Tu pourrais juste confectionner tes tartes. Elles sont délicieuses », dis-je avec hésitation, me rappelant être entrée dans la chambre de mes parents une fois nos bagages bouclés pour quitter notre maison de Salt Point et avoir vu Maman se saisir de tas de billets extraits d'un trou dans le plancher de leur placard, sous les costumes de mon père. *Il ne mettait jamais tout à la banque*, avait-elle tenté de m'expliquer tout en me faisant signe de l'aider. *On ne pouvait pas compter sur leur intégrité.* Je me souvenais que l'argent dans mes mains m'avait paru lourd, comme si je récoltais des morceaux de rêves de mon père.

Ginny me jeta un coup d'œil. Puis elle sourit.

« Contente d'entendre que tu penses aux factures et à nos épargnes, Cinthy, mais chérie j'ai fini de payer cette maison il y a des années. Vivre me coûte plus très cher. Pas assez pour que la banque ou les impôts s'y intéressent.

» Si je pouvais me contenter de faire des tartes, j'en préparerais trop. Personne en voudrait. Elles finiraient à la poubelle, pour sûr. Et je suis au courant pour l'argent, chérie. Jolene m'en a parlé. Je lui ai dit que je le déposerais sur un compte épargne pour toi et ta sœur. Il se peut que tu décides de pas rester ici trop longtemps. Je l'espère. Jolene dit que tu pourrais déjà être à l'université, avec ton intelligence. »

Je regardai Ginny se servir un verre de thé glacé. Elle le but à petites gorgées, tout en me lançant des regards à la dérobée. Elle paraissait presque timide.

« J'ai une petite-fille futée, ajouta-t-elle au bout d'un long moment.

— Et moi, j'ai une grand-mère, dis-je, en souriant légèrement. Une grand-mère qui jure et qui dit des gros mots en ma présence quand elle ne devrait pas.

— Il faut que t'essaies de penser à moi comme ta famille, reprit-elle avec un haussement d'épaules. Jurer est pas méchant, et qui dit que je dois être gentille dans un monde pareil. Je suis douce chez moi. Je vois pas de raison de changer ce qui m'a toujours protégée. » Elle enfonça sa perruque dans son sac à main usé en cuir verni qu'elle en portait partout, y compris à la maison, et referma la fermeture éclair. Quelques mèches éparses dépassaient telles des plumes d'entre les dents de la glissière.

« Prends ton bain et vois si tu peux te reposer un peu, chérie, suggéra-t-elle. Je t'apprendrais peut-être à faire une tarte aux fruits avec une pâte sablée. Tu aimes ça ? »

Mes yeux s'emplirent de larmes tandis que mon visage s'éclairait d'un réel sourire.

« Oui, m'dame, répondis-je. Maman en préparait pour nous. Elle chantait tout du long. »

Ginny ferma les yeux, appuyée contre le plan de travail.

« Que cette enfant soit louée, fit-elle en baissant la tête. Que le Seigneur soit glorifié de me l'avoir donnée. Dieu sait que je la méritais pas. »

Ginny se dressa de toute sa taille dans la cuisine couleur ciel. Sa sueur avait séché. Dans le souffle du soir, sa peau dégageait une odeur de poules, de poussière et de gruau de maïs.

« Meilleure chose qu'une femme peut apprendre à faire, déclara ma grand-mère, c'est de se préparer des douceurs pour pas avoir à attendre que personne d'autre lui apporte ce qu'elle a déjà. Rappelle-toi ça, petite sœur. Autant que je sache, t'es une Kindred et une Abbott. C'est une combinaison que le monde verra plus jamais. »

Je me détournai de Ginny et sortis de la maison pour rejoindre la véranda.

Dans la pénombre grandissante du crépuscule, une constellation de lucioles propageait de douces lueurs vert citron et jaune. Leurs pulsations flottaient devant mes yeux tel un portail vers un autre monde. Il devait y en avoir des centaines, étincelant tandis qu'elles enveloppaient la bastide de lumière. J'entendais les grenouilles et les insectes juste derrière.

Plus j'essayais de ne pas penser à Ezra, plus elle m'apparaissait. Me servant des lucioles comme des points à connecter, je traçai la forme de son visage voletant devant moi. Sa voix résonnait dans ma tête. Je sentis son sourire parcourir ma peau, ce qui me procura un mélange de gaieté et de douleur parce qu'elle me manquait tellement. J'étais en colère qu'elle ne soit pas avec nous, mais je commençais à comprendre que nous avions tous été forcés de nous adapter pour survivre.

Je regardai au-delà des lucioles la vigne luxuriante, qui me rappela les cheveux d'Ezra et la manière qu'elle avait de toujours prendre soin des miens. Je ressentis ses doigts appliquer de l'huile sur mes tresses, puis suivre le contour de mes oreilles, et me souvins de la façon dont elle tournait mon visage vers le sien avec ses mains, de sorte que nous devenions l'image de l'autre en miroir. Chancelante, je tentai de réfléchir à ma vie sans Ezra, sans Papa, ni Maman. La douleur envahit tout mon corps.

« Magiques, non ? » dit ma grand-mère, appuyant sa main contre mon épaule.

J'acquiesçai en déglutissant, tandis que le visage fantôme d'Ezra disparaissait devant mes yeux.

« On en a chez nous, à Salt Point. Mais pas comme ça.

— Vous les attrapiez ? Toi et ta sœur ?

— Oui, m'dame, répondis-je. On faisait des boucles d'oreilles avec. On les utilisait pour le vernis à ongles. On les mettait dans des bocaux.

— On les attrape pas par ici, expliqua Ginny. On les laisse vivre. On apprécie juste les petites lumières qu'elles donnent. Que je te surprenne pas à en faire quelque chose. T'es trop grande pour ça. Laisse-les voler et scintiller.

— Je ne les toucherai pas », dis-je tandis que mes yeux se remplissaient de larmes. Pour une fois, je n'eus pas l'impression que je pourrais m'envoler et disparaître et que personne ne s'en soucierait. Une sensation forte, que je n'avais jamais éprouvée à Salt Point, me caressa le visage tel un souffle. Peut-être que je me trouvais à ma place ici.

« Ils ne vivent pas longtemps, ces vers luisants, déclara ma grand-mère. Cette lumière dans leur derrière, c'est pour attirer. Ils ont à peu près deux mois pour baiser avant de mourir. Les vieux disent que les femelles boulottent les mâles. Pas tout le temps, mais assez pour rendre les choses intéressantes. La femelle utilise sa lumière pour faire croire au mâle qu'il va avoir du bon temps, alors qu'en fait elle a juste faim. C'est pas quelque chose, ça ? Les bestioles peuvent être stupéfiantes. Elles doivent survivre. Exactement comme nous.

— Oui, m'dame, acquiesçai-je.

— Avec ce gros orage qui s'annonce, elles se mettront bientôt à l'abri, dit Ginny. Tu aimes les orages ? Parce que la pluie est parfaite ici. Hum, j'ai dû parcourir le monde entier juste pour me retrouver à revenir ici en courant, parce que ces orages me manquaient terriblement. Quand ils m'ont enfermée, ce qu'ils appelaient mettre à l'isolement, j'ai passé beaucoup de temps à me remémorer ces orages. Dans cette cellule sombre, les éclairs illuminaient les murs et le son de ces portes en fer qui s'ouvraient et se fermaient tout autour de moi ressemblait un peu à du tonnerre. Dieu avait pas de place dans le cœur des gardiens qui me frappaient, m'affamaient, et pire encore. Dans ma cellule, y avait pas d'arbres. Je faisais semblant, comme quand j'étais petite, d'aider Noé à assembler son arche. Il fallait que je reste forte, que j'empêche mon esprit de perdre connaissance. Ils m'avaient laissée là-dedans avec quasiment rien à manger, rien que des loques comme vêtements. Ils étaient prêts à faire de moi un animal. Mais c'est pas arrivé. Le plus qu'ils pensaient me faire du mal, le plus je voyageais dans ma tête.

» Je me souvenais de ces beaux garçons qui m'avaient un jour conduite tout droit le long d'une route qui menait nulle part, jusqu'à ce que je reconnaisse pratiquement plus ma voix. Le bon temps que j'ai eu m'a laissée sur la paille et défoncée. La seule chose à propos de quoi je pouvais chanter une fois que j'ai terminé de m'en faire voir de toutes les couleurs était ma vie de droguée. Au début, la musique que je chantais, c'était de jamais supplier personne à part moi de m'aimer. Chanter sur le besoin d'avoir un homme et tout son bordel, j'aimais pas. J'aimais chanter à propos de l'amour, et je savais pas… je savais pas… quand je suis partie d'ici en quatrième vitesse que je fuyais un amour pur conçu par moi-même.

» J'ai essayé de retrouver le garçon qui était le père de Jolene mais je me suis rendu compte que je savais pas qui il était, d'où il venait ; et à l'époque j'avais toujours les jambes en l'air. C'étaient des jambes belles et musclées, au fait. Hum. Je sais qu'elles ressemblent plus à grand-chose, mais à l'époque les gens faisaient passer un chapeau à la ronde juste pour que j'exhibe ces guibolles.

» J'étais tellement perdue au bout d'un moment. J'étais perturbée, sur les nerfs. Me suis retrouvée dans le genre d'ennuis que je disais chercher dans mes chansons – et puis c'est devenu réel. Aussi réel que le temps que j'ai passé derrière les barreaux. Une période dure. J'essaie pas de te faire peur en te parlant comme ça, mais j'imagine que si Jolene m'a pardonné, il faut que je te demande à toi aussi de me pardonner. Dans nos familles, on peut transmettre la souffrance, comme on transmet la vie. Ma chérie, je veux pas te léguer plus de souffrance.

— Grand-mère », dis-je, presque dans un murmure. Ma voix disparut dans le tourbillon de ses mots. Elle montra du doigt des étoiles, nomma des oiseaux que je ne pouvais pas voir. Je songeai à la manière dont Papa m'avait montré comment sonder le monde, comment mettre des mots dessus, même si son mystère le rendait impénétrable. À chaque mot que ma grand-mère prononçait, je me sentais plus légère, plus forte, meilleure. Elle me faisait confiance, à l'instar d'Ezra autrefois.

La voix de Ginny persista, surgissant de ses souvenirs et de leur solitude.

« Tu vois, ma chérie, on peut sentir l'odeur de la terre, la pluie est toute prête – Dieu du ciel, on n'a certainement pas eu assez de pluie jusqu'à maintenant cet été. Si on a une bonne saucée cette nuit, peut-être que mes pauvres tomates survivront. »

28

Lorsque je montai à l'étage, je décidai d'aller dans la chambre de Maman au lieu du petit placard dans le couloir où Ginny avait installé un lit de camp pour moi. Je ne pourrais pas écouter la pluie si je dormais là. Déjà, je percevais de l'électricité dans l'air. Les éclairs et la clameur brute du tonnerre me comblaient de joie, sachant que je me trouvais en sécurité à l'intérieur de la robuste bastide de ma grand-mère.

J'enfilai une fine chemise de nuit et passai sans bruit devant la chambre de Ginny, même si je n'avais pas besoin de marcher sur la pointe des pieds. Ses ronflements rivalisaient avec une assemblée d'éléphants.

Au bout du couloir, il y avait une fenêtre. Quand un éclair éclatait, il projetait sur tout une lumière soudaine qui disparaissait ensuite brusquement. Au lieu d'avoir peur, j'étais ravie. Il y avait eu quelques orages en juin, mais Ginny et Maman avaient affirmé que les orages de juillet étaient spectaculaires.

Je me dirigeai vers l'extrémité du couloir pour regarder par la fenêtre, attendant le prochain éclair. Je laissai mes yeux s'ajuster à la pénombre de sorte que je pouvais voir en contrebas le jardin devant la maison, jusqu'à l'espace où les chênes bordaient un sentier débouchant sur la route principale.

Je fus surprise de discerner une forme qui ressemblait à un homme monté sur un cheval, là, au milieu de l'ouverture entre les arbres. Il portait un chapeau qui avait l'air très ancien, d'une autre époque, mais lorsqu'il pencha la tête en arrière comme pour croiser mon regard, je lui fis immédiatement un signe de la main, parce que c'était mon père. Je ne l'avais jamais vu sur un cheval, or celui-ci était très grand et avait des yeux étrangement humains. Pour une raison ou une autre, je me retins de l'appeler. Au lieu de quoi, j'appuyai les mains sur la vitre tandis que les éclairs découpaient sa silhouette au gré d'éphémères décharges. Je me demandai si mon père était descendu du paradis ou s'il était devenu un spectre, son corps complètement reconstitué comme s'il venait de naître de la sorte. À ce moment-là, je compris qu'il ne pouvait pas s'agir de mon père, parce qu'il tenait les rênes de son cheval à deux mains. Dans mon esprit, j'entendais des enfants pleurer et le bruit d'un tumultueux cours d'eau, plus sonore que la pluie qui s'abattait sur le toit de chez ma grand-mère. Quand je regardai de nouveau, il n'y avait rien. Je m'entourai de mes bras, me sentant affreusement seule et craignant de m'engager dans un avenir dont l'atmosphère paraissait trop triste et chaotique pour me permettre de respirer.

Je refoulai mes pensées et me glissai dans la chambre de Maman, surprise d'entendre sa voix m'accueillir.

« Bonsoir, ma chérie.

— Bonsoir Maman, répondis-je. Je voulais entendre l'orage. Et il fait trop chaud là où elle m'a installée pour dormir. Est-ce que je peux l'écouter ici avec toi ?

— Bien sûr, chérie », dit-elle. Sa voix était lasse, mais je sentis qu'elle se réjouissait de m'avoir auprès d'elle.

« Ouvre un peu la fenêtre, tu veux bien ? Quand tu entendras cette pluie délicieuse entrer en contact avec ses drôles de bouteilles, tu auras l'impression d'être à l'intérieur d'une symphonie.

— Est-ce que tu écoutais tout le temps la pluie quand tu étais petite ?

— Oh, oui, répondit Maman. Quand je savais qu'une bonne pluie allait tomber, je la traitais en amie. J'étais tellement impatiente !

— Est-ce que Papa l'aimait aussi ?

— Oui, à sa manière », dit Maman. Elle marqua une pause. Puis reprit, pensivement : « Au début, à Salt Point, j'ouvrais les fenêtres en grand quand il y avait de l'orage. Je m'asseyais dans la véranda ou j'allais dans le jardin pour pouvoir sentir la pluie sur ma peau. Ton père appréciait la façon dont les giboulées suspendaient le monde. Il aimait la pluie pour lire.

— Est-ce qu'on avait peur des orages quand on était petites filles ?

— Viens ici, suggéra-t-elle, se déplaçant juste un peu sous la couverture. Tu vois comme la brise a bien rafraîchi l'air. On peut sentir l'odeur de ce qui vit dans le jardin. On devine aussi le fleuve.

» Il y a longtemps, même si tout le monde affirme que je ne peux pas m'en souvenir, je suis née un jour de pluie dans un lit semblable. Pas ce lit-là, mais un couchage avec des plumes dedans. Je me rappelle réellement la sensation de l'air sur moi, son parfum. Je me souviens aussi de la voix de ma mère. C'était une voix pleine de fierté. Elle n'a pas changé.

— Oui, elle est fière, c'est sûr, dis-je. Mais et Ezra et moi, Maman ? Quand on était petites ?

— Toi, tu dormais pendant les orages, ou bien tu te trouvais des occupations dans la maison, répondit-elle. Mais Ezra… Ezra me demandait si elle pouvait sortir, même quand les éclairs étaient proches. »

Je me pelotonnai contre Maman. Sa voix s'estompa sous le grondement du monde derrière la vitre. « Est-ce que tu aurais voulu avoir une sœur ?

— Oh, je ne sais pas, répondit Maman d'un ton nostalgique. Tout ce que j'ai jamais voulu, je l'ai obtenu. J'ai mes filles. J'ai fait de mon mieux avec ce que le monde m'a alloué. Qui peut en dire autant aujourd'hui ? Dans un autre univers, nous serions sœurs, toi et moi. Dans un autre cadre temporel, tu pourrais être ma mère. Et je serais ta fille. Dans une prochaine vie, ce que je serais ne m'importe pas, du moment que je peux t'appeler mienne.

— Maman, dis-je.

— Tu m'auras toujours, reprit-elle. Parce que nous nous aimons. Quel que soit l'univers, cet amour ne changera pas.

— Il pleuvra sur terre pour l'éternité, déclarai-je en bâillant.

— Oui, tu envisages bien les choses », dit Maman. Je l'entendis sourire.

*

Le matin, les chênes s'agitaient derrière la vitre. Des guirlandes de lumière décoraient les murs pervenche de la chambre de ma mère. L'air qui soufflait soulevait les rideaux, comme si les voiles diaphanes exhalaient la mélancolie d'un dernier soupir. Dans le sillage de l'orage, le soleil brillait. Les oiseaux chantaient avec hardiesse.

Comme tous les samedis matin depuis notre arrivée, l'odeur de café bien noir se répandait. J'écoutai ma grand-mère fredonner, en bas dans la cuisine, des notes proches de celles émises par les oiseaux dans le ciel bleu détrempé.

Sans toucher Maman, qui dormait encore, je me déplaçai légèrement de sorte qu'un peu plus de brise caresse la peau de mes orteils. Le tintement des carillons à vent s'élevait plaisamment. Je me souvins du déchaînement des lucioles la veille au soir, de la flottille d'étoiles qui scintillaient au-dessus d'elles et de la façon dont le monde naturel parvenait systématiquement à m'arracher à la partie pensante de mon esprit.

C'était certainement une journée pour se rendre au fleuve. L'orage avait sans doute fait monter les eaux. J'essaierais de rester dehors, loin des pensées qui me tenaient éveillée la nuit. Un simple jour passé au bord du fleuve en compagnie d'un livre et tout l'univers bondissant autour de moi suffiraient. Sur le chemin du retour, je pourrais emprunter le long détour pour m'assurer qu'il y avait des fleurs sur la tombe de Papa. Peut-être plus tard, Maman voudrait que je lui brosse les cheveux. Nous pourrions nous asseoir sur la balancelle et attendre les lucioles. J'étais sûre que Maman les aimerait.

Ginny montait l'escalier et, à sa respiration, je devinai qu'elle portait un plateau de petit-déjeuner, comme souvent pour Maman le samedi matin. Elle parlait déjà quand elle ouvrit la porte.

« Jolene, je peux pas croire que toi et cette enfant, vous avez dormi pendant cet orage la nuit dernière ! Dis-moi que c'était pas le diable qui claquait ses sales dents sur mon toit tout propre. Je suis levée tôt. Faut que je demande à Mr Davis et à son petit-fils de venir ici. Y a des bardeaux qui sont tombés et mon petit myrte près du cabanon a eu ses racines arrachées. Plein de verre cassé aussi devant la maison. Je vois pas quelle raison cet orage avait de faire ça. Mes bouteilles embêtaient personne.

» Je jure que cet orage va pas m'arrêter aujourd'hui. Merde. Quel foutoir. Comme si j'ai pas déjà des centaines de choses à faire le samedi. »

Je repoussai les couvertures et balançai mes jambes par-dessus le rebord du lit. Je ne voulais pas que le tapage de Ginny dérange Maman, qui n'avait pas bougé.

« Je t'ai pas dit de pas te mettre au lit avec elle ? » lança ma grand-mère, me décochant un regard noir, alors que je me tenais debout dans ma fine chemise de nuit. Elle posa le plateau. « Qui a ouvert la fenêtre ?

— Maman. Elle m'a demandé, répondis-je avec une grimace en réaction à son ton tranchant.

— Tu sais ce que ta maman te demandait de faire ? Tu savais pas ce qu'elle voulait en te demandant ça ? Tu comprends pas la pluie ? » Il y avait de la salive aux coins des lèvres nues et affolées de ma grand-mère.

Je m'approchai d'un mouvement protecteur du côté du

lit où Maman se trouvait. Lorsque je tirai sa main, Maman n'offrit aucune résistance, ne prononça pas un mot. Je sentis une légère chaleur, mais pas plus. J'appuyai les doigts sur son pouls et écoutai, les yeux fermés. Je prononçai son nom dans ma tête. *Maman ?* Touchant son épaule, je remarquai que la brise matinale effleurait les boucles lâches qui s'étaient détachées de son épais chignon. La veine de son cou que j'observais depuis des mois, telle une horloge, ne battait pas.

« Jolene ? »

Ginny me poussa pour passer. La pièce s'emplit de Shalimar, d'œufs battus, de pommade pour cheveux Nu Nile, de sucre de canne. De la gorge de ma grand-mère s'échappaient des gémissements tandis qu'elle éloignait la couverture du visage de Maman et lissait ses mèches de cheveux noirs du bout des doigts.

« *Jolene* ? »

Les larmes de ma grand-mère coulaient entre ses lèvres alors qu'elle s'effondrait à genoux contre le lit. Bouche ouverte, elle essayait d'expulser l'air de son corps. Avant de se laisser aller devant moi, Ginny referma la bouche, ravalant son cri. Elle secoua sa tête ornée de tresses plates, exposant une vulnérabilité qui m'envahit d'une terrible certitude. Puis elle enfouit son visage dans le couvre-lit en chenille pelucheuse de couleur ivoire. Même si seules quelques minutes s'étaient écoulées, j'eus l'impression que Ginny et moi étions restées figées pendant des années avant de pouvoir nous mouvoir l'une ou l'autre.

Les yeux de Maman apparaissaient mi-ouverts, inhabités.

« Jolene le savait, déclara Ginny en se relevant à la force

des bras. Aucune horloge au monde peut tenir ta main quand ton heure est venue. » Son corps se souleva, faisant grincer les lattes de bois sous son poids. Elle grimpa à quatre pattes sur le lit et enveloppa au creux de ses bras le silence de Maman. « Doux Jésus, j'ai fait une jolie fille. J'ai pas conçu une beauté ? Elle aura plus jamais rien à exiger de ce monde. »

Puis ma grand-mère me fit signe de venir à côté d'elle, près des yeux morts de ma mère. Elle guida mes doigts vers son visage. Je touchai la peau délicate de ses orbites. Le choc de voir qu'elle ne cillait pas ni ne tournait des yeux interrogateurs vers moi m'envahit la bouche.

« Elle n'aura plus à implorer cette vie pour rien d'autre. Rien d'autre, dit Ginny à travers ses sanglots. Et moi non plus, par pitié. Qui aurait su dans cette vie que le repos de Jolene pourrait me briser le cœur ? »

*

Quelques heures plus tard, ma peine se mua en un sentiment ferme et inflexible. Écouter ma grand-mère ou lui obéir ne m'intéressait plus. Si je consentais à m'ouvrir, à tendre l'oreille, je risquais de perdre la trace de la voix de ma mère, à laquelle je m'accrochais tandis qu'à l'intérieur j'enrageais et me sentais désemparée.

Lorsque je lui répliquai qu'elle n'était pas ma mère et qu'elle n'avait aucun droit de m'obliger à prendre une douche, Ginny fixa ses yeux rouges sur moi et secoua la tête.

« Tu as dormi à côté de la mort toute la nuit, tu vas te laver. Et si tu es assez égoïste pour croire que la mort de

Jolene ne concerne que toi, dit-elle, alors tu peux pas être la fille dont Jolene me parlait.

— J'ai peur de monter », répondis-je.

Ginny tenait à la main le combiné du téléphone en plastique jaune couvert de taches. Celui-ci était relié par environ un mètre de fil en plastique sale et entortillé qu'elle pouvait étirer jusque dans la véranda, si elle voulait s'y asseoir pour parler.

« Elle disait que tu m'aiderais, poursuivit Ginny. Écoute, je dois passer ces appels. C'est plus vraiment le moment d'avoir peur de quelque chose. Te bagarrer avec moi pour des broutilles. T'as soutenu ta maman dans la vie, tu dois la soutenir à son passage.

— Oui, m'dame », acquiesçai-je, me sentant coupable d'être en colère contre elle. Je ne pouvais admettre que j'étais aussi fâchée contre Maman de m'abandonner avec cette femme.

« On s'est bien comprises ? »

Mais j'avais déjà tourné les talons, m'éloignant de sa cuisine et de sa voix rauque. J'avais le pied posé sur la première marche de l'escalier menant à l'étage quand j'entendis le pendule carillonner dans le petit salon. Je pivotai de rage et me précipitai dans la pièce, avec ses canapés recouverts de plastique et ses iris artificiels dans des vases en cristal bon marché sur les rebords de fenêtre. J'ouvris la porte de l'horloge pour arrêter son carillon.

Ginny m'avait suivie. Elle se jeta sur moi et m'empoigna.

« Non, Hyacinth, ça va pas aider. C'est le temps qui passe. Il t'appartient pas. Tu peux pas arrêter de vivre. Tu peux pas arrêter le temps ni arrêter de vivre parce que ça te fait mal. Au diable le temps et les sentiments. Tu dois vivre. »

*

Poudrée et habillée, j'étais installée dans la véranda. Mes vêtements étaient trempés de sueur et de fébrilité. C'était le crépuscule. Le temps s'écoulait tel du sirop. Je croisai les bras sur ma poitrine et me servis de mes jambes raides pour pousser contre le sol.

« Mr Randall et son petit-fils vont venir bientôt prendre ta maman, annonça Ginny en apparaissant derrière la porte à moustiquaire. T'as pas chaud assise ici comme ça ? C'est la chaleur de la campagne. J'aurais pensé que l'orage rafraîchirait un peu les choses mais, bon Dieu, c'est pire qu'avant. »

Détournant le visage de sa voix, je regardai fixement les collines basses dont les courbes jaune et verte se succédaient jusqu'à atteindre l'horizon qui s'obscurcissait.

« Je dois sortir pendant une heure avec toutes ces commandes de tartes, annonça Ginny. Mets ces tartes que j'ai laissées sur le plan de travail dans ma voiture et descends les vitres pour qu'elles fondent pas. Je peux pas me permettre de perdre de l'argent. J'en aurai besoin pour les fleurs et pour donner un petit quelque chose à Louise pour chanter aux funérailles de ta maman. Louise demande jamais elle-même, mais tout le monde sait combien ça coûte d'engager un ange pour chanter.

— Un ange comme ma mère ? demandai-je. Combien ça lui a coûté à elle quand tu l'as laissée seule, que tu t'en es débarrassée comme si elle était pire qu'un tas d'ordures.

— La seule raison pour que je te fiche pas une gifle c'est que je vois les yeux de ma fille me regarder, répliqua-t-elle. C'est pas seulement de la peine que t'as en toi. Qu'est-ce qui va pas ?

— Est-ce que tu vas m'emmener quelque part et me laisser avec des étrangers ? l'interrogeai-je doucement. Dis-moi juste.

— J'ai pas l'intention de te laisser nulle part », répondit Ginny en sortant de la maison. Sa voix se brisa sur fond d'un duo de sauterelles. « Pitié, j'ai envie de m'asseoir. Plus que tout. Mais je peux pas, pas encore. Si je m'assois, Dieu sait que je pourrais ne plus jamais me relever.

— Oui », acquiesçai-je. Parce que je ne savais pas ce qui était le plus facile entre se lever ou s'effondrer, je n'ajoutai rien.

« C'est mon amie Ernestine qui a confié ta maman à la charité des Blancs, expliqua Ginny. Je peux pas lui en vouloir pour ce qui s'est passé. Je ne me suis pas bien comportée avec ta maman en me conduisant comme je l'ai fait, mais je laisserai personne sur cette terre me faire de reproches sur mon bébé. Ni dans ce monde ni dans le prochain. Moi et ta maman, on a fait la paix avec ça. Dieu soit loué.

» Et maintenant, tu vas reprendre tes esprits, et vite, tu crois quoi, que tu peux me parler comme ça, dans ma propre véranda ? T'es une gentille fille. Je peux pas imaginer ce que c'est de perdre ma maman et mon papa comme toi. Petite sœur, je sais que le mot "désolée" suffit pas, loin de là. Mais il faut que tu saches que ce foutu monde non plus va pas faire l'effort de s'excuser.

» À l'époque, les Noirs disparaissaient tout le temps. On avait plus de nouvelles. Des familles entières brûlaient sur des bûchers, enchaînées. Ils se noyaient dans la mer. Ils attrapaient des maladies ou des Blancs orchestraient un massacre et jetaient leurs os, et leurs noms, dans une grande fosse noire. Parfois il y avait des miracles, mais la plupart du temps il ne restait qu'un point d'interrogation. Une plaie. Une tombe anonyme. On pouvait rien y faire, à part continuer. Au moins tu m'as, moi. T'es là, et t'as le culot de faire comme si j'étais rien. Tu vas pas te comporter comme ça. Ma petite t'a mieux élevée que ça. »

Fixant des yeux mes genoux anguleux, je relâchai les bras et agrippai le rebord en bois moucheté de la balancelle.

« Je suis désolée de t'avoir manqué de respect, je…

— Sois pas désolée, m'interrompit Ginny. Mais recommence pas, tu m'entends ? Les Abbott font pas dans le commerce d'aucune sorte de honte, d'aucune sorte de méchanceté. Les Abbott sont en lien étroit avec leur âme. Si tu vis proche de ton âme, si tu vis aussi près d'elle que possible, tu pourras survivre à à peu près tout. Plus tôt tu essaies de vivre comme ça, plus tôt tu trouveras le moyen de continuer à souffrir tout en souriant, comme le reste d'entre nous. »

29

Certaines des femmes qui arrivèrent chez Ginny disaient que Maman serait « remise » alors que d'autres disaient « rappelée », et tout ce que j'en retenais, c'était qu'aucune n'avait parlé de la mort.

Être rappelée signifiait retourner chez soi.

Être rappelée signifiait que Maman appartenait à un foyer, par-delà celui qu'elle avait fondé sur terre pour notre famille pendant toutes ces années dans le village de Salt Point.

Être rappelée signifiait que quelqu'un d'autre, peut-être Dieu, possédait une voix.

Être rappelée signifiait que Maman avait écouté toute sa vie cette voix lui dire que son passage sur terre était temporaire.

Les femmes – Miss Lyrae, Mrs Porter, Miss Tina Lee – étaient arrivées dans un camion cabossé. Quand elles en descendirent, je vis qu'elles portaient toutes du blanc. La poussière se souleva sous leurs pieds alors qu'elles s'arrêtaient pour examiner les tas de verre bleu brisé que Ginny et moi avions balayés pour que les gens qui venaient à la maison ne se blessent pas.

Lorsque Ginny sortit accueillir les femmes, elle aussi était vêtue de blanc. Quel endroit arriéré. Pourquoi ne portaient-elles pas de noir ? Cela avait-il à voir avec la chaleur ?

Les femmes s'avancèrent à l'ombre des chênes de Ginny en direction de notre véranda. Leurs yeux étaient humides et sombres. Leur peau rayonnait contre le tissu blanc. En silence, je les observai étreindre ma grand-mère. Un air chargé de lavande m'envahit, mêlé à des notes d'herbes, de citron, de mémoire et de savon fait maison.

« Oh, ma chérie, dit Mrs Porter en élevant la voix en réponse aux mots d'accueil de ma grand-mère. Je suis tellement désolée. Je sais que tu as le cœur brisé.

— Où est-elle ?

— En haut, dans le salon.

— Où est sa petite ?

— Derrière toi, Lyrae. »

Miss Lyrae pivota brusquement et se dirigea vers moi. Je ne pouvais pas reculer dans le coin de la véranda sans trébucher contre la balancelle. Elle me tira à elle et me serra dans ses bras.

« Cinthy ? Tu as rejoint un club éprouvant, ma petite, un club très éprouvant. Ma maman est morte il y a dix ans d'une crise cardiaque. J'ai l'impression de ne toujours pas arriver à l'accepter la moitié du temps. Sa présence aimante m'enveloppe malgré tout, exactement comme ta maman sera toujours près de toi. » Elle fit un pas en arrière pour prendre mon visage entre ses mains. « Seigneur Dieu, quelle jolie fille. Tu peux venir chez moi quand tu veux. Tu pourrais être ma fille. J'ai perdu mes deux petits il y a des années.

— Comment ? demandai-je en la regardant dans les yeux.

— En ne les laissant pas me dire qui ils étaient vraiment. J'étais trop occupée à vouloir qu'ils deviennent les personnes que, selon moi, ils auraient dû devenir. Ils ont leur propre vie maintenant, et je n'en fais pas partie. Je respecte leurs décisions, mais je regrette la situation. Ma façon de faire la paix avec eux a été de les laisser partir. Mais la paix n'arrive pas en une fois. C'est quelque chose qu'il faut pratiquer en permanence, comme respirer. » La femme me relâcha. Je ne pouvais m'empêcher d'avoir l'impression qu'elle avait emporté une partie de mon cœur. Miss Lyrae rejoignit les autres femmes, qui caressaient les bras et le visage de Ginny. Leurs voix étaient réconfortantes.

« Nous allons la préparer pour Mr Randall. Et puis il faudra que nous allions ouvrir l'église, déclara Miss Tina Lee. Tu veux monter avec nous pour la toilette ? »

Je secouai la tête avec une grimace. Maman n'aurait pas aimé que trois étrangères, et encore moins sa mère, la touche de manière si intime.

« Est-ce qu'il va falloir que je m'inquiète pour toi ? » demanda Ginny, la tête couverte d'un tissu ivoire. Son fond de teint compact avait fondu et goutté sur son chemisier blanc, y laissant une fine tache couleur de boue.

« Tu dois encore te laver, dit-elle. Je n'ai pas oublié.

— Je me suis déjà douchée, m'dame. Je ne veux pas prendre de bain.

— Tu n'as pas dormi dans le lit avec ta maman ? Dans le lit de mort ?! » La voix de Mrs Porter résonnait gravement. « Dans le lit de mort ?!

— Petite sœur, je vais faire couler un bain, déclara Miss Lyrae en me décochant un regard. Et quand je t'appellerai, oh doux Jésus au paradis, tu as intérêt à te tenir prête à être la fille que ta maman a élevée. »

Miss Lyrae me frotta elle-même. Le mouvement circulaire de la brosse à poils m'enfonçait la chair contre les os. Déjà, ma peau dégageait le parfum délicat d'une mémoire privée de mère. La sensation me donnait envie de crier, de soupirer. De pleurer. Miss Lyrae chantait continûment.

« Ne prononce aucune grossièreté pendant que tu es dans cette eau, m'avertit-elle. C'est une eau qui écoute. C'est une eau qui entend. C'est l'eau apaisée du fleuve. Cette eau extirpera le chagrin de ton corps avant que je la verse à nouveau dans le fleuve dont je l'ai tirée. Dans le fleuve, le chagrin se purifiera et puisera de la joie dans ces retrouvailles, lorsqu'il rejoindra l'océan pour s'y jeter. »

Quand je sortis de la baignoire, épuisée par ma rébellion contre le monde entier, je tins timidement mes bras tendus pendant qu'elle m'essuyait avec un tissu semblant relever à la fois du satin et de la toile de jute.

« Mets-toi à genoux », m'ordonna-t-elle, et je m'agenouillai sur le tapis cousu main de ma grand-mère tandis qu'elle versait de l'huile sur mes cheveux et employait le bout de ses doigts à la faire pénétrer dans mon cuir chevelu, où son odeur de menthe m'emplit la tête de picotements. Ses mains dans mes cheveux me rappelèrent Ezra. Je devrais attendre que Mr Caesar appelle pour le prévenir au sujet de Maman. Mon estomac se tordit à l'idée que je ne pourrais pas entendre la voix d'Ezra, lui annoncer moi-même. Qui la tiendrait dans ses bras pendant qu'elle pleurerait ? Je me sentis légèrement consolée à l'idée que Miss Irene la réconforterait. Nos parents étaient morts à quelques mois d'intervalle, et maintenant Ezra et moi n'avions aucun moyen de savoir quand nous nous retrouverions. Comment pouvais-je accepter cela ?

Miss Lyrae me passa des vêtements blancs et me couvrit la tête d'une étoffe assortie. Elle me guida jusqu'à la chambre de Maman, où les ombres des autres femmes s'étiraient jusqu'en haut des murs puis s'étendaient, pliées en deux, sur toute la surface du plafond. Ma grand-mère sanglotait en silence. Il y avait des bougies partout, et l'odeur de la sauge en train de brûler me clarifia les sens. Les parfums et le mystère de ces femmes emplissaient la pièce, si bien que j'avais du mal à respirer tandis qu'elles entonnaient l'hymne « One Morning Soon ». L'une d'entre elles me toucha les paupières et me dit que je devais regarder de l'intérieur.

« Ouvre les mains, Cinthy, dit Miss Lyrae. Ferme les yeux. »

Alors elle plaça sur mes paumes ce qui semblait être de lourdes fleurs. Les pétales étaient doux et chauds. Dans mon obscure vision, le visage de Maman chatoyait tandis que je mémorisais la forme de ses lèvres, qui avaient toujours souri quand j'avais besoin d'elle. J'entendis la voix de Maman avec une telle clarté que les larmes me montèrent aux yeux : *Tu es ma miséricorde.*

Miss Lyrae m'enjoignit de garder les yeux fermés de sorte à discerner le lieu où Maman résiderait en toute quiétude.

« Apprends à atteindre ce lieu, poursuivit Miss Lyrae, sa voix paraissant flotter au-dessus de moi tandis qu'elle parlait. Tu tiens le cœur de ta mère entre tes mains. »

*

Ma mère ressemble au printemps. Elles l'ont recouverte de fleurs comme si elle était déjà étendue dans un champ. Elle repose sur un drap d'étoffe vert et bleu. Elles ont placé un fin crucifix en or au niveau de sa gorge. Ses cheveux ont été peignés et s'étalent jusque sous ses épaules. De la poche de ma robe blanche, je retire les lunettes à monture dorée de Papa, les yeux si pleins de larmes que je les tiens loin de moi pour ne pas les salir. Je touche l'un des minces bouts en métal qui autrefois épousaient son oreille, me rappelant avec quel soin et quelle tendresse il les ajustait pour bien voir. Je veux que Maman ait une part de lui et que lui soit avec elle, ensemble comme ils le seraient désormais pour toujours dans la mort. Je glisse les lunettes de Papa dans un petit espace que je discerne sous ses mains jointes. C'est comme si elle le tenait contre sa poitrine. Je sors le petit coquillage qu'Ernest avait offert à Ezra. Je l'avais dérobé sur le bureau de ma sœur avant que nous soyons tous forcés de quitter notre maison. Je le mets sous l'un des doigts repliés de Maman. Les femmes me rattrapent alors que mes genoux ploient et que mes jambes se dérobent.

Embrasse le visage de ta mère, disent les femmes.

Souviens-toi de sa beauté, disent les femmes.

Pleure-la, disent-elles. Regarde comme elle resplendit, disent-elles. C'est la lumière de la Terre promise. La joie sera son fardeau et ses ailes.

30

Mr Randall se trouvait dans la maison avec Ginny, en train de discuter des détails pour emporter le corps de Maman de la bastide. Je lançai autant de regards noirs que je pouvais au petit-fils de Mr Randall, qui m'ignorait, tout à son assiette remplie de viande grillée qu'il tenait posée sur les genoux.

Miss Lyrae, Mrs Porter et Miss Tina Lee étaient déjà parties pour Délivre-Moi-de-Mes-Entraves. Miss Tina Lee avait dit que je pouvais les accompagner si je voulais, mais je marmonnai, balbutiant que je préférais rester avec ma grand-mère. À l'intérieur, les voix de Ginny et de Mr Randall qui poursuivaient leur conversation à bâtons rompus s'entremêlaient naturellement au chant des cigales. Je savais que lorsque le petit-fils de Mr Randall aurait terminé son assiette de viande grillée, et Mr Randall son assiette de poulet frit, ils monteraient à l'étage et soulèveraient la civière sur laquelle reposait le corps de Maman couvert de fleurs. Alors que je regardais d'un air furieux le camion et le petit-fils de Mr Randall, à qui je refusais de demander son nom, un sentiment de frustration surgit sous ma peau imbibée de lavande tel un bleu.

« T'aimes le pays, petite fille ? T'y es déjà accoutumée ? »

Sa voix retentit, douce et masculine, son visage toujours baissé au-dessus de son assiette. Je voulais qu'il redresse la tête et voie que je levais les yeux au ciel, mais il était trop poli pour cela. Comme je ne répondais pas, il continua de parler et de mâcher.

« Désolé pour ta maman. C'est vraiment dur. Depuis je suis petit je travaille avec mon poupa, j'aide à emporter de leur maison les mamans et les grands-mères et les ti-tantes des gens. Affaire de famille et tout, mais moi, comme je le vois, on est tous la même famille par ici.

— Je ne connais personne, répliquai-je.

— Ta grand-maman là, dit-il, levant les yeux sur moi comme si mes paroles n'avaient aucun sens. Mon vieux, la mienne me manque. Ma mienne me manque tous les jours. Rien de mieux qu'une grand-maman, pour sûr.

— Je la connais à peine.

— C'est pas important », répondit-il, enfournant de la nourriture dans sa bouche.

Je claquai vigoureusement la langue.

Il secoua la tête avant d'avaler.

« Tu sais combien t'es chanceuse de l'avoir encore ? Pouvoir manger ces tartes-là qu'elle fait ? Mince, tout le monde aime Miss Virginia à cause qu'elle se laisse pas faire par personne.

— Alors tu veux dire que tu n'aurais pas de problème à passer toute ta vie ici à emporter de chez elles des personnes mortes ? »

Il haussa les épaules tout en se léchant le bout des doigts.

« T'as quel âge ? »

Je croisai les bras sur ma poitrine.

« C'est ça, dit-il. Tu sais que dalle, et pis t'as quelques années obligatoires à vivre ici à Damascus avant de pouvoir filer vers la lune. Peut-être que tu voudras plus y aller à ce moment-là, si tu donnais sa chance à l'endroit. C'est une jolie petite ville.

— Je n'ai juste pas l'habitude.

— C'est pas grave, dit-il d'un ton plus doux, comme si nous étions en train de partager un secret. Mais si tu peux simplement te laisser aller à l'aimer un peu, je crois que ça te plairait. C'est de là que toi et tes ancêtres vous venez. Ça là, c'est quelque chose. »

Il posa respectueusement son assiette à côté de ses pieds sur la marche. Ses chaussures cirées du dimanche avaient l'air trop rigides pour être confortables.

« Mon vieux, une part de tarte serait bien agréable, ajouta-t-il avec le sourire.

— Tu en veux ?

— J'ai plus de place », répondit-il en se tapotant le ventre. Il m'observa de ses yeux doux. « T'es vraiment jolie dans ce tissu. T'as un beau visage.

— Je ne me promène pas comme ça en général, répliquai-je en rougissant devant son franc-parler. Je veux dire, elles m'ont obligée à porter cette tenue.

— On m'appelle Will, déclara-t-il en se redressant et bombant le torse.

— Cinthy.

— Ouais, je sais, répondit-il en claquant des mains avant de sortir une paire de gants blancs immaculés de la poche de son pantalon repassé. Cinthy, tu vas avoir besoin d'amis par ici. Tu vas avoir besoin d'au moins un ami, alors ça peut aussi bien être moi ton ami. »

Puis il entra dans la maison, à point nommé, comme s'il y avait un carillon que seuls lui et son grand-père pouvaient entendre. Sa jeune ombre rejoignit celle de son grand-père au pied des marches avant qu'ils ne montent à l'étage.

Ginny apparut dans l'embrasure. Elle ouvrit la porte à moustiquaire et s'approcha de moi. Elle ne dit rien, mais elle tremblait.

Quelques lucioles voletaient. J'essayai de me concentrer sur elles.

Lorsque je tournai de nouveau les yeux vers la porte, ils étaient en train de sortir, se parlant à voix basse de temps à autre. *Attention là, d'ac ? Ralentis, fils. Ouais, Poupa, je la tiens. Bouge un peu de ce côté, fils. Mes bras-là me font mal aujourd'hui. Oui m'sieur. Doucement comme je t'ai montré, ouais ? Cette femme est légère comme une plume. Pauvre petite. Tire vers le haut comme ça ; fais pas tomber aucune des fleurs-là, fils. Pas une-là. Soulève les épaules comme moi. Tu vois ça, mon garçon ? Oui m'sieur, mais je peux pas voir trop dans le noir. Le noir a rien à voir avec ça, fils. Je t'as dit plus tôt que c'était tout une question de respect pour la vie.*

Ils portèrent solennellement Maman jusqu'en bas de l'escalier, ralentissant pour que nous puissions la regarder.

« Seigneur », dit Ginny en m'agrippant le bras.

Dans le clair de lune précoce, je regardai fixement l'ombre voilée de Maman. Lorsque je relevai les yeux vers le visage de Will, je fus surprise par les larmes qui coulaient le long de ses joues marron et rebondies.

« L'église-là est ouverte ? interrogea Mr Randall.

— Lyrae, Tina Lee, murmura ma grand-mère. Elles sont toutes là-bas. »

L'air que j'inhalai alors me fit l'effet de morceaux de verre sombre. Sans un mot, j'enlaçai ma grand-mère.

« Bon, ben, Ginny, dit-il en hochant la tête. Un beau brin de fille s'en rentre. Une femme comme il faut, vraiment. Souviens-toi, ils nous quittent jamais. Elle est entre les mains de Dieu. »

La tête silencieuse de ma mère tremblait un peu sur la civière, entre les bras de Mr Randall.

« Hors de chez moi et en route pour rejoindre la demeure de Dieu, ma fille s'en va vers la table du Seigneur, déclara Ginny. On ne peut pas laisser les morts en paix, et ils ne peuvent pas nous quitter. Ils ne peuvent pas nous abandonner.

— Amen », dit Mr Randall. Puis il adressa quelques mots à Will, qui pivota automatiquement sur ses talons pour pouvoir soulever le corps de Maman et le placer sur le plateau vide du camion sans impair.

Ils descendirent une rampe en métal du camion et chargèrent Maman à l'arrière. Will releva la rampe et verrouilla la porte. Le son paraissait si normal que j'en fus horrifiée. Ils avaient chargé le corps de ma mère là-dedans comme s'il s'agissait d'un meuble. Cela me rappela la manière dont Mr Caesar avait conduit jusque chez nous à Salt Point, avec le cadavre calciné de mon papa à l'arrière. Ils avaient aussi emporté Papa dans un camion. Le claquement de la portière à Salt Point et le bruit sec du verrou de sécurité ici à Damascus se télescopèrent violemment en moi.

Je courus vers la porte arrière du camion et me mis à la

frapper du poing. L'étoffe se détacha de ma tête. Sous un dais grandissant de lucioles, j'arrachai des poignées d'herbe. Griffai la terre. Ginny s'avança vers moi d'un pas lourd et essaya de m'entourer de ses bras puissants. La sueur perlait sur ma gorge, s'enroulant autour de mon cou alors que je me débattais. Je lançai mes cris vers la poussière. Les feux arrière du camion s'allumèrent et, de peur d'entraîner la chute de ma grand-mère, je m'effondrai au sol.

La chair de Maman quittait nos vies en s'éloignant sur le gravier du jardin de ma grand-mère.

Dans la poussière de mon peuple, l'acier de mon existence frappe contre le silex de ma mémoire.

Voici la chemise de couleur éclatante dont mon père autrefois recouvrait ses os, et l'éducation qui enveloppait ses côtes telle une armure. Je me souviens de sa patience, et qu'il m'avait appris à prendre mon temps pour chaque devoir, chaque rédaction. Je suis la patience de mon père. Et voici Maman qui s'échappe par la fenêtre, sa souffrance se dissolvant dans la faible lumière jaune de la lune sur cette terre, tandis qu'au loin des étoiles flamboient à l'instar d'océans. Je suis la lumière des ossements sous la mer, s'élevant à la rencontre du ciel ; je me rappelle la croyance de ces os. Les chants à l'intérieur des coquillages, les enfants devenus coraux, perles et ancres.

Voyez-vous l'âpre terre scintiller autour des fondations de la maison que ma mère et mon père ont bâtie pour moi ? Vous souvenez-vous du sang ? Je suis Theodore, Alma, Calliope. Voyez-vous mes arrière-grands-parents embrasser ces écoliers qu'ils n'ont pas pu sauver de leur rêve ? Vous souvenez-vous de notre sang ?

Il existe une mémoire si ancienne qu'elle a eu la sagesse de ne pas nous dévoiler tout son visage.

Je suis de ce sang-là, l'éclat des flammes que mon arrière-grand-père admirait avant que les Blancs ne lui tirent dans les yeux. Je suis l'éternité qu'il berçait dans ses bras à son passage. Je suis la fumée montant en volutes de la terre, où les stèles indigo attendent la justice et le repos sublime et serein. Je ne suis qu'une seule voix – parmi les innombrables femmes à la peau sombre qui vivent dans les fleuves, les cendres, les lunes et les océans. Je me souviens quand ils ont pétri mon nom contre les étoiles jusqu'à ce que je me dilate. Je me souviens de ce que j'étais avant d'être de chair – le sang d'une passion dénuée de peur, le sang de l'amour et de son éternité.

Et quelque part avec ses yeux étincelants et le poing dressé, telle une nova noire se découpant contre l'horizon, ma sœur se dirige vers notre peuple.

Savez-vous combien de temps encore notre sang entachera cette histoire ? Ma sœur est protégée par nos pères, nos héros, nos mères, notre pouvoir. Elle est une force de remémoration nouvelle. Et elle reviendra me chercher.

La voix claire de Ginny s'éleva soudain de sous les chênes. Un chant qui contenait notre vie retentit, un chant que nous connaissions toutes les deux. Et il perdurerait, suivant la partition de nos os noirs. Je joignis ma fruste voix à celle de ma grand-mère, tout en tendant la main pour effleurer le visage d'Ezra dans la nuit. Je l'entendis chanter aussi, son souffle poussant sa voix à travers le ciel nocturne jusqu'à moi.

Chanter là où le sang cède.

Je me levai alors et égrenai nos noms dans un chant

ancien qui brûlait, aussi pur que le cœur d'un homme qui nous avait donné sa parole, sa vie et son sang. Son histoire me porterait dans ses bras pour traverser un jour le fleuve. Ma famille avait su, avait cru, que je possédais assez de force pour me rappeler qui j'étais et de quelle puissance je descendais.

Entourée d'ancêtres incandescents, j'exalterais le courage requis pour chanter, rire et dévorer le festin doux-amer de l'amour.

REMERCIEMENTS

L'amour de ma mère et de mon père forme l'épine dorsale qui me constitue et me permet de respirer.

Maman, ton exemple m'a appris à aimer. Je l'offre au monde en partage.

Papa, ton attention sincère, ta sollicitude et ton soutien continuent de me guider quand la peur m'étreint.

Je n'oublierai jamais la force de votre conviction commune selon laquelle l'on se doit de vivre en accord avec ses paroles et ses actes. Le langage dans lequel j'ai baigné en tant qu'enfant puis femme émane de l'amour que vous vous êtes porté l'un l'autre et dont vous avez gratifié notre famille. Je vous aime tous les deux pour l'éternité.

Ce livre existe grâce à la sagesse et à la merveille de l'ensemble des communautés qui m'ont élevée :

Ma famille –

Maman (1952-2014), Papa, Chris et Leigh-Anne, CJ, Michele, Adam et Jeff, Melissa et Eumir, Peggy Manel, Jacqueline Deneen, Ellen, Deborah, Carolyn, Arthur, Darren, Harvey, Elyse, Kandasi, Wanetta, Pinky, Michelle. Et tous les cousins et cousines de chaque côté ! Oncle Ronald : je pleure ton départ prématuré de ce monde, mais je sais que ton amour pour cette famille te confère une présence éternelle parmi nous. Tante Stephanie, marraine adorée :

ton rire, ta confiance et la musique de tes bracelets en cuivre sont mes talismans. Tes dernières paroles me resteront toujours. Merci de m'avoir appris à être audacieuse et à rire de toutes mes dents.

Melissa : les sœurs qui vivent dans ce récit n'existeraient pas sans mon amour pour toi. Ton rayonnement continue de faire danser mon cœur.

Kamilah Aisha Moon : dresse-toi, et repose en amour, ma sœur. Je n'ai pas pu placer ce livre ou cette histoire entre tes douces mains, mais sache que nous continuons de nous tenir par la main, indéfiniment liées dans notre solidarité et notre poésie. Tu seras toujours pour moi la « lovely » de Stevie Wonder. Tes adieux soudains m'ont changée pour l'éternité. *Girl, girl, girlgirlgirl.* Retrouve-moi sous ce porche à quatre-vingts ans malgré tout, comme nous l'avions prévu, et raconte-moi ce que tu as vu, où que tu sois, adorable étoile.

L'existence et la force de mes aînés – James Baldwin, Lucille Clifton, Audre Lorde, Toni Morrison – chantent leurs vérités, joies et visions dans la langue qu'ils ont forgée à partir de la chair de leurs mots et de leurs vies. Quand j'ai pensé capituler, ils ont recueilli mes larmes jusqu'à ce que je me relève.

Walter Mosley – puissé-je ne jamais oublier la gentillesse, l'humour et les encouragements que j'ai tirés de notre amitié. Merci de m'avoir rappelé la valeur de l'artisanat. Merci pour ton génie, et pour tes lectures et multiples relectures de mes pages. Ces premières versions n'auraient jamais avancé et jailli sans la clarté de ta vision et de ta voix.

Sheldon Itzkowitz, docteur en psychologie, membre de l'ABPP (American Board of Professional Psychology), et Garrett Deckel, docteur en médecine – vos conseils et votre soutien ont permis à mon cœur et à ma tête de rester ancrés au nom de la résilience et des possibles. Dr Itzkowitz : la maison vous accueillera toujours comme un membre de notre famille. Votre sollicitude m'a appris à me fier à la vérité des histoires que j'ai vécues. Merci à vous.

Il y a de nombreuses personnes et organisations qui m'ont accueillie et soutenue au cours des années. J'aimerais remercier ici les personnes suivantes, pour leur soutien professionnel et/ou émotionnel : Chris Abani, Jeffery Renard Allen, Sarah Arvio, Paul Auster, Jill Bialosky, Nicholas Boggs, Mahogany L. Browne, Marie Brown, Margaret Busby, Christian Campbell, Jan Castro, Rachel Cobb, Edwidge Danticat, Toi Derricotte, Kiran Desai, Natalie Diaz, K.A. Dilday, Barbara Dimitratos, Cornelius Eady, Morgan Entrekin, Danielle Evans, James Fenton, Nikky Finney, Nick Flynn, Suzanne Gardinier, Aracelis Girmay, Angela Guerra, David Haynes, Rufus Scott Heath, Siri Hustvedt, Marcus Jackson, Mitchell Jackson, Marlon James, Riis Laurentiis, Canisia Lubrin, Valeria Luiselli, Nina Angela Mercer, Dante Micheaux, Ella Montclare, John Murillo, Steven et Annie Pleshette Murphy, Darryl Pinckney, Maya Pindyck, Iain Haley Pollock, Katie Raissian, Nicole Sealey, Taryn Simon, Oberon Sinclair, Safiya Sinclair, Tracy K. Smith, Suphala, Cheryl Boyce Taylor, Nafissa Thompson-Spires, Margaret Porter Troupe, Sally Van Doren, Jenisha Watts, Phillip B. Williams et L. Lamar Wilson.

Plusieurs versions de ce qui allait (finalement) devenir ce livre ont vu le jour grâce au soutien de ces institutions : Cave Canem Foundation, Kimbilio, la Robert Rauschenberg Foundation, la Civitella Ranieri Foundation et Yaddo.

L'une de mes grandes chances dans ce voyage a été d'avoir la confiance de deux incroyables éditrices, Robin Desser et Caitlin McKenna. Robin : tu as dit « oui ». Tu m'as aussitôt reconnue, de cette façon immédiate et nécessaire qui s'avère cruciale pour l'auteure d'un premier roman. Ta vision et ta voix nous ont portées au cours d'échanges électriques d'idées et d'imaginaires. Cette alchimie me remplit d'amour et de respect pour toi. Caitlin : le cadeau de t'avoir pour éditrice est indescriptible. Tes questions, ta clairvoyance, ta chaleur et ton émerveillement constituent la flamme que je porte en franchissant cette ligne d'arrivée. Mon appréciation pour toi est immense, et je suis plus que comblée. Je ne peux véritablement pas te remercier assez. Je dois faire aussi l'éloge de l'équipe à Random House : Tangela Mitchell, Rachel Rokicki, Clio Seraphim, Noa Shapiro. Je suis également ravie de louer le brio et la gentillesse de mon éditrice Dr Yvonne Battle-Felton, de la directrice littéraire Jocasta Hamilton et de toute l'équipe de John Murray Press au Royaume-Uni.

Mon agente et amie, Jin Auh, m'accompagne depuis 2017. Son incroyable confiance et ses encouragements ont été d'immenses présents. Son attention, son respect et son intelligence m'ont donné la capacité de voir au-delà de ce que j'aurais jamais imaginé. Jin, quel merveilleux périple à tes côtés ! J'aimerais avoir un mot plus fort que « gratitude » pour dire ce que j'éprouve pour toi. Un jour je le trouverai. Merci, encore et toujours. Je voudrais également remercier toute l'équipe de la Wylie Agency, et outre-Atlantique : Jennifer Bernstein et Tracy Bohan.

Salman, que notre amour prouve à ce monde impossible que rien n'est impossible. Je t'aime de tous les feux et de toutes les histoires qui m'ont jamais habitée, et de tous les récits à venir. Salman – ma joie, ma demeure, ma joie, mon rêve, mon miracle – *pour l'éternité*.

Composition : NORD COMPO
Achevé d'imprimer par Normandie Roto Impression s.a.s.
En mai 2025.
Dépôt légal : mai 2025
Numéro d'imprimeur : 2502504

ISBN : 978-2-07-305311-4/ Imprimé en France.

672308